À sombra de FAUSTO

Nelson Ricardo Reis

À sombra de FAUSTO

EDITORAS ASSOCIADAS

Aos meus três Ms

Sumário

9. *Habemus* Fausto

13. CAPÍTULO 1 – Lisboa

73. CAPÍTULO 2 – Barcelona

147. CAPÍTULO 3 – Sevilha e Granada

183. CAPÍTULO 4 – Florença

261. CAPÍTULO 5 – Roma

309. Posfácio

313. Agradecimentos

Habemus Fausto

Alguns personagens parecem demandar a presença no catálogo de uma editora. Este é o caso de Fausto e seu pacto com Mefistófeles. Sua existência nas narrativas compartilhadas pela humanidade antecede a manifestação mais conhecida, a de Goethe, por milênios. Em 2016, um artigo publicado por Dr. Jamie Tehrani, antropologista da Universidade de Durham (Inglaterra), e a folclorista Sara Graça da Silva, da Universidade de Lisboa (Portugal), revelou o resultado de uma pesquisa que realizaram em parceria. Aplicando técnicas utilizadas pela filogenia e dados baseados na dispersão das linguagens indo-arábicas, chegaram à conclusão de que havia três narrativas que poderiam ser consideradas as mais antigas da humanidade. Uma delas, popularmente chamada de *O ferreiro do Diabo*, apresenta a história de um ferreiro que faz um pacto com um ente estranho para produzir um metal superior, que ajudaria a sua tribo.

É claro que Fausto transcende a ideia do pacto, mas é essa história, representando a busca humana pelo conhecimento, que viajou por épocas até que, na Idade Média europeia, adquirisse os contornos e elementos utilizados por Goethe; passando a ocupar, de certa maneira, o centro ao redor do qual outras manifestações gravitariam. Autores como Guimarães Rosa, Bulgákov, Turguêniev ou Thomas Mann, filmes como a versão expressionista de 1926 de Murnau ou o pop *Advogado do Diabo* de 1997, compositores clássicos como Beethoven ou Berlioz, músicos populares como o *bluesman* Robert Johnson ou a band de rock The Fall, quadrinhos da Marvel ou da DC, animações como os Simpsons, poetas como Pessoa, Baudelaire ou Estanislao del Campo e artistas plásticos como Delacroix ou Rembrandt fizeram seus pactos.

Escrever um novo Fausto é obrigatoriamente se inscrever dentro de uma tradição rica, entendida no sentido proposto por T. S. Eliot: reconhecendo o passado como algo pretérito, mas que também se manifesta no presente. Escrever um novo Fausto é estabelecer um novo pacto que modifica essa tradição ao reforçá-la. Não chega a ser um Pierre Menard, mas próximo disso: um trabalho metaficcional que, quando traz para o presente as referências e citações de seus percussores, o faz não como simples reverência ao passado, mas, a ousadia!, como ressignificação. Se algo parecer familiar ao leitor, é inevitável. O pacto diabólico é pré-histórico e talvez seja a principal força que levou a humanidade a extrapolar os limites de suas aldeias e a criação literária.

Nós, aqui, damos boas-vindas ao Fausto e toda sua comitiva e celebramos nosso pacto com Nelson Ricardo Reis.

João Camilo de Oliveira Torres

À sombra de Fausto: de Lisboa a Roma

"Meu relato será fiel à realidade ou,
em todo caso, à minha lembrança pessoal
da realidade, o que é a mesma coisa."
J.L. Borges

"É pela imaginação que a ideia
se torna inexaurível."
Goethe

Todo livro possui sua própria história, seu próprio caminho e uma identidade que lhe é inerente e que se confunde com a do próprio escritor. Quando Flaubert afirmou: "Madame Bovary c'est moi!", ele não queria falar apenas de sua personagem, mas também de sua obra. É um trabalho inglório, mas cabe aos leitores e críticos decidirem o quanto há de ficção e autobiografia em uma dada história. E as conclusões sempre serão subjetivas. Quem pode afirmar que Dante nunca foi ao inferno, se ele pode ter descrito o inferno que sempre o habitou? Cada um de nós possui seus próprios anjos e demônios e com eles convive. Quem pode nos garantir com plena certeza que um ou vários desses anjos e demônios não possam se projetar em nosso exterior para nos salvar ou nos tentar?

Há mais ou menos quatro anos, eu e M... embarcávamos para nossa primeira viagem pela Europa, em um *tour* que começaria em Lisboa, passaria por Barcelona, Andaluzia, Florença e terminaria em Roma. Imaginávamos e esperávamos encontrar no velho continente um pedaço importante de nossa história e da cultura do ocidente. Estávamos prontos para absorver tudo o que essas centenárias cidades tinham a nos mostrar, através de seus museus, monumentos, construções, ruas e sua gente; mas nada podia me preparar para a experiência que vivi e preciso contar aqui, como forma de expiação.

Quando embarquei naquele avião, não fazia ideia do que iria vivenciar nos dias seguintes nem do preço que teria de pagar para me tornar um escritor. Ocorre-me uma frase de Axel Munthe, autor do qual nunca tinha ouvido falar, até que, durante aquela viagem e os fatos que irei narrar em seguida, me foi apresentado pelo estranho personagem que será o centro dessa história. Segundo Munthe, nada melhor para esquecer a própria miséria que escrever um livro. Porém, muitas vezes o desconhecido, o ininteligível, inicia-se exatamente com a explicação e a compreensão. Evitei contar essa história por muito tempo, fugia dela sempre que se fazia premente, mas ela insistia em voltar, exigindo minha atenção e ocupando meus sonhos. Até que cedi, exausto, vencido, e então abandonei minha reclusão. E como diria Gide, a família e os amigos respeitam nossa solidão, o Diabo não.

Só mais um pequeno aviso antes do leitor começar seu périplo pelas próximas páginas desta história: tudo o que está escrito neste livro é verdade; inclusive as mentiras.

CAPÍTULO I

Lisboa

Chegamos a Lisboa por volta das seis horas da manhã. Do aeroporto tomamos um táxi, uma Mercedes-Benz, marca de quase todos os táxis da cidade: "mas que não me impressionasse com isso", me advertiu o bigodudo – e eu que sempre achei que português de bigode fosse um estereótipo – taxista, pois era uma Mercedes com vinte anos de uso, comprada na vizinha Alemanha.

— Para eles é ferro velho, pois são ricos e trocam de carro todo ano, mas, para nós, assim como para os gregos e os espanhóis, os irmãos mais pobres da comunidade comum europeia, serve muito bem. E, ao fim e ao cabo, são Mercedes, pois não?

Nossa diária no hotel começaria apenas ao meio-dia, mas às sete estávamos parados em frente ao gerente, com nossas quatro malas e nossos, somados, 64 dentes expostos e brilhantes em um franco sorriso geminado, que, se pudéssemos traduzir, diria: "Olá! Aqui estamos nós... um pouquinho mais cedo do que vocês esperavam, mas loucos por um banho. Qual o nosso quarto?" Mas não adiantou muita coisa. Até hoje desconfio que foi o aparelho de M... que não causou boa impressão. Mas enfim, o bigodudo – realmente estava começando a acreditar que o estereótipo não fugia muito da realidade – gerente acolheu nossas malas e nos disse que só teria um quarto disponível a partir das onze horas da manhã. Tínhamos então duas alternativas: aguardar na recepção o quarto ser liberado, ou descer 200 metros pela avenida e ter nosso primeiro contato real e carnal com a Lisboa de meus antigos livros de história.

E foi o que fizemos. Descemos pela Avenida Liberdade, impressionados com a riqueza das vitrines de marcas famosas e caras, como Louis Vuitton, Gucci, Yves Saint Laurent, Ermenegildo Zegna, dentre outras. Mas havia certa decepção no ar, pairando de forma incômoda e silenciosa entre nós dois desde o longo trajeto de táxi do aeroporto até o hotel: onde está Lisboa? Aquela das revistas de turismo e dos livros de história. Esse mal-estar não teve tempo de se enraizar e se tornar uma verdadeira frustração, pois, por um motivo qualquer e que prefiro chamar de pura intuição de viajantes, resolvemos, inadvertidamente, dobrar a primeira rua à esquerda e abandonar a larga, arborizada e moderna Avenida Liberdade. Andamos alguns metros e tomamos a rua paralela. E Lisboa, tímida, mas de forma envolvente, se apresentou a nós através da histórica Rua das Portas de Santo Antão.

Era muito cedo, ainda não havia passado das oito da manhã e a rua estava deserta, mas uma rápida olhada por toda sua extensão nos mostrou uma longa fila de casarios centenários, muitos deles transformados em bares e restaurantes, que nas noites seguintes seriam nosso porto seguro e última ancoragem antes de voltarmos para o hotel, após horas e horas de caminhadas pelas ladeiras da Alfama e do Chiado. Mal começamos a descer a rua e, à nossa direita, uma travessa azulejada em forma de túnel me chamou a atenção, e mais ainda o que estava escrito em uma de suas paredes: "A 16 de junho de 1552 foi preso às Portas de Santo Antão por se envolver numa rixa Luís Vaz de Camões sendo trazido para a cadeia municipal do tronco". E acima da inscrição, uma pintura retratando o rosto do grande poeta português.

Eu conhecia a história, ocorrida pouco mais de um ano após Camões regressar da famosa batalha, que lhe custou uma das vistas, travada em Ceuta contra os mouros, mas não me lembrava do nome da rua onde ocorrera a querela. Por conta desse episódio e de ter ferido seu oponente, que por sorte não morreu, Camões foi detido e preso na cadeia do tronco. Após quase um ano de detenção, foi libertado por uma carta régia, mas obrigado a prestar serviços militares na Índia por um ano. Definitivamente tínhamos chegado a Lisboa, e agora muito bem recepcionados. Nossas primeiras horas prometiam dias recheados de história, arte, literatura, fado e pastéis de Belém.

Ao final da Rua das Portas de Santo Antão, deparamos com um Largo, batizado de São Domingos em homenagem à igreja e ao antigo convento de mesmo nome, que ajudam a compor a paisagem que agora avistávamos. Percebemos que mesmo naquele horário o Largo estava cheio, mas ainda não de turistas. Pouco tempo depois nos disseram que o largo era, tradicionalmente, um ponto de encontro de imigrantes de países africanos colonizados por Portugal. Entre o vai e vem de uma pequena multidão de homens e mulheres de cor negra, que negociavam ruidosamente, ou simplesmente ficavam parados olhando o movimento, vimos ao fundo uma pequena porta e ao seu redor alguns senhores que conversavam animadamente. Acima deles, uma placa com o letreiro: "A ginjinha". Tudo indicava que era o nome de uma bebida. M... quis ir até lá para saber que bebida era aquela.

Eu disse a ela que me esperasse cinco minutinhos, pois queria comprar um isqueiro (havia deixado meu Zippo na mala) e não via nenhum lugar por perto para fazê-lo. Em menos de dez minutos voltei e ela me esperava no mesmo lugar em que a deixara, admirando o movimento dos velhinhos à frente do estabelecimento. Aproximamo-nos, curiosos. A loja ou bar, não sei bem como chamar aquilo, não deveria comportar mais do que quatro pessoas em pé no balcão. Perguntamos à pessoa que parecia ser o dono ou responsável o que vinha a ser "ginjinha", mas um homem que estava parado na porta, um simpático senhor, se antecipou e nos disse que era um licor feito de ginja, uma frutinha parecida com a nossa conhecida cereja. O cavalheiro também nos disse que aquele era o estabelecimento mais tradicional na venda de ginjinha em toda Lisboa, fundado em 1840 por Francisco Espinheira. Já estávamos ficando interessados em experimentar a tradicional bebida quando o senhor nos disse:

— Estão me vendo cá? Tenho oitenta e dois anos. Há mais de sessenta tomo uma dose de ginjinha por dia. Tenho quatorze filhos, vinte e sete netos e quatro bisnetos e no ano passado me casei pela quarta vez. Não me lembro da última vez em que peguei um resfriado, cama para mim só para dormir e fazer filho. — E deu uma marota piscadinha.

M... ouvia o homem falar com a máxima atenção e de repente se assustou quando me procurou ao seu lado e não me encontrou, e mais surpresa ainda ficou quando me viu debruçado sobre o balcão pedindo avidamente um cálice de ginjinha.

— Com ou sem a frutinha? — Há duas maneiras de servir a bebida: sem deixar cair as frutinhas maceradas no cálice ou com as frutinhas no fundo. Olhei de maneira inquisitiva para o bebedor de ginjinha parado na porta.

— Sem as frutas, meu jovem, elas ocupam o espaço do licor. — E lançou um olhar de desculpa para o homem atrás do balcão.

Após tomarmos quatro pequenos cálices da bebida, nos sentamos em um restaurante que acabava de abrir suas portas e distribuía algumas mesas sobre a calçada. Assim pudemos admirar todo o Largo de São Domingos e grande parte da Rua das Portas de Santo Antão. Pedimos duas cervejas e ficamos observando a fachada do centenário Coliseu dos Recreios, a mais tradicional casa de espetáculos de Lisboa, que receberia na semana seguinte nosso patrício Chico Buarque de Holanda. Foi nesse momento, quando observava os cartazes do show, que o vi pela primeira vez.

Estava parado do outro lado da rua, de frente à tradicional cervejaria Solmar, e olhava para nós. Era um homem de aproximadamente sessenta anos, alto, compleição física rígida, cabelos um tanto longos e grisalhos que se deixavam ver por baixo de um elegante chapéu de feltro branco. Trajava um terno cinza-claro e uma camisa branca, acompanhada por uma gravata listrada de preto e cinza. Enquanto nos observávamos, ele abriu uma cigarreira de prata, retirou lentamente um cigarro, guardou novamente a cigarreira no bolso do terno e retirou de lá uma piteira, onde encaixou delicadamente o cigarro que logo foi aceso. M... falava alguma coisa acerca do delicioso sabor da ginjinha, mas eu não conseguia deixar de prestar atenção no homem que agora atravessava a rua e vinha lentamente em nossa direção. Ao passar por nossa mesa, me olhou e pude perceber algo muito parecido com um sorriso.

Enquanto o acompanhava sumir no meio da multidão do Largo de São Domingos, M... me avisou que já era quase meio-dia e que podíamos ir para o hotel e fazer o *check-in*. Ficamos apenas o tempo necessário para preencher a ficha de cadastro e trocarmos de roupa. Estávamos ávidos por explorar Lisboa, e a primeira escolha foi o castelo de São Jorge, que sobranceiro domina a paisagem do centro histórico. Nunca tinha entrado em um castelo antes e fiquei fascinado pelas altas muralhas e pela vista deslumbrante da cidade.

Em cima de uma das torres fui tomado pela emoção e não pude deixar de lembrar a M... que estávamos em um autêntico castelo medieval e que ali foram travadas batalhas entre cristãos e mulçumanos na época das cruzadas. Enquanto eu falava entusiasmado sobre batalhas, cavaleiros, cidadelas e donzelas em perigo, M... lia o folheto distribuído na entrada e a todo o momento tentava me interromper, mas meu entusiasmo era tamanho que não a deixava falar. Discorri sobre estarmos tocando em pedras que foram alvejadas por flechas, lanças e quem sabe até mesmo dragões medievais, pois o castelo não devia se chamar São Jorge à toa, não é mesmo? Porém, em uma de minhas paradas para tomar fôlego e continuar com minha peroração, ela falou:

— Aqui neste folheto fala que o castelo é uma antiga cidadela mourisca...

— Eu sei disso, pois não estava te dizendo que aqui...

— Calma lá, apressadinho! É uma antiga cidadela mourisca sim, mas que foi quase completamente destruída no grande terremoto de 1755 e reconstruída por Salazar nas décadas de 30 e 40 do século XX, além de ter sofrido obras de restauração recentemente, na década de 90, para recuperar suas características medievais.

Minha decepção só não era maior que meu constrangimento. Reconstruída?! Salazar?! Esse cara foi um ditador e fascista! Restauração na década de 90? O castelo era um engodo? Quis sair dali imediatamente. Aqueles muros não testemunharam batalhas? Não foram alvejados por flechas e lanças? Dragão então nem pensar, né? Estava desolado e me dirigia de cabeça baixa para o portão de saída, com pena dos iludidos que acabavam de entrar com suas câmeras fotográficas. Porém M..., para me consolar, vinha atrás de mim com o folheto nas mãos e falando para eu não ficar decepcionado, pois o local sim era histórico, que ali moraram os reis portugueses durante parte dos séculos XII e XIII, que ali o Rei recepcionara Vasco da Gama assim que este voltou de sua viagem de descoberta do caminho para as Índias. Mas nada disso me alentava. Queria um castelo original, não um parque de diversão para turistas.

Ao sair, não chegamos a andar muito e deparamos com um lugar encantador e verdadeiro, original em sua beleza singela. O Miradouro de Santa Luzia, que nos apresenta uma visão de Lisboa ainda mais bonita do que aquela apreciada do Castelo. Não resistimos e nos sentamos em um restaurante ao ar livre. Ali passamos agradáveis minutos bebendo sangria, apreciando a vista e achando graça da garçonete portuguesa que não quis me dizer o seu nome.

Explico. No Brasil eu tenho o hábito – o que não é exclusividade minha, várias pessoas que conheço agem da mesma maneira –, ao ser atendido por um garçom, de perguntar como se chama e a partir daí apenas chamá-lo pelo nome, e não mais por garçom. Pois bem, ao sermos atendidos pela primeira vez em Portugal por uma garçonete, perguntei-lhe, antes de fazer o meu pedido e depois de desejar-lhe um bom dia: "Qual o seu nome?". A essa pergunta ela me respondeu com um apressado: "Diga, diga". Tentei novamente. "Qual o seu nome?". E mais uma vez ouvi o impaciente "diga, diga". Decidi então, daí para frente, sempre que fosse preciso chamar um garçom, recorrer ao infalível e conhecido: *schifaizfavore*!

Enquanto M... dava um passeio pelas lojas que cercavam o Miradouro e o Castelo, retomei a leitura iniciada e quase finalizada no avião: *O Mestre e Margarida*, do autor russo Mikhail Bulgákov. Faltavam poucas páginas para terminar essa obra que li com verdadeira sofreguidão. Assim que fechei o livro, comecei a escrever minhas impressões de leitura, que gostaria de compartilhar com vocês, de leitor para leitor, pois como diria Borges: "Eu me orgulho muito mais dos livros que li do que daqueles que escrevi".

❖ *"O Mestre e Margarida" foi escrito entre 1929 e 1940. A obra é uma sátira sociopolítica à URSS de Stalin. Bulgákov usa seu romance como uma forma de catarse e "vingança", criticando de maneira irônica e sarcástica as instituições governamentais soviéticas; sua burocracia, suas autoridades públicas (principalmente aquelas ligadas ao meio cultural, artístico e literário) e também a velada burguesia russa, pois, apesar da revolução socialista de 1917, a estrutura política e social da URSS manteve uma burguesia que, se não podia ser batizada com esse nome, mantinha os mesmos privilégios, controles e obtusidades de sua irmã gêmea dos países capitalistas.*

O romance explora, de maneira evidenciada, elementos autobiográficos; o Mestre, personagem que ocupa o epicentro do romance, possui uma trajetória que faz referência, em alguns pontos, à própria trajetória literária do autor. Este, assim como seu personagem, também teve seus textos recusados pelos homens que controlavam os veículos de divulgação literária: diretores de teatro e editores. Assim como seu personagem, Bulgákov teve o auxílio, a compreensão e o apoio de uma mulher que o amava, respeitava e admirava e que sacrificou boa parte de sua vida em prol do homem Bulgákov e de sua obra.

Elena Shilovskaya dedicou parte dos onze anos em que viveu com Mikhail cuidando de sua delicada saúde e ajudando nas revisões de sua obra-prima. Após a morte do marido, Elena luta durante mais de trinta anos até conseguir a publicação do derradeiro romance de Bulgákov; primeiro, dilapidado, em uma revista russa, no final da década de 60 e depois na íntegra, no início da década de 70. A Margarida do romance também dedica sua vida ao Mestre e sua obra (assim como Elena abandona um casamento estável, com um indivíduo respeitável no seio da sociedade soviética, para viver com o homem amado), porém Bulgákov superdimensiona e extrapola o sacrifício da personagem: Margarida doa não apenas sua vida ao seu amado, mas sim toda sua eternidade, cedendo sua alma ao Diabo em troca da restituição do homem que ama, cujo paradeiro ela desconhece (ele encontra-se internado em um hospício por vontade própria), e dos manuscritos da obra que é sua consumação literária e que ele havia queimado pouco antes de se separar dela. Contudo, como o próprio Diabo diz: "os manuscritos não ardem".

Mas o que a figura malcheirosa e indesejável do Diabo tem a ver com tudo isso? Bulgákov, em sua "vingança literária", em seu acerto de contas com Stalin, a URSS e seus dirigentes institucionais, e até mesmo com sua própria estrutura sociopolítica, anacrônica e burocrática, cria um romance fantástico, absurdista e surrealista, no qual o Diabo, em carne, osso e aura maléfica, invade Moscou, acertando as contas pendentes do autor.

O romance inicia-se com a conversa de dois homens: Berlioz, presidente de uma associação literária, e Ivan Nikolayich, um jovem poeta. Os dois discutem acerca da existência ou não de Jesus, que, para o cristão Bulgákov, confunde-se com a existência do próprio criador, tendo como base a Santíssima Trindade. O Diabo, inadvertidamente, se intromete na história, discordando peremptoriamente dos debatedores que, em comum acordo, concluem pela não existência de Jesus, pois ao negarem a existência de Jesus/Deus, ou seja, do bem, estariam negando também a existência de seu contrário, o Diabo, ou seja, ele próprio: a encarnação do mal.

A partir desse ponto desencadeia-se uma série de eventos absurdos e fantásticos, em que Bulgákov solta o Diabo e seu grotesco séquito por toda Moscou. Sugestivamente as vítimas do Diabo, aqueles que têm contato direto com o Demônio e seus companheiros e que, devido a isto, perdem sua sanidade, seus empregos e, em alguns casos, até a própria vida, são exatamente aqueles personagens que simbolizam os detratores e perseguidores do autor: diretores de teatro, críticos, autoridades governamentais e a anacrônica e contraditória burguesia soviética. Bulgákov usa o Diabo para se exorcizar de seus próprios Demônios.

A princípio pode parecer estranho ao leitor desprevenido que o cristão Bulgákov use o Diabo, figura simbólica do mal, como justiceiro, punindo aqueles que representam, segundo ele, tudo de ruim, deletério e anacrônico para o povo e para a cultura russa. Contudo, para o autor, como fica bem claro no final do romance, com a aparição de Mateus, o levita (Mateus, como enviado de Deus, exige que o Diabo poupe o Mestre e Margarida, dando a eles o repouso e paz eternos), o bem e o mal são complementares, e Deus e o Diabo são duas faces da mesma moeda, duas faces do mesmo ser. E é por esse motivo que o Diabo vai a Moscou punir aqueles que se deixaram corromper pelo mal.

O romance apresenta uma atmosfera surrealista, composta por feiticeiras nuas, gatos falantes, porcos voadores, corpos sem cabeças, mortos que voltam à vida para participar de festins diabólicos, pessoas que desaparecem e imediatamente surgem a quilômetros de distância, vampiros e tudo o mais que a profícua mente criativa de Bulgákov pôde conceber para simbolizar o caos social, político e cultural de sua amada Rússia.

Estava totalmente absorto escrevendo as linhas reproduzidas acima quando percebi ou, seria melhor dizer, senti uma presença ao meu lado. Por um momento imaginei que fosse M... voltando de sua peregrinação pelo comércio local, mas não. E qual não foi minha surpresa ao reconhecer o homem de chapéu que vi horas antes em frente ao Coliseu dos Recreios, na Rua das Portas de Santo Antão.

— Incomodo? — perguntou.

— De maneira alguma — respondi educadamente.

— Não pude deixar de notar sobre sua mesa o exemplar de um intrigante romance que li muitos anos atrás — disse em um português corretíssimo, mas que deixava entrever um sotaque que não pude identificar.

— Sim. Acabei de lê-lo há pouco e estava escrevendo algumas impressões de leitura.

— Que interessante! Incomoda se eu folheá-lo um pouco?

— Absolutamente! Sente-se, fique à vontade.

O homem sentou-se e passou alguns minutos absolutamente em silêncio, folheando detalhadamente meu livro. Por fim disse:

— A literatura é divina, não acha mesmo? Divina no sentido mesmo de algo proveniente de um ser — e me pareceu dar uma ênfase maior ao termo "ser" — criador. — E antes que eu pudesse dizer algo ou responder sua pergunta, continuou: — Vejo a literatura como algo divino, tanto em seu ato de leitura quanto em seu ato de escrita. Ao escrever, o homem se faz deus, criando personagens e dispondo sobre seus destinos, dotando esses personagens de características individuais, dando-lhes uma espécie de alma, tornando-os, enfim, seres únicos. — E parando de falar olhou longamente para mim, como se estivesse medindo minha reação às suas palavras, principalmente em relação à última afirmativa.

Olhei em torno um pouco incomodado e ansioso para ver M... por perto, mas por educação perguntei ao meu companheiro de mesa se não desejava beber algo. Ele pediu um *vermute* ao garçom e continuou falando:

— É curioso notar que muitas vezes o homem real imita o personagem criado pelo autor, inspira-se nele para suas próprias atitudes e ações. Muitos autores permitem que seus personagens evoluam dentro da história, tanto espiritual quanto fisicamente, se aproximando bastante, dessa maneira, do homem não-literário. É inclusive comum aqueles que nascem, crescem e morrem em algumas páginas. — Deu um gole em sua bebida que o garçom acabara de deixar sobre a mesa e concluiu: — Criar, dispor sobre suas vidas, definir seus destinos, matá-los, ressuscitá-los. Tudo isso faz do autor uma espécie de deus. Você não acha?

Dessa vez não deixei sua pergunta sem resposta e, antes que ele continuasse seu monólogo, falei:

— O autor não é um deus, e creio que a maioria deles, pelo menos os mais conscientes de sua função, não acredita nisso. Um bom escritor de ficção sabe que seu trabalho é criar mundos imaginários, seres ficcionais e situações hipotéticas, jamais deixando que o seu mundo idealizado tome parte ou interfira no mundo real. O próprio Borges, que tanto gostava de imbricar realidade e ficção, deixa bem claro em seu epílogo de *O livro de areia*, que o seu conto, "O outro", é uma obra de ficção concebida e não vivenciada por ele. E os leitores de hoje não são mais ingênuos, se é que já o foram um dia, de se deixarem embalar por um mundo de ilusão criado pelo autor. E para lhe dizer a verdade, não acredito que existam mais muitas Madames Bovary e Dom Quixotes soltos por aí.

Meu interlocutor me fixava com um olhar irônico e um discreto sorriso de esguelha que me incomodou bastante, mas não mais do que as palavras ditas por ele em seguida.

— Vejo que estudou a crítica literária acadêmica com afinco. Com qual escola seu discurso se identifica melhor? Com a escola estruturalista dos franceses? Ou com o New Criticism, de Eliot? Ou seria com a Estética da Recepção de Jauss e Iser? Ou estaríamos tratando aqui da tão discutida falácia intencional? Ou nenhuma delas especificamente e seu senso crítico já é maduro o suficiente para desenvolver suas próprias teorias críticas?

Não respondi às suas perguntas afirmativas, mas, ao contrário, fiquei calado demonstrando pelo meu semblante sério que não estava gostando do caminho que seu discurso tomava. Parecendo perceber o que acontecia, desculpou-se.

— Não se ofenda. Não queria parecer irônico. Desculpe-me, mas essas discussões literárias inflamam meu ânimo, me fazendo ultrapassar alguns limites da boa convivência social. — E abriu um largo e sincero sorriso.

— Não estou ofendido. Apenas expressei minha opinião.

— E com muita propriedade, meu caro! Com muita propriedade! Por acaso é um profissional ou estudioso do assunto?

— Para dizer a verdade sim. Sou professor de Literatura no Brasil.

— Ah, sim? — disse com vívido espanto e me olhou detalhadamente por alguns momentos. — Então espero não ter falado nenhuma grande bobagem, do ponto de vista teórico.

— Absolutamente! Inclusive gostaria muito que concluísse seu raciocínio, pois estava me interessando muitíssimo — disse educadamente, mas sem faltar inteiramente com a verdade.

— Me ocorre agora, já que falamos em teorias críticas...

— O senhor falou! — Corrigi-o num tom delicado.

— Sim, sim, *mea culpa*! — Sorriu e continuou: — Mas, voltando, em relação à recepção literária por parte do leitor, penso que ao ler o homem também se faz deus. Ao dar vida, em sua imaginação, a palavras inanimadas, ao formar em sua mente um cenário, ao dotar cada personagem de uma aparência particular, o leitor pratica um ato de criação divina. Ao ler, como diz um poeta de seu ensolarado país, transformamos signos mortos em memória viva. Criamos um universo paralelo, a que somente nós temos acesso. Uma realidade ficcional, onde vivem os personagens das histórias que lemos. Uma vez criado esse mundo, ele jamais se extingue. — Tomou mais um longo gole de seu *vermute*. Aproveitei o intervalo para dizer:

— Acredito que toda e qualquer obra produzida pela mente humana é, em sua essência, desprezível, mas sua execução não o é, jamais. — Recostei-me na cadeira, satisfeito com minha intervenção.

— Também gosto de Carlyle. Um grande escritor e um excepcional frasista, mas não concordo com ele neste caso. A mente humana, meu caro, é extremamente poderosa, de uma força e tenacidade realmente espantosas, ela busca atingir seus objetivos traçados, independentemente de qualquer coisa. Ela, a mente humana, passa por cima de tudo para alcançar sua meta, mesmo que para isso precise sacrificar a própria alma. — Sorriu. Um sorriso que ainda não tinha visto em seu rosto e cujo significado hoje posso entender.

De repente surgiu em mim uma extrema irritação com aquele homem. Não saberia determinar de onde viria essa irritação. De seu sorriso enigmático? De seu olhar perscrutador que me incomodava? Ou do fato de ele ter desmascarado minha citação?

— E a criação artística — continuou — é uma das formas mais eficientes encontradas pela mente humana para atingir seus desígnios. Livros lidos há décadas ainda possuem um lugar naquele mundo ficcional particular e contíguo criado por cada um de nós leitores e que citei anteriormente. É só abrir uma página e ler um parágrafo que a obra se materializa aos poucos na mente do leitor e em instantes reaparece em sua totalidade, inclusive com alguns detalhes resgatados, como a placidez de um olhar ou o perfume de um jardim. Sim! Por que franziu o cenho? O senhor, como um teórico da literatura e principalmente como um bom leitor que já pude perceber que é, deveria saber que cheiros, texturas e paladares também são imaginados e praticamente sentidos pelo leitor, pois um livro é um carnaval sinestésico.

Senti-me envergonhado, pois realmente franzi o cenho compondo aquela conhecida expressão de descrença, dúvida e leve ironia.

Mas eu mesmo acreditava no que ele dizia, pois frequentemente ao reler um livro, ou simplesmente ao abrir um ao acaso, reaparece quase que instantaneamente em meu consciente o mesmo cenário, os mesmos rostos por mim uma vez imaginados quando da primeira leitura. É como se, realmente, eu tivesse o poder divino de evocá-los quando bem entendesse.

Suas existências continuam de forma cíclica, apenas aguardando que minha memória infiel os capture. Bentinho ainda continua sentado em sua cadeira de leitura de frente à janela em sua casa de Mata-cavalos, na sala escura de estantes altas e cortinas marrons, mesmo que ela não tenha sido descrita em detalhes pelo autor; pois não interessa para mim, leitor, como Machado imaginou essa sala. Eu a imaginei assim e, com os poderes a mim conferidos na minha qualidade de leitor, criei o meu cenário. Que, aliás, só pertence a mim, pois ninguém, absolutamente ninguém mais, vai imaginar uma sala como a da minha imaginação. E disse:

— Me desculpe. Não foi minha intenção. Concordo com muita coisa que disse.

— Sim, meu jovem. Eu sei. Creio que agora deve estar relembrando livros que já leu há muitos anos e invocando as imagens, que se apresentam prontamente em sua mente de forma clara e ordenada, obedecendo à invocação do leitor\deus. Ler e escrever, dois lados da mesma moeda. Dois momentos distintos da criação.

Ao falar isso me olhou longamente e terminou sua bebida. Levantou-se procurando a carteira no bolso do paletó e disse:

— Sinto muito, a conversa está muito boa e a companhia do senhor foi uma grata surpresa nesta cidade infestada de turistas apressados, mas ironicamente também estou com pressa e tenho de ir. — Disse a ele que não se preocupasse, pois fazia questão de lhe pagar o *drink*. Um agradecimento pela instigante conversa. Ele agradeceu.

— Com certeza ainda nos encontraremos pela cidade, pois é apenas seu primeiro dia e eu ainda terei muitos. — E se despediu com um aceno. Mas, antes de se afastar uns três metros, se voltou, dizendo: — Aliás, Borges mentiu em seu epílogo. — E foi-se, mas antes que se afastasse do alcance de minha voz, gritei:

— Como sabe?

Ele se virou e, sorrindo, falou:

— Apenas sei.

Fiquei observando aquele estranho homem se perder no meio da multidão e por um instante me imaginei um personagem de Poe e quis segui-lo, mas o curso de meus pensamentos foi bruscamente interrompido.

— De quem é este outro copo na sua mesa? — Era M..., voltando de suas andanças pelas redondezas.

— De um senhor que conheci. Conversamos um pouco sobre literatura. Uma figura muito estranha que já tinha visto na Rua das Portas de Santo Antão. Eu comentei com você. — Ela disse que não se lembrava e me mostrou duas echarpes coloridas que tinha comprado por um precinho tentador. Sorri e a beijei apaixonadamente, mas aquela rápida conversa me deixou uma sensação estranha e desagradável. Esperava não mais encontrar aquele homem durante nossa estadia em Lisboa.

Paguei a conta e fomos para o hotel descansar para os passeios do dia seguinte. No caminho me recordei de um comentário que fizera: "Com certeza ainda nos encontraremos pela cidade, pois é apenas seu primeiro dia, e eu ainda terei muitos." Como ele sabia que era o nosso primeiro dia em Lisboa? Será que estava tão na cara assim que éramos turistas de primeira viagem e de primeiro dia pela Europa? Achei graça e não pensei mais nisso e nem naquele estranho encontro.

Antes de irmos para o hotel, resolvemos tomar um pressão (é assim que os portugueses chamam o *chopp*) no Café Nicola. Pouco tempo antes, enquanto M... me esperava no Largo São Domingos, dei uma rápida entrada no Café para comprar um isqueiro e aproveitei para ler em uma das paredes um pouco da história do estabelecimento. Esse clássico e histórico café foi originalmente fundado no século XVIII por um imigrante italiano chamado Nicola. Anos depois, em 1929, foi construída a fachada atual e oficialmente batizado de Café Nicola, em homenagem ao antigo proprietário. O lugar sempre foi frequentado por intelectuais e artistas, mas sem dúvida seu frequentador habitual mais ilustre foi o desbocado, segundo minha mãe, poeta Bocage.

Ao chegarmos ao hotel, M... tomou um banho e foi ler, logo pegando no sono. Eu aproveitei para terminar as notas de impressão de *O Mestre e Margarida,* que tinham sido abruptamente interrompidas naquele fim de tarde.

O Mestre e Margarida são os únicos que, apesar de flertarem e negociarem com o Diabo, são poupados *no processo de "limpeza" realizado por este. Margarida simboliza a ingenuidade, que se deixa corromper pelo Demônio em troca de algo mais nobre aos seus olhos: o amor. Ela busca recuperar o homem que ama e que desapareceu. Por sua vez, o Mestre representa o escritor em toda sua dignidade literária, aquele que não se deixa corromper e não aceita as imposições de instituições retrógradas. Ele não abre concessões à sua arte e prefere queimar seus manuscritos e se recolher a um sanatório a fazer um pacto de mediocridade com os detentores do poder.*

Há também outro motivo que concorre para a salvação do Mestre e de sua amada. O escritor criado por Bulgákov escreve um romance sobre Pôncio Pilatos, ou seja, sobre a covardia, o pecado, a culpa, o castigo e o perdão. E aqui vemos a influência do grande autor russo Dostoiévski, para quem essas questões assumem o ponto central e irradiador de suas principais obras. Paralelo ao drama do Mestre, ao desespero de Ivan Nikolayich (jovem poeta que aparece já nas primeiras páginas do romance, travando uma discussão com Berlioz sobre a existência histórica de Jesus, quando são interrompidos por Woland, a própria encarnação do Diabo e que defende, perante os dois céticos, a existência de Jesus) e às peripécias justiceiras do Diabo e seu séquito, nós temos a história de Pôncio Pilatos, escrita pelo Mestre (algumas partes da qual são reproduzidas no romance), e seu drama pessoal: por covardia (segundo Bulgákov o pior dos pecados aos olhos do Diabo), Pilatos não perdoa Ieshua (Jesus) e arrasta essa culpa por mais de dois mil anos, atormentado no alto de uma colina, sendo castigado por sua covardia.

O romance tem seu desfecho quando o Mestre, conduzido pelo Diabo até a colina onde Pilatos, seu personagem, está pagando pelos seus pecados, liberta-o, dando-lhe o perdão (mesmo perdão que este negou a Jesus) e dizendo a frase que encerra seu romance sobre o procurador romano: "Você está livre! Livre! Ele está esperando por você!"

E Pilatos segue ao lado de Jesus, acertando ambos suas contas. E segundo as palavras do próprio Woland, ou seja, do Diabo: "Vamos deixá-los a sós, não os perturbemos. Quem sabe, talvez, se eles não concordarão em algum ponto." Essa imagem, de Jesus e Pilatos lado a lado e que antecede os momentos finais do romance, simboliza a visão dual que o escritor Bulgákov possui de Deus e do Diabo. Antagonistas que se completam e que formam um único e indivisível todo. Esta imagem do bem e o mal caminhando juntos, confundindo-se, é coerente com a epígrafe contida logo antes do primeiro capítulo e que fornece ao leitor uma das principais chaves de leitura desse instigante romance:

> *"Afinal dize-me... quem és?*
> *Esse poder a quem sirvo*
> *Cujos desejos se confundem com o mal*
> *E que, entretanto, sempre faz o bem."*
> *Goethe, Fausto*

Quando terminei de escrever já era tarde, passava das duas horas da madrugada, mas fiquei satisfeito, pois achava que havia conseguido passar uma boa impressão do livro que tanto me agradou. E quando falo de boa impressão quero dizer no sentido literal, ou seja, passar de uma maneira eficiente as minhas impressões de leitura. Em outras palavras, escrever um texto analítico sem a complexa instrumentação teórica de citações acadêmicas, notas de rodapé, uma longa bibliografia e teorias críticas de variadas escolas que se contradiziam entre si. Fui dormir satisfeito... e incomodado.

Na manhã seguinte acordamos tarde e mal-humorados com o nosso atraso. Afinal, tanto para ver e nós em uma cama de hotel. Mas logo recuperamos nosso bom humor, que tinha dormido um pouco mais do que nós. Tomamos um generoso café da manhã e saímos para o nosso primeiro dia completo em Lisboa. A cidade estava tomada por turistas, principalmente alemães, espanhóis e japoneses, claro. Lisboa vem se tornando, já há algum tempo, muito atrativa para os turistas, pois a cidade histórica encontra-se em ótimo estado de conservação e os preços são mais convidativos do que nas outras capitais da Europa.

Descemos a pé direto até a Praça do Comércio, mais conhecida pelos lisboetas como Terreiro do Paço, pois abrigou o palácio e a família real por aproximadamente quatro séculos depois que essa foi transferida do Castelo de São Jorge pelo Rei Manoel I. A praça encontra-se estrategicamente localizada às margens do rio Tejo, que se confunde com o horizonte como um grande mar. A arquitetura da praça é basicamente pombalina, pois quase todo o Paço foi destruído pelo grande terremoto de 1755, e não só a praça, mas grande parte da cidade foi praticamente reconstruída no governo do Marquês de Pombal, que adotou um estilo marcante na nova arquitetura da cidade. Lisboa foi a primeira cidade ocidental moderna a ter um sistema antissísmico em seus principais prédios construídos ou reformados após o famoso terremoto.

Ao passarmos em frente ao tradicional café Martinho da Arcada, considerado o mais antigo de Lisboa e onde Fernando Pessoa foi várias vezes visto em "flagrante delitro", um homem se aproximou de nós com alguns óculos na mão e nos ofereceu seu produto, que rapidamente pudemos constatar que não eram óculos, mas sim algumas buchas amarronzadas que poderiam ser maconha ou haxixe. Não pagamos para ver. Agradecemos a gentileza e seguimos nosso passeio pela praça e por entre os centenários bondes que eficientemente costuram toda a parte antiga de Lisboa.

Saímos da praça passando por debaixo dos arcos, tomamos a Rua Augusta, repleta de lojas de comércio, mas que para desolação da minha bela e inquieta companheira de viagem estavam fechadas – era domingo –, e fomos em direção ao elevador de Santa Justa. Este foi a principal via de acesso da Baixa para a Rua do Carmo, no Chiado, durante as primeiras décadas do século XX. A semelhança arquitetônica – principalmente na maneira de se usar o principal material de sua construção, o ferro – com a Torre Eiffel de Paris não é mera coincidência, já que seu arquiteto, o português de origem francesa Raoul Mesnier du Ponsard, segundo afirmam alguns historiadores, foi discípulo de Gustave Eiffel.

Após uma agradável visita à Igreja de São Roque e às ruínas da Igreja do Carmo, pegamos um bonde sem destino certo e deixamos nos perder pelas ruas e pela bela arquitetura da parte alta de Lisboa. O motorneiro, um simpático senhor de vasto bigode branco – olha o bigode aí de novo –, me deixou fazer todo o percurso em pé ao lado dele, me mostrando pontos pitorescos e nos dando preciosas dicas de lugares para visitar em nossa curta estadia em Lisboa.

Ao descermos do bonde, no coração do Chiado, procuramos imediatamente o lendário café A Brasileira, onde, após várias fotografias sentada ao lado, no colo, dependurada nas costas e abraçada ao pescoço da simpática estátua de bronze de Fernando Pessoa, que se encontra ao lado do café, M... finalmente resolveu sentar-se e tomamos uma deliciosa garrafa de vinho Marquês Borba Alentejano. Ao sairmos d'A Brasileira e já quase chegando na Rua das Portas de

Santo Antão, ou seja, já nas proximidades de nosso hotel, percebi que tinha esquecido meu maço de cigarros de palha – na época eu ainda fumava – e, pior, meu isqueiro Zippo de estimação.

Voltar? Inútil, pensamos nós, pois já haviam se passado mais de duas horas que tínhamos saído do café e seria pouco provável que os objetos ainda estivessem em cima da mesa ou tivessem sido guardados por algum garçom cioso. Demos o isqueiro por perdido. Após quatorze anos de estreita convivência, ele agora pertencia, assim desejava eu, ao espectro de Fernando Pessoa. Não havia outra solução a não ser nos sentarmos em um dos bares das Portas de Santo Antão e afogar minhas mágoas em ginjinhas.

São quase oito horas da noite e M..., completamente nua na minha frente, após tomar uma chuveirada, se arruma para sairmos. Vamos a uma tradicional casa de fado portuguesa. Ato contínuo: M... volta para o chuveiro, pois vai precisar de outro banho. Dessa vez, sabiamente, ela se arruma dentro do banheiro, pois como diria Nelson Rodrigues: *Toda nudez será castigada.*

No caminho para a casa de fado, um vendedor ambulante, que comercializava acendedores de fogão parecidos com os antigos magiclicks, se interessou muito pelo cigarro de palha que eu estava fumando e me propôs uma barganha: dois cigarros em troca de um acendedor. Dei os cigarros e não aceitei o magiclick, pois desconfio que ele pensou que os cigarrinhos eram de maconha ou haxixe. Não achei justa a troca para ele.

O show foi sem dúvida uma experiência única para qualquer apreciador de boa música. O fado tem um ritmo melancólico e extremamente harmonioso que faz com que o ouvinte se deixe embalar e se contaminar pela tristeza tranquila e amena das canções. Os cantores não usam microfones e são acompanhados na maioria das vezes apenas por um ou dois violões. Suas vozes preenchem todo o lugar e a alma de quem escuta. Parodiando Pessoa: a palavra, neste caso não a palavra escrita, mas a palavra cantada, não é para quem a ouve, busca quem a ouça; escolhe quem a entenda e não se subordina a quem a escolha. Foi sem dúvida por vontade de Deus que todos os ais são seus, Portugal. O português não se esquece de reverenciar sua grande fadista, Amália Rodrigues. Por toda a cidade há referências à sua música e à sua história.

Ao deixarmos a casa de fado – e só para constar, fomos os últimos clientes a sair e o último número foi tocado exclusivamente para nós –, com as almas leves apesar de tão preenchidas, nos aconteceu um episódio curioso. Tentei pedir uma informação a um senhor mais velho que passava ao meu lado e ele simplesmente me ignorou. Mesmo eu chamando-o repetidas vezes. Imediatamente outro homem que estava perto veio ao nosso encontro perguntando o que queríamos e nos explicou que muitos portugueses, mais idosos, que conheceram uma Lisboa mais romântica e ainda moram na parte histórica da cidade, se irritam com o enxame de turistas que de alguns anos para cá vem tomando a cidade e enchendo suas antes tranquilas ladeiras e cafés, tornando-as uma babel, onde frases soltas em alemão, italiano, espanhol, francês e japonês se misturam no ar. É como se estivéssemos tomando um espaço que pertence à sua memória, à sua história, à história da sua Lisboa, de uma Lisboa de ontem, da Lisboa da sua infância.

Tomamos o caminho do nosso hotel e fomos a pé, descendo pelas ladeiras do Chiado em direção à Baixa. O ar frio da noite e a calma – pois já passava das onze horas da noite – das ruas foi embalando nossos passos. Os acordes das canções fadistas ainda reverberavam em nossos espíritos. Quando cruzamos o Rossio já passava da meia noite e seu ar desolado e deserto contrastava com a agitação de turistas e nativos durante o dia.

Ao entrarmos na agora vazia e silenciosa Rua das Portas de Santo Antão, nos sentimos transportados para um outro tempo. O que só foi possível graças a uma completa ausência de elementos modernos: as pessoas e suas roupas contemporâneas, os automóveis barulhentos e todos os sons característicos do século XXI. Vagar por Lisboa de madrugada é uma experiência religiosa, pois a pureza e a poesia de suas alamedas se fazem sentir por inteira. Sua arquitetura secular despida da contemporaneidade permite, com a ajuda da imaginação, de um pouco de abstração e de duas garrafas de um bom vinho português, que nos transportemos para a Lisboa de dois séculos atrás e caminhemos ao lado de Alberto Caeiro, Álvaro de Campos e Ricardo Reis pelas ruas da Baixa.

Assim que chegamos ao hotel, M... tomou um rápido banho e foi se deitar, exausta. Mas eu estava muito excitado, meu coração estava tomado de lirismo, música e poesia. Não tinha sono e iniciei uma nova leitura, *Auto-de-fé*, de Elias Canetti. Só consegui interromper a leitura do novo livro por volta das três horas da manhã. A sensação de lirismo tinha desaparecido e dado lugar a um desagradável sentimento de opressão.

Tive um sono agitado, sonhei que estava preso em uma biblioteca gigante, infinita, borgeana. No início, ao ser confinado em seu interior, me senti feliz, exultante por ter um número incontável de livros para ler e todo o tempo para me dedicar a eles, mas aos poucos fui me sentindo vazio e solitário. Comecei a vagar pelos corredores procurando uma saída daquele labirinto de estantes ou pelo menos alguém com quem pudesse conversar ou simplesmente ouvir a voz. Acordei sobressaltado e olhei para o lado, M... ainda dormia. Já passava das dez horas da manhã.

Depois de uma rápida refeição matinal, pegamos o *metro* (assim mesmo, sem acento) e fomos até a estação do zoo. Lá pegamos o trem, ou melhor, o comboio, até Sintra. A cidade é serrana e muito acolhedora. Lembra muito Petrópolis e não é por coincidência. Os reis portugueses fugiam do calor do verão nos agradáveis bosques de Sintra e ao chegarem a terras brasileiras encontraram em Petrópolis uma região com clima e paisagem semelhantes.

A primeira coisa que vemos, logo que nos aproximamos da cidade, são as longas e brancas chaminés do Castelo Nacional, antiga residência de verão da família real portuguesa. Já na parte de dentro do castelo, a cozinha é, estranhamente, o cômodo que mais nos chama atenção. É lá que encontramos as chaminés, que são largas em suas bases e vão se afunilando até se tornarem duas agulhas brancas. Ao sair da cozinha passamos por um corredor com várias janelas que se abrem para um lindo jardim, infelizmente fechado para visitação.

Aproveitei que estava sozinho – M... separou-se de mim no interior do castelo e seguiu outro roteiro –, pulei a janela e perambulei por uns quinze minutos pelos jardins reais, me sentindo um nobre entediado. Ao retornar, um segurança me flagrou e me ajudou a "despular" a janela. Assim que me encontrei dentro do prédio, ele me perguntou, em português, se eu falava sua língua. Eu não tinha nada mais a fazer a não ser responder sua pergunta: "*I don't speak portuguese, I'm sorry*". Sorri e continuei meu passeio pelo interior do castelo.

Mais tarde, quando voltávamos de um passeio pelos arredores da cidade, paramos para comprar uma garrafa de vinho do Porto, encomenda da minha mãe, e, se não fosse a diplomática intervenção da M..., provavelmente eu e o patrício proprietário da pequena bodega de vinho teríamos chegado às vias de fato. Ocorreu o seguinte: entramos no estabelecimento, olhamos algumas garrafas e perguntamos ao homem que pelas atitudes parecia ser o dono da bodega qual vinho do porto ele nos indicava. O homem atenciosamente nos falou de algumas marcas conhecidas mas muito caras e de outras mais baratas mas de qualidade duvidosa e finalmente nos mostrou uma garrafa que assegurava ser de boa qualidade e de um preço acessível. Posto isso, nos ofereceu uma pequena degustação. Encheu um pequeno cálice e me passou.

Eu senti o aroma, observei a coloração, fiz alguns movimentos circulares com o copo, ou seja, tudo aquilo que já havia observado experientes bebedores de vinho fazendo e que, devo confessar, não é o meu caso, pois não entendo absolutamente nada de vinhos, e de um só gole virei todo o conteúdo do copo. Olhei para o homem com uma cara de satisfação e aprovação e ainda estalei os lábios, dizendo:

— Muito bom! — O homem me olhou com um semblante no qual percebi um misto de revolta, indignação, ira e desprezo. E soltou:

— Mas bebeste tudo sem oferecer à senhora? Que sem educação! — E imediatamente pegou a garrafa de amostra, encheu outro cálice e ofereceu para M..., me olhando de forma enviesada. Eu a princípio fiquei sem ação, mas respondi:

— Antes de mais nada, o vinho é para minha mãe, sendo assim, sou eu quem vai pagar a garrafa e então sou eu quem deveria provar do vinho, e sem educação é você, seu gajo. — M... imediatamente me tomou pela mão, não sem antes virar o copo dela de um gole, e me puxou para fora da loja. E ao sair ainda pude ouvir alguns impropérios. Descemos a rua rindo e achando muita graça do ocorrido.

Passamos o resto do dia zanzando por Sintra e voltamos para o hotel ao final da tarde. Depois de jantarmos, M... foi procurar uma *lan house* para descarregar a máquina fotográfica, e eu retomei a leitura iniciada na noite anterior.

Mais uma vez tive dificuldade de interromper a leitura do livro, que a cada página mais me envolvia com sua trama e com seus personagens. Estranhos personagens. Mas no dia seguinte acordamos cedo e fomos visitar a Fundação Gulbenkian. Calouste Gulbenkian foi um multimilionário turco do setor petrolífero que se transferiu para Portugal durante a segunda guerra mundial. Pouco antes de morrer, doou seus bens ao povo português através de uma fundação que deveria ficar responsável por gerir seu legado cultural. Gulbenkian, ao longo de várias décadas, reuniu uma coleção de arte que coloca o museu criado pela fundação como um dos principais da Europa.

Ali encontramos um acervo extremamente variado, que inclui arte egípcia, mesopotâmica, oriental e islâmica, além de artistas notórios como Rembrandt, Monet, Manet, Degas, Renoir, dentre outros. M... se emocionou ao ver pendurado em uma parede o "Menino assoprando bolhas de sabão" (Les bulles de savon), pintura de Edouard Manet que marcou sua infância por ser uma das obras reproduzidas no popular jogo de tabuleiro da década de setenta, "Leilão de artes". Passamos horas dentro da fundação. Seu projeto arquitetônico possibilita uma agradável interação com os jardins que cercam o prédio, através de suas grandes janelas e paredes de vidros. A sensação é única, pois nos sentimos em um museu ao ar livre, cercados por árvores frondosas e plantas exóticas e perambulando por peças de arte seculares.

Ao sairmos da fundação, voltamos ao Chiado para visitar antiquários de livros. Antes de começarmos nossa peregrinação pelos sebos de Lisboa, resolvi, por desencargo de consciência, voltar ao restaurante A Brasileira para perguntar pelo meu Zippo, contudo sem nenhuma esperança de encontrá-lo. Abordei o primeiro garçom que vi, não aquele que nos serviu da primeira vez, e contei-lhe a história rapidamente. E qual não foi minha grata e estarrecedora surpresa ao ouvir do homem que três dias atrás um cliente o chamara e lhe entregara um isqueiro Zippo, esquecido sobre uma das mesas e que pela minha descrição provavelmente seria o mesmo. Ele o deixara em seu armário e me pediu para aguardar alguns minutos enquanto ia buscá-lo.

Não demorou mais de três minutos para voltar e me devolver o isqueiro. E não me venham dizer que isso é coisa de primeiro mundo, de europeu e coisa e tal, porque o homem era brasileiro, de Aracaju. Agora, feliz e aliviado, podia ir à cata dos livros. Agradeci ao garçom e lhe dei uma generosa gorjeta. Antes de ir embora, pedi a ele que, caso revisse o cliente, lhe agradecesse por mim. E ele então me disse que não achava provável que o visse novamente, pois não parecia ser um lisboeta. Era um homem estranho, meio intimidador, apesar de educado. Mas com certeza não era de Lisboa. Falava português, mas tinha um sotaque estranho.

Eu olhei fixamente para o garçom e perguntei:

— Era um homem alto, de uns sessenta anos, de terno cinza claro e chapéu de feltro branco?

— Sim. O senhor o conhece?

— Não — respondi imediatamente e me despedi, agradecendo-lhe mais uma vez.

Ao sairmos do bar, M... me perguntou, intrigada, como eu sabia a aparência do homem que encontrou meu isqueiro.

— Lembra-se do homem estranho de quem lhe falei, que conversou comigo no Miradouro de Santa Luzia? É com certeza o mesmo que encontrou meu isqueiro.

— Ah, sim! Lembro-me agora, vocês ficaram conversando enquanto eu dava uma volta pelo bairro. Mas por que essa cara de preocupação?

— Estou com uma sensação esquisita em relação a esse homem, desde a primeira vez que o vi. Não sei te explicar bem, mas parece que ele está nos seguindo. Não sei.

— Bobagem! Cisma sua, é um turista como nós. Estava n'A Brasileira no mesmo dia e encontrou seu isqueiro.

— É muita coincidência. Eu vi esse homem pela primeira vez pouco tempo depois de chegarmos à cidade, eu comentei com você, ele estava nos observando fixamente, parado em frente ao Coliseu dos Recreios. Depois, mais tarde, ele se convidou para sentar-se na minha mesa no Miradouro e entabulamos uma conversa que me deixou muito incomodado. E agora esse episódio do isqueiro.

— Para de bobagem, foram apenas coincidências, a cidade histórica não é muito grande, provavelmente vai cruzar com ele outras vezes. Estou cansada, você se importa de visitar os antiquários de livros sozinho? Vou para o hotel descansar um pouco, estamos andando sem parar desde as oito horas da manhã e meus pés estão me matando.

Disse a ela que estava tudo bem e que não demoraria, nos encontraríamos no hotel para jantar.

Sozinho, perambulei pelos sebos do Chiado. Perdi a conta do número de livrarias e alfarrábios pelos quais passei e as centenas de preciosidades que passaram por minhas mãos. Há desde pequenas bancas distribuídas pelas calçadas até grandes livrarias com milhares de livros em suas envelhecidas estantes. Dentre elas está a tradicional Livraria Camões, com dezenas de bustos de todas as formas, cores e tamanhos do escritor de *Os lusíadas*. Mas a melhor de todas ainda estava por vir.

Já no fim da tarde, por volta das cinco horas, subia a Rua São Pedro de Alcântara lentamente, depois de ter ficado alguns minutos admirando o elevador da Glória, na verdade um funicular, que, assim como o clássico elevador de Santa Justa, une as cidades baixa e alta. Ao cruzar a Travessa da Boa Hora, deparei-me com uma pequena porta de vidro, de batentes verdes, com alguns poucos livros na vitrine. Apesar de ter passado toda a tarde entre livros e estar um pouco cansado, entrei na livraria. Ela estava vazia, com exceção de um senhor que aparentava ter algo em torno de pouco menos de oitenta anos.

Elegantemente vestido, com um sóbrio terno cinza, o senhor veio até mim com um largo sorriso, apresentou-se como o proprietário da livraria e perguntou se poderia me ajudar. Disse-lhe que estava em visita à cidade e tirei parte do dia para visitar alguns sebos. Qualquer livreiro experiente deduziria que, se tirei a tarde para visitar sebos, já passava das cinco horas e minhas mãos descansavam tranquilamente em meus bolsos sem uma única sacola pendurada, eu provavelmente não seria um cliente que merecesse uma atenção especial. Mas curiosamente, ou porque o simpático senhor foi com minha cara, ou porque simplesmente o peguei em um momento inspirado, o senhor Ernesto, este era o seu nome, me levou para um agradável passeio pelo mundo do mercado literário de livros usados de Lisboa.

Ele me contou que a livraria foi fundada pelo seu pai e assumida por ele em 1951, sempre naquele mesmo local, e desde então vinha atendendo bibliófilos, livreiros, amantes de livros ou, mas não menos importantes, simples leitores, de todo o mundo. Perguntei a ele se conhecia o bibliófilo brasileiro José Mindlin, de quem tinha lido recentemente a biografia de caçador de livros, *Minha vida entre livros*. Ele deu uma gargalhada e disse que Mindlin era um de seus clientes mais assíduos e que muitas vezes vinha a Portugal exclusivamente para visitar sua livraria.

Dei uma olhada em torno e fiquei admirado com o ambiente. Era uma livraria que realmente tinha a marca de quase meio século. Estantes modernas de aço dividiam espaço com outras, de madeira, que se confundiam com o próprio espaço no qual estavam inseridas, já amalgamadas ao ambiente. Espalhadas pela ampla sala, várias aquarelas e pinturas a óleo, penduradas na parede, em cima das estantes ou amontoadas pelos cantos. Mesas de madeira sólidas, robustas e entulhadas de livros se espalhavam pelo ambiente, em que uma aparente desordem demonstrava que aquele era um sebo no qual o proprietário poderia dizer de olhos fechados onde se encontrava cada tomo.

À medida que conversávamos, o senhor Ernesto me mostrava algumas raridades de sua livraria: obras autografadas por Miguel Torga, Almeida Garrett, Eça de Queiroz, Jorge Amado, dentre outros ilustres escritores. Ao ver meu espanto e admiração, parece que se entusiasmou ainda mais e, sorrindo, abriu uma estante pequena, de porta de vidro, que ficava ao lado de uma pequena mesa de trabalho, retirou de lá um volume e me deu para segurar. Eu peguei o exemplar e imediatamente reconheci *Os lusíadas*.

— Já leu?

— Alguns cantos, não todo. É um belo exemplar este, quem sabe com uma edição clássica como esta eu me entusiasme a ler. É muito caro este?

Ele me olhou, retirou o livro de minhas mãos, abriu na primeira página e me devolveu, apontando com o dedo o ano da edição: 1572. Demorei alguns instantes para entender que tinha em minhas mãos a primeira edição de *Os lusíadas*, de Luís de Camões, impressa em Lisboa por Antônio Gonçalves.

— Mas não é possível! Esse livro é original?

— Tão original quanto eu ou você.

— Mas o senhor o deixa assim, desprotegido? Em uma simples estante no meio de sua loja? Não tem medo de que roubem?

— Não. — E depois de alguns instantes completou, com um sorriso um tanto enigmático, em que pude vislumbrar uma certa tristeza: — Ele está bem protegido.

Olhei para os lados à procura de algum sistema de alarme e não encontrei nada, pelo menos visível. Cheguei a duvidar da autenticidade do livro, mas hoje tenho certeza de que, infelizmente, ele é autêntico. O senhor Ernesto tomou delicadamente o livro de minhas mãos e, após colocá-lo novamente na estante, me tomou pelo braço e levou-me até uma grande mesa que se encontrava bem no meio da sala. Retirou dois grandes e pesados volumes de cima de um terceiro ainda maior e mais pesado e deixou à mostra um enorme livro de capa verde.

— Este livro foi escrito pelo nosso Dom Pedro IV; para vocês, Dom Pedro I, filho de Dom João e neto de Dona Maria I, a louca. Na verdade, é a partitura de uma missa composta por ele.

A partitura era toda, segundo o senhor Ernesto, manuscrita pelo próprio Dom Pedro I, ou Dom Pedro IV, como querem os portugueses.

— Se tiveres disponíveis duzentos mil euros e gostares de missa... "este" — e realçou o termo — eu estou vendendo.

Fiquei absolutamente maravilhado pelo tomo gigantesco. Sem me dar conta, abri o livro e comecei a folheá-lo. As páginas eram macias como linho, o que fazia o texto ficar em alto-relevo e extremamente agradável ao toque. Ao perceber que estava conspurcando aquela preciosidade com minhas rudes mãos, me assustei e procurei o olhar de censura do senhor Ernesto, mas não encontrei. Nem o olhar nem o próprio livreiro. Olhei em torno e não vi ninguém.

Fiquei sem saber o que fazer: se aguardava sua volta ou se ia embora, mas a livraria estava vazia e fiquei com medo de deixá-la assim, à mercê de algum oportunista. Ainda mais agora que sabia de alguns tesouros que havia ali dentro, apesar de achar que, mesmo sendo autêntico o livro de Dom Pedro I, o valor sugerido por ele não devia ser muito condizente com o mercado. Mas o que entendo eu de mercado de livros raros? Foi nesse momento em que me encontrava em estado de suspensão que ouvi a voz do livreiro me chamar.

Procurei para identificar de onde saía o chamado e pude perceber um pequeno corredor escuro e repleto de pilhas de livros espalhados pelo chão. Caminhei de forma um tanto quanto titubeante entre as pequenas e inseguras torres de papel até ver uma pequena sala, que se encontrava à direita, em um desnível do corredor, corrigido por três degraus de madeira. Abaixei a cabeça, pois a passagem não devia ter mais de um metro e sessenta de altura, e entrei no minúsculo quarto. Havia estantes de livros nas quatro paredes, uma cadeira, uma pequena poltrona e um divã encostado em uma das estantes.

— O senhor gosta de Fernando Pessoa?

— Sim — respondi prontamente. — É um dos meus poetas prediletos.

Só então comecei a notar que todos os livros que se encontravam nas estantes daquela sala eram ou de autoria de Fernando Pessoa ou faziam parte de sua fortuna crítica. Centenas de livros de edições variadas da obra do poeta português. Dentre eles várias primeiras edições, inclusive de *Mensagem*, único livro escrito em português e editado em vida pelo autor, um ano antes de sua morte, em 1934. Exatamente a data que aparece na capa do livro, precedida pelo nome da cidade de Lisboa e acima dos créditos: "parceria Antônio Maria Pereira – rua augusta 44 – 54".

Estava extasiado em meio àquelas raridades e só me chateava a ausência da M..., que é uma conversadora muito mais habilidosa do que eu e com certeza sairia dali com no mínimo um convite para jantar na casa do senhor Ernesto, e quem sabe até mesmo uma combinação para o fim de semana em uma hipotética quinta do livreiro, nos arredores de Lisboa. Mas na sua ausência o máximo que conseguia era soltar algumas interjeições de admiração e júbilo. Vendo o meu genuíno e sincero entusiasmo, o velho livreiro começou a falar:

— Na época de meu pai, Fernando Pessoa, de quem era amigo, costumava tirar longos cochilos deitado nesse divã. Ele passava aqui bêbado, voltando dos cafés, e não queria chegar em casa, na rua Coelho da Rocha, onde morava com sua mãe, naquele estado. Meu pai o acolhia e deixava-o dormir até passar a bebedeira.

Olhei para o divã um tanto incrédulo com a história do senhor Ernesto, mas, por outro lado, considerei: o velho ia inventar aquela história a troco de quê? Com certeza já tinha percebido que eu não era um bibliófilo disposto a gastar milhares de euros em exemplares raros. Sendo assim, por que perder tanto tempo comigo? Talvez pelo simples prazer de conversar sobre literatura e mostrar suas raridades sem correr o risco de perdê-las. Sim, perdê-las, pois para alguns livreiros, que têm o azar de também ser bibliófilos, vender seus tesouros é extremamente doloroso. Dor tamanha que nem mesmo o som do metal caindo na caixa registradora é capaz de amenizar.

Lembrei-me então da história contada pelo já citado colecionador de livros José Mindlin, que um belo dia teve a ideia, ainda em sua juventude, de montar uma livraria de livros raros. Pensava ele: por que comprar livros nas mãos de outros livreiros se poderia "pescar no viveiro"? Nem precisaria dizer que o empreendimento faliu em pouco tempo e que o apaixonado bibliófilo passou as décadas seguintes na busca dos exemplares vendidos e que, talvez já imaginando um futuro resgate, anotava em um livro de vendas nome, endereço e telefones dos adquirentes.

Estava absorto nesses pensamentos quando o senhor Ernesto, que havia se sentado no divã, chamou minha atenção e me apontou uma velha cadeira empoeirada que se encontrava defronte a ele.

— Meu jovem! Vejo que você é um apreciador de livros. Notei isso pelo sincero estado de comoção que várias vezes pude perceber em seu olhar ao lhe mostrar alguns exemplares existentes em minha velha livraria. Consequentemente deduzi que seja um apaixonado leitor, como eu sempre fui, desde a mais tenra idade; mas lhe pergunto, você sabe diferenciar os diversos tipos de livros e seus benefícios e, por que não dizer também, seus malefícios para o nosso espírito?

Antes que eu pudesse responder a sua pergunta, ele continuou:

— Os livros são como os alimentos. Na verdade, o livro é o alimento da alma. Há aqueles que são ingeridos distraidamente, de maneira fortuita, simples tira-gostos. Entretanto, há aqueles que devem ser degustados com deleite, como as finas iguarias, diria até que merecem um preparo todo especial: vestimenta adequada, uma cadeira confortável e, para aqueles que apreciam, um fundo musical criando a atmosfera, ou seja, tudo aquilo que permita saboreá-lo quase que com religiosidade. Há também aqueles que devem ser deglutidos com vagar, pois são alimentos pesados, de difícil digestão, e exigem do organismo vivo que o tem em mãos, o leitor, um tempo próprio para assimilá-los. Há livros que são extremamente saborosos, mas enjoativos e, devido a isso, devem ser consumidos esporadicamente, como alguns tipos de doces, por exemplo. Em compensação há aqueles que não têm gosto algum, não agradam ao paladar, mas são extremamente nutritivos. Há os que possuem uma bela aparência, mas o sabor não faz jus à apresentação. Existem também aqueles que já foram saborosos, mas tiveram seu prazo de validade vencido e azedaram com o tempo. Também há aqueles que você nunca havia experimentado antes, talvez por puro preconceito, mas que o surpreenderam com o gosto agradável que talvez o tenha remetido a uma outra iguaria de sua preferência. Há aqueles que você consome por compulsão e quando termina vem a frustração: excesso de carboidrato e falta de proteína. Há aqueles que dão um gostinho de "quero mais", terminam antes de satisfazê-lo completamente... e não seria essa sua principal qualidade? Lembro-me agora daqueles que têm um gosto indefinido, transcorre um longo período até você descobrir se gostou ou não. Há os que misturam uma variedade de sabores e essências, confundindo o paladar. E não poderíamos nos esquecer do prato preferido! Não necessariamente o mais saboroso que você já experimentou, mas é aquele que você sempre requisita. Uma questão de gosto! Há aqueles que não "descem" e cujo prato deve ser largado no meio, por mais frustrante que isso possa parecer a um *gourmet* literário. Há aqueles cujo gostinho só aparece no final. Há também aqueles cujo gosto só é sentido tempos depois, devido à complexa elaboração de seus temperos.

E me fitando com um olhar de puro deleite literário, completou:

— Os pratos são variados, os gostos diversos. Ler é empanturrar-se de vida.

Percebi em seu olhar que vagueava pelas estantes um misto de melancolia e prazer. Já ia me dizer mais alguma coisa quando seu olhar se fixou na pequena porta do quartinho onde nos encontrávamos e assumiu uma expressão de vívido horror, e com uma atitude a princípio de medo e depois de indignação disse:

— O que está fazendo aqui? Não tenho mais nenhum negócio para tratar com você. — E se levantou do divã com uma agilidade inesperada para um homem da sua idade. Antes que eu pudesse me voltar para ver quem se encontrava na porta, pude reconhecer a voz.

— Não venho por sua causa, venho por causa dele.

E caminhando em minha direção me estendeu gentilmente a mão. Um tanto confuso me levantei e apertei com certa relutância a mão estendida pelo estranho homem com quem havia conversado no Miradouro de Santa Tereza no dia seguinte à minha chegada.

— Estava do outro lado da rua, absorto em meus pensamentos e apreciando o cair da tarde nesta agradável cidade, quando o vi entrando e me lembrei de nossa conversa, abruptamente, confesso, interrompida por mim outro dia, e aguardei pacientemente sua saída para podermos, quem sabe, retomá-la. Mas quando vi que demorava mais do que o normal dentro de um velho sebo, imaginei que o meu estimado amigo Ernesto — neste momento olhei para o livreiro e pude perceber em seu olhar um profundo descontentamento ao ouvir a palavra "amigo" pronunciada pelo meu interlocutor — estivesse, como dizem os portugueses, caceteando-o com suas velhas histórias.

— De maneira alguma — respondi —, estávamos tendo uma agradável conversa quando o senhor chegou. E sou capaz de passar horas dentro de um "velho sebo" — completei.

— Ora, me perdoem se atrapalhei, não era minha intenção — disse com um ar levemente compungido.

— Não atrapalhou nada — se apressou em dizer o senhor Ernesto —, mesmo porque já é hora de fechar a livraria.

— Não se preocupe conosco, caro Ernesto — disse o homem de pé à minha frente —, pode fechar e se recolher. Continuarei a conversar com meu novo amigo. — E voltando-se para mim: — Isso se o senhor não tiver nada melhor para fazer neste início de noite lisboeta.

— Para lhe ser sincero, a conversa que tivemos outro dia me deixou bastante intrigado e alguns pontos me fizeram refletir bastante.

— Pois bem — e voltando-se para o livreiro com um tom de leve autoridade —, pode ir, eu ainda conheço o caminho pelo velho túnel, não nos demoraremos muito. E mais uma coisa, meu estimado Ernesto, nosso negócio ainda não está terminado. Eu já cumpri a minha parte no acordo, resta você cumprir a sua. Mas eu não tenho pressa.

O senhor Ernesto deu meia volta e se encaminhou para a porta. Antes de sair, se voltou e me olhou, como se quisesse me dizer algo, mas rapidamente seu olhar se cruzou com o do homem à minha frente e o senhor Ernesto abaixou a cabeça e saiu sem se despedir.

— Ele te contou a história que Fernando Pessoa dormia neste quarto para se curar de suas bebedeiras?

— Sim.

— Ele adora contar esta história.

— Por quê? É mentira? — perguntei.

— Não! É verdade. Pessoa foi um grande poeta, e o seu pacto com a bebida o ajudou muito em suas criações. Muitos de seus principais versos foram compostos sobre o mágico efeito do álcool. A bebida destruiu a saúde do homem, mas antes o fez um grande poeta. Na verdade, todos os grandes fizeram pactos; uns com a bebida, outros com as drogas, e outros... Mas sente-se, por favor, não vamos ficar em pé.

Sentei-me na cadeira em que estava antes de sua chegada e ele ocupou o lugar do livreiro no velho divã. Assim que nos acomodamos, perguntei:

— O senhor realmente acredita nisso que acabou de dizer?

— Que Pessoa foi um grande poeta? Claro que sim.

— Não estou me referindo a isso, mas à sua afirmação de que todos os grandes artistas fizeram alguma espécie de pacto que os beneficiasse em seu processo criativo.

— Mas certamente, meu caro! E creio que isso não é nenhuma surpresa para você, que como me disse anteriormente é um estudioso de uma das principais manifestações artísticas: a literatura. Poderia desfilar a sua frente uma ampla e majestosa galeria exemplar, que alcançaria desde um bêbado caçador de elefantes – que em sua ingenuidade ousou pensar que o suicídio o livraria de seu pacto de genialidade –, passando por um jogador inveterado e epilético, até chegar a jovens angustiados e velhos solitários e novamente passando por loucos, suicidas, assassinos, e a lista é longa e atroz.

"Assim como suas obras foram geniais e brilhantes, suas vidas foram desesperadas e escuras em seu íntimo. Um preço a pagar pela luz de suas criações. Um grande escritor, seu patrício, que também não fugiu a pactos e viveu toda sua vida preso à sua cidade e à sua doença, disse uma vez que as capas de veludo têm franjas de algodão, assim como as capas de algodão têm franjas de seda. A alma humana não tem apenas um lado, possui vários, e contraditórios. O senhor ficaria espantado se soubesse do que o ser humano é capaz para atingir seus objetivos, mesmo os mais meritórios.

"Todo ser humano bom, de capa de veludo, possui suas franjas de algodão, que podem ser puxadas; assim como todo ser humano perverso, de capa de algodão, possui suas franjinhas de seda, que podem salvá-lo se encontrar uma boa alma que as puxe; porque as de algodão o próprio Diabo gosta de puxá-las. — Ao falar isso, o homem jogou a cabeça para trás, deu uma sonora gargalhada e me olhou seriamente. — Mas vejo pela sua expressão que não concorda muito com o que acabei de dizer."

— Eu conheço o conto ao qual o senhor faz referência, e nele "o grande autor meu patrício" mostra, no final da história, que as virtudes vencem e que os homens de capa de algodão possuem suas franjas de seda.

— Mas foi exatamente o que eu disse, meu estimado, e o contrário também existe e é mostrado na novela. Eu só não concordo quando o senhor diz que no final a virtude vence. O autor termina sua história sem deixar isso claro; diria mais, ele nos dá a entender que existe um, como poderíamos dizer, empate.

— Se há um empate, o senhor concorda que não são todos os grandes artistas que cedem a esse pacto com o mal.

— Claro que não. Concordo com o senhor. Não são todos que se sujeitam a esse pacto. — E me olhou fixamente antes de completar: — Apenas os maiores.

— Também poderia desfilar para o senhor uma galeria de grandes autores, e artistas de uma maneira geral, que não perderam suas vidas no jogo, na bebida, nas drogas ou em qualquer outra tentação humana.

— Vou dispensá-lo desse tortuoso exercício de memória, mas devo adverti-lo de que ninguém, ou melhor, ninguém desse mundo, pode saber o tormento que passa por uma alma humana. E garanto-lhe que nenhuma genialidade artística passa impune pela vida... — e completou — ou pelo que há depois dela.

— Não estou entendendo aonde o senhor quer chegar. O que está sugerindo?

— Na verdade, nada de mais, meu caro, apenas que a literatura, assim como qualquer manifestação artística, é constituída de revelações e momentos epifânicos. E estes não são alcançados naturalmente. A parte da transpiração é realmente de grande valor e ocupa um grande espaço da obra, mas a pequena parte que cabe à inspiração é fundamental. E para essa o homem precisa da ajuda externa. O homem deve alimentar o seu espírito de inquietação e insatisfação, e é nesse momento que o pacto é feito. O grande artista cria para desocupar seu espírito atormentado, e é esse tormento que lhe corrói a alma, que ele deve buscar fora. É ele que vai ser o combustível para sua criação.

— Me desculpe, mas não concordo com o senhor. Está querendo me dizer que a genialidade do artista vem de fora, de uma influência, até onde estou entendendo, maléfica e corruptiva? Não acredito nisso, antes pelo contrário, há um momento em que o homem se entrega ao seu Demônio ou ao seu gênio; ou se destrói ou se supera.

— Muito bem, meu rapaz! Marguerite Yourcenar, uma grande escritora. Tive o prazer de conhecê-la pessoalmente na América, pouco antes de sua morte. Uma mulher interessante, como seus livros. Mas o que eu acho que talvez não tenha deixado claro é que em momento nenhum falei de demônios internos. Eu disse que a ajuda, e não a ameaça, vem de fora.

— Como assim a ajuda? O senhor considera algum tipo de benefício para o indivíduo ele se destruir através do vicio ou da melancolia? Porque pelo que entendi é só isso que o artista ganha nessa espécie de pacto a que o senhor se refere.

— De forma alguma, meu estimado, o artista não ganha nada imediatamente, seu único benefício é instaurar seu nome no porvir; os vícios e a melancolia são apenas maneiras que ele encontra para aplacar seu desespero até o momento em que deve cumprir a sua parte do acordo. Quem ganha somos nós, admiradores da boa literatura, da boa música, das belas artes. Por acaso o senhor se interessa pelo sofrimento espiritual que foi a vida de Mozart? O senhor admitiria trocar todo o legado monstruoso daquele gênio pela sua paz de espírito e assim privar o mundo da "Flauta Mágica" e de "Don Giovanni"? Sinceramente acho que não. Se o senhor é realmente um apreciador das artes, jamais devolveria a tranquilidade às almas desses homens e privaria a si mesmo e ao mundo daquilo que nos distingue, a arte.

— Nunca me foi dada essa escolha. E se pudesse escolher entre salvar uma alma atormentada ou escutar uma bela música, com certeza optaria pela primeira alternativa.

— Meu jovem e nobre apreciador das artes e dos homens, não estou falando de uma música qualquer ou de uma pobre alma errante. Estou me referindo a obras primas: a Capela Sistina, Les demoiselles d'Avignon, o Duomo da igreja de Nossa Senhora Del Fiore, os Concertos de Brandenburgo, Hamlet, e a homens como Michelangelo, Picasso, Brunelleschi, Bach, Shakespeare e tantos outros gênios e suas obras maravilhosas. Obras que mudaram a maneira do homem ver o mundo e a si mesmo. Que fizeram o homem evoluir espiritual e intelectualmente. Que o tornaram um ser mais introspectivo, crítico e elevado. Sem a arte e seus gênios, o homem estaria disputando nacos de carne com os animais selvagens. O homem deve tudo à arte e à ciência, que também não deixa de ser uma forma de arte.

— E onde o senhor coloca Deus nesse nosso processo evolutivo pela arte?

Ele, que até então falava olhando para as paredes repletas de livros e gesticulava braços e mãos, parou de repente como se tivesse sido interrompido no auge de um discurso elegíaco e fixou os olhos em mim de uma maneira perturbadora. Pude notar o negrume de suas pupilas, um olhar ao mesmo tempo inquietante e inexpugnável, como se ao contrário de outros homens, segundo o dito popular, os seus olhos não fossem as janelas de sua alma, como se não existisse uma alma para se encontrar por trás daquele olhar duro e daqueles olhos negros. Por alguns segundos aquele olhar me manteve estático, parecia privado da minha vontade. Minha mente se esvaziou e nenhum raciocínio conseguia se formar, quando, como que saindo de um transe, escutei sua voz.

— Não é em Deus que o senhor deve buscar a resposta para a existência da *Ilíada* ou de qualquer outra obra prima.

— Então onde devo procurar esta resposta?

Por um breve momento ele me fitou, mas imediatamente desviou o olhar para os livros repousados nas estantes que cobriam a pequena sala.

— Raciocine comigo: Deus é o ser supremo, o criador, Ele representa o equilíbrio do universo e sua força motriz. Deus é organização e planejamento, é praticamente um diretor de departamento de logística. A arte por sua vez é caos, é anarquia, é insanidade, é um belo quadro surgido do conflito entre as cores, é uma ópera monumental brotando do embate dos instrumentos e das notas musicais, é um épico de versos alexandrinos nascido da batalha entre as palavras. A arte nasce do caos! E Deus como artista maior não deve gostar de concorrência, sendo assim...

— Sendo assim...

— A arte é inspirada por forças contrárias a Deus. Por forças antagônicas.

— Pelo Diabo, o senhor quer dizer.

Ao ouvir minhas últimas palavras, o homem se levantou, foi até uma estante e retirou um livro, aparentemente escolhido aleatoriamente, pois não houve tempo hábil para que ele pudesse ler a lombada. Em ato contínuo abriu o volume em uma página e me leu os seguintes versos:

> "Pensar em Deus é desobedecer a Deus
> Porque Deus quis que o não conhecêssemos,
> Por isso se nos não mostrou..."

— Ora, se ele mesmo quis que não o conhecêssemos, por que Diabos trazer seu nome à baila? Por que achar que Ele se mostraria de forma tão ambígua, através das artes? Por que creditarmos a Ele a inspiração da arte, que é tão antagônica em sua própria concepção?

Imediatamente, antes que ele continuasse, expus meu ponto de vista.

— Primeiro, o que o senhor acabou de ler são apenas versos de ocasião de Alberto Caeiro. Uma visão do mundo e da realidade bem particulares por parte de Fernando Pessoa através de um heterônimo, e de forma alguma pode ser considerado pelo lado teológico. E depois, se continuar lendo, verá que Pessoa nos diz nos versos seguintes que, apesar de não se mostrar, Ele está presente em nosso caminho e nos espera no fim de nossa jornada. – Nesse momento me vali de minha memória e da minha profunda admiração por esse poeta, o que fez com que, em minha mocidade, decorasse vários de seus poemas, inclusive este citado pelo meu interlocutor.

> "Sejamos simples e calmos,
> Como os regatos e as árvores,
> E Deus amar-nos-á fazendo de nós
> Belos como as árvores são árvores,
> E dar-nos-á verdor na sua primavera,
> E um rio aonde ir ter quando acabemos!..."

Acabei de declamar os versos e o olhei com uma nítida expressão de viva satisfação, ainda de pé e com o livro aberto na mesma página. Ele olhou para mim e sorriu, dizendo:

— Muito bem! Muito bem! Confesso que o senhor constantemente me surpreende, pois esses versos não são os mais conhecidos de Pessoa, e *mesmo eu* — senti que reforçou propositalmente as duas últimas palavras — não os lembrava de cor.

— Mas se dirigiu à estante e pegou o livro exato e o abriu na página que queria, sem nem mesmo folheá-lo. Como explica isso?

— Não tenho de explicá-lo. — E recolocando o livro na estante voltou a se sentar na mesma poltrona. — Mas, se tivesse, diria: sorte! Como sorte a minha foi encontrá-lo dias atrás solitariamente sentado com seu livro, e hoje aqui nesta velha livraria, e poder privar com o senhor de uma agradável e despretensiosa conversa sobre arte e teologia.

— Mas o senhor não me respondeu.

— E o senhor me fez alguma pergunta? Desculpe, não percebi.

— Sim, perguntei-lhe se o Diabo seria a força contrária, antagônica, que inspira as artes.

— Na verdade o senhor não me perguntou. O senhor quis dizer que eu afirmava isso.

— E não afirmou? O que o senhor chama de força antagônica?

— Na verdade, o Diabo, como o senhor o conhece, ou como as religiões o criaram nos últimos séculos, não representa força alguma, pois é apenas um produto da imaginação de um grupo de homens com um objetivo específico.

— Não entendo o que quer dizer com isso. O Diabo então, na sua opinião, não existe.

— Existe, claro! Evidente que existe, meu jovem! E nunca duvide disso. Mas não este criado pelo cristianismo, assim como Deus. O Deus em que vocês acreditam, e corrija-me se estiver errado, mas pude deduzir que o senhor é católico ou pelo menos cristão, estou certo?

Ficou aguardando uma resposta, mas apenas limitei-me a sustentar seu olhar.

— Continuando, o Deus em que os cristãos acreditam não existe, mas o Deus que existe está acima da compreensão de vocês. Como o próprio Diabo também. Essa figura diabólica que fizeram conhecida com rabo, chifres, de tez avermelhada, olhos injetados e que representa todo o mal é uma figura exclusiva do imaginário cristão. Esse Diabo é o plasmar de uma série de entidades maléficas e deuses ambíguos que representavam ao mesmo tempo o bem e o mal.

"Se lermos com atenção a Bíblia, perceberemos que o Diabo aparece de forma autônoma e detentor de poderes que lhe permitem quase rivalizar com Deus, ou seja, como uma espécie de arqui-inimigo, apenas no Novo Testamento. E isso se explica: o Velho Testamento foi escrito, em sua quase totalidade, entre os séculos X e I antes de Cristo, época em que as principais religiões monoteístas ainda estavam em formação. Devido a esse fato, principalmente, encontramos em suas páginas um Deus ambíguo e monista, que representa, concomitantemente, o bem e o mal. Ao mesmo tempo que é misericordioso e bom, é também vingativo e punitivo. O Velho Testamento, texto base da tradição judaico-cristã, recebeu influências das crenças de povos vizinhos, de conquistadores e conquistados, dentre eles os mesopotâmios, assírios, sumérios e egípcios, além dos babilônios, é claro. O senhor com certeza não desconhece que grande parte do texto que compõe o Velho Testamento foi escrito durante o exílio na Babilônia, por volta do século VI antes de Cristo, não é mesmo?"

— Não sou um exegeta, mas sei que parte do texto foi escrito durante o cativeiro dos judeus na Babilônia.

— Pois sim, e, se reler o Velho Testamento, vai encontrar em suas páginas a descrição de sacrifícios de bodes e outros animais; divindades maléficas, como dragões e monstros de vários tipos; destruições em massa, como em Sodoma e Gomorra ou no dilúvio; pestes que dizimavam populações e uma série de, entre aspas, maldades, que simplesmente desaparecem no Novo Testamento. Neste último livro Deus é, em praticamente todo o tempo, um ser generoso e misericordioso. Uma pura representação do bem. É nesse momento, meu estimado jovem, que surge a figura do Diabo.

— Mas o Diabo aparece no Livro de Jó, no Velho Testamento.

— Sim! Muito bem lembrado, mas ali o Diabo é mais uma espécie de enviado de Deus para testar a fé de Jó, que simboliza a humanidade, do que o ser autônomo e representante exclusivo do mal no universo, como passou a ser no Novo Testamento. Aqui Deus pôde se dedicar apenas a fazer o bem, a ser a fonte de toda bondade e amor, pois agora existe uma figura que passa a representar o mal. O Diabo surge como a antítese de Deus. Este, por sua vez, passa a ser exclusivamente responsável pelos assuntos relacionados à harmonia, à bondade, à paz, ou seja, ao bem de uma maneira geral. E do Diabo emana toda a pestilência: as pragas, a traição, o ódio, a amargura, enfim, o mal em sua essência. Resumindo: o Diabo que o homem conhece foi criado pelo próprio homem, para combater e ser eternamente vencido por Deus.

"Você me perguntou se o Diabo existe, e estou afirmando que sim, mas não da forma que ficou conhecido através da literatura, da pintura, da escultura e mais recentemente do cinema. Até acredito que ele assuma às vezes uma forma literária, como, por exemplo, a de um ser charmoso, elegante e refinado, para a compreensão do homem, mas, quando busca atingir seus objetivos — e aqui fez uma pausa excessivamente dramática —, é impossível reconhecê-lo. Ele está na atmosfera, nas ideias, no hálito, nas palavras, nos olhares..."

— Como Deus — o interrompi abruptamente.

— Sim, meu crédulo amigo, como Deus. Mas ao contrário do que muitos pensam, a origem não é o bem, mas sim o mal. O mal é a força maior e primeira. Parafraseando o grande escritor de origem britânica, Lawrence Durrell, mas invertendo a ordem de sua afirmação: o bem é o mal convertido. Ora, se não fosse assim, por que haveria as religiões com suas doutrinas e mandamentos? Por que o homem, se não fosse naturalmente inclinado para o mal, precisaria aprender desde criança conceitos éticos e morais que o afastam do mal originário, como, por exemplo, "Não matarás!", "Não roubarás!", "Não prevaricarás!"? E tantos outros padrões de comportamento que buscam distanciá-lo do mal que lhe é inerente?

— O senhor considera então o mal uma força maior do que o amor? O amor como o sentimento poderoso que sempre se mostrou através dos séculos; o amor que sobrepuja todos os outros sentimentos; que se coloca equidistante às virtudes e aos defeitos humanos; o amor que se apodera da piedade, da timidez, da coragem, do medo, da honestidade e do egoísmo e de todo o resto. Por amor o corajoso perde a coragem, o tímido a timidez, o piedoso endurece o seu coração, o honesto prevarica, o covarde torna-se valente, o egoísta dadivoso e o dadivoso egoísta.

— Não duvido da grande força transformadora do amor, tanto para o bem quanto para o mal. O que eu quis dizer é que o mal é a força original, que tudo dele emana. O homem nasce sob o domínio do mal, que é a grande força da natureza e que sempre dominou o homem. É contra ele que Deus luta. O homem é originalmente filho do Diabo. Um filho que Deus quer para ele, mas que não lhe pertence.

Mais uma vez tive de suportar o seu enigmático sorriso. Seu olhar era calmo e se fixava em mim como se buscasse descobrir algo que eu escondesse em meu mais profundo íntimo. Talvez escondido de mim mesmo. Aproveitando o intervalo e um pouco desconcertado, demonstrei a urgente necessidade de interromper nossa conversa e me retirar, pois já me encontrava ali há horas, tinha perdido a noção do tempo e M... já deveria estar preocupada comigo.

Assim que terminei de falar, ele levantou-se novamente da cadeira e se deslocou até a parede lateral, atrás da poltrona em que eu estava sentado. Na extremidade direita da estante retirou alguns livros e enfiou o braço até o fundo, fazendo um movimento de quem puxa uma alavanca. Nesse momento, para minha surpresa, a estante atrás de mim se dividiu em duas, como uma grande porta, e suas folhas foram empurradas para fora, por alguma engrenagem que foi colocada em funcionamento pela suposta alavanca que ele puxara. Um buraco negro como a garganta de uma caverna se abriu na minha frente.

— *Voilà*! Aqui está ela, a velha passagem secreta construída pelos ancestrais de nosso querido Ernesto. A última vez em que a usei ela estava em bom estado, apenas não possui iluminação. Mas o nosso bom amigo tem um velho lampião a gás que mantém exclusivamente para explorar, esporadicamente, este túnel saído de uma clássica novela do século XIX.

Rapidamente saiu pela porta por onde entramos e dirigiu-se à sala principal da livraria, retornando de lá poucos segundos depois carregando um lampião já aceso.

— Está vendo? Ele mantém o lampião abastecido. O velho mandrião ainda faz uso da velha passagem. Ou será que se esconde aqui nas noites de tempestade com medo de alguém ou algo que venha lhe cobrar alguma dívida contraída no passado?

E soltou uma breve gargalhada que ecoou pela entrada do túnel.

— Este túnel nos levará para fora, siga-me, por favor.

Meio relutante, mas com grande curiosidade pelo desconhecido, pus-me a segui-lo. Assim que passamos pela porta, ele levantou o lampião e iluminou uma grande alavanca que subia do chão até a altura de sua cintura. Empurrou-a sem dificuldade e as duas folhas da porta-estante se fecharam. Logo à nossa frente havia uma escada de pedra e descemos por ela. Pude contar uns trinta degraus até chegarmos ao seu fim. No final da escada ele levantou um pouco o lampião e pude ver as paredes que ladeavam um corredor cujo final não me era possível divisar.

Na verdade, devido à total falta de luz, enxergava no máximo um metro a minha frente. As paredes, pude notar, eram de pedra e em algumas partes escorriam filetes de água. O cheiro não era desagradável, mas a umidade era intensa, fazendo com que a temperatura abaixasse. Senti frio. Mas não era esse frio o que me incomodava, e sim aquele que comecei a sentir na espinha ao tomar consciência de que estava em uma espécie de porão ou túnel secreto com um homem do qual nem mesmo o nome eu sabia, e além de tudo ninguém tinha conhecimento de onde eu me encontrava, a não ser, talvez, o senhor Ernesto. Poderia estar sendo levado para uma emboscada por um assaltante de turistas ou coisa pior. Mas meus pensamentos foram interrompidos abruptamente.

— O velho Ernesto me apresentou esta passagem muitos anos atrás, quando nos conhecemos. Ela foi construída, segundo ele, no início do século XIX pelo seu tataravô paterno, com o objetivo de servir de rota de fuga. Segundo as histórias que seu pai lhe contava, o seu ancestral temia uma invasão francesa, o que realmente acabou acontecendo, e o túnel seria utilizado caso fosse necessária uma debandada às pressas de sua família. Pelo que me lembro dele ter me contado, este tataravô era um homem ligado a assuntos políticos e temia uma represália por parte dos possíveis dominadores. Mas pelo que conhecemos da história não acredito que ela tenha sido de grande utilidade.

Enquanto ele falava, nos guiava por um longo corredor que ziguezagueava e aparentemente descíamos de nível a cada metro percorrido, mas discretamente. Olhando para cima pude perceber que a cada cinco metros, aproximadamente, havia arcos de sustentação também de pedras. Pouco depois chegamos a um salão, que apesar da fraca luz do lampião, pude calcular como tendo algo em torno de uns vinte metros quadrados. O pequeno salão parecia um velho calabouço medieval. O pé direito era bem mais alto do que o do estreito corredor de onde acabávamos de sair, que não deveria ter mais de dois metros. No salão eu não conseguia ver o teto, mas pelo eco de nossas vozes supus ser bem alto, devia ter uns sete metros ou mais.

Do outro lado do salão havia uma grande porta de madeira maciça, cujo trinco de ferro o homem puxou com uma facilidade desproporcional para uma porta de aparência tão pesada. Ele parou sob o batente me dando passagem. Assim que passei, ele puxou a porta, que rangeu ruidosamente e se fechou com um som seco e abafado. Continuamos andando por alguns metros e deparamos com outra escada de pedra, essa, porém, em espiral. Descemos e pude contar uns quarenta degraus até o patamar inferior.

Chegamos a um salão mais ou menos do mesmo tamanho do primeiro, e a luz bruxuleante do lampião iluminou uma outra porta do lado oposto da sala. Essa, entretanto, ao contrário da primeira, era de ferro, com pregos de aço ao seu redor. Também diferentemente da primeira, esta se abria para o corredor que se encontrava do outro lado. Uma coisa me chamou a atenção: as duas foram abertas sem precisar de chaves, o que comentei com meu guia.

— Na verdade elas não são necessárias, pois o senhor Ernesto não revela a existência dessa passagem para ninguém. É um segredo passado de geração para geração. E este sim guardado a sete chaves. — E riu do próprio trocadilho.

— Mas ele contou ao senhor.

— Digamos que ele não teve alternativa. Mas estamos chegando ao fim de nosso percurso. — Então me indicou uma abertura do lado direito da parede, sem me dar mais explicações sobre como havia tomado conhecimento daquela passagem.

O corredor ainda continuava em linha reta, mas devido à escuridão quase total, apenas apaziguada pela tênue luz do lampião, não pude distinguir sua profundidade. À direita entramos em outro corredor ainda mais estreito e mais baixo. Íamos lado a lado, ombro a ombro, e algumas vezes precisávamos baixar a cabeça por causa das teias de aranha. Após andarmos por uns oitenta metros, também em declive, chegamos a outra sala, mas esta completamente diferente das outras. Decididamente não esperava ver o que se encontrava a minha frente. Não depois de atravessar corredores ermos e úmidos por quase dez minutos.

Sob minha visão se encontrava uma sala ampla, de aproximadamente setenta metros quadrados. A sala estava ricamente mobiliada com diversas cadeiras estilo Luiz XV, todas com padronagem em vermelho, e quatro grandes sofás negros. No canto direito se via uma pequena escrivaninha de madeira, com tampa sanfonada. As paredes estavam cobertas de cortinas e estantes de livros, intercalados. O pé direito era alto, uns cinco ou seis metros, creio eu. As cortinas desciam quase da altura do teto, e também eram vermelhas, mas de um tom mais claro do que as cadeiras.

Demorei a perceber que apesar de não muito clara, a sala estava iluminada. A luz entrava por várias pequenas claraboias que se encontravam entre as paredes e o teto. As estantes eram parecidas com aquelas que já tinha visto na livraria, de madeira escura e sólida. Os sofás e cadeiras se encontravam espalhados, mas todas convergindo para o centro da sala. Neste havia uma antiga mesa de boticário com várias gavetas, muitas delas abertas. Em cima da mesa alguns livros e vários objetos que não pude identificar. Esses mesmos objetos ou outros parecidos com eles encontravam-se espalhados em cima de outra mesa bem maior, que se achava na extremidade oposta à da escrivaninha.

Reparando melhor na mesa pude notar que entre os objetos havia diversos mapas antigos, um globo pré-colombiano, pergaminhos, diversas anotações e alguns aparelhos de medida e orientação, como compassos, esquadros, bússolas e outros que não conhecia. Sem mesmo perceber, comecei a andar devagar em torno da sala, completamente absorto e alheio à presença do meu guia, que, provavelmente se deliciando com o meu espanto, me deixou à vontade para absorver gradativamente o primeiro impacto que aquela sala me causou.

Ao lado da primeira mesa havia uma outra, também grande, coberta de instrumento de laboratório, como buretas, béqueres, balões volumétricos, diversos vidros de Erlenmeyer, provetas, dentre outros. Mas, apesar de todo o fascínio que essa autêntica sala de alquimista – que se encontrava em uma reentrância da junção espaço/tempo totalmente deslocada do momento, início do século XXI, e do lugar, uma rua do Chiado, em que se encontrava – me causou, o que mais me chamou a atenção, em um primeiro momento, foram os manequins espalhados pela sala de forma previamente determinada.

Eram cinco: três homens e duas mulheres, e estavam vestidos à moda dos cavalheiros e damas do século XIX. Um manequim masculino se encontrava em pé, ao lado de uma das estantes, e voltado para o centro da sala, os dois outros estavam sentados: um ao lado de um dos manequins femininos, no sofá, e o outro em uma das cadeiras, de costas para o que estava de pé. O outro manequim feminino se achava recostado em um dos sofás e foi colocado como se estivesse se abanando com um leque, que segurava com a mão direita. Em um canto, ao lado de outra estante, havia um cabideiro com três cartolas e duas bengalas penduradas. Olhei para o manequim que estava em pé e este mantinha sua bengala.

Depois de alguns minutos andando por toda sala, perplexo e confuso com tudo aquilo que estava vendo, olhei para o outro ocupante do cômodo que, como eu, respirava. Ele estava sentado em uma das cadeiras e me olhava com um discreto sorriso no rosto.

— O que significa tudo isso? — perguntei.

— É o refúgio de nosso amigo livreiro. É aqui que ele procura domar os seus Demônios e outros que não são exclusivamente dele.

Não entendi o que aquele estranho homem quis dizer com aquilo. E continuei:

— Esta sala parece ter saído das páginas de um livro de literatura escrito há séculos. Em tudo se assemelha a um estúdio/laboratório de um alquimista. — E perguntei: — O senhor Ernesto é um alquimista?

— Os alquimistas eram homens, como o senhor deve bem saber, que buscaram unir a ciência à fantasia. Entre os seus objetivos estavam a transmutação do chumbo e outros metais menos nobres em ouro; a busca pela longevidade, através da descoberta de um elixir que prolongasse a vida; a busca da pedra filosofal e até a própria criação da vida através dos homúnculos, fascinantes criaturas — disse, olhando disfarçadamente para um dos manequins. — Mas principalmente, e por trás de tudo isso, os alquimistas buscavam respostas para os mistérios da existência humana e da natureza.

"O senhor Ernesto também busca respostas; também busca evitar o inevitável, além de querer romper acordos. — Ao perceber meu semblante de interrogação, ele completou: — Sim, todos os homens ao nascer fazem um pacto com Deus. Eles ganham a vida e tudo o que isso traz de bom e de ruim durante sua existência, e no final sua alma é devolvida a Deus. É verdade que no caminho o Diabo tenta arrebanhar algumas, propondo ele também seus acordos; mas no fim o homem sempre perde sua alma, para um ou para o outro. E parece que o senhor Ernesto deseja postergar esse acordo. E pelos livros que o senhor pode notar que recheiam suas estantes, podemos imaginar em qual dos dois ele busca passar a perna."

Assim que ele disse isso, me levantei e fui até a estante mais próxima, aquela ao lado da qual um dos estranhos manequins encontrava-se parado. Comecei a ler os títulos das lombadas. Nesse momento meu interlocutor veio para junto de mim. O primeiro livro em que meus olhos pousaram era um tomo largo, de capa marrom e letras esverdeadas que compunham seu título: *Grimorium Verum*.

— Este — me disse ele — é um dos mais famosos livros de demonologia que conhecemos. Ele data, segundo estudiosos do assunto, do século XVI e foi escrito por um homem chamado Alibeck, o Egípcio. Este exemplar — e ao falar isso o tirou da estante e o abriu — data, se não me engano, do século XVIII. Exatamente, aqui está. — E me mostrou a primeira folha, na qual podia se ver a data de impressão. — O autor neste livro ensina várias maneiras de invocar diversos tipos de Demônios e de como fazê-los obedientes às suas ordens e desejos. Ao dizer isso, sorriu discretamente.

Quando tentei pegar o livro, ele o colocou de novo na estante e retirou outro, mostrando-o a mim. Este ele permitiu que eu pegasse e folheasse suas páginas enquanto falava.

— Este é o não menos famoso *Malleus Maleficarum*, escrito por volta do século XV por dois monges dominicanos, Heinrich Kramer e Jacobus Sprenger. Este livro foi escrito para servir de manual para os inquisidores, que, baseados nele e em outras obras da época e anteriores, entre elas a própria Bíblia, desencadearam a caça às bruxas e hereges, ou melhor dizendo, a todos aqueles cujas ideias e comportamentos não se adequavam à doutrina católica e seus preceitos éticos, estéticos e religiosos.

O exemplar que eu segurava era fascinante. Independentemente de seu conteúdo – e eu era obrigado a acreditar no que meu Virgílio me dizia, neste meu périplo pelo mundo das sombras, pois estava escrito todo em latim –, nenhum bibliófilo ou amante dos livros, também em sua forma e aparência, poderia deixar de admirar aquele belo espécime da raça. Era um livro no formato in-octavo, com uns setenta centímetros de altura por quarenta de largura. Eu tinha em minhas mãos um autêntico incunábulo, livros impressos entre 1450 e 1500 nas prensas de Gutemberg. A data de sua publicação estava indicada em algarismos romanos na primeira folha: 1487. O livro era pesado e suas páginas eram compostas de um material que se assemelhava a algum tipo de tecido.

Por algum tempo passeei por suas páginas ricamente ilustradas e foi quando notei que meu vizinho se esticava para alcançar um volume que se encontrava em uma estante mais alta – nesse momento atentei para sua altura, que até então não tinha chamado minha atenção. Era alto, muito alto e magro, mas de uma magreza esguia e vital –, retirando-o e mostrando-o a mim. Enquanto ele falava, devolvi o outro livro ao seu lugar e peguei aquele que ele me oferecia.

— Este é o primeiro tomo do *Compendium Maleficarum*, escrito por Francesco Maria Guazzo e publicado em 1608. Mais uma vez o nosso querido senhor Ernesto nos brinda com a versão original, como pode conferir em uma das primeiras páginas. E eu posso atestar sua autenticidade.

Abri o livro e realmente lá estava a data de publicação. Delicadamente, antes que pudesse folhear o tomo, ele o retirou das minhas mãos e o devolveu para o alto da estante.

— Como pode conferir, se observar com atenção, todos os livros dessa sala tratam do Diabo, direta ou indiretamente. Nesta estante, diante da qual estamos parados, se encontram os livros clássicos, a maioria deles escritos na Idade Média. Quase todos são de primeiras edições originais. Veja este, por exemplo. — E me mostrou outro livro que retirou da estante. — É o *Daemonolatreiae libri tres*, edição original de 1595, publicado em Lyon, sob a supervisão de seu próprio autor, o senhor Nicholas Remigius. Mais um manual de caça às bruxas usado pela Igreja Católica com o objetivo de referendar seus desmandos e assassinatos daqueles que não se comportavam de acordo com os ditames da Igreja e de seus líderes. Está bastante claro que o nosso amigo é um estudioso do assunto. Poderíamos passar a noite toda aqui apenas nos perdendo entre esses belos e interessantes livros, mas há um, especialmente, que gostaria de mostrar-lhe. Está do outro lado da sala, em cima daquela mesa encostada na parede.

Dirigimo-nos para o canto da sala e pude ver um gigantesco livro aberto, que inexplicavelmente me passou despercebido quando fiz o meu primeiro reconhecimento do cômodo. Ao chegar mais perto, pude admirá-lo em toda sua magnitude, devia ter quase um metro de comprimento por meio de largura. Perguntei se poderia folheá-lo e meu Virgílio simplesmente fez um largo gesto com as mãos, me deixando à vontade para examinar o livro. Parecia um exemplar medieval, pude notar que estava escrito em latim e as letras não pareciam impressas, mas sim manuscritas, o que certamente era um engano meu, pois só existe um manuscrito medieval com essas dimensões conhecido – e disse isso a ele.

— Sim. Muito bem observado. É um manuscrito.

— Impossível — disse eu. — Só há um manuscrito medieval dessas dimensões no mundo. O *Codex Gigas.*

— Exatamente! — E sem nenhum esforço, apesar do aparente peso do livro, fechou e o abriu novamente em uma das primeiras páginas, onde estava escrito o título que eu acabara de falar.

— Impossível! — repeti perplexo e com espanto, mas já disposto a não duvidar de mais nada que visse naquela noite. — Este não pode ser o original. O original está muito bem guardado em Estocolmo, na Biblioteca Nacional. Este livro pertence aos suecos desde o século XVII, quando foi retirado do castelo de Praga como espólio, assim como outros objetos valiosos, ao final da guerra dos trinta anos. É simplesmente improvável que este seja o original — disse.

— Primeiramente vejo que conhece bem a história do manuscrito. E, em segundo lugar, o que aconteceu com o impossível? Por que foi trocado pelo improvável? — E sorriu, me olhando fixamente.

Não respondi à provocação e ele completou:

— Mas o senhor está certo, não é o original. O verdadeiro está muito bem guardado em Estocolmo, como disse.

— Mas o senhor disse que era um manuscrito! E o título na capa?

— E realmente é um manuscrito. E realmente é o *Gigas*. Só não é o original.

— O senhor está me afirmando que esta é uma cópia manuscrita do *Codex Gigas*?

— Exatamente, presente meu ao nosso amigo comum, o senhor Ernesto.

Não podia acreditar naquele homem. O exemplar original possui mais de trezentas páginas e foi totalmente manuscrito no século XVIII por um monge beneditino em um mosteiro na região da

Boêmia. Não se tem uma ideia certa de quanto tempo demorou para ser completado, incluindo a parte escrita e as ilustrações, mas muitos estudiosos afirmam que seguramente mais de uma década, alguns chegam a falar em quase três. Disse isso a ele e voltei a examinar o livro.

Com certeza as iluminuras poderiam ser feitas hoje em dia com mais rapidez, tomando como base registros fotográficos ou mesmo xerográficos, mas a parte escrita demandaria um trabalho hercúleo. Fora o fato de que nunca ouvi falar de uma cópia do livro e achava muito pouco provável que os diretores da Biblioteca Nacional da Suécia permitissem que alguém se debruçasse durante centenas de horas para fazer uma cópia particular. Mas uma coisa era irrefutável, o livro estava na minha frente e tudo fazia crer que era realmente um manuscrito e que era o *Gigas*, ou melhor, uma cópia do *Gigas*, o que também seria uma coisa espantosa.

Lancei-me novamente sobre o tomo gigante e voltei a folheá-lo, procurando mais identificações, quando me lembrei de uma de suas principais características, que o tornaram conhecido como a Bíblia do Diabo. Não me recordava em qual página estava a ilustração, mas não demorei muito em encontrá-la, na página 290. Lá estava ele. O desenho do Diabo, com os braços levantados, de cócoras, com os dentes arreganhados como se sorrisse para o leitor.

Era improvável! Era mesmo impossível que aquele livro fosse uma cópia manuscrita do *Gigas*, mas era. Ele estava na minha frente. Eu estava folheando-o e os detalhes estavam de acordo com as informações descritivas de que eu me lembrava, como, por exemplo, a lista de nomes que provavelmente se refere aos monges que habitavam o mosteiro na época em que o texto foi manuscrito. Também não tinha características de uma cópia xerográfica, pois observei minuciosamente as páginas e percebia-se claramente o alto relevo das letras, o que indicava inclusive o uso de uma pena e tintas similares àquelas usadas na época. Quando me dei por vencido, olhei perplexo para ele, que disse:

— É um trabalho fascinante, não é mesmo? O conteúdo do original está todo aí. A Vulgata, os textos de Flávio Josefo e a *Etymologiae*, alguns tratados de medicina da época e vários outros pequenos textos de menor relevância.

— Mas é impossível — repetia incessantemente. E depois, me rendendo às evidências, perguntei: — Como conseguiu?

— O senhor conhece a lenda que cerca a escrita do *Codex*?

— Sim — respondi. Mas, como se não me tivesse escutado, repetiu a história que eu já conhecia.

— Um monge que havia se rebelado contra as regras e ditames beneditinos foi condenado a uma morte lenta e dolorosa. Seria emparedado vivo pelos seus pares. O monge em troca de sua vida propôs aos seus algozes que escreveria um livro que concentrasse em suas páginas toda a sabedoria acumulada pelo homem até então, exaltando assim o nome da ordem beneditina para a posteridade. A sua proposta foi aceita por uma comissão de julgamento, mas com uma condição: a obra deveria ser toda escrita no intervalo de um dia e uma noite. Ele iniciou o trabalho copiando a Vulgata, mas logo percebeu que não seria capaz de levar a bom termo a missão da qual dependia sua vida.

"Como última alternativa usou seus conhecimentos de magia negra invocando o Diabo e lhe propondo um pacto. O Diabo deveria ajudá-lo a terminar a obra proposta, em troca lhe cederia sua alma. O Diabo concordou, mas queria algo mais. No centro do livro deveria haver uma figura que o glorificasse. Uma imagem sua que deixasse claro para todos quem teria sido o verdadeiro autor daquela obra gigantesca. Antes de raiar o dia, o livro estava completo e o monge livre. Muitos de seus companheiros acreditaram de imediato que a conclusão do gigantesco manuscrito em tão pouco tempo fosse fruto de uma obra divina. Mas, entretanto, não demoraram muito a perceber que foi exatamente o contrário."

— Mas isso é apenas uma lenda que não tem respaldo científico. É evidente que a obra não foi composta em um dia e uma noite, e muito menos que teve a ajuda do Demônio. Eu lhe perguntei como o senhor conseguiu essa cópia que estamos vendo.

— Na verdade não foi de maneira diferente. — Mais uma vez me sorriu daquela forma que tanto me incomodava. — Fiz um acordo com um dos funcionários do museu que tem a guarda da obra original.

— Mas que tipo de acordo? O senhor o subornou?

— Não, meu caro, mas é claro que não! Por quem me toma? — Fez um semblante de falso ofendido e riu. — Apenas lhe fiz uma proposta, uma troca, na qual os dois saíram lucrando.

— Mas a logística que envolve a cópia de uma obra dessas é de grande magnitude e complexidade, seria impossível isso ser feito na surdina e por uma única pessoa. A impressão, as iluminuras, a capa e, não só isso, a letra. Isso é obra de um artista, de um homem com a caligrafia rara. Duvido que o seu funcionário seja um calígrafo.

— O senhor duvida, o senhor acha impossível, mas a obra está aqui, na sua frente.

— Sim. Não há como negar isso; mas há de haver uma outra explicação. O senhor certamente está brincando comigo.

Ao falar isso, ele deu alguns passos em minha direção e, aproximando-se à distância de um palmo, tanto que podia sentir o seu hálito, disse:

— O senhor ainda terá oportunidade de descobrir que eu não brinco com determinados assuntos. Acho que já lhe disse isso, não? — E sorriu um tanto benevolamente. — Mas venha, ainda há outras curiosidades. Esta estante, por exemplo — e me mostrou uma estante mais à direita —, temos aqui diversos livros teóricos, porém mais modernos, que tratam do mesmo assunto: o Diabo e suas variantes.

E me afastou, um tanto contra a minha vontade, do códex gigante.

Parado em frente a uma grande estante de madeira escura, como as outras, comecei a ler as lombadas de alguns livros. O primeiro título com o qual me deparei foi *Uma história do Diabo*, de Robert Muchembled; logo ao lado deste havia outro título parecido, porém em francês, *Histoire générale du Diable*, de Gerald Messadié. E os títulos se sucediam, em várias línguas, tendo sempre como tema o Diabo: *O Diabo: a máscara sem rosto*, de Luther Link, *Biografia do Diabo*, de Alberto Cousté, *Il Diavolo*, de Giovanni Papini, *Demonolatry*, de Nicholas Rémy, *Lucifer: the Devil in the middle ages* e *Mephistopheles: the devil in the modern world*, de Jeffrey B. Russell, *Satan*, de B. Jésus-Marie, e dezenas de outros títulos que seria enfadonho repetir aqui, mas anotei muitos deles em minha caderneta, como os citados acima.

Uma coisa que pude notar ao folhear alguns, enquanto meu acompanhante me observava sentado em uma das poltronas, é que, ao contrário dos livros da primeira estante, estes eram, em sua maioria, estudos científicos mais modernos, de teólogos, historiadores, sociólogos, entre outras áreas. O que demonstrava a largueza do interesse do bibliófilo português em relação ao tema. Acho que comentei isso em voz alta, pois imediatamente o homem se levantou e disse:

— Sim, sem dúvida. Há centenas de livros nesta biblioteca e todos versam, direta ou indiretamente, sobre o mesmo assunto, como já lhe disse. São milhares de livros! Acredito eu que deva ser uma das maiores coleções particulares sobre o tema. É como se nosso amigo quisesse encontrar uma solução para algum tipo de problema, ou quisesse encontrar algum ponto fraco no Diabo para poder vencê-lo. Não acha?

— Ou pode ser apenas um hobby. Um objeto de estudo.

— Não creio que o Diabo se preste a ser hobby de ninguém. — E dizendo isso deu mais uma de suas risadas, com as quais já ia me acostumando.

De repente me dei conta do tempo e olhei o relógio. Eram quase dez horas da noite. M... com certeza devia estar preocupada comigo.

— Senhor — disse —, nossa conversa foi realmente muito, como poderia dizer, instigante para mim e passaria horas, dias, dentro desta inusitada biblioteca, mas tenho de ir. Já é tarde e deixei uma pessoa sem saber do meu paradeiro.

— Com certeza! Venha atrás de mim, vou mostrar-lhe a saída. — E completou, de forma enigmática: — Sempre existe uma saída, basta saber o caminho certo a seguir. E, claro, ter quem o guie pelos caminhos das sombras. — Dizendo isso me apontou uma rampa escura que saía da extremidade direita da sala.

Enquanto o seguia, me detive em frente a uma estante que se encontrava na parede vazada pela rampa. Era talvez a maior estante de todas e a única em que ainda não tinha vasculhado os livros. Apesar da pressa em que me encontrava, não pude deixar de me deslumbrar com aquela visão encantadora para qualquer amante da literatura. Observando as lombadas pude ler dezenas de títulos. A maioria eu conhecia e muitos já havia lido, mas todos, sem exceção, eram títulos de romances, poemas, livros de contos e peças de teatro que tinham o Diabo como personagem.

Ali estava Milton e seu *Paraíso perdido*, Goethe, Christopher Marlowe e Thomas Mann e seus respectivos *Faustos*, Dante e sua *Divina Comédia*, Gil Vicente e seu *Auto da barca do inferno*, Jacques Cazotte e seu *Diabo enamorado* e vários outros autores que em um momento ou outro de sua literatura tomaram a figura satânica como personagem, como Edgar Alan Poe, Walter Scott, Baudelaire, Luis Vélez de Guevara, Fernando Pessoa, Eça de Queiroz e os brasileiros Álvarez de Azevedo e Guimarães Rosa, além de inúmeros outros, que ocupariam várias páginas se citados aqui. Antes de sair, porém, não pude resistir e retirei o volume referente ao *Grande sertão: veredas* e olhei a primeira página. A editora, José Olympio; o ano, 1956. Não me surpreendi, pois já era o que imaginava, levando em conta as outras primeiras edições presentes naquela sala.

— Todos os outros, tirando algumas raras exceções em fac-símile, também são primeiras edições. — E, olhando para mim e depois para as minhas mãos que ainda seguravam o volume, disse: — Fique com este, tenho certeza de que o senhor Ernesto não sentirá falta dele e se sentir tem meios para conseguir outro exemplar. — E mais uma vez pude ver seu sorriso. Agora um sorriso de tentação.

— Obrigado, mas não posso aceitar a oferta. A não ser que viesse do seu Ernesto, que é o dono do livro.

— Pode levar, eu lhe garanto que não tem problema. Não cheguei a comentar com o senhor, mas eu e o senhor Ernesto somos sócios. Na verdade, temos alguns negócios em comum, algumas consignações, podemos dizer. Caso contrário, como explicaria nossa presença aqui?

— Mas horas atrás, quando o senhor entrou na sala enquanto eu e ele conversávamos, ele disse, claramente, e eu me lembro bem, que o senhor e ele não tinham mais nenhum negócio a tratar.

— Sim, eu me lembro de tê-lo ouvido falar isso. Mas é porque nossos negócios estão em fase de conclusão. Na verdade, nosso acordo está chegando ao fim; mas ainda não chegou. Eu diria inclusive que ele está querendo postergá-lo. Mas isso é outra história. Por enquanto basta que o senhor saiba que eu tenho todo o direito de presenteá-lo com esse exemplar. — E fez um gesto indicando o livro que estava em minhas mãos.

Mesmo intuindo que aquele homem não tinha o direito de dispor de nenhum daqueles livros, que eles não lhe pertenciam, deixei a ganância do bibliófilo falar mais alto e disse:

— Se for assim, eu aceito. Obrigado. Mas vou deixar o meu cartão, e se o senhor Ernesto quiser o livro de volta...

— Eu asseguro-lhe que não é necessário. — Abrindo o sorriso mais expansivo e cativante de toda a noite, completou: — Confie em mim.

Falando isso, virou as costas e começou a subir a rampa escura e eu o segui, levando o livro de encontro ao meu peito. A rampa era estreita, íngreme e em curva. Subimos a altura de uns dois andares, mais ou menos uns seis metros, e deparamos com uma pequena porta de ferro. As chaves estavam penduradas em um prego, ao lado. Ele as pegou, abriu a porta e me deu passagem. Saímos em uma rua mal iluminada e deserta. Quando olhei para trás, vi que a porta ficava bem no meio de uma enorme parede coberta de musgos e sem janelas.

— Amanhã devolvo as chaves para o nosso amigo. Se seguir direto essa rua até a Calçada da Glória logo em frente e virar à esquerda, estará na Praça dos Restauradores. De lá creio que já sabe se localizar.

— Sei sim, obrigado. — O túnel tinha nos levado até a parte baixa da cidade, pensei comigo.

— Vou para o lado oposto. Foi um prazer gozar essas horas em sua companhia. Amanhã estou partindo para Florença. Irei tratar de alguns assuntos.

— Florença, o senhor disse? — falei com espanto, e depois completei: — Estamos indo para lá dentro de alguns dias. Primeiro passaremos pela Espanha, mais precisamente Barcelona. Ficaremos nove dias na Espanha e depois iremos para a Itália: primeiro Florença e depois Roma.

— Realmente? Que feliz coincidência! Então certamente nos encontraremos novamente. Florença é uma cidade pequena e ficarei pelo menos duas semanas por lá. — E me estendeu a mão demonstrando o desejo de se despedir.

Estendi-lhe a mão e disse:

— Passamos horas conversando e não sei o seu nome.

— Arimã... a seu inteiro dispor, se precisar.

— Arimã? É um nome um tanto incomum. — Ele me olhou de forma ambígua e falou:

— É culpa de meu pai. Na verdade, ele é responsável por muitas coisas que dizem respeito a mim e aos meus atos e ao ser no qual me tornei. Mas os pais são assim mesmo, não é verdade?

— Qual a origem?

— Do meu nome? Persa.

— E a sua?

— Sou um cidadão do mundo. Espero que nos encontremos novamente em breve. — E dizendo isso se voltou nos calcanhares e começou a se afastar. Depois que deu alguns passos, ainda perguntei:

— Não quer saber o meu nome?

E sem se voltar, disse:

— O senhor já me falou.

— Não me lembro de ter falado. — Já quase gritando.

E já distante pude ouvi-lo dizer:

— Este é o problema da maioria das pessoas. Esquecem rápido.

Ainda fiquei parado por alguns segundos vendo-o se afastar com uma bela lua minguante ao fundo. Voltei-me e segui o caminho indicado. Ao chegar à esquina, olhei para cima e deparei com uma placa onde estava escrito o nome da rua, na verdade uma travessa. E como várias ruas da cidade, ela possuía um nome poético e singelo: Travessa do Fala-Só. Virei-me e dei uma última olhada para o muro coberto de heras e seu portão de ferro. Imediatamente lembrei-me e olhei para o livro em minhas mãos. Uma estranha sensação de amargura e arrependimento me dominou.

Cruzei a Praça dos Restauradores e uma leve garoa começou a cair. Entrei rapidamente pela Rua Condes, tomei a Rua das Portas de Santo Antão e segui para o hotel. Quando estava passando em frente ao restaurante Solar dos Presuntos, vi a M... descendo em minha direção com um semblante entre desesperada e furiosa. Quando me viu, seu rosto se decidiu apenas pelo furiosa. E ainda a uns vinte metros de distância começou a gritar.

— Onde você estava? Já ia procurar a polícia. Já estava ficando angustiada. Desci essa rua na esperança de te encontrar em algum restaurante. Onde Diabos você se meteu? — repetiu a pergunta.

Tomei-a nos braços e lhe disse para ficar calma, pois estava tudo bem, e que fôssemos para o hotel, que no caminho e chegando lá lhe contaria tudo o que tinha acontecido naquele intervalo de tempo em que nos separamos. E foi o que fiz.

Na manhã seguinte acordei sobressaltado e procurei M.... Ela já tinha se levantado. Gritei pelo seu nome, demonstrando um grande nervosismo. Ela apareceu na porta do banheiro me perguntando o que tinha acontecido.

— Não sei. Acordei com uma sensação de angústia e, quando não te vi, me assustei.

— Sabe — disse ela —, fiquei pensando na história que me contou ontem e, presumindo que seja verdade — e me olhou com aquele ar de mãe que espera uma confissão de culpa — e que este homem seja realmente um senhor magro e alto de chapéu, e não uma piranha nova, loura e peituda...

— Não começa! Eu disse exatamente tudo o que aconteceu ontem. Não tem mulher nenhuma, pelo amor de Deus.

— Tudo bem! Eu acredito em você, mas vamos e venhamos, é uma história digna das melhores páginas de Edgar Alan Poe. Só faltou o corvo no alto de uma das estantes da sala demoníaca. — E riu do próprio gracejo. — Mas, como estava dizendo, acho muito estranho tudo isso. Esse homem ter acesso a esse túnel secreto e ter te encontrado coincidentemente duas vezes em poucos dias e depois estar indo para Florença também. A gente fica sabendo o tempo todo de histórias de vigaristas que aplicam golpes em turistas para roubar passaportes, dinheiro, cartões de crédito etc.

— Não! Definitivamente não! Há realmente algo estranho em tudo isso, mas você não está entendendo. Esse homem não é um vigarista, um assaltante de turistas. É um homem sofisticado e extremamente inteligente. E no mais, se ele quisesse fazer alguma coisa contra mim, teria feito ontem. Oportunidades não lhe faltaram.

— Sei não. Ainda fico com um pé atrás. Se encontrar esse homem em Florença finja que não conhece. Algum interesse ele tem em você.

— Mas não foi você mesma quem disse dias atrás que não era para eu me preocupar, que era apenas cisma da minha parte?

— Sim! Mas mudei de ideia. Dá licença? Posso?

Não respondi. Levantei-me, tomei um banho e depois do café partimos para Óbidos. Tomamos o *metro* e novamente fizemos uma baldeação na estação do Zoo pegando o autocarro até Caldas da Rainha. Chegando naquele pequeno vilarejo, desembarcamos em uma praça chamada pelos habitantes de Praça da Fruta, onde, fazendo jus ao nome, estava havendo uma feira de hortifrutigranjeiros. Havia dezenas e dezenas de barracas vendendo todas as espécies de frutas, legumes e hortaliças disponíveis na região. A feira ocupava toda a praça, que é cercada por charmosos e centenários prediozinhos coloridos.

O condutor nos disse que se seguíssemos direto encontraríamos um galpão do qual partem regularmente autocarros para Óbidos. M... não resistiu à tentação e demos uma volta pela praça. Em uma das barracas compramos uma compota de marmelada, que devo confessar não foi má ideia, pois no trajeto de volta ao final do dia a devoramos com uma tremenda descompostura alimentar, utilizando os dedos como colher. Chegamos à garagem exatamente no momento em que o próximo autocarro para Óbidos se preparava para sair. Entramos, compramos o bilhete e mais uma vez, para usar um eufemismo, fomos tratados com impaciência pela bilheteira portuguesa.

Sinto que os portugueses têm uma certa preguiça, para não dizer má vontade, com os turistas, e quero acreditar que não seja apenas com os brasileiros. Eles, os portugueses, já pude notar, são muito polidos, mas muito diretos, beirando a grosseria, pois são extremamente positivos. Neste caso específico, por exemplo, só por eu ter perguntado se o autocarro passaria por outro lugarejo próximo que também gostaríamos de visitar e que – e isso não sabíamos, caso contrário não faria sentido a pergunta – não fazia parte do itinerário daquela linha, ela me respondeu de forma direta e um tanto rude. "Ora pois, mas é claro que não, que pergunta!" Como se tivéssemos a obrigação de saber detalhadamente o itinerário da linha.

Sinto nos portugueses às vezes uma certa mágoa, que pode, erroneamente, ser confundida com despeito. Talvez algo ligado ao fato de Portugal ter sido durante os séculos XV e XVI um dos países mais ricos do mundo e hoje ser um dos mais pobres da Europa. Eles vivem muito de seu passado. Acredito que quando José Saramago escreveu *A jangada de pedra*, sua narrativa em que a região da Ibéria, composta por Portugal e Espanha, se separa do resto da Europa, ele não imaginava que poderia notar-se ali um preconceito mais ibérico em relação ao resto da Europa do que o contrário.

Mas voltemos a Óbidos. Rapidamente chegamos ao nosso destino; não mais do que vinte, vinte cinco minutos durou a viagem, partindo de Caldas da Rainha. Desembarcamos e foi o suficiente para logo nos empolgarmos pelo vilarejo. Óbidos é encantadora em sua simplicidade e rusticidade. Cercadas por uma muralha que envolve toda a cidade, as casas, todas de cor branca, se distribuem no interior da antiga fortaleza medieval por vielas, becos e ladeiras. A cidade, após passar por uma profunda reconstrução devido às destruições provocadas durante as campanhas dos cruzados, foi um presente de casamento para Isabel de Aragão, da parte de seu jovem esposo, Dom Dinis. Entretanto a cidade é mais antiga do que essa data indica, pois foi tomada dos mouros no século XII, pelo que me informou um orgulhoso morador e dono de uma pequena loja de licores.

Ele também me contou, enquanto M... escolhia algumas garrafas para levar de presente para suas irmãs, que recentemente o centro histórico, situado no interior das muralhas, passou por um profundo processo de restauração que resgatou suas características naturais. Um belíssimo castelo medieval, construído originalmente pelos mouros e depois reconstruído por um dos reis de Portugal quando da retomada da cidade, paira altaneiro sobre o vilarejo.

Gastamos toda a manhã e parte da tarde passeando por Óbidos. Em uma das lojas de artesanato local, comprei bonecas para as minhas filhas. Bonecas de cabeças grandes e pés enormes.

A volta para Lisboa foi igualmente tranquila e sem atropelos. Ao chegarmos, fomos para a Praça das Figueiras e visitamos algumas lojas. M..., para não perder o hábito, comprou mais algumas lembrancinhas. Finalmente paramos no final da tarde em nosso conhecido bar na Rua das Portas de Santo Antão, onde o Felipe nos serviu cerveja e ginjinhas.

Logo após fomos para o hotel, e, enquanto M... catalogava suas compras e reclamava comigo por ter comido toda a compota de marmelada que tinha comprado para sua mãe, eu não parava de pensar nos estranhos acontecimentos do dia anterior. Da conversa com o homem que se apresentou como Arimã e da estranha biblioteca demoníaca do senhor Ernesto. Isso sem falar nos corredores tétricos pelos quais passamos até chegar à biblioteca. Ainda um tanto quanto pensativo, peguei meu livro e rapidamente me esqueci de tudo, imergindo profundamente nas páginas a minha frente. M... dormiu como um anjo e eu passei horas, madrugada adentro, atormentado pelos tormentos de Peter Kien.

Na manhã seguinte voltamos a Belém, pois da primeira vez em que lá fomos o Mosteiro dos Jerónimos estava fechado (foi em uma segunda-feira). Chegamos cinco minutos antes da abertura e bebemos água limpa. Havia poucos turistas na fila comparado com as centenas que se acotovelavam para entrar enquanto saíamos, poucas horas depois. O mosteiro já impressiona pela sua visão externa. É uma imensa construção manuelina do século XVI (que alia elementos arquitetônicos do período gótico e renascentista), encomendada pelo próprio Manuel I em memória de seu tio-avô, o Infante Dom Henrique. Parece que o velho, também conhecido como Henrique, o Navegador, era devoto de São Jerónimo. No portal sul o Infante é retratado de forma altaneira. Sua construção – quase totalmente financiada com recursos oriundos dos impostos sobre o ouro, cobrados das colônias e do comércio de especiarias – demorou quase cem anos para ser totalmente concluída. Não pude deixar de me sentir um pouco usurpado.

O passeio pelo seu interior foi um grande deleite para os olhos. Suas dimensões são realmente impressionantes. Os claustros com seus arcos de pedra são interligados pelo jardim central e por diversas escadarias que tornam seu interior um labirinto gótico. Infelizmente apenas uma parte do mosteiro estava aberta à visitação, mas pudemos ver os túmulos de Dom Manuel I, Vasco da Gama, Luís de Camões e Fernando Pessoa, além do simbólico túmulo de D. Sebastião, lendário rei português que aos vinte e quatro anos de idade partiu para uma batalha em Alcácer-Quibir e jamais retornou. Sua morte coincide com o início do declínio do império português. Isso fez com que surgisse uma espécie de movimento místico e mítico chamado de Sebastianismo.

Acreditou-se durante muitas décadas que, com a volta do "Desejado", um período de bem-aventurança se instalaria em seus reinos. Ainda hoje há um pequeno grupo de seguidores do Sebastianismo em Portugal e no Nordeste brasileiro. A própria existência de seu túmulo vazio em um dos principais monumentos do país reforça a tese, negada pelos portugueses, de que o culto místico em torno do jovem rei desaparecido ainda sobrevive.

Ao sairmos do mosteiro, famintos, fomos conhecer a famosa pastelaria que criou e popularizou o renomado Pastel de Belém. Ficamos impressionados com o tamanho gigantesco da confeitaria. A modesta entrada, com suas portas e azulejos azuis, esconde em seu interior oito amplas salas pelas quais são distribuídas cerca de 150 mesas. Uma parede de vidro nos permite apreciar o processo de feitura dos pastéis, que pela grande procura são consumidos poucos minutos após o seu preparo. O interior é tradicionalmente decorado com seculares azulejos portugueses; mas tudo isso se torna secundário frente ao sabor dos quitutes.

Já havíamos experimentado diversos pastéis de nata em outras pastelarias de Lisboa, mas o gosto do original é incomparável. Uma experiência mística com gosto de ovo, açúcar e algo mais que somente os antigos monges do mosteiro e os atuais proprietários da pastelaria conhecem. Explico: conta a lenda que no início do século XIX os monges passaram a receita do pastel, até então fabricado para o deleite exclusivo dos enclausurados – pobres coitados tentados pelo pecado da gula –, para os proprietários de um pequeno comércio, associado a uma refinaria de açúcar que existia ao lado do mosteiro. A intenção dos monges era angariar recursos para sobreviver à perseguição da revolução liberal. Na calçada, à frente da pastelaria podemos ver a data de sua fundação: 1837.

Ainda deliciados com o gosto da quantidade proibitiva de pastéis que comemos, saímos e fomos até a torre de Belém. Na época dos descobrimentos não havia o aterro que existe hoje no largo em frente à torre, o que a aproximou bastante de terra firme. Uma passarela nos permite chegar até ela. Séculos atrás a construção ficava localizada rio adentro e cumpria o objetivo de ser uma fortificação de defesa da cidade. Seu formato arquitetônico, também manuelino, lembra um pequeno castelo medieval.

Voltando para o Rossio de elétrico, resolvemos visitar novamente o bairro da Alfama e suas ruelas apertadas e sinuosas, com seus varais de roupas coloridas atravessados por sobre nossas cabeças, à exibição pública. Retornamos ao Miradouro de Santa Luzia, pois M... queria tomar outra sangria, como fizemos em nosso primeiro dia aqui. Mais tarde descemos a Alfama a pé por um trecho pouco procurado por turistas. Aqui alguns varais não ficavam no alto, mas atravessados entre a porta de entrada e uma das janelas. Por distração quase enfiei meu rosto dentro de uma calçola vermelha que balançava ao sabor do vento.

Ao chegarmos à Rua das Madalenas, seguimos até a Praça da Figueira, onde aproveitamos para fazer nossas últimas compras em

Lisboa. Da Praça da Figueira passamos para o Rossio, que fica ao lado, e de lá rumamos para o nosso porto seguro, bar do Felipe na Rua das Portas de Santo Antão. Nossa conversa começou em um tom saudosista.

— Já estou com saudades de Lisboa, me identifiquei tanto com esta cidade. É tão acolhedora e nostálgica — disse M...

— Eu também vou sentir falta, mas por outro lado estou entusiasmado e ansioso para conhecer Barcelona. E agora que você comentou sobre essa sua identificação com Lisboa e com as características que percebeu nela, me ocorreu uma conversa que tive muitos anos atrás com um ex-professor. Ele era alemão, mas já tinha vivido em Paris, Madrid, Dublin, Londres, Moscou, Rio de Janeiro e finalmente se instalou definitivamente, ou não, vai se saber, em Belo Horizonte. Eu me recordo que ele me disse que as cidades são como pessoas, possuem personalidade própria e características individuais, diferem entre si mesmo quando pertencem a um mesmo país e região, como irmãos, que sendo membros de uma mesma família nunca pensam e agem da mesma maneira. Obviamente cidades de países diferentes guardam diferenças maiores, como pessoas criadas em culturas diferentes. Uma cidade quando nasce, quando é fundada, absorve características de seu país e de sua região, porém desenvolve uma personalidade única, que a difere de outras, inclusive vizinhas. Cada cidade possui uma cultura própria que alimenta seus habitantes e é alimentada por eles, desenvolvendo e aprimorando dessa forma sua identidade.

— Mas as pessoas mudam de cidade constantemente e se adaptam ao novo habitat, seja por necessidade, seja por conveniência.

— Sim, claro, não estou dizendo o contrário. Mas, como você mesma frisou, elas se adaptam. Essa adaptação pode ser fácil, pode ser rápida ou pode ser demorada, e algumas vezes nem acontece. Tudo vai depender da junção das características pessoais do indivíduo que busca a adaptação – muitas dessas características inclusive herdadas do *modus vivendi* de sua cidade de origem – e o perfil identitário da nova cidade de adoção. Segundo esse meu ex-professor, cada vez que visitava ou que se mudava para uma nova cidade, ele se sentia um elemento estranho, para a cidade e para si mesmo.

"Quando nos afastamos de nossa cidade, seja a cidade onde nascemos ou aquela que adotamos, nos afastamos de nossa origem e isso nos fragiliza, me dizia ele. Esse estranhamento surge do desconhecimento, por parte do forasteiro, da cultura e das características do novo habitat, seja esse habitat permanente ou provisório, como no caso do turista. Cidades pertencentes a outros estados, países ou continentes se tornam, quase sempre nessa ordem, gradativamente mais estranhas para o viajante. E é essa alimentação mútua entre população – e suas crenças religiosas, linguagem, raça, além de outros elementos endêmicos a um povo – e cidade, sendo que esta última deve ser considerada como um organismo social vivo e mutante, que gera a identidade do local."

— E agora também eu entendo melhor quando você optou por fazermos a viagem sem guias e sem a monitoração de uma agência de viagem. Sinto que muitas das coisas que vivenciamos até aqui, e olha que estamos só no começo da viagem, não teriam sido plenamente sentidas se tivéssemos a interface de um guia ou de uma agência.

— Exatamente! Seria como se estivéssemos protegidos por uma bolha, que não permitiria que entrássemos diretamente em contato com a cultura e os hábitos do país. Essa sensação de estranhamento, de se sentir um estrangeiro, desaparece quando somos assessorados e monitorados o tempo todo. Nosso contato com a cidade não é direto, mas filtrado. — E me voltando para dentro do bar gritei: — Felipe! Traga-me outra cerveja e mais uma ginjinha, duas. — E olhei para a M...

— Curioso você falar isso. Tenho sentido nesses dias uma liberdade que nunca experimentei antes, mas também um certo medo.

— É uma sensação ambígua de medo e liberdade. Como a sensação de voar de asa delta. Você sente a liberdade do vento no rosto, a sensação de estar voando, mas também sente o medo e o desconforto de não estar em terra firme. A terra firme é a sua origem. Sua cidade é sua origem.

— Mas é um medo bom, administrável, diria. — E tomou sua ginjinha de um só gole.

— O ser humano tende a gradativamente superar seus medos. Quando criança temos medo do escuro, de assombração e de pessoas velhas ou deformadas. Com o passar dos anos esses medos vão desaparecendo e outros vão surgindo. O medo de perder as pessoas amadas, o medo de perder nossa fonte de renda, o medo de nossos filhos não trilharem o caminho que consideramos correto, além de outros. Mas também esses medos o tempo aniquila. Contudo resta o medo derradeiro: o medo da morte. Mas mesmo este a velhice vence. Quando chegamos a um determinado estágio da vida não temos mais medo de nada. O homem velho é o mais corajoso dos homens, pois já teve todos os medos e sobreviveu a todos. Agora só lhe resta enfrentar seu maior inimigo. Aquele que imputou todos os medos, o inimigo que nunca viu. — E tomei um grande gole de cerveja.

— Que inimigo? — ela perguntou impacientemente.

— Deus — disse eu calmamente.

— O que é isso, amor! Que blasfêmia! Bate na boca. Deus não é o inimigo, o inimigo é outro. Não estou te entendendo. De onde tirou isso?

Fiquei um tempo refletindo sobre o que havia dito e sobre o que ela falou acerca do inimigo ser outro. Realmente nunca vi Deus como um inimigo, muito pelo contrário. Mesmo não crendo nessa imagem de um Deus de barba branca e chinelas que mora no céu e separa o joio do trigo, sempre acreditei em uma força criadora, que chamo de Deus e que para mim é a representação inelutável do bem. O que mais próximo pode existir de um pai maior, de um criador.

Não conseguia entender de onde saiu aquela minha linha de raciocínio, pois nunca tinha pensado sobre o assunto antes. Sobre a existência do medo, quero dizer. M... ficou extremamente aborrecida comigo e pediu que voltássemos para o hotel, porque ela tinha de arrumar as malas. Já na manhã seguinte voaríamos para Barcelona. Paguei a conta e subimos a rua das Portas de Santo Antão pela última vez naquela viagem.

Chegando ao hotel, arrumamos as malas e nos deitamos após lancharmos umas bifanas que compramos antes de sair do Felipe. Não sei se já disse, mas essas bifanas são extremamente populares por aqui. Na verdade, nada mais são do que sanduíches de pão francês com carne de porco. Estava sem sono e um pouco aborrecido. Peguei o livro do Canetti e decidi terminar sua leitura durante a madrugada. E foi o que fiz.

CAPÍTULO II

Barcelona

Já dentro do avião para Barcelona, e relaxado após a decolagem, as boas e intrigantes recordações de Lisboa ficaram reverberando em minha cabeça. Resolvi então, para me distrair, pegar caneta e papel e escrever minhas impressões de *Auto de Fé*. Depois de quase duas horas, mais ou menos o tempo do voo, tinha um pequeno texto de crítica impressionista e uma série de apontamentos e anotações de trechos do livro, como uma espécie de resumo guiado. Resolvi, mesmo não sendo uma análise literária pronta e acabada, reproduzi-los aqui, tanto o texto quanto os apontamentos.

O romance de Canetti é uma alegoria da ganância, da cobiça, da ambição e do egoísmo, ou seja, do mal em muitas de suas formas de manifestação. Esses elementos permeiam todo o livro. A atmosfera onírica, absurda, fantasmática e surreal nos mostra a degradação a que o homem moderno e civilizado pode chegar se essas características humanas forem exacerbadas em sua alma. Os personagens da história de Auto de Fé *não são livres, cada um está preso por algum tipo de cobiça. O autor nos mostra que há várias formas de ganância, e todas elas são perniciosas para o homem.*

Os personagens se encontram presos de várias maneiras diferentes. Fischerle em seu corpo disforme, Therese em sua velhice, Pfaff em seu presente e Kien em sua biblioteca. Fischerle ambiciona sublimar seu defeito físico pelo reconhecimento e pela fama que o sonhado título mundial de xadrez lhe dará. Daí advém sua ganância pelo dinheiro. Este na verdade seria apenas um instrumento para atingir seu objetivo maior. Therese por sua vez ambiciona a juventude e a dignidade de uma mulher honesta. Sua situação econômica e social e sua limitação intelectual não lhe dão outra alternativa a não ser buscar a segurança e a distinção que o dinheiro de Kien poderá lhe fornecer. Já Pfaff ambiciona um retorno ao seu passado de policial. O domínio físico que exerce sobre as pessoas é uma maneira de resgatar o tempo em que possuía o poder para oprimir.

E finalmente Peter Kien. Como todos os outros personagens é um ambicioso. Sua ganância, porém, é por conhecimento, o que acaba se convertendo, com o tempo, em um apego físico pelos seus livros. Para ele, estes significam saber. Possuí-los fisicamente é possuir o conhecimento contido neles. Quando se vê privado de sua biblioteca real, cria uma virtual que carrega consigo. A biblioteca aqui simboliza o conhecimento. A ambição de Kien pelo saber se materializa em sua biblioteca.

(George Kien, psiquiatra e irmão do personagem central, é uma exceção à regra estipulada como lógica interna da obra. George vê na loucura a libertação das amarras impostas pela civilização contemporânea. Seus loucos são livres, não seguem os ditames de comportamento padronizados pela sociedade. Seu contato com os loucos permite que ele também possa encontrar uma forma de libertação).

Todos os esforços dos demais personagens para atingirem seus objetivos, melhor dizendo, suas ambições, os levam a um processo de encarceramento ainda maior. O universo criado por Canetti é desprovido de solidariedade, fraternidade e outras características positivas que a sociedade vem gradativamente destruindo. E é por sobre os destroços do que o homem tem de melhor que a sociedade contemporânea se ergue, fazendo da ambição, da ganância, do egoísmo e do apego aos bens materiais seus pilares de sustentação. É exatamente devido à ausência dessa fraternidade e solidariedade, solapadas pelo mundo moderno, que o homem se vê privado de seu equilíbrio e se torna um ser egoísta e ganancioso, que não mede consequências para obter aquilo que ambiciona.

De todos os símbolos de aprisionamento da alma humana criados por Canetti, a biblioteca é o mais emblemático. O meio se torna um fim em si mesmo. Para Kien, a ganância por conhecimento não é o bastante; ele tem a necessidade da sensação de posse. Perdida a biblioteca, sua vida desmorona (o início desse desmoronamento se dá exatamente pela necessidade de preservar a biblioteca. Kien se casa para protegê-la de um possível incêndio). Privado das qualidades positivas do ser humano, Kien se sente vazio e desamparado sem seus livros. Quando busca um retorno a seus valores primários já é tarde demais, a loucura já tomou conta de sua mente e ele morre junto com sua biblioteca. O professor Peter Kien simboliza a fragilidade da alma humana, esmagada e oprimida pelos valores da sociedade capitalista moderna. Vinte mil livros não foram suficientes para expandir e libertar seu espírito, pelo contrário, aprisionaram-no dentro das oito paredes de sua biblioteca.

Canetti é um precursor do teatro do absurdo de Ionesco e Beckett. Auto de fé *é todo escrito em uma atmosfera absurdista. No final do livro, Peter Kien volta para casa e morre em sua biblioteca, incendiada:*

"Das estantes os livros precipitam-se ao chão. Ele os apanha com os braços compridos. Furtivamente, para que ninguém lá fora possa ouvi-lo, carrega pilha por pilha para o vestíbulo. Amontoa-os diante da porta de ferro. E, enquanto a espantosa barulheira ainda lhe fragmenta o cérebro, constrói uma poderosa barricada de livros. Tomos e mais tomos abarrotam o vestíbulo. Ele recorre à escada. Em breve chegará ao teto. Retorna ao gabinete. As estantes descerram bocarras vazias. Diante da escrivaninha o tapete está em chamas. Ele se encaminha para o cubículo ao lado da cozinha e retira dele todos os jornais velhos. Separa folha por folha, amassa todas, transforma-as em bolas e joga-as em todos os recantos. Recoloca a escada no centro da sala, no mesmo lugar de antes. Sobe até o sexto degrau, observa o fogo, espera. Quando as labaredas finalmente o alcançam, solta uma gargalhada tão estrondosa como nunca soltara em toda a sua vida."

O avião começa a descer e toma a beira-mar. Já podemos ver, do alto, a cidade de Barcelona. No aeroporto, Cibele, uma amiga de M..., nos aguarda. Após as efusivas boas-vindas, as duas começam um resumo dos últimos dez anos que passaram sem se ver. Resumo este que daria inveja a qualquer resenhista pela capacidade de concisão, pois, em menos de dez minutos, casamentos, divórcios, mortes de parentes, viagens, namoros, términos de namoros, estudos, dentre outras coisas, de ambas, foram descortinados à minha frente de forma frenética. Desisti de acompanhar a conversa e fui buscar as malas.

Pegamos um táxi e rumamos para o hotel. No meio do caminho deixamos Cibele perto de seu trabalho. Que silêncio reconfortante passou a imperar dentro daquele carro! Quando fui pagar a corrida, tive um desentendimento com o motorista, um senhor de aproximadamente sessenta anos. Na verdade, não chegou a ser uma discussão, pois ele bradava, em catalão, e eu fingia não entender nada. Não entendia a maioria das palavras, mas sabia que ele estava reclamando por eu lhe ter pagado com uma nota de cinquenta euros. Depois de muito bufar, ele me deu o troco e saiu vociferando, ainda em catalão. Mais tarde, Cibele nos disse que os mais velhos ainda mantêm o dialeto vivo e em plena forma.

Uma vez no hotel, foi a conta de M... trocar de roupa e rumamos para uma das ruas mais famosas do mundo, a menos de cinco minutos do local em que estávamos hospedados: Las Ramblas, uma Babel moderna. Ali podemos encontrar pessoas de todas as nacionalidades, passeando ou trabalhando. Artistas de todo o tipo tomam a calçada, bares e restaurantes espalham suas mesas vendendo cerveja a um preço três vezes maior do que o cobrado por outros bares a menos de um quarteirão fora da famosa rua. Obviamente ficamos na seca e continuamos nosso passeio.

Milhares de pessoas se espalhavam pelos quase mil metros de extensão da avenida, circulando por sua larga calçada central. Vista do alto, Las Ramblas é uma veia verde que corta parte da cidade velha. A avenida foi construída por cima de um leito seco de rio, daí o nome, derivado do árabe *Ramla*, e a explicação para a abundância de árvores frondosas nos dois lados da avenida. Percorremos toda a sua extensão e M... fez questão de parar em todas as bancas de flores e *souvenirs* espalhadas pela calçada, além de me obrigar a gastar todas as minhas moedas nas caixinhas das dezenas de estátuas vivas que encontramos pelo caminho.

A mais interessante delas era a de um homem que se vestia de Capeta, com uma capa preta e o rosto pintado de vermelho e com direito a chifre e rabo. Ao contrário das outras estátuas – na verdade era mais um performático –, ele não ficava parado, mas se movimentava de modo felino e sensual em volta de um enorme baú. Às vezes entrava no baú, ficava alguns minutos e depois saía, assustando as pessoas que passavam. Me aproximei e tentei bater uma foto, mas ele se escondia atrás de uma árvore me olhando como um fauno libidinoso. Queria moedas para ser fotografado. Como as minhas haviam acabado, desisti do meu intento.

Antes de terminarmos o dia, paramos em um bar próximo ao hotel e tomamos algumas cervejas e sangrias. Nosso batismo em Barcelona.

No dia seguinte acordamos bem cedo, tomamos um fausto café e ganhamos a Avenida Paral.lel em direção ao Monumento de Colombo, localizado no Portal de La Pau, a algumas dezenas de metros do início das Ramblas. O monumento foi construído para a exposição universal de 1888 e marca o local onde Colombo desembarcou ao voltar de sua viagem de descoberta das Américas. Um elevador interno nos levou até a base da estátua, um globo com vista panorâmica. De lá pudemos ver as Ramblas ziguezagueando pelas estruturas de concreto da cidade.

Depois que descemos do monumento, tomamos a direção do Bairro Gótico, à direita de quem sobe as Ramblas. O bairro é composto por incontáveis becos e vielas medievais cercadas por edifícios seculares, muitos deles construídos antes do século XIV. Deixamo-nos perder por suas ruelas até depararmos com o Palau Reial. M... fez questão de ficar alguns minutos rezando na singela e acolhedora capela do Palau.

Ao sairmos de lá, fomos até o Museu d'Història de la Ciutat, localizado na Plaça del Rei. O Museu é outra construção secular – se não me engano do século XV ou XVI – perfeitamente preservada. Mas o mais interessante nesse prédio é o seu subterrâneo. Descendo alguns níveis de elevador chegamos às ruínas de Barcino. Barcino é a origem de Barcelona, a cidade fundada pelos Romanos no século I a.C. Depois de soterrada, a cidade serviu de base para a construção da atual Barcelona. Por mais de duas horas passeamos entre e por sobre ruínas (em alguns pontos andamos sobre os salões em cima de vidros transparentes que nos permitem interagir sem danificar o ambiente histórico) romanas, que tinham sido na antiguidade: salas de salgar peixe, lavanderias, residências, ruas e vinícolas. As ruínas se estendem até o Palau Reial.

Depois que saímos dos subterrâneos de Barcelona, resolvemos também deixar o Bairro Gótico, pois passamos ali toda a manhã. Seguimos então para o bairro vizinho, o El Born, um outro labirinto de ruelas medievais. No centro do bairro encontra-se o Museu Picasso, onde, não poderia deixar de ser, passamos horas imersos entre as mais de seiscentas obras do artista que fazem parte do acervo fixo da instituição. As obras abrangem desde sua primeira fase, ainda adolescente, com quadros de pinceladas realistas e acadêmicas, como *A primeira comunhão*, *Ciência e Caridade* (nesta obra, pelo que consta, ele utilizou como modelo uma mendiga e um adolescente vestido com o hábito emprestado pelas freiras de um convento da cidade. O quadro nos mostra uma mulher moribunda, assistida por um médico sentado e que toma seu pulso. Ela é velada por uma freira com uma criança no colo. Provavelmente uma filha ou filho da enferma) e *Estudo Acadêmico*, até obras de sua maturidade, como *Retrato de Dora Maar*, de 1937, e *Retrato de Jacqueline Roque com as mãos cruzadas*, de 1954.

Foi interessante poder ver a evolução do artista, passando por suas diversas fases. Há uma sala totalmente dedicada a quarenta e oito (dos cinquenta e oito que realizou, em 1957) estudos que Picasso fez d'*As Meninas*, de Diego Velázquez, um dos pintores que mais admirava. Picasso realiza variações sobre o mesmo tema, desconstruindo a obra do pintor andaluz, dando-lhe novas cores, ângulos, formas e proporções. Foram momentos de puro deleite. Saímos do museu energizados e com muita fome, pois já eram cinco e trinta da tarde e nossa última refeição tinha sido exatamente a primeira, o café da manhã. Esquecemos de comer de novo. O que nos ajudou a ficar de pé até aquela hora foi o pão líquido, que paramos para beber por duas vezes durante as andanças daquele dia.

Antes de voltarmos para o hotel ainda tivemos disposição de visitar a Catedral de Barcelona, uma belíssima igreja construída no estilo gótico entre os séculos XIII e XV. No seu interior experimentamos um misto de embevecimento e admiração por sua riqueza e grandiosidade. Há vinte e oito capelas espalhadas pelas laterais da nave central. Ao fundo, um pouco antes do altar, encontra-se a cripta na qual estão depositados os restos mortais de Santa Eulália, padroeira de Barcelona. Porém, o que mais me chamou a atenção foram as cadeiras do coro. Há duas fileiras, uma à esquerda e outra à direita, todas artesanalmente entalhadas. Em seus espaldares podemos admirar os brasões pintados no início do século XVI, no reinado de Carlos V, referentes aos cavaleiros da Orden del Toisón de Oro.

Enquanto M... rezava em uma das capelas, resolvi descer até a cripta por uma escada abaixo de um arco lateral. Faltavam apenas alguns minutos para a igreja fechar e por isso a cripta encontrava-se vazia. Em seu centro, abaixo de um teto de arcos convergentes e muito bem iluminado, se encontrava o sarcófago da Santa Eulália, apoiado em colunas de quase dois metros de altura. Passei algum tempo com o olhar fixo sobre a bela peça e pensando nas conversas que tive com o estranho homem em Lisboa.

De repente, quase de maneira involuntária, sussurrei entre os dentes o nome Satanás. Nesse momento senti uma presença ao meu lado, um pouco atrás, e me voltei rapidamente, assustado. Era uma freira. Vestia um hábito branco com detalhes em cinza e preto, tinha um rosto redondo, largo e vermelho. Olhava-me fixamente, sorrindo.

— Não se assuste — disse em espanhol, consertando os óculos. — Fecharemos dentro de cinco minutos e devo trancar a cripta.

— Me desculpe, já estou de saída. — E me virei em direção à escada pela qual desci.

Ela então me chamou e, provavelmente por ter ouvido o nome que proferi entre os dentes, disse:

— Meu jovem, é mais fácil acreditar em Deus e chegar a ele através do Diabo. Deus é mais sutil e reservado acerca de si mesmo. Ele se mostra, mas nas entrelinhas. Ele na verdade se sugere. Já o Diabo não, é mais espalhafatoso acerca de sua presença e de sua existência. Ele, o Diabo, gosta de se fazer notar. Sendo assim, podemos, através do Diabo, de sua negação, de seu combate e de tudo aquilo que ele representa, chegar a Deus com mais facilidade. Pelas linhas tortas. — E abrindo um largo e acolhedor sorriso, delicadamente me empurrou para a escada antes que eu pudesse falar qualquer coisa.

Comecei a subir os degraus e me virei para olhá-la, mas ela não estava atrás de mim, me fitava de trás do portão de ferro que acabava de fechar, se mantendo do lado de dentro da cripta. Não entendi. Haveria uma outra passagem? Ela se virou e saiu de meu campo de visão. Quis voltar e descer os degraus que acabara de subir, mas um segurança me chamou do alto da escada e disse que a Catedral estava fechando. Ao passar por ele, perguntei se havia outra saída da cripta. Ele me olhou com espanto e disse que não. Olhei para o fundo das escadas em direção da cripta ainda um tanto confuso, quando M... me chamou.

— Por onde você andava? Já estão fechando. Vamos embora.

Ainda ficamos alguns minutos vendo um número de dança de alguns turistas alemães que se divertiam no largo que se abre em frente à entrada principal da Catedral. Depois fomos direto para o hotel, pois estávamos exaustos.

M... nem mesmo tomou seu habitual banho do fim do dia. Assim que chegamos trocou de roupa e foi dormir. Eu, apesar de cansado, estava sem sono. Peguei um novo livro para ler, mas, enquanto mexia na mala, olhei para o exemplar do *Grande sertão: veredas* que tinha colocado em cima da mesa assim que chegamos, no primeiro dia. Tomei o livro em minhas mãos, abri e li as primeiras linhas. Já havia muitos anos que tinha lido aquela monumental obra literária. Eu devia ter uns vinte anos de idade. Ou seja, mais de duas décadas se passaram, e agora me parecia uma boa hora para uma releitura deste grande livro. Deitei-me e comecei-a imediatamente.

Na manhã seguinte, após o café e o sexo, não necessariamente nessa ordem, fomos conhecer as ruas e os prédios de Eixample, região nobre de Barcelona e meca da arquitetura modernista. A cidade de Barcelona destaca-se internacionalmente, dentre outras coisas, pelo grande número de construções *art nouveau*; e o bairro de Eixample (este, na verdade, é um distrito formado por seis pequenos bairros) concentra o maior número desses edifícios, que são verdadeiras obras de arte. O bairro foi todo projetado em uma área que, antes da década de cinquenta do século XIX, era utilizada para manobras militares e se encontrava completamente desabitada.

O plano de expansão da cidade recebeu o nome de Proyecto de Reforma y Ensanche de Barcelona, daí o nome do bairro; pois "ensanche", que em português quer dizer "expansão", é traduzido como "eixample", para o dialeto catalão. O planejamento previa a disposição das ruas em um plano simétrico e paralelo, cortadas em diagonal por uma avenida que, não coincidentemente, chama-se Diagonal. O então recém-inaugurado bairro foi imediatamente ocupado pela classe burguesa em ascensão, que entregou seus terrenos a jovens arquitetos que revolucionaram a história da arquitetura entre os últimos anos do século XIX e as primeiras décadas do século XX. Passeando por Eixample, deparamos com prédios projetados por Antoni Gaudí, Lluis Domènech i Montaner, Puig i Cadafalch, dentre vários outros grandes nomes da arquitetura modernista europeia.

A primeira construção que fizemos questão de conhecer por dentro foi a Casa Batlló, arquitetada por Gaudí. A construção é um estreito edifício instalado na Illa de La Discórdia, o quarteirão com o maior número de construções *art nouveau* de Eixample. O prédio é deslumbrante! É visualmente impactante por fora e uma joia arquitetônica por dentro, com incontáveis detalhes que caracterizam o referido movimento estético. Do primeiro ao último andar, Gaudí se responsabilizou por cada detalhe, detendo-se mais demoradamente no andar destinado a residência da família que encomendou a construção: a família Batlló. Dos corrimões às janelas, passando pelo mobiliário, tudo tem o toque modernista de Gaudí.

Demoramos quase duas horas admirando a beleza estranha e instigadora daquele prédio, quando lembramos que tínhamos ainda de visitar a Casa Milá, outra famosa obra de Gaudí. A construção também é conhecida como La Pedrera. Por fora o prédio é muito mais suntuoso do que a Casa Batlló, mas por dentro infelizmente a visita é restrita a um único apartamento, todo mobiliado em estilo de época. Os outros andares são ocupados ainda hoje por residências e escritórios, assim como a Casa Batlló, que tem, segundo nos informaram, duas famílias habitando suas dependências. Mas a grande estrela de La Pedrera é seu terraço, com as famosas chaminés que lembram dragões e cavaleiros medievais, além de outras referências estéticas à natureza.

Passamos toda a manhã nos dois prédios e zanzando pelo distrito. A parte da tarde estava reservada para a Sagrada Família, um imenso templo católico composto de doze agulhas de cem metros de altura, quatro torres centrais circundando uma quinta de cento e setenta metros, também chamada de zimbório. Um segundo zimbório dedicado à Virgem Maria também está previsto no projeto (há controvérsias sobre esta última torre, se será realmente construída ou não, pois com o passar dos anos modificações foram sendo feitas no projeto inicial do arquiteto catalão).

Contudo, mais da metade disso ainda está apenas no projeto. Das dezoito torres ao todo, apenas oito estão concluídas, e das três fachadas planejadas somente duas estão completas. A expectativa é que a construção seja completada até 2026, ano do centenário na morte de Antoni Gaudí, seu arquiteto. Gaudí assumiu o projeto em 1883, quando apenas a cripta se encontrava pronta. Ele mudou completamente o planejamento arquitetônico anterior e dedicou seus últimos quinze anos de vida exclusivamente à Sagrada Família. Quando morreu apenas a fachada da Natividade e uma agulha estavam terminadas. Os arquitetos que assumiram o projeto depois de sua morte tentaram e tentam até hoje seguir, na medida do possível, o projeto original de Gaudí, pois depois da guerra civil espanhola parte das anotações e croquis desapareceram, além do fato de que Gaudí improvisava constantemente, como um músico de jazz que não admite se aprisionar por uma partitura.

A igreja é um imenso canteiro de obras, com guindastes e betoneiras na parte de fora e dentro da Catedral. Mas aqueles que pensam em visitar Barcelona não se entristeçam, pois o que já está pronto é um deslumbrante espetáculo arquitetônico. As duas fachadas com suas oito agulhas são de tirar o fôlego. A Sagrada Família é avistada de qualquer ponto um pouco mais alto da cidade, pois Barcelona tem uma geografia bem plana e praticamente não possui arranha-céus. A construção ergue-se imponente e sobranceira. Nossa primeira visão do Temple Expiatori de la Sagrada Família, pois é esse seu nome oficial, foi a fachada da Paixão, mais moderna, terminada na década de oitenta do século XX, mas a que realmente chama a atenção e emociona por sua beleza é a fachada oposta, a da Natividade, a mais conhecida e a que aparece nos cartões postais. Ficamos quase meia hora sentados em um banco em frente à entrada, embevecidos e agradecidos. Não cansávamos de observar as centenas de detalhes que compõem a fachada. Ainda impressionados por sua beleza exterior, entramos na igreja. Agora entendia a letra da canção de Caetano Veloso, pois realmente as torres traçadas por Gaudí são tímidas e espalhafatosas, e não há nenhuma incoerência nisso.

O interior da Catedral impressiona por seu tamanho, altura e principalmente pelas colunas das naves centrais. Gaudí inspirou-se nas árvores típicas de Barcelona, como se uma imensa floresta petrificada sustentasse as galerias. Após observarmos o teto orgânico das naves, subimos por uma das agulhas, de elevador. Por elas serem vazadas, temos a impressão de estar em um elevador panorâmico, do qual podemos avistar toda a cidade.

Após descermos, M... quis ir embora, pois havia marcado um encontro com Cibele na Praça da Catalunha às cinco e meia, e já passavam dez minutos das cinco horas. Disse a ela que gostaria de ficar mais tempo ali, perambulando pelo interior da igreja ou lendo um pouco, e que encontraria com ela mais tarde. Assim que nos despedimos entrei novamente na igreja. Estava vazia, comparando-se com o horário em que chegamos, e os operários já tinham terminado seu turno. Havia um silêncio reconfortante. Comecei a caminhar e cruzar os raios de sol que entravam por suas aberturas e vitrais. A sensação é como se estivesse no interior de uma gruta, uma gruta esburacada.

Estava disperso, admirando a arquitetura interna da construção e perdido em meus pensamentos, quando notei uma mulher parada do outro lado da nave central que me observava atentamente. Foi quando reconheci nela a mesma mulher que havia se fechado por dentro na cripta da Catedral que havíamos visitado no dia anterior.

Cruzei a nave em sua direção enquanto nos olhávamos fixamente. Ao me aproximar, ela sorriu me acenando com a cabeça, e eu perguntei:

— Lembra-se de mim? Nos conhecemos ontem na Catedral, na hora de fechar.

— Claro, como poderia me esquecer? O senhor praguejava.

— Eu imaginei que tivesse escutado. Na verdade, não praguejava, falei apenas um nome.

— Lembra-se do que lhe disse?

— Sim. E depois fiquei pensando no sentido de suas palavras. O que quis dizer com chegar a Deus através do Diabo?

— De seu combate e de sua negação, na verdade.

— Mas o que isso quer dizer? Por acaso você está insinuando que de alguma maneira devemos procurar o mal para atingir o bem? Devemos procurar o Diabo para chegar a Deus?

— Procurar não é bem a palavra. Aceitar caberia melhor, mas sem ceder. Combater, caso ele apareça, mas não fugir.

— Combater o mal fará de mim uma pessoa melhor, é isto que está querendo dizer? Devo buscar a perfeição superando as distorções impostas pelo mal?

Nesse momento, ela deu alguns passos e sentou-se em um banco próximo, me indicando o lugar ao seu lado.

— A perfeição não existe. Também não existe o bem e o mal absolutos. O que existe é a nossa maneira de ver o mundo e a forma como lidamos com seus valores, como nos comportamos com o outro e com nós mesmos. Não existe uma cartilha que nos ensine a ser bons e que nos mostre o caminho a seguir, mesmo porque não existe apenas um. Muitas vezes o mal nos direciona para um caminho que nos redime. Temos de respeitar o subjetivismo, ele é inerente ao ser. Devemos aprender a lidar com nossa singularidade.

— Sim. Concordo quando diz que todos nós possuímos algo que nos torna únicos e que devemos descobrir como lidar com isso.

Descobrir nossa essência. Mas muitas vezes nos encontramos no outro. Ou o outro pode ser nossa perdição, nosso inferno.

— Quando buscamos a completude no outro, estamos seguindo um instinto natural, pois somos seres incompletos, em formação. Entretanto devemos saber até que ponto o outro nos beneficia e vice-versa, e até que ponto podemos adentrar em uma relação, seja ela de que grau for, mesmo que seja uma relação de autodescoberta espiritual através do outro.

— E como podemos saber isso? — perguntei.

Ela me sorriu de uma maneira entre benevolente e irônica. E disse:

— Infelizmente nem toda boa pergunta tem uma boa resposta, pois os homens aprenderam a fazer perguntas primeiro, para somente depois encontrarem as respostas. Sendo assim, estamos mais evoluídos em elaborar questionamentos do que em encontrar soluções.

— Em outras palavras, o bem não existe, o mal não existe e se existem não podemos diferenciar um do outro. Acho que nosso bom Deus não nos deixou em uma posição muito confortável.

Ao ouvir isso a mulher se levantou da cadeira em que estava sentada e eu a imitei. Ficamos frente a frente, e ela me olhava diretamente nos olhos. Depois de alguns segundos, falou pausadamente:

— Santo Agostinho, Bispo de Hipona, defendia a tese de que somente o bem emana de Deus. O mal é a ausência do bem. A origem do mal, segundo ele, é o livre arbítrio. Santo Agostinho foi um dos primeiros filósofos a estudar o mal e a propor sua existência personificada no Diabo. O Diabo é um anjo decaído que tenta o homem, este pelo livre arbítrio abre mão do bem e cede à sua ausência, o mal. Nega Deus e se rende ao Diabo.

Dizendo isso, virou-se e seguiu em direção à saída da igreja, me deixando parado no centro da nave. Após andar alguns metros, parou debaixo de um facho de luz e completou:

— "*La plus belle des ruses du Diable est de nous persuader qu'il n'existe pas.*" E corroborando com Baudelaire, é também ter-se feito um ser de papel, personagem de ficção: literário, cinematográfico, escultural e pictórico. — E consultando um pequenino relógio de pulso me pediu licença dizendo que tinha um compromisso e precisava ir.

— Posso lhe fazer uma pergunta?

— Claro — me respondeu ela, prontamente.

— Ontem, quando nos separamos, a senhora fechou o portão da cripta por dentro. Na saída perguntei a um segurança se havia outra passagem e ele me disse que não.

Ela me olhou por alguns segundo e, sorrindo de maneira extremamente simpática, disse apenas:

— Não se preocupe ou fique imaginando coisas. Ele apenas mentiu, por questões de segurança. — E dizendo isso cruzou a nave central entre os fachos de luz até sair por uma das portas e eu não poder mais divisá-la, cego pela intensa luz do sol que ainda brilhava lá fora, contrastando com o *chiaroscuro* da igreja.

Ainda fiquei alguns minutos perambulando pelo interior da obra de Gaudí e pensando nas palavras da mulher. De alguma maneira eu a associava ao homem que conheci em Lisboa, mas como se fossem polos opostos. Os assuntos de que tratamos e as palavras que ambos dirigiram a mim versavam sobre os mesmos temas, mas de maneira diversa, com abordagens e visões distintas. Havia uma ligação entre aquelas duas pessoas, mas não podia ser direta ou mesmo pré-determinada em relação a mim. Não havia a mínima lógica em imaginar algum tipo de teoria da conspiração.

Entretanto, havia os fatos. Em menos de dez dias, duas pessoas que nunca vira antes e que a princípio não poderiam guardar nenhum tipo de relação entre si me abordam e nos enveredamos por assuntos que envolvem a teologia. Em que Deus e o Diabo surgem em embate. Como sempre estiveram dentro de mim. Ainda um tanto intrigado com a conversa que acabara de ter com a misteriosa mulher, saí da Sagrada Família e fui me encontrar com M..., que por sua vez havia ido se encontrar com Cibele.

Cheguei à Praça da Catalunha por volta das 19 horas e não demorei muito para encontrar as duas sentadas em um bar, animadas pela conversa e por alguns chopes que já haviam tomado. Ficamos sentados conversando por algum tempo até Cibele nos convidar para ir a um bar alternativo, não muito longe dali, chamado Ovella Negra, onde iria encontrar com alguns amigos seus. Topamos imediatamente, pois seria uma ótima oportunidade para conhecer gente da cidade.

O bar era espaçoso e rústico e ficava no subterrâneo de uma antiga construção. Em seu interior havia várias pilastras de tijolinhos e o pé direito era bastante alto. As paredes e a decoração faziam que a gente se sentisse em uma autêntica taverna. Devia haver uns três ou quatro salões, sendo que o primeiro era o maior, repleto de mesas compridas e cadeiras de madeira.

Os amigos de Cibele já haviam chegado e conversavam em espanhol animadamente, sentados em um dos salões menores, mais ao fundo. Fomos recebidos calorosamente quando Cibele disse que éramos brasileiros e que estávamos a passeio em Barcelona. O grupo, isso ficou claro durante a agradável e agitada noite que tivemos, era bastante heterogêneo. Ao todo agora éramos oito pessoas, quatro brasileiros e quatro espanhóis. Além de mim, M... e Cibele, havia uma amiga dela, nascida em São Paulo, que já morava em Barcelona há mais de dez anos. Kátia, este era seu nome, sentou-se ao nosso lado e imediatamente começou a conversar com a M... A outra mulher do grupo chamava-se Stella, e segundo Cibele era dona de uma bela voz. Stella era cantora e estava se mudando para Madrid dentro de alguns dias, onde passaria a cantar regularmente em uma casa de shows.

Ela e Cibele se juntaram a M... e Kátia em uma animada conversa. Pedimos as bebidas e eu tratei de tomar logo uns dois gigantescos copos de chope para ver se atingia o grau etílico da turma, que já ia bem adiantado, pois já estavam bebendo há umas duas horas. Ao meu lado havia um rapaz bem-vestido, de rosto escanhoado e olhar inteligente, que devia ter entre trinta e cinco a quarenta anos. Agustin era o seu nome. Ao seu lado uma bela mulher, bem mais jovem que ele, com não mais de vinte e dois, vinte e três anos, e seu nome, não menos belo, era Madelina. Os dois eram espanhóis, de Barcelona.

Tão logo nos acomodamos e foram feitas as devidas apresentações, Agustin fez questão de me introduzir na conversa e me pediu a opinião sobre uma discussão entre ele e Juan, um jovem simpático que não deveria ter mais de trinta anos e que estava sentado do outro lado da mesa, bem à sua frente. Juan tinha gestos e sorrisos largos e a inocente mania de passar a mão na barba rala e falha a cada teoria exposta – e durante a noite não foram poucas e nem menos estranhas e incomuns.

— Quando chegaram estávamos discutindo sobre as diferenças entre a pornografia e o erotismo, e o meu amigo Juan tem uma posição que acho no mínimo contestável. Eu afirmava a ele que, na minha opinião, a mulher gosta tanto de sexo quanto o homem, talvez até mais. — Dizendo isso lançou um olhar brejeiro para a bela morena ao seu lado, que se limitou a sorrir de maneira distante. — Contudo, a grande maioria delas não suporta a vulgaridade e por isso prefere o erotismo romântico à pornografia gratuita — falou Agustin.

— E eu afirmo — disse Juan, olhando para mim com um sorriso aberto e debochado — que o erotismo é a pornografia sugerida, é a pornografia coberta pelo manto da hipocrisia. Já a pornografia é o erotismo sem o véu da falsa moralidade. A pornografia desnuda o erotismo de sua roupagem moralizante e cerebral, em outras palavras é o triunfo do corpo sobre o espírito.

— Mas parte da sua afirmação confirma o que eu disse, ou seja, que a mulher não suporta a vulgaridade e por isso prefere a sugestão ao explícito. Isso é o erotismo.

— Isso foi o que você quis entender. Mas o que eu disse de fato é que o erotismo, que segundo você conta com a preferência feminina, é sacanagem com vergonha de ser sacanagem. É sacanagem hipócrita. E que as mulheres gostam mesmo é de pornografia, mas têm pudor de admitir. Um pudor que vem sendo imposto por gerações e gerações de sociedades repressoras do desejo feminino por um bom e gostoso sexo sujo. — E dizendo isso, riu e alisou a barba com a mão direita enquanto a esquerda levava o copo de sangria até a boca.

Os dois me olharam como se me pedissem um veredito. Não me fiz de rogado e, em um espanhol auxiliado pelo português quando necessário, expus minha opinião.

— Ouvindo o que vocês acabaram de falar, lembrei-me de um pensamento de Celine, onde ele diz que por dentro tudo é permitido. O que as mulheres realmente desejam em seu íntimo e o que nós homens realmente desejamos e guardamos nas áreas mais recônditas de nosso ser não diz respeito a ninguém, a não ser a nós mesmos. Eu não conheço ninguém que tenha a coragem de revelar seus mais profundos desejos e pensamentos, e não apenas os puramente sexuais. No caso específico da discussão de vocês, separar pornografia de erotismo não é o mais relevante. Eu, particularmente, acho que a pornografia invade um espaço que deveria ficar restrito às nossas fantasias e capacidade de imaginação. Talvez por isso as mulheres prezem mais o erótico do que o pornográfico. As mulheres são mais imaginativas do que os homens e devido a isso preferem completar a história a ter o enredo pronto e acabado. E posso confessar para vocês, por experiência própria — e olhei rapidamente para o lado para me certificar de que M... não me escutava —, que entre quatro paredes uma mulher imaginativa supera qualquer filme pornô que já tenha assistido até hoje.

— Temos um feminista aqui — bradou Juan em alto e bom som, chamando a atenção dos outros membros da mesa. — Um homem que defende as mulheres e sua liberdade sexual. E depois dizem que o homem latino-americano é o último baluarte do machismo e nós europeus somos excessivamente condescendentes com as mulheres.

— Não seja grosso com o nosso novo amigo, Juan — disse Agustin.

— Mas não estou sendo grosso. Me desculpe se o ofendi, não foi essa minha intenção — falou ele, me olhando com um ar sinceramente compungido.

— Não me ofendeu — me apressei em responder. — Realmente não sou um claro exemplo do machão latino-americano.

— Está vendo, Agustin, ele não se ofendeu. — E voltando-se para mim: — Caro amigo, deixe lhe dizer algo, também baseado em minha larga experiência com o sexo oposto. Não trate a mulher com muito respeito, pois a mulher não gosta de respeito, ela gosta de ser surpreendida, irritada, instigada, provocada, atiçada. Qual é o melhor sexo do mundo? Não é o sexo da reconciliação? É quando você sente séculos e séculos de repressão feminina pulsar em cada movimento de seus quadris, em cada chicotada pélvica que ela lhe dá, como se procurasse arrancar o seu pênis e engoli-lo em suas entranhas. E viva Freud! E viva as mulheres e sua inveja do pênis e seu complexo de inferioridade, que as transformam a cada nova geração em animais sedentos por sexo. Mas que fique claro, entre quatro paredes, na penumbra do quarto, veladas. E sendo assim, posso até concordar com você. Que continuem então eróticas da porta do quarto para fora, e pornográficas em cima da cama.

Dizendo isso, levantou o copo propondo um brinde. Olhei para M... e seus olhos faiscavam de revolta e indignação, pronta para fazer um longo e exaltado discurso feminista. Imediatamente desferi em sua direção aquele olhar indicando que estava prestes a ultrapassar a linha de segurança social. Aquele mesmo olhar que nossos pais nos davam quando na casa de uma visita, na hora do lanche, tomávamos cinco copos de refrigerante e comíamos oito pedaços de bolo. Mas Kátia não se furtou a fazer seu comentário.

— Só pegamos o final da conversa de vocês, mas já me arrependo de termos interrompido nosso bate-papo para escutar Juan e suas bobagens completamente desprovidas de sentido.

Juan imediatamente retomou as rédeas da conversa, tendo como fundo as vozes de Ella Fitzgerald e Louis Armstrong cantando *Dream a little dream of me*, em um dos duetos mais emblemáticos da história do jazz.

— O sentido. O perverso sentido, o sentido perverso do sentido. A necessidade de se ter sentido em tudo, um sentido oculto para todas as coisas, mesmo para aquelas que não necessitam de sentido. Mas como não tem sentido? Você vai me perguntar, querida Kátia: — ao ouvir seu nome a moça se virou e continuou a conversar com a M... e as outras garotas sem dar atenção para o entusiasmado Juan, que se voltou imediatamente para nós, agora alvos exclusivos de seu discurso. — Um sentido tem de haver, nem que seja a ausência de sentido, o que já faz um certo sentido. Tudo deve ter um sentido, se não se tem um endêmico, cria-se um, um sentido paraconsistente, contraditório em si mesmo, um sentido flexível, que se adapta. O que não pode haver é a falta de sentido. E eu lhe respondo — olhando para Kátia, que simplesmente não dava por sua presença —, ou melhor dizendo — e novamente voltando-se para mim e Agustin —, respondo a vocês. Mesmo que muitos não queiram, há coisas que carecem de sentido, e mesmo assim são coisas, ou deveriam deixar de sê-lo apenas por que não se adequam aos sentidos existentes nos dias de hoje?

Agustin se mexeu na cadeira, recostou-se, inclinou ligeiramente a cabeça e falou em um português carregado de sotaque, mas muito claro:

— "Porque o único sentido oculto das coisas/É elas não terem sentido oculto nenhum,/É mais estranho do que todas as estranhezas/E do que os sonhos de todos os poetas/E os pensamentos de todos os filósofos,/Que as coisas sejam realmente o que parecem ser/ E não haja nada que compreender."

E Juan, também em um português carregado, mas degustando cada uma das palavras, declamou um outro trecho de *O guardador de rebanhos*:

— "O mistério das cousas? Sei lá o que é mistério!/O único mistério é haver quem pense no mistério."

E os dois riram alegremente, irmanados nos versos do poeta português.

— Não entendi nada do que você falou, Juan — disse Madelina, com um encantador ar de perplexidade que a deixava ainda mais bonita.

— Mas não há nada para entender, bela Madelina. Na verdade, tudo na vida possui uma explicação simples, uma complexa e uma metafísica. Eu particularmente prefiro a simples para todas as coisas, pois a complexa é desnecessária e nada nessa vida vale que nos aprofundemos em seu entendimento. E a metafísica, ora, essa busca os sentidos ocultos das coisas, que, como muito bem disse Fernando Pessoa, não possuem sentido oculto nenhum.

— Minha querida — enquanto falava, Agustin alisava os longos cabelos negros de Madelina —, o nosso chapeleiro louco — depois vim a saber que Juan ganhava a vida desenhando e confeccionando chapéus — largou uma carreira promissora de analista financeiro em uma corretora de Barcelona e resolveu se dedicar a uma velha paixão e uma profissão um tanto em desuso nos dias de hoje, a de chapeleiro. Ele nem sempre é muito claro e coerente em suas explanações, e isso é maquiavelicamente premeditado por sua mente doentia. — Juan o escutava com um bailarino sorriso nos lábios.

"Às vezes diz coisas que não se parecem com ele, mas que causam o efeito desejado em sua plateia. Hoje, particularmente, ele está focado em você e em nosso novo amigo — disse, apontando para mim. — Em você por ser mulher e bela — nesse momento colocou a mão em meu ombro e me sorriu —, e em você porque é plateia nova, a quem ele consegue chocar ainda mais, por não saber ainda distinguir quem é Juan e quem é o personagem que ele cria para os seus momentos de lazer à custa do espanto alheio."

— *Touché*! Agustin. Estou mortalmente ferido pela sua perspicácia. Fui desmascarado! Agora só me resta cortejar Madelina e dormir com ela, em sinal da minha vingança. — Ao dizer isso, olhou de forma insinuante para Madelina e tomou as mãos dela entre as suas. — Vamos sair daqui enquanto estou sóbrio e ainda posso ter uma ereção. Deixe esse idiota cerebral e se entregue loucamente a mim.

Agustin assistia ao número do amigo impassível, já Madelina tinha um olhar que flutuava entre o blasé e o petulante, e que eu não podia distinguir. Não sendo interrompido, Juan continuou seu show, que agora parecia ter apenas Madelina como alvo.

— Mas, pensando melhor, acho mais prudente não. Desde que te vi pela primeira vez, lembra-se? Eu e Agustin fomos apresentados a você na mesma noite, na casa de Fernando, em mais uma de suas festas esnobes e repletas de idiotas, a começar por mim, E você imediatamente caiu de amores pelo charme barato mas eficiente de Agustin. Pois bem, desde aquele dia venho te idealizando como a mulher perfeita para mim: linda, sensual, sexy, tola, dona do mais belo traseiro de Barcelona e com uma incrível e maravilhosa capacidade de esquecer tudo o que dizemos em algumas poucas horas. O seu corpo exala desejo, posso sentir o cheiro de seus feromônios daqui onde estou.

Nesse ponto olhei para os lados e as mulheres não mais conversavam entre si, mas tinham toda a atenção voltada para Juan, que, com as mãos de Madelina entre as suas e mediante a total impassividade de Agustin, continuou:

— As minhas idealizações me levam a imaginar, como já fiz centenas de vezes, nas posições e lugares mais inusitados que você jamais poderia conceber, como o sexo com você seria a total e absoluta explosão de todos os meus instintos mais selvagens, guardados por um silencioso e prudente atavismo. Agora imagine, minha bela Madelina, se eu tivesse uma decepção e o sexo entre nós fosse um grande fiasco, um engodo. O que seria de mim? Como poderia um dia me reerguer, sexualmente falando?

"Por outro lado, imagine agora se for algo inenarrável, maravilhoso, extasiante, mágico! Pior ainda, pois seria esplêndido no começo, mas um dia me cansaria de você como me canso de tudo e de todos na minha vida. E como poderia encarar o sexo daí para frente? Se já atingi o máximo, o que há depois do máximo? Nada. A homossexualidade talvez. Mas essa perspectiva não me agrada em nada. Sendo assim, para não me decepcionar com o sexo e também para não atingir seu ápice, nossa história acaba aqui, antes de começar."

Ao dizer isso, largou as mãos de Madelina e olhou com um ar de tristeza fingida para Agustin.

— Você é completamente maluco, Juan — disse Madelina. E olhando para Agustin: — Isso é algum tipo de brincadeira de vocês?

— Não olhe para mim, pois não tenho nada a ver com esse monte de bobagem que sai da boca de Juan. Já disse que ele fala essas coisas para chocar e quase sempre consegue.

— Mas ele me chamou de tola.

— E te chamou de linda, maravilhosa, sexy e outros adjetivos que não me lembro agora... Por que destacar só um? Deleite-se com os outros.

— Vocês são muito esquisitos para o meu gosto. E você, Agustin, quando fica perto dele também fica desagradável.

— Não dê ouvidos a esse idiota — disse Kátia, olhando para Madelina. — Como disse o Agustin, ele só quer chocar e adora uma plateia.

— Monstro! Monstro! Juan é um monstro! Sacrifiquem Juan! Apedrejem Juan! Crucifiquem Juan! Chupem Juan! — falava o próprio, em um tom dramático.

— Imbecil! — exclamou Kátia. — Só uma completa idiota iria para cama com você. Você não faz ideia do que uma mulher gosta de ouvir, de sentir. Pode ficar tranquilo, porque você nunca vai experimentar esse sexo epifânico que mencionou, jamais conseguirá fazer uma mulher delirar de prazer, e sendo assim jamais terá como agradecimento um sexo capaz de te levar a querer morrer de tanto prazer. — E, ao dizer isso, olhou de forma terna e amiga para Stella.

— Homens e mulheres veem o sexo de maneira diferente. E isso não é bom ou ruim, é apenas um fato, uma realidade inexorável. Quando Juan e Agustin falavam anteriormente sobre o erotismo e a pornografia, eles podem ter se enganado ao definir a posição da mulher perante um e outro, mas acertaram ao dizer que a mulher gosta tanto de sexo quanto o homem, muito embora de maneiras completamente diferentes, que passam à margem dos conceitos de erotismo e pornografia comumente aceitos — disse Stella em um tom apaziguador, que desviava o assunto mantendo-o no mesmo rumo.

— Obrigado, minha cara Stella, por me tirar da boca dos leões exatamente no momento em que seria devorado em um orgíaco festim gastronômico e sexual. — Dizendo isso, Juan sorriu e mostrou a língua de forma infantil e travessa para Kátia, que por sua vez o fuzilou com um olhar de absoluto desprezo.

— Não disse isso para evitar que fosse devorado, pois acho que algumas vezes você merece todo o desprezo da humanidade. Mas não agora. Inclusive concordo com o medo do ápice. Não apenas no sexo, mas em qualquer outra experiência sensitiva, intelectual ou física, atingir o máximo deve ser frustrante no seu porvir. Buscar o inatingível é sempre estimulante e nos mantém excitados com a vida.

— E por falar em excitação, já que desisti de Madelina, acho que vou me apaixonar por você, pois sempre que nos encontramos você me deixa em estado de ereção intelectual.

Nesse momento todos na mesa riram, até mesmo Kátia. Somente Madelina mantinha seu olhar de constante perplexidade. Stella sorriu para Juan de uma maneira quase maternal, como se perdoasse e entendesse as estripulias de um filho caçula, e tomou novamente a palavra.

— Me recordo agora de uma história que li algum tempo atrás, de um escritor brasileiro. Não lembro o nome do livro, mas o autor se não me engano chama-se Sérgio Sant'Anna. Encontrei o livro no meio das coisas de Kátia e o tomei emprestado. — As duas sorriram de forma cúmplice. — Estava começando a aprender português e achei que seria um bom teste, pois o livro não é muito grande, talvez um pouco mais de cem páginas, e, tirando alguns trechos mais complicados em que Kátia me ajudou, a leitura fluiu tranquilamente.

"A história a que me referi é narrada por uma mulher que escreve uma carta e que vem a ser o próprio conto. A carta é endereçada a um homem que conheceu há dois dias e com quem, poucos minutos depois de ser apresentada, fez sexo em seu próprio automóvel em uma estrada deserta. Durante a história percebemos claramente, e acredito que essa era a principal intenção do autor, como os sentimentos femininos diferem do masculino quando o assunto é amor e sexo. A narradora, como ela própria confessa, usa o homem, destinatário da carta, não para obter o gozo efêmero e a satisfação animal da posse, mas para atingir um prazer sensual e bem mais amplo e complexo.

Ela busca naquele estranho o encontro consigo mesma e com suas sensações mais profundas.

"Sua busca foi por se preencher com o gozo proporcionado por ele e com ele, e não se esvaziar como geralmente acontece com um homem quando se envolve em uma relação sexual puramente superficial, como provavelmente deve ter acontecido com o destinatário da carta, que, se usou, foi ainda mais usado pela narradora. Mas ela não buscava, ao contrário do que pode se supor a princípio, uma relação sexual passageira e promíscua, e sim um contato íntimo em que pudesse estar plenamente consigo e ao mesmo tempo com um outro, que invadisse seu corpo, mas não sua alma. Em um trecho da carta ela diz que diversas vezes desejou um alguém a quem ela pudesse mostrar seu esconderijo, mas sem correr o risco de que esse alguém se apossasse dele, do esconderijo, ou dela mesma. Ela queria compartilhar apenas o silêncio e para isso seria necessário um estranho. Um estranho silencioso que lhe possuísse apenas o corpo, sem lhe penetrar nos pensamentos íntimos, compartilhando apenas palavras tolas.

"O destinatário da carta teve a função de servir de anteparo. Ela projeta sobre ele o seu amor, e, por ser um estranho, um estrangeiro, ele parte no dia seguinte e ela se sente livre para construir com os seus sentimentos, usando sua imaginação, alimentada por esses sentimentos, uma história para ambos, ou várias, conforme o caso. Ela chega a dizer, em um trecho da carta, se não me falha a memória, que era suficientemente racional para observar seus sentimentos de certa distância e criar com eles novas construções. Mas por que então, alguns de vocês podem perguntar, ela não busca o prazer solitário, evitando toda a sorte de riscos, incômodos, problemas e possíveis humilhações que uma relação casual como essa pode causar? Porque ela precisa do outro para projetar o seu amor e imaginá-lo, construí-lo, da forma ideal para si. E se desse outro nada se conhece, torna-se assim o objeto perfeito para se construir o romance ideal, no sentido literal da palavra, de idealizado.

"E na carta ela se justifica para seu destinatário dizendo que, quando criamos uma impressão de uma pessoa pela qual nos sentimos atraídos, colocamos muito de nós mesmos, de nossas fantasias, nessa impressão. Construímos assim – e eu me lembro muito bem dessa frase – o outro à imagem de nossos sentimentos e desejos. A narradora busca, através dessa carta, explicar a ele e principalmente a ela mesma o que aconteceu e por quê. Ela escreve uma carta que pode ser lida como uma reflexão da própria condição da mulher: do ato de ser, sexualmente, sensualmente e sentimentalmente, mulher."

— E você concorda com esse procedimento dela? — perguntou M... visivelmente revoltada com o referido "procedimento". — Porque para mim sua atitude e principalmente a explicação que encontrou para justificar seu ato é patética.

— Eu também não concordo que essa seja a condição da mulher: a de viver em um mundo idealizado, fantasioso e precisar se entregar a estranhos dentro de um carro em uma estrada deserta para poder criar uma história de amor perfeita. Não engulo essa história dela precisar desse contato íntimo com um estranho para se encontrar consigo. Eu me encontro comigo sempre que preciso e para mim basta meu dedinho e a foto do George Clooney — disse Cibele, entre indignada e jocosa. O que arrancou gargalhadas de todos.

Mas Stella concluiu:

— Ela precisava do cheiro, do toque, do roçar da barba, da textura da pele para ter como idealizar, dar um rosto ao seu amor, que já existia, mas não tinha um rosto. Na verdade, ele só emprestou seu corpo para ela criar seu príncipe encantado. É da mulher essa idealização, essa busca do homem perfeito, da figura do príncipe sobre o cavalo branco. A diferença é que a personagem dessa história que contei não se atém apenas ao mundo das ideias, ela toma uma atitude para materializar o seu ideal.

— Eu continuo achando que um bom vibrador resolveria o problema e com muito menos filosofia. Usou, passou um paninho com álcool gel e gaveta, até o próximo encontro — interveio novamente Cibele.

— Então, minha querida Stella — falou Juan —, você está sugerindo que nós homens também somos usados e manipulados pelas mulheres? Que enquanto temos nossos pratinhos chineses somos pratinhos chineses de outras em um círculo sexual incessante?

Stella ia falar alguma coisa quando um homem calvo e corpulento, que depois vim a saber era um dos sócios do bar, se aproximou dela falando alguma coisa em seu ouvido e, tomando-a pelo braço, a retirou gentilmente da mesa, dizendo:

— Com licença, amigos, mas terão de dividir Stelita com o resto do bar. Ela vai cantar para nós.

Todos da mesa aplaudiram entusiasticamente, principalmente Kátia. E menos de dois minutos depois, acompanhada por um pianista, Stella começou a cantar *I loves you, Porgy*, canção dos irmãos Gershwin imortalizada na voz de Billie Holiday. O ambiente foi tomado pela voz de Stella, uma voz doce mas ao mesmo tempo áspera e arrastada, como a das grandes cantoras de jazz americanas. O que fez com que todos da mesa e do bar ficassem extasiados por alguns minutos e transportados espiritualmente para um porão esfumaçado da década de quarenta, onde uma cantora negra e viciada despejava sua melancolia sobre nós em forma de frases arrastadas e *blue notes* tocadas por um pianista meio bêbado e entorpecido, debruçado sobre seu instrumento. Minhas divagações foram abruptamente interrompidas por Cibele.

— Mas que Diabos de pratinhos chineses são esses de que você está falando, Juan? — falou Cibele, interrompendo meu estado de êxtase.

— Ora, minha cara Cibele, você nunca foi a um circo e viu aquele velho número em que um artista, geralmente vestido com uma bata chinesa, equilibra pratinhos na ponta de uma vara? Vários, girando ao mesmo tempo.

— Sim, claro que já vi, mas o que isso tem a ver com o que estávamos falando.

— Tudo. Eu perguntei a Stella se ela acredita que as mulheres também possuem seus pratinhos chineses.

— Continuo sem entender.

— Vou explicar. Eu e a maioria dos homens...

— Fale por você, meu amigo — interveio Agustin, que pelo tom me pareceu já conhecer a teoria de Juan e o efeito negativo que ela causaria nos presentes, principalmente nas mulheres.

— Continuando. Eu e a maioria dos homens, repare bem, Agustin, a maioria, pois gostaria de deixar registrado e anotado para todos que Agustin é uma honrosa exceção — e dizendo isso sorriu de forma matreira para o amigo —, nós homens, com a exceção de Agustin, temos nossos pratinhos chineses, ou seja, mulheres com quem saímos e nos relacionamos sexual e esporadicamente. São várias, em alguns casos, e não quero me gabar disso, mais de uma dezena.

Nós temos de nos comportar com elas da mesma maneira como nosso mestre equilibrista lida com seus pratinhos.

"Vocês já repararam que, quando ele acaba de colocar o último pratinho para rodar, o primeiro começa a perder força e gira devagar quase caindo? Nesse momento ele volta ao primeiro e dá mais uma mexidinha na vareta, o suficiente para o prato ganhar velocidade e se equilibrar, enquanto isso o segundo, terceiro e assim por diante, vão perdendo força e ele tem de fazer a mesma coisa até chegar ao último e olhar para a outra ponta e ver que o primeiro volta a perder força e começar todo o processo novamente. Minhas mulheres são como os pratinhos chineses; tenho de, em intervalos regulares, dar um telefonema, mandar flores e satisfazê-las sexualmente, ou seja, botar o pratinho para rodar, mexer na vareta.

"Na prática são elas que mexem na vareta, mas sob minha orientação. — E riu alto, continuando sua explanação: — Agindo assim, tenho mais alguns meses de autonomia sem precisar me preocupar com esta, mas em compensação os outros pratinhos começam a balançar e tenho de fazer a mesma coisa com cada um deles, ou, no caso, com cada uma delas. Agora vocês veem como minha vida não é fácil, pois isso demanda tempo, trabalho e dinheiro, e mesmo assim alguns pratinhos caem uma vez ou outra e se quebram. E sou obrigado a procurar peças de reposição."

Dizendo isso, olhou indisfarçadamente e sorrindo para Madelina.

— Você é nojento! Eu não sou pratinho chinês de homem nenhum — disse Madelina. E se voltando para Agustin: — Ou eu sou um pratinho chinês para você, Agustin?

— Claro que não, minha querida. Você não escutou o que eu disse antes desse idiota começar a falar? — E, olhando para Juan, falou em um tom que demonstrava uma falsa raiva: — Está vendo o que você faz, Juan, com essas suas teorias estapafúrdias? Meninas — disse, dirigindo-se às mulheres da mesa —, não deem ouvidos para essas idiotices de Juan. Ele tem essas teorias, mas garanto a vocês que ele mesmo não as coloca em ação. É praticamente um monge casto.

— Eu nem estava escutando o que esse pobre de espírito falava, estou prestando atenção em Stella. Olhem como ela está linda — disse Kátia.

Neste momento Stella começava a cantar *Wave*, de Tom Jobim, em um português cujo leve sotaque fazia a música ainda mais charmosa. Sua voz fazia jus ao nome da canção, pois se derramava sobre nós como uma suave onda musical, fazendo com que todos prestassem atenção, e que até Juan parasse de falar e encarasse a cantora com um olhar terno e respeitoso. Nesse momento, Agustin se levantou abruptamente e saiu em direção ao banheiro. Quando acabou de cantar, Stella demorou alguns minutos para chegar até nossa mesa, pois muitos clientes do bar queriam cumprimentá-la.

Quando chegou foi recebida efusivamente por todos, que não pouparam adjetivos ao elogiar suas interpretações. Quando já nos encontrávamos sentados e Juan se preparava para abrir a boca e dizer algo, Agustin voltou e parou ao lado de Stella. Olhando para ela, tomou-lhe as mãos entre as suas e disse:

— Minha querida Stella, sua voz acalanta minha alma e chega até a amansar as feras. Olhe só, por alguns momentos até Juan parou de falar para te escutar, e isso não é pouca coisa. Você sabe muito bem que há dois caminhos para se atingir a alma de alguém: o da razão e o da emoção. Sua voz faz um percurso direto e sem escala para o que existe de mais recôndito em nós.

"Sabe, às vezes, geralmente um tanto quanto bêbado e com o espírito elevado por algum motivador externo, como no caso de sua voz hoje, paro em frente ao espelho, como fiz agora no *toilette*, e fico me olhando por alguns minutos, procurando algo, e enxergo, olhando no fundo dos meus olhos, um outro eu, como se pudesse enxergar minha essência, minha alma. O meu rosto ganha uma nova aparência e meu interior domina e transmuta o exterior. É assustador e fascinante ao mesmo tempo esse contato com um outro eu, desconhecido e por isso instigante. Mas infelizmente esse momento epifânico dura pouco e eu volto a ser o Agustin que todos conhecem, sem mistérios, de alma simples e perscrutável."

Todos da mesa olhavam para eles com atenção e, ao perceber o clima sério e introspectivo que havia criado, Agustin se apressa em completar:

— Da próxima vez vou levar você ao banheiro comigo para continuar cantando ao meu lado, enquanto empreendo essa viagem ao meu íntimo.

Dizendo isso, abaixou-se e beijou-a ternamente no rosto, mas, antes de voltar para sua cadeira, Juan disse:

— Deixe de filosofia barata, você teve foi uma tremenda *egotrip*. Esse *whisky* seu deve estar batizado. — E completou: — Na verdade, não há segredo nenhum nisso, o homem visto por fora é cômico, visto por dentro é aterrorizante, e não estou sendo original ao dizer isso. Você simplesmente viu um pedacinho da sua alma pela greta que Deus algumas vezes, de sacanagem, nos abre, só para nos assustar.

Agustin voltou a se sentar ao lado de Madelina e fingiu não ter escutado o que Juan dizia. Mas este voltou à carga.

— Por falar em enxergar pelas frestas que Deus nos abre, imagine se as pessoas tivessem a capacidade de visualizar a cada encontro as outras no momento do coito. Adoro essa palavra, coito. Sério, imaginem se nós olhássemos agora para o Agustin e o imaginássemos claramente fodendo: suado, resfolegando, dizendo coisas indecentes e imorais; fazendo gestos engraçados, como quando um *cowboy* bate no lombo da égua para que ela pule mais. Olhem para ele e imaginem. Eu sei que todos estão fazendo isso agora. Olhem para ele: sério, circunspecto, filosofal, culto e de repente o imaginamos cavalgando Madelina, e ela de quatro, recebendo estocadas regulares acompanhadas de um ipiaiôôôô!

"E nós poderíamos fazer isso com qualquer um: o nosso vizinho, a dona da farmácia, o nosso chefe, o presidente da república, a desembargadora. Já imaginaram? Estão imaginando agora, não é mesmo? Sabe o que aconteceria? Acabaria o respeito mútuo. Isso mesmo. Ninguém mais respeitaria ninguém. Sim, eu sei, todos nós fazemos sexo, até nossa avó trepava, mas somos puritanos, pudicos e hipócritas e nem mesmo nos sentimos confortáveis ao falar de algo tão natural. Reparem como vocês estão olhando para mim, como se eu fosse uma besta do apocalipse que criou em suas mentes imagens demoníacas.

"Agora olhem para mim e me imaginem trepando com uma anã. Isso mesmo, uma anã! É minha suma fantasia, comê-la de pé, segurando-a no meu colo e fazendo upa! upa! E depois sair atrás dela pela casa enquanto ela foge de mim, correndo com aquelas perninhas de anã e peladinha."

E soltou uma gargalhada acompanhada por uma crise de riso. Todos olhavam para ele meio que estupidificados, menos Stella, que tinha um leve sorriso no rosto, e Agustin, que fumava tranquilamente um cigarro e olhava para o alto, como se divagasse sobre outra coisa. Até que a risada de Juan foi cortada por Kátia.

— Você é um doente pervertido, Juan. A única razão de suportarmos sua presença é Agustin. Que na verdade não sei como te tolera.

— Eu, doente, minha sempre simpática Kátia? Claro que não. Doente é você, na verdade todas vocês mulheres. Tenho certeza de que, se estivéssemos somente nós homens aqui, estaríamos dando boas gargalhadas. Vocês é que estão pesando o ambiente. A mulher se leva a sério demais e não sabe rir de si mesma. E sabe por que vocês são assim? — Nesse momento ele se movimentou discretamente como se fosse levantar do banco e todos ouvimos o som de seus gases sendo expelidos. — Vocês são assim porque não peidam. Isso mesmo! Porque não peidam. — Kátia virou-se de lado e tentou começar uma conversa com M... para desviar o assunto, mas a voz de Juan já dominava a mesa, e na verdade todos, até mesmo M... e Kátia, apesar do visível semblante de desaprovação de ambas — provavelmente causado pela retenção de gases, diria Juan —, queriam ouvir a explicação de Juan.

— A mulher é triste e estressada porque não peida. O peido é a exteriorização de um sentimento, de uma emoção. O peido é o suspiro do corpo, assim como o suspiro é o peido da alma. O homem coloca aquilo que o está angustiando para fora e ainda ri do seu gesto. Ele não admite ter algo aprisionado dentro de si, angustiando-o, pressionando seu ventre, seu intestino, todo o seu ser. Já a mulher, por pudor, guarda o peido dentro de si, até ele apodrecer e ser solto na solidão de um banheiro, longe de todos. Mas aí já é tarde demais, o peido podre já causou todo o mal possível, empesteando a alma feminina de amargura e tristeza. — E dizendo isso abriu os braços e falou bem alto para que todos das mesas vizinhas pudessem escutar: — Mulheres, peidem! E mais, riam de seus peidos, aprendam a rir de si mesmas, tornem-se seres humanos melhores! O peido é libertador.

Algumas pessoas das mesas vizinhas que escutaram apenas o final da peroração de Juan aplaudiram e riram de nosso bufão. Nesse momento a conversa voltou a dispersar e me envolvi em uma calorosa e prazerosa discussão com Stella sobre jazz e suas grandes divas, enquanto M..., Kátia e Cibele falavam sobre a invasão de paquistaneses na cidade nos últimos anos. Juan e Agustin conversavam sobre algo que não consegui entender muito bem, pois me pareceu que falavam em catalão, enquanto Madelina olhava para o nada com um olhar sonhador, só interrompido de quando em quando para encarar, enfezada, o sempre alegre e sorridente Juan.

A noite assim continuou por mais uma ou duas horas, quando então resolvemos nos despedir e ir embora. Cibele, Stella e Kátia nos acompanharam, enquanto Juan, Agustin e Madelina continuaram no bar. Despedimo-nos dos três efusivamente, prometendo encontrá-los mais uma vez antes de nossa partida. Antes de sairmos, Cibele pegou as duas enormes canecas de vidro em que eu e M... havíamos bebido nossos últimos chopes e mandou que eu escondesse uma debaixo do meu casaco enquanto ela guardava a outra em sua bolsa. M... olhou espantada para ela.

— Despista, uma recordação para vocês. Todo mundo faz isso, eu mesma tenho umas quatro lá em casa. Vamos! Façam cara de paisagem. — Olhei para M... e ela estava tensa como uma corda de violino, como se estivéssemos assaltando o banco central de Barcelona. Uma vez na rua, Cibele nos abraçou, me passou a caneca que tinha colocado na bolsa para a M... e pegou um táxi, junto com Stella e Kátia, enquanto nós descemos as Ramblas em direção ao hotel, que não ficava longe dali.

Já devia passar muito da meia noite, e a famosa rua estava praticamente deserta, com exceção de uma ou outra alma desgarrada voltando para casa, como nós. Comentamos como era estranho ver aquela rua que horas atrás era uma veia pulsante no centro de Barcelona, com suas lojas de *souvenirs*, bares e restaurantes sempre lotados, agora vazia e silenciosa. Olhamos para trás e vimos a Plaça de Catalunya se afastar cada vez mais, enquanto descíamos em direção a Plaça del Portal de la Pau, que era nosso ponto de referência para pegar a Avenida Paral-lel, onde ficava nosso hotel.

M... então começou a falar o quanto Juan havia sido inconveniente durante toda a noite, e eu apenas escutava, pois não queria polemizar com ela naquele momento, mas na verdade tinha gostado muito da noite e de todos os amigos de Cibele, principalmente de Juan. Descia mais absorto do que prestando atenção em suas críticas feministas quando na altura do Palau Moja, logo depois de atravessarmos a Carrer de la Portaferrissa, senti uma sensação estranha, como se estivéssemos sendo acompanhados por alguém, ou pelo menos observados. Olhei para trás e não havia ninguém, a rua estava deserta. Olhei para os lados, ainda nervoso, e pedi para M... fazer silêncio. Ela me perguntou o que estava acontecendo e eu lhe disse que estava com uma sensação estranha de estarmos sendo observados.

— Bobagem sua, não tem ninguém na rua. Você ficou cismado depois do encontro sinistro que teve com aquele homem em Lisboa.

— Pode ser. Com certeza é isso, mas a sensação continua, chego a sentir um frio na ponta da espinha, nunca senti isso antes.

Antes de acabar a frase, percebemos um vulto do outro lado da rua. Assim que olhamos em sua direção, ele se escondeu atrás de uma das bancas de *souvenir.*

— Você viu? — perguntei para M....

— Vi, vamos correr, não quero ficar aqui.

— Espera, quero ver se ele sai de trás da banca e se escondeu por nossa causa.

— Vamos embora, agora estou com medo.

Larguei a mão dela e fui em direção à banca enquanto ela me ordenava, com aquele tipo de grito sussurrado, que eu voltasse. Parei ao lado da banca sem coragem de ver o que tinha atrás. Não demorou muito M... se aproximou e disse para irmos embora. Já estava me virando para continuar a descer quando ela deu um grito que deve ter sido ouvido por metade de Barcelona. Voltei-me para a direção em que ela olhava e meu coração, por aproximadamente uns dois segundos, cessou de bater ou pelo menos essa foi minha impressão. O vulto havia contornado a banca e surgido atrás de nós.

Parada em nossa frente, víamos uma figura descomunalmente alta, com uma longa capa preta que cobria parcialmente sua vestimenta, de um vermelho vivo, como seu rosto e mãos. Os olhos também vermelhos nos fitavam, e ele sorria. De sua testa saíam dois chifres negros. Era o Capeta! Ou pelo menos sua clássica representação, aquela que habita nosso imaginário. Do outro lado da rua, três pessoas passaram devagar encarando a estranha cena. M... não conseguiu conter um palavrão que com certeza foi compreendido pelo Coisa Ruim que se encontrava diante de nós, o que fez com que ele levasse a capa ao rosto e nos olhasse por cima de seu cotovelo, mas logo desfez o gesto teatral e disse em espanhol:

— Desculpe-me, não queria assustá-los, tentei me esconder, mas, quando vi que vinham em minha direção e que eram pessoas corajosas, não resisti à tentação. Peço mais uma vez desculpas.

A pessoa que disse essas palavras foi a mesma que dias antes havíamos visto nas Ramblas, fazendo seu número de estátua viva e que se escondeu atrás de um poste quando tentei fotografá-lo.

— Menino, você mata alguém do coração andando pela rua a essa hora da noite vestido desse jeito — falou M..., agora um pouco mais calma.

— Não costumo andar caracterizado a essa hora. Geralmente no final da tarde, quando começa a escurecer e o movimento de turistas aqui nas Ramblas diminui, vou embora. Mas hoje recebi um convite para animar uma festa de estudantes em um bar aqui perto. A comemoração só terminou agora há pouco. Eu não trago outra roupa quando venho para as Ramblas, pois moro relativamente perto. Vou para casa a pé.

Despedimo-nos depois que ele outra vez se desculpou aparentemente consternado com o susto que nos passara. Antes, porém, não perdi a oportunidade de tirar a foto que ele me negou anteriormente. Descemos a rua a passos largos e instintivamente olhando para trás a cada vinte ou trinta passos. Logo chegamos ao final da rua e tomamos a Avenida Paral-lel até o hotel. Enquanto trocávamos de roupa para dormir, M... comentava sobre o episódio e o susto que tomou e como depois achou graça de tudo.

— Acabou tornando-se uma história interessante para contar quando voltarmos.

Como não respondi, ela insistiu:

— Não acha? Que acabou sendo uma história engraçada?

— Sim. — Mas no fundo não estava achando nada engraçado. Ao nos despedirmos do homem fantasiado, fiquei com a estranha impressão de que ele me encarava como se quisesse dizer algo, mas que a presença de M... de uma certa forma o inibia. Pode ter sido, e certamente foi, apenas uma impressão, mas que me deixou incomodado e incapaz de achar aquele acontecimento apenas algo pitoresco. Fui dormir com esse pensamento.

No dia seguinte partimos para mais uma maciça dose de experiências sensitivas proporcionadas pelo gênio da arquitetura modernista,

Antoni Gaudí. Visitamos o Parc Güell, uma imensa área em que arte e natureza se amalgamam em um bailado de pedras, vitrais, azulejos, cerâmicas e outros materiais usados pelo artista para proporcionar ao espectador e visitante do parque momentos de relaxamento e interação plena com a natureza. O parque está repleto de ambientes bucólicos e outros alegres e festivos. Como exemplo dos primeiros temos a Sala das Cem Colunas, na verdade, um imenso *pilotis*, sustentado, contrariando o nome, por oitenta e seis colunas.

No teto, suspenso a mais de cinco metros, há várias mandalas coloridas, feitas com pequenos cacos de vidro e pedaços de cerâmica. A sala foi projetada para ser um mercado, mas parece que nunca chegou a cumprir sua função original. Na parte de cima, há uma grande praça chamada de Gran Plaza Circular, ou simplesmente de Plaza Oval, onde podemos nos sentar para apreciar a bela vista em um sinuoso banco de mais de cem metros de comprimento, também revestido com pequenos pedaços de vidros coloridos e cerâmica, formando um mosaico com diversas formas.

Gaudí tinha uma preocupação muito grande em aliar arte e natureza. No Parc Güell, como nas colunas que sustentam internamente a Sagrada Família, vemos referências a uma árvore típica da cidade, que pode ser vista por toda parte em seu cenário urbano. Um caminho curvo, chamado de Viaduto do Museu, é formado por colunas de pedras que imitam a forma dessa árvore. Passamos horas caminhando pelos diversos nichos do parque e observando as belas chaminés das construções, uma verdadeira obsessão de Gaudí, que mais parecem minaretes coloridos. O parque a princípio foi projetado para ser um empreendimento urbano, encomendado pelo milionário burguês Eusebi Güell, mas foi um fracasso em termos comerciais. Hoje o parque pertence à cidade de Barcelona e foi considerado, no início da década de oitenta, Patrimônio da Humanidade.

Saímos do Parc Güell depois do meio-dia e rumamos para o Montjuïc, uma elevação junto ao porto de Barcelona que possui várias áreas de lazer para os moradores da cidade. Chegamos ao topo tomando o teleférico e apreciando a bela vista. Passamos a tarde inteira na montanha. Primeiro visitamos o Palau Nacional, um suntuoso prédio construído especialmente para a Exposição Internacional de Barcelona em 1929, onde hoje se localiza o Museu Nacional d'Art de

Catalunya, que, além de abrigar centenas de obras de artistas denominados modernos, possui um esplêndido acervo de arte românica e medieval. Assim que deixamos o museu, fomos visitar o parque olímpico, construído para as olimpíadas de 92. O estádio é um exemplo de como o moderno e o clássico podem conviver em harmonia e um não precisa necessariamente suprimir o outro. Na construção do novo estádio, a fachada clássica foi conservada. O estádio original foi construído também para abrigar parte dos eventos da Feira Internacional, e teve como projetista Domènech i Roura, filho do grande arquiteto modernista, Lluis Domènech i Montaner. Pudemos passear por todo o complexo, inclusive no interior do estádio.

Ao deixarmos o estádio, decidimos descer a pé e no caminho paramos para visitar o museu de outro ilustre artista catalão, Joan Miró. O museu não é muito grande, mas cada sala é uma explosão de cores – verde; amarelo; azul; a totalidade das cores, o branco; e a total ausência dela, o preto – e de linhas ondulantes. A obra de Miró representa como poucas a essência do surrealismo, movimento moderno ao qual se filiou esteticamente. Em seus desenhos vemos o inconsciente tomar forma. É sem dúvida a versão pictórica da escrita automática concebida por Breton, em que um automatismo psíquico revela áreas recônditas de nosso inconsciente. Há em suas pinturas uma falsa impressão de certa ingenuidade infantil, mas uma observação mais atenta nos permite perceber a profunda elaboração formal e temática de cada quadro. Saí de lá em estado de êxtase, pois nunca havia dado a esse artista a atenção que ele merece. Passamos quase três horas dentro do museu e poderia ter ficado mais, contudo estava ficando tarde e ainda tínhamos de acabar a descida da montanha.

Antes de chegarmos à Plaza de España, deparamos com um portal onde estava escrito Poble Espanyol. Pedimos informação a um homem que estava de pé na porta e ele nos disse que o lugar havia sido construído para a – até então desconhecida, mas agora já famosa para nós – feira internacional de Barcelona, com o objetivo de expor o artesanato espanhol para os visitantes. Apesar de já estarmos no final da tarde e começando a escurecer, os olhinhos da M... brilharam ao ouvir a palavra artesanato, e compramos dois ingressos para visitar o local. E não nos arrependemos. O Poble é uma vila, na verdade essa é a tradução do termo, composta por mais de cem prédios que imitam a arquitetura de várias regiões da Espanha. É um desfilar de restaurantes, lojas e bares distribuídos em dezenas de ruelas pitorescas. Com pouco tempo me cansei das lojas e me sentei em um dos bares com mesinhas dispostas em uma agradável varanda, enquanto M... continuou seu passeio pela micro-Espanha estilizada.

Pedi um *jamón* serrano, ou seja, pão com pernil defumado. Devorei em poucos minutos, o que não quer dizer muita coisa, devido à fome em que me encontrava. Logo depois pedi uma cerveja e continuei minha leitura. Passaram-se minutos, horas, não me dei conta, pois a leitura fluía perfeitamente, e quando despertei do meu torpor já havia escurecido. Deviam ser umas sete horas da noite e nada da M... Minha cerveja havia esquentado e pensava se seria prudente sair à sua procura, já que havíamos combinado de nos encontrar ali. Provavelmente iríamos nos desencontrar se eu deixasse o bar. A solução era esperar.

Chamei o garçom e pedi outra cerveja. Enquanto aguardava, percebi um homem que me observava do outro lado da rua. Quando nossos olhares se cruzaram, ele atravessou a rua e se postou ao lado da minha mesa, mas do lado de fora do bar, separado por uma grade baixa. Era um homem alto, de cabelos negros, muito negros e compridos. Tinha uma argola na orelha e vestia uma calça larga, um colete escuro por cima de uma camisa branca bem encardida. Não aparentava uma idade definida. Algo entre trinta e cinquenta anos, pois a pele curtida e enrugada não fazia jus aos cabelos negros e ao porte atlético. Dirigiu-se a mim em espanhol com um sotaque que não identifiquei.

— Boa noite, senhor!

— Boa noite! — respondi.

— Estava observando-o há algum tempo do outro lado da rua e admirando sua profunda dedicação à leitura desse livro.

— É um romance que estou relendo, de um famoso escritor do meu país.

— Verdade? Eu infelizmente não tive a oportunidade de aprender a ler.

Ao ouvir isso, fixei o meu olhar no dele, pois não acreditava que um homem que se expressava tão corretamente não soubesse ler. Perguntei: — O senhor não sabe ler?

— Digo livros, claro. Minha família é nômade e sou o mais velho de oito irmãos. Todos aprenderam a ler, menos eu, pois comecei ainda criança a ajudar meu pai nos negócios. Mas, como já lhe disse, não aprendi a ler livros, ou melhor, letras, pois isso não quer dizer que não saiba decifrar signos e ler a alma humana em um olhar ou através das linhas da mão. — E esticando o braço, puxou de forma delicada, mas, energicamente, minha mão. — Posso?

— Não! — respondi prontamente, puxando o braço, mas logo me desculpei pelo gesto brusco. — Me desculpe, mas não acredito nessas coisas. O senhor quer algum dinheiro? — E já ia pegando a carteira quando ele me reteve.

— Não sou um pedinte, caro senhor. Além de outras habilidades, sou um artesão e quando estou em Barcelona forneço algumas peças para a loja de um amigo, aquela do outro lado da rua. — Olhei para a loja, mas não pude ver o seu interior, devido ao ângulo desfavorável.

— Me desculpe novamente, então, mas agradeço o oferecimento — disse.

— Então me faça uma pergunta.

— Como assim? — perguntei sem entender.

— O senhor certamente já ouviu falar dos oráculos gregos. Pelo menos no de Delfos, que é o mais famoso. Se eu fosse um oráculo, o que me perguntaria?

— Não sei... são tantas perguntas que gostaria de fazer. Tanta coisa que gostaria de saber. Há muitas coisas que não conseguimos entender neste mundo. Não saberia por onde começar.

— Anos atrás estava viajando pelo sul da Turquia e me hospedei na casa da família de um amigo de meu pai, e eles conheciam um oráculo que vivia na região. E não faça essa expressão de surpresa, pois eles ainda existem, e não apenas na Grécia. Melhor dizendo, existem oráculos, e eles não estão mais na Grécia. Mas voltando, então me perguntaram se eu gostaria de conhecê-lo. Eu prontamente aceitei e no dia seguinte fui levado a ele, melhor dizendo, a ela. Me surpreendi muito quando cheguei a uma casa espaçosa e muito bem mobiliada. Esperava encontrar um ancião mal-vestido e escondido nos fundos de uma caverna. O oráculo que se encontrava à minha frente era uma jovem turca, extremamente bela e jovem. Não devia ter mais de vinte anos. Ela nos recebeu e, depois de conversar por alguns instantes com o amigo de meu pai, pediu que ele saísse e ficamos sozinhos em uma sala ampla e com móveis modernos. Havia até uma televisão em um canto. Ela me levou pelas mãos para uma das extremidades da sala e me pediu para me sentar em uma cadeira. Logo após sentou-se em uma poltrona larga ao meu lado e falou:

"O oráculo só responderá uma única pergunta sua e uma única vez."

— Ao dizer isso, cerrou os olhos, ficando assim por vários minutos, e de repente ouvi uma voz. Não era uma voz gutural ou assustadora, mas também não era a voz com a qual ela se dirigira a mim e ao amigo de meu pai anteriormente. Era uma voz com um timbre que nunca havia escutado antes.

"Qual a sua pergunta?"

— Nesse momento percebi que não havia preparado uma pergunta e que na verdade não sabia o que perguntar. Fiquei nervoso e comecei a gaguejar, procurando ganhar tempo e pensar em uma boa pergunta, algo digno de um oráculo. Pois, como o senhor, achava que havia tantas coisas que queria saber... mas não me ocorria nada, e de repente falei:

"Qual a pergunta que devo fazer?"

— Imediatamente o oráculo, ainda com os olhos fechados, me advertiu.

"Se eu responder a essa pergunta, você não poderá me fazer outra, pois só tem direito a uma."

— Naquele momento, entendi o que estava fazendo ali e que tinha feito a pergunta certa. E, como uma iluminação, tudo me veio claramente, e respondi a ela:

"Tudo bem, eu aceito as condições. Responda-me a pergunta que fiz, pois saber o que perguntar já é ter metade da resposta. A outra metade eu terei toda a vida para descobrir sozinho."

Falando isso se calou e continuou me olhando fixamente. Esperando, sem dúvida, a pergunta inevitável.

— E o que ela respondeu? — perguntei eu, sem disfarçar minha curiosidade.

— Ela me disse a pergunta que eu deveria fazer.

— E qual era?

— Não adianta eu lhe falar, pois ela não lhe será útil. Cada um de nós tem a sua pergunta chave. Aquela que vai determinar e direcionar suas descobertas.

— E o senhor não pode me dizer qual foi a sua?

— Posso, mas não vou. Saber qual a minha pergunta poderia confundi-lo na busca da sua. Cada homem é o centro de seu próprio universo, mas também nos projetamos em tudo. Se lhe disser a minha pergunta, o senhor vai se projetar nela e assim não entenderá a sua importância para mim.

— Então, já que é um oráculo, faço a mesma pergunta-base: qual a pergunta que devo fazer? — Estava começando a me divertir com a situação.

— Mas eu não posso responder-lhe, pois não sou um oráculo. Eu lhe disse que "se eu fosse um oráculo, qual a pergunta que me faria". Mas eu não sou.

— Então esqueça a pergunta que lhe fiz. Não tenho nada para lhe perguntar.

O senhor é quem sabe. Na verdade estava apenas querendo conversar um pouco para passar o tempo enquanto aguardo meu irmão que vem me buscar daqui a pouco. Vi-o aqui entretido com a sua leitura e achei que seria interessante conversar com o senhor. Parecia-me feliz.

— Feliz? Não creio que essa seja a palavra. Estava tranquilo e absorto na minha leitura, agora estou um pouco preocupado com a minha mulher que sumiu há horas nesse emaranhado de ruas. — Ele me olhou durante alguns segundos e finalmente disse:

— A felicidade é diferente daquilo que nos fizeram acreditar durante bastante tempo; muitas pessoas são felizes e não sabem disso. A felicidade não é o orgasmo, é o relaxamento e a paz alcançados depois e a ansiedade excitante dos momentos que antecedem o clímax.

Encarei-o por um instante e esbocei um sorriso, falando-lhe logo em seguida:

— O senhor me fez lembrar um trecho de um romance de outro grande escritor brasileiro, que diz mais ou menos o seguinte: "É assim que falam as moças de quinze anos, os tolos de todos os tempos e os poetas"; e pelo que pude perceber o senhor não é uma moça de quinze anos nem um tolo.

— E tampouco um poeta. Apenas um pobre cigano querendo passar o tempo. Desculpe-me se o incomodei. Já está na minha hora, meu irmão já deve estar me esperando do lado de fora do Poble. Mas, antes de ir, deixe-me lhe dizer uma coisa: não acredite em falsos oráculos. Não faça barganhas por sua pergunta. Cuidado.

— Mas por que me diz isso? — perguntei por curiosidade, mas também incomodado.

— Não vai adiantar lhe dizer, pois o senhor já me assegurou que não acredita em quiromancia, vidências, ou seja, nessas coisas, como o senhor mesmo disse. Tanto melhor. No seu caso é bom que continue não acreditando. E afaste-se de tudo aquilo que lhe pareça estranho. Mais uma vez, cuidado.

E antes que eu pudesse falar alguma coisa, ele se virou e a passos largos sumiu das minhas vistas. Fiquei por alguns minutos pensando naquela estranha conversa, na história do oráculo e da pergunta individual, mas o que mais me deixou cismado foi o que disse ao se despedir, ou seja, que eu tomasse cuidado com falsos oráculos e que não fizesse barganhas. Estava perplexo e tentando encontrar uma razão para a advertência. Mas que razão, se esse homem nunca havia me visto anteriormente?

Paguei a conta e saí em busca da M... Antes entrei na loja do outro lado da rua. O interior era todo revestido de madeira antiga ou pelo menos um material que imitava madeira envelhecida. A sala não tinha iluminação direta, mas dezenas de lâmpadas focavam sobre os objetos em exposição: tabuleiros de xadrez. Havia dezenas, talvez centenas deles, de vários tamanhos diferentes e feitos de variados tipos de materiais. Mas o grande fascínio era a diversidade das peças do jogo.

Havia tabuleiros que homenageavam a revolução francesa, onde o rei era Luiz XVI; a rainha, Maria Antonieta; e os peões, jacobinos. Havia um tabuleiro em que as peças faziam referência ao filme *Star Wars*. Em outro, grande, que se encontrava em uma mesa bem no centro da sala, as peças eram deuses da mitologia grega. Ao lado, um tabuleiro em que as peças eram santos da igreja católica. Havia um em que grandes astros do cinema enfrentavam ícones do rock. Outro possuía peças do universo de Walt Disney. A diversidade era enorme e, sem dúvida, um paraíso para os colecionadores e amantes do jogo.

Fiquei imaginando quais daqueles tabuleiros eram fabricados pelo cigano com quem acabava de conversar.

Um senhor se encaminhou até a mim e perguntou se eu desejava ver alguma peça em especial. Elogiei a sua loja e seus tabuleiros e perguntei-lhe o nome do homem que havia saído dali havia poucos minutos e que era um de seus fornecedores, dando a desculpa que o havia visto e que me parecia um velho conhecido. A sua resposta me deixou ainda mais cismado e incomodado com toda aquela situação.

— Não saiu nenhum fornecedor de minha loja. Na verdade, não tenho fornecedores, sou eu e meus dois filhos que produzimos todos os tabuleiros.

Descrevi o homem com todos os detalhes de que eu lembrava, mas o senhor me afirmou que eu era a primeira pessoa a entrar em sua loja na última hora. Despedi-me e saí em busca da M... Um dos dois havia mentido para mim, mas qual? Eu esperava, sinceramente, que fosse o velho lojista, talvez não querendo fornecer informações sobre quem fazia alguns de seus tabuleiros ou simplesmente por discrição, não querendo revelar o nome do homem. Mas por outro lado, se quem mentiu foi o cigano, isso me deixava mais preocupado. Por que ele teria mentido? Talvez quisesse apenas ler minha mão por uns trocados e ficou com medo de eu denunciá-lo para algum segurança? E depois que me neguei ele veio com aquela lorota de oráculo? Mas qual o sentido disso tudo? Por que simplesmente não se virou e foi procurar outro turista? E o porquê da advertência? Estava pensando em todas as possibilidades quando vi M... vindo em minha direção, carregada de sacolas e com um amplo e belo sorriso de satisfação no rosto.

— Amor, esse lugar é incrível, olha só esse objeto de artesanato do sul da Espanha...

E passou a me mostrar ali mesmo tudo o que havia comprado. Começamos a conversar, e seu entusiasmo era contagiante. Saímos do Poble e continuamos a descer o Montjuïc, agora já noite, em direção ao hotel. Não pensei mais no episódio do cigano. Estávamos exaustos, mas também famintos e, antes de subirmos para o nosso quarto, jantamos em um restaurante ao lado do hotel. A administração era paquistanesa, como em muitos dos restaurantes da cidade, principalmente naquela região em que nos encontrávamos, pois nosso hotel ficava no bairro alcunhado de Páqui, habitado majoritariamente por paquistaneses, que já há algumas décadas invadiam gradativamente a cidade.

As primeiras famílias que vieram e que se deram bem serviram de chamariz para milhares e milhares de paquistaneses que procuram em Barcelona melhores oportunidades de vida, e que pagam um preço por isso. Como a Cibele nos explicou, os paquistaneses enfrentam um forte preconceito por parte dos catalães, ela mesma nos contou que estava saindo com um rapaz "páqui", segundo expressão que ela mesma usou, mas não tinha coragem de apresentá-lo aos seus amigos. Os paquistaneses são discriminados nas escolas, nos ambientes de trabalho e até em suas relações sociais dentro da sociedade catalã. Na verdade, os catalães chamam de páquis os indianos, os marroquinos, os afegãos, sem muita preocupação com a real origem étnica e geográfica desses povos.

Apesar da administração paquistanesa, a comida era espanhola e, diga-se de passagem, boa e barata. M... comeu uma *paella,* e eu uma batata brava, ou seja, batata frita em cubos com maionese e molho de pimenta. Saciados, subimos para dormir.

O dia seguinte começou mal. Assim que saímos do hotel, não resisti à tentação e dei uma longa olhada para uma morena tipicamente espanhola que passava na rua, e, para piorar a situação, quando ela passou na nossa frente levantou o braço para consertar os cabelos esvoaçantes e pude ver um belo e frondoso tufo de pelos em sua axila, o que atiçou ainda mais minha curiosidade. Não é segredo para M... — inclusive já foi motivo de longas discussões entre nós, pois ela se recusa até hoje a satisfazer esse meu pequeno capricho — que tenho um fetiche por mulheres de axilas cabeludas, principalmente se forem espanholas com cor de jambo. Conclusão: M... fechou a cara e fez um bico que durou mais da metade do dia.

Depois de ir até a estação e olharmos os horários de trem para Sevilha, descemos até a Plaça del Portal de la Pau e de lá nos encaminhamos para embarcar em uma das famosas *Golondrinas*, barcos que fazem um passeio por parte do litoral da cidade e que foram criados em 1888 para a – já nossa velha conhecida – Exposição Internacional de Barcelona (apenas um adendo em respeito às datas. Na verdade, Barcelona foi sede de duas Exposições Internacionais, uma em 1888 e outra em 1929). O passeio durou menos de uma hora, e durante todo o percurso a canção de Narciso Serradell e o belíssimo poema de Niceto de Zamacois não saíam da minha cabeça. Enquanto flutuávamos naquela gigantesca andorinha, eu cantarolava os versos, baixinho, aos ouvidos de M..., esperando ser perdoado pelo meu comportamento inapropriado logo de manhã, envolvendo a morena das axilas cabeludas: "A donde irá veloz e fatigada/La golondrina que de aqui se va/Oh! si en el viento se hallará extraviada/Buscando abrigo y no lo encontrará."

Assim que descemos da Golondrina, enlaçados e de pazes feitas e de sovacos peludos esquecidos, rumamos para o exótico bairro da Barceloneta, uma antiga vila de pescadores construída no século XVIII. A reestruturação e revitalização do bairro foi uma das estrelas do projeto urbanístico desenvolvido para as Olimpíadas de 1992. A orla, que até a década de oitenta abrigava um porto sujo e que servia também como antro de prostitutas e marginais, agora exibe seus pitorescos e agradáveis restaurantes, sempre repletos de turistas. Saímos do Passeig de Joan de Borbó, a avenida que margeia o atual porto, que trocou seus velhos barcos de pescadores por lanchas modernas, iates e Golondrinas, e entramos por uma das ruelas que dão acesso ao interior do bairro.

A Barceloneta ainda mantém seu charme de antiga vila de pescadores. As ruas estreitas ladeadas por prédios antigos exibem no alto suas sacadas repletas de roupas a secar, onde podemos ver camisas do Barcelona dividindo espaço com enormes lençóis brancos. O bairro ainda parece ser habitado por uma classe baixa, apesar de estar entre uma avenida de restaurantes chiques e uma charmosa avenida marítima, arborizada com altos coqueiros; uma espécie de Avenida Atlântica, chamada Passeig Marítim de la Barceloneta. Depois de andarmos por quase toda a orla, paramos para tomar um sorvete e descansar em uma agradável praça, cercada por prédios e tendo um arco como entrada. Sentamos em um banco sombreado por árvores frondosas e nos esquecemos do mundo por longos minutos.

Saímos da Barceloneta no meio da tarde, e M... insistiu para voltarmos ao Bairro Gótico, pois ela queria ver uma loja que chamou nossa atenção três dias atrás, quando visitamos o bairro pela primeira vez. Quando chegamos à loja inca – eles vendiam roupas e artesanatos que misturavam, sem muito critério, as culturas inca, maia, asteca e apache, sim, isso mesmo, apache –, disse a ela que não queria entrar e preferia dar uma volta ou tomar uma cerveja. Então combinamos que, se em duas horas não nos encontrássemos em frente à Catedral de Barcelona, poderíamos ir, cada um por sua vez, para o hotel e de lá sairíamos para jantar. Após um beijo de despedida, ela entrou na loja e eu segui pela Avenida de la Catedral, cruzei a movimentada Via Laietana e entrei na primeira ruela que encontrei.

Andei por vários minutos a esmo no interior do bairro me deleitando com sua arquitetura e sua atmosfera gótica, que os anos de modernidade não conseguiram apagar de todo. Enquanto caminhava absorto, admirando os prédios, escutei uma voz conhecida me chamar pelo nome. Quando me voltei, vi Juan e Agustin a alguns metros de distância. O primeiro logo se dirigiu a mim com um largo sorriso e me abraçou efusivamente. Agustin logo depois se aproximou e me cumprimentou de forma menos efusiva, mas igualmente contente em me ver.

— O que faz por aqui, meu caro sonhador e solitário amigo? — me perguntou o sorridente Juan.

— Passamos o dia na Barceloneta após um passeio de Golondrina, e M... depois resolveu ir às compras em uma loja aqui perto. Então aproveitei para andar um pouco sem rumo pelo bairro.

— Fez bem, nada mais instigante para a mente do que um passeio sem rumo por uma cidade estrangeira. Mas seu passeio acabou. Vai se sentar conosco e tomar algumas cervejas.

— E vocês, o que estavam fazendo?

— O que íamos fazer. Passei na casa de Agustin, que mora aqui próximo, e íamos tomar algumas cervejas e filosofar um pouco, longe daquela namorada chata dele. — Dizendo isso, riu e passou o braço sobre o ombro do amigo, que ficou calado. — Vamos? Não aceito um não como resposta.

— E nem era minha intenção recusar o convite — falei prontamente, sorrindo.

— Pois bem, então sigam-me — disse Agustin. — Conheço um bar agradável aqui perto.

Andamos menos de cinco minutos entre as estreitas ruas do Bairro Gótico e chegamos a um largo repleto de mesas. Sentamos em uma ao lado de um paredão que servia de fundos para uma enorme construção medieval e imediatamente Juan fez sinal para o garçom, pedindo três chopes.

— Então, meu amigo — perguntou Juan assim que brindamos —, o que está achando de nossa modesta província?

— Estamos adorando a cidade. Na verdade, a ideia de vir para Barcelona foi da M... Ela queria muito rever a amiga, Cibele. Eu preferia ter ido para Madrid, pois queria muito conhecer o Museu do Prado. Mas, sinceramente, acho que fizemos a melhor escolha. Barcelona é uma cidade encantadora. Misteriosa em muitos aspectos, mas talvez por isso mesmo tão encantadora.

— Barcelona é um antro de jovens estúpidos e insípidos. Uma mistura de modernidade e medievalismo que encanta os turistas, mas que esconde uma cidade doente. A juventude se corrompe. Os jovens não têm senso crítico nem respeito pelos valores tradicionais. Não sei se isso acontece nas outras cidades, pois nunca saí de Barcelona. Não conheço nem Madrid. Nunca me afastei mais de cem quilômetros de Barcelona, mas aqui temos uma cidade fragmentada e multi-identitária. Temos o L'Eixample e a sua modernidade; o bairro páqui, uma ilha de outro povo, de outra cultura, dentro de nossa cidade; a Barceloneta, uma casca de ouro que esconde um interior de chumbo; o Bairro Gótico, este em que agora estamos, e sua cultuada arquitetura medieval, que à noite se transforma em *point* para os estudantes e turistas; a periferia de Barcelona, com sua pobreza e seus prédios populares; ou seja, meu caro amigo, Barcelona é podre, deliciosamente podre como acredito ser, por motivos diversos, qualquer grande cidade europeia.

Agustin escutava impassível e aproveitou a pausa do amigo para pedir mais três chopes.

— Você fez bem em escutar sua mulher. As mulheres na verdade nunca estão certas, mas têm sempre razão, por isso devemos obedecê-las para não tornarmos a nossa existência um inferno antecipado. Veja o nosso querido Agustin, o solteiro mais cobiçado de Barcelona. Jovem, bonito, rico, aristocrático — depois fiquei sabendo por Cibele que Agustin era descendente de uma antiga família de nobres espanhóis e que vivia, ele e a irmã, das rendas auferidas por algumas fazendas de gado, herança do pai, morto precocemente —, elegante e além de tudo sensível, um poeta nas horas vagas, ou seja, o sonho de toda mulher. Pois veja você que esse homem que poderia ter a mulher que desejasse está pensando seriamente em se casar com a nossa não menos querida e muitíssimo medíocre e bela Madelina.

— Nunca disse que iria me casar com Madelina — rebateu Agustin. — Não sei de onde tirou essa ideia. E você deveria fazer uma autoavaliação da sua vida antes de chamar qualquer um de medíocre.

— Mas não me excluo desse grupo. Sou o *Bei* dos medíocres, como diriam os otomanos. Você já está enlaçado, só falta a Madelina dar o último puxão para quebrar a sua espinha. Mas ela é esperta, está sendo cautelosa, pois conhece seu histórico de solteirão convicto, melhor dizendo, futuro ex-solteirão.

Agustin se voltou para mim, nitidamente com o desejo de mudar de assunto, e já ia me perguntar algo quando Juan continuou:

— Madelina é uma sonsa. Na verdade, é uma típica tigresa. — Tomou um longo gole de sua cerveja e continuou: — Viver com uma mulher é como habitar uma jaula junto com um tigre de estimação. Você conhece o tigre faz muito tempo, praticamente desde filhote. Você o alimenta, lhe dá moradia e carinho. E ele retribui, manhoso, brincalhão, te lambe o rosto, oferece a pata... Mas a qualquer momento, quando você menos esperar, ele pode avançar e te devorar, pois é um animal selvagem e segue seus instintos.

"A mulher é assim, Madelina é assim, uma típica tigresa que pode a qualquer momento te atacar, meu inocente amigo, e você estará indefeso diante de suas presas felinas e sem ter para onde correr, pois você está dentro de uma jaula e sua vida está nas mãos, ou melhor dizendo, nas garras dessa fera que pode, se quiser, te comer vivo. Então, meu ingênuo amigo, nunca, nunca habite a mesma jaula com uma mulher, a não ser quando estiverem ambos velhos. Aí sim, a tigresa já estará desdentada e você vai precisar de alguém para limpar sua sujeira de ancião que não consegue controlar o próprio intestino."

Agustin olhava para Juan, mas percebia-se que seu pensamento estava longe e que já estava acostumado com o senso de humor *sui generis* do amigo. Depois de um silêncio que me deixou um tanto constrangido e mediante o mutismo de Agustin, resolvi falar algo.

— A união entre o homem e a mulher é algo que vejo como natural e até mesmo necessário, principalmente pelo atavismo social de ambos. O homem necessita de oferecer uma proteção física e material à mulher e em troca recebe uma proteção espiritual e maternal. Os nossos ancestrais voltavam das batalhas ou caçadas exaustos, feridos, vitoriosos ou derrotados e encontravam nos braços de suas mulheres durante a noite o aconchego materno, o afago, as rezas, ou seja, a segurança espiritual necessária para recompor suas forças para novas batalhas, para novas caçadas.

— Ora, veja só, Agustin, um sociólogo! Atavismo social? Isso é pura bobagem! O homem não precisa da mulher para nada, a não ser para sexo. E vice-versa. O homem, como raça, necessita de sua tribo, ou seja, de seu grupo, pois é um ser gregário. Aí sim, eu vejo um atavismo. Mas esse relacionamento com o grupo deve ser controlado e dosado. Devemos viver reclusos em nossas cavernas, cercados por nossos livros e comodidades modernas, e procurar o outro apenas quando necessitarmos. Como eu hoje senti solidão e necessidade da companhia de outro ser da mesma espécie para trocar impressões sobre o meio em que convivemos, filosofar, conversar sobre o último jogo do Barcelona ou, o mais agradável, falar de mulheres, me reuni a vocês. E por falar nelas... Dizendo isso apontou com o queixo para uma rua à direita, de onde vimos subindo uma linda jovem, quase uma visão, como se fosse colocada ali, naquele momento, para ilustrar as palavras de Juan.

Enquanto observávamos a jovem em seu caminhar, Agustin tirou umas folhas do bolso de seu casaco, empunhou uma caneta e começou a escrever, interrompendo, às vezes, a escrita para acompanhar com os olhos a jovem que, após passar rente à nossa mesa, se afastava lentamente. Assim que ela dobrou uma esquina e desapareceu de nossas vistas, Juan disse:

— Entenderam agora o que eu disse? Um homem jamais pode confiar em um animal tão esplendoroso como esse. Enquanto nos mantivermos distantes, protegidos, ele não pode fazer nada contra nós, mas, a partir do momento em que passamos a coabitar o mesmo espaço, nos tornamos presa fácil. A mulher só ataca, só mostra suas garras, quando goza do convívio, quando passa a conhecer nossos hábitos e pontos fracos. Enquanto as mantivermos distantes, em relações temporárias e esporádicas, estamos salvos; mas, a partir do momento em que as trazemos para dentro de nossas cavernas, é só uma questão de tempo para sermos devorados vivos.

Enquanto Juan falava, Agustin continuava a escrever. Quando o primeiro parou de falar, ficou olhando o amigo até que este terminou e colocou o papel sobre a mesa. Juan, sem pedir permissão, pegou o papel e leu. Depois de terminar, me passou o papel e disse:

— Está vendo? Um romântico. Está com seus dias contados. Se não for Madelina, será qualquer outro belo animal como o que acabamos de ver.

— Juan — disse Agustin —, você tem uma natureza dedutiva e por isso falha quando não acerta a linha de raciocínio. Vou me explicar melhor. Provavelmente você já leu, na sua juventude, as aventuras do detetive Sherlock Holmes, imortal personagem do escritor inglês Arthur Conan Doyle. — Juan fez que sim com a cabeça. — Pois então. O que possibilitava a Sherlock Holmes chegar mais rápido do que seus companheiros da Scotland Yard à solução dos crimes investigados era simplesmente o método de análise utilizado por ele.

"Enquanto a polícia inglesa usava o método indutivo, que necessita de um número grande de dados, no caso pistas e evidências, para poder propiciar uma conclusão autossustentada, o famoso morador do número 221-B da Baker Street usava o método dedutivo, que consiste na criação de modelos hipotéticos sem a necessidade de um número grande de fatos e evidências, e submetia esse modelo a um certo número de provas. Se esse modelo não fosse reprovado em nenhuma das etapas, passava a ter um *status* de verdade. Mas por outro lado, se seguisse um caminho errado, ou seja, se tomasse um modelo equivocado, dava com os burros n'água de forma vexatória. A diferença é que esses casos frustrados não chegaram ao público pelas mãos de seu dileto amigo, Doutor Watson. Mas em relação a você não serei tão benevolente e digo, para quem quiser ouvir, que você está redondamente enganado em cada palavra que disse nesta sua, até aqui, infeliz tarde de deduções equivocadas."

Enquanto Juan retrucava a teoria de Agustin, eu lia o que este último havia escrito em um arroubo expressionista. Mais tarde, quando nos despedimos, Agustin simplesmente deixou a folha sobre a mesa. Eu chamei sua atenção para o esquecimento, mas ele me disse que deixasse ali. Então perguntei se poderia guardá-la e ele simplesmente deu de ombros. Abaixo eu transcrevo o pequeno texto carregado de sentimento poético que a visão daquela bela jovem o inspirou a escrever. Espero que minha tradução não tenha prejudicado o lirismo prosaico das palavras do espanhol.

"O corpo rígido batendo de encontro ao vestido. O vestido largo, mas não muito, balançando, levado pelo ritmo do andar da moça. O tecido macio se chocando ao corpo duro. Sua rigidez impede o fino vestido de se acomodar. Ele, o corpo, não admite, como se não permitisse o contato de algo tão frágil com sua robustez juvenil, sedenta de energia e mãos vigorosas. A anca dura, a bunda dura, os peitos duros se deixam perceber ao contato com o pano mole. Ele, o vestido, dança. O corpo, impassível, apenas oferece anteparo a suas investidas.

Um corpo jovem e rebelde não se permite prender por carcereiro tão melindroso. Feliz daquele que estiver por perto quando ele, o corpo, destruir as grades de pano que o encarceram, para assim procurar um outro corpo que o sacie."

Quando acabei de ler e devolvi o texto a Agustin, que o colocou desleixadamente sobre a mesa, Juan falou:

— Está vendo o que eu disse a respeito de nosso amigo, meu caro? Nós o perdemos, definitivamente. E depois dessa peroração acerca de Sherlock, dedução etc., não vou fazer nenhum esforço para salvá-lo, pois é o que ele quer para si. E se deseja é porque merece. Mas em seu casamento farei questão de tocar a marcha fúnebre. — E olhou de maneira galhofeira para Agustin, que dessa vez sorriu de volta.

— Certa vez li em algum lugar — começou a dizer Agustin — que um homem não deve falar sobre aquilo que desconhece; no seu caso Juan, isso o levaria ao silêncio absoluto.

Não contive o riso e nem meus dois novos amigos. Juan levantou seu copo de cerveja e propôs um brinde:

— Às mulheres! O mais belo animal da terra! E quanto a você, meu caro amigo Agustin, já que se encaminha a passos de ganso para a goela escancarada de Madelina, aconselho que se afaste de mim, pois sou péssima influência. Enquanto você, você é um gênio. — E, voltando-se para mim, me interroga, mas sem esperar uma resposta: — Sabia que Agustin é um gênio? Um poeta brilhante, um pensador inspirado, mas um preguiçoso. Desperdiça seu talento em guardanapos de bar e fúteis conversas de fim de noite. Repito, meu amigo, se afaste de mim, porque, quando um idiota como eu vive no meio de gênios, ele é tratado como idiota, mas, quando um gênio como você vive no meio de idiotas como eu, ele também é tratado como um idiota.

— Quem você está chamando de gênio? Seu idiota! Pare de falar bobagem.

— Exatamente o que eu disse. Eu sou um idiota! Isso você já reconheceu, resta a outra parte. Aquela que diz respeito a você.

— Há um escritor brasileiro, já falecido, chamado Nelson Rodrigues — disse eu —, que dizia que o sujeito que não se considera um gênio não deve se dedicar a fazer arte.

— Então é isso. Resolvido. Você não é digno da arte e sabe disso, por isso joga suas pérolas aos porcos, *oinc oinc*.

Acompanhando o barulho, Juan fazia uma careta que pretendia imitar um focinho de porco, o que nos fez rir novamente. Agustin, porém, momentos depois, olhou seriamente para Juan e pediu para mudarem de assunto, pois estava começando a se aborrecer com aquelas brincadeiras do amigo. Juan então se voltou para mim e perguntou:

— E você, meu caro amigo, o que nos diz sobre as mulheres, o amor, o casamento e a morte por asfixia?

— Amo as mulheres incondicionalmente. Acredito que, ao contrário do que você disse, elas não são animais predadores, muito pelo contrário, são seres frágeis e crédulos, e frágeis exatamente por serem crédulas. A mulher acredita: acredita no amor, nos homens, no perdão, no arrependimento, ou seja, ela acredita, de uma forma geral, no ser humano. E é essa capacidade de acreditar e de confiar que a torna suscetível ao sofrimento. A sensibilidade feminina é uma dádiva, e eu acredito piamente, voltando à questão das artes e dos gênios, que, se as mulheres usassem essa sensibilidade nata para a criação artística, hoje os grandes nomes da música, da pintura, da literatura, da arquitetura, enfim, das artes, seriam mulheres.

"Mas não são, e a opressão social que enfrentaram até bem pouco tempo atrás não é o principal responsável, acredito eu, por termos poucos gênios femininos na arte, mas sim seu instinto protetor, materno, que sempre as fez canalizar sua sensibilidade para a criação de condições favoráveis para que o homem, seja o pai, o filho, o marido ou o irmão, pudesse exercer, sem empecilhos, sua arte, sua genialidade. E o que falo não é nenhuma novidade, basta pegar qualquer biografia séria de um grande homem da arte e verá lá, por trás dele, sustentando-o emocionalmente, a figura de uma mulher, seja uma mãe, uma filha, uma esposa ou uma irmã."

Juan olhou para mim seriamente por alguns segundos e depois soltou uma sonora gargalhada. Apertando meu braço e me olhando fixamente, disse:

— Bobagem! Cada palavra do que você disse, cada vírgula.

— Juan, não seja grosso — pediu Agustin.

— Não, espere. Não estou sendo grosso. O que você disse, e eu não posso crer que você acredite em uma palavra do que acabou de falar, é besteira pura, mas a forma como você disse, a maneira apaixonada com que você falou, o brilho em seus olhos, foi fascinante. Por alguns segundos eu cheguei a acreditar no que dizia. Mas só por alguns segundos. A mulher, meu caro amigo, não é um ser sensível, também não é um ser frágil. A mulher é ladina, infinitamente ladina, e, assim como já disseram que a grande artimanha do Diabo é ele fazer com que não acreditemos na sua existência, a grande artimanha da mulher é fazer com acreditemos em sua fragilidade.

Juan largou meu braço e tomou um longo gole de sua cerveja. Eu não falei nada depois que ele terminou, pois não era minha intenção entrar em uma discussão que não levaria a lugar nenhum. Estava ali para me distrair na companhia de dois autênticos espanhóis. E sinceramente não havia ficado ofendido com as palavras de Juan, pelo contrário, gostava de ouvi-lo, suas teorias me divertiam. Agustin então disse:

— Vou ter de deixá-los. Amanhã é aniversário de Madelina e ainda não comprei nada para ela. Na verdade, não sei o que lhe dar. Sou péssimo para comprar presentes para mulheres.

— Dê um rim para ela. Não existe maior prova de amor — sugeriu Juan.

— Ela já tem dois, acho que não precisa de um terceiro.

Agustin, meu apaixonado amigo, se realmente ama essa mulher do fundo de seu coração — e olhando para mim deu uma irônica piscadela —, prepare-se então para abrir a carteira.

— Madelina não faz questão de presentes caros, e você sabe que ela não precisa disso, a família dela tem posses, diria até mais do que isso, são ricos.

— Mas não estou falando de riqueza ou pobreza, meu caro. O "valor" de um presente, e eu coloco aqui a palavra "valor" entre aspas, está diretamente ligado ao amor e à importância que a pessoa presenteada tem para você. Dar algo a alguém é doar. É abrir mão de algo seu para o outro: seja seu tempo; seu dinheiro, através de um presente que você compra; seja um objeto seu particular, de estimação; seja uma vaga de garagem ou um rim. E quanto maior a abdicação, maior o amor. Você pode gostar muito de um colega de trabalho, de um vizinho que está sempre pronto a te emprestar uma ferramenta ou daquele primo engraçado que você encontra todo Natal na reunião da família, mas dificilmente você vai abrir mão de um rim para qualquer um deles. Mas com certeza não pensaria duas vezes antes de doar um rim, uma medula ou o próprio braço para salvar a vida de um filho. Por que isso? Porque você gosta mais do seu filho do que de seu primo bacana, ou do seu companheiro de cervejas do trabalho ou do vizinho prestativo. Simples assim.

— Não estou vendo onde terei de abrir tanto minha carteira.

— Não? Então lhe direi. É porque o presente caro demonstra mais amor! Simplesmente por isso. Porque para comprá-lo você terá de abrir mão de algo seu, pois, a partir do momento em que você compra algo para alguém com o seu dinheiro, você abre mão de adquirir algo para você imediata ou mediatamente. Entendeu agora?

— Não.

— Entendeu sim. Amar é abdicação. Quanto maior a abdicação, maior o amor, como já disse. E quanto mais você gastar em um presente, mais você se abdicou de algo e maior o seu amor aos olhos da sua amada. Mas há uma relatividade nisso. Nem sempre um presente caro demonstra mais amor. Se você é um perdulário ou uma pessoa para a qual o dinheiro não tem a mínima importância, minha teoria não se aplica. E quando digo um presente caro, ele tem de ser caro para você, para suas posses. Se você é um pobre camponês, um simples vestido de seda que lhe custou metade do mês de trabalho tem um grande valor para a mulher amada; mas se você é um armeiro bilionário, que cócegas fez na sua conta bancária um vistoso colar de diamantes?

— É, meu caro — disse rindo Agustin —, mais uma teoria furada sua, pois conheço mulheres que dificilmente ficariam mais satisfeitas com um simples vestido de seda do que com um vistoso colar de diamantes.

— *Ceteris paribus*! Estou falando de mulheres apaixonadas pelos seus respectivos galanteadores.

— Que seja, Juan! Agora realmente devo ir, pois tenho de encontrar um meio termo entre um vestido de seda e um colar de diamantes. Mas antes vou ao banheiro urinar, tenho de cuidar bem dos meus rins, pois segundo sua teoria parece que rins e outros órgãos agora viraram objetos de troca ou dádivas de amor.

— Também tenho de ir, pois quero ver se encontro com a M... antes que ela vá para o hotel.

Juan então disse que não ficaria sozinho e depois de pagarmos a conta nos despedimos efusivamente, mais uma vez, prometendo troca de correspondência e uma visita em breve dos dois ao Brasil, onde eu faria questão de hospedá-los. Segui então imediatamente para a Catedral de Barcelona, mas já tinham passado mais de vinte minutos das duas horas combinadas e M... não estava lá. Resolvi então voltar para o hotel com a consciência um tanto pesada por tê-la deixado mais uma vez sozinha.

Enquanto caminhava, ainda chateado, vi uma florista parada junto a um portão de ferro que logo me lembrou a cena inicial de *Luzes da cidade*, de Charles Chaplin, com a diferença que a florista era uma velha senhora espanhola que enxergava muitíssimo bem. Era fim de tarde e ela devia ter ainda umas três ou quatro dúzias de rosas para vender. Perguntei o preço da unidade e então tive uma ideia, melhor dizendo, lembrei-me de uma passagem de um livro que li ainda na minha juventude, chamado, se não me engano, *A última vez que vi Paris*. No momento não me lembrei do nome do autor, mas a história ficou marcada em minha memória. Perguntei à senhora quanto custavam todas as rosas. Ela me disse o valor e então lhe fiz uma proposta. Eu lhe compraria todas as suas flores e ainda lhe daria vinte euros a mais. Ela me olhou espantada e abriu um largo sorriso. Mas em troca, disse, tenho um pedido a lhe fazer. Um pedido muito simples, mas um pouco estranho. Ela me olhou de forma interrogativa e então eu lhe propus:

— Compro todas as suas rosas e ainda lhe dou os vinte euros, salvando-a do prejuízo do dia e ainda lhe dando um satisfatório lucro, se prometer nunca mais esquecer o nome da mulher para quem vou dar essas flores. M..., M... Tristan é o nome dela.

Ela me olhou sorrindo e falou:

— Isso é fácil, nem que eu quisesse conseguiria esquecer um pedido tão estranho, e o nome — sorriu ela —, só se esquecesse o meu próprio, pois também me chamo M..., M... Tavalheiros. O Tristan talvez mude com o passar dos anos para Trindade, Terral ou outro qualquer, mas o senhor, o seu pedido e o primeiro nome de sua amada, isso não esquecerei jamais.

E seus olhos brilharam de sincera emoção. Paguei as rosas e saí perfumado e carregado. Tanto que tive de pegar um táxi.

Quando cheguei ao hotel, ela estava sentada na recepção lendo, mas sua carinha emburrada rapidamente se transformou em uma expressão entre júbilo e espanto.

— Mas o que é isso? Por que tantas flores? Já sei! Estava dormindo com a espanhola de sovaco cabeludo e ficou com remorso — disse, rindo.

— Não! Fiquei com remorso sim, mas por ter deixado você sozinha mais uma vez.

Então lhe dei um beijo e nos abraçamos. Ela pegou as rosas rindo e recebemos aplausos de alguns hóspedes que estavam na recepção. No elevador ainda disse:

— E seu nome jamais será esquecido por uma simpática senhora catalã.

Ela não entendeu, mas me deu outro beijo e passamos a noite envoltos em carinhos e pétalas de rosa. E, já quase adormecendo depois do amor, satisfeito e saciado, sussurrei: — Elliot Paul.

— O que você disse? — me perguntou uma também sonolenta e saciada M...

— Nada, o nome de um escritor que queria lembrar.

— Você e seus livros. Dorme. — E me abraçou.

Acordamos em paz e revigorados e principalmente ansiosos pelo dia que teríamos pela frente. Depois de catarmos pétalas de rosa por todo o quarto, tomamos café e rumamos para Figueres, uma simpática cidadezinha próxima a Barcelona, mas que entrou de fato no mapa por ser a cidade natal de Salvador Dalí i Domènech, além de abrigar o Museu Dalí, criado e patrocinado pelo próprio pintor catalão e que também lhe serve de mausoléu, pois o pintor encontra-se enterrado em seu próprio museu.

Ao chegarmos à pequena cidade, aproveitamos para conhecer o seu centro histórico, com muitas e preservadas construções medievais. Mas certamente a grande atração da cidade é o museu, que já pelo lado de fora nos demonstra que iremos embarcar em uma viagem surrealista. O prédio, uma construção antiga que foi reformada, parece um castelo com uma resplandecente fachada vermelha e uma torre da mesma cor. Por cima da fachada e da torre, dezenas de enormes ovos se equilibram nos beirais. Logo na entrada, ainda no átrio do museu, deparamos com um Cadillac preto de capota branca, transformado em obra de arte e carregando em seu capô uma enorme estátua de mulher. No interior do museu, encontramos uma generosa amostragem de quase todas as fases do pintor.

Passamos o resto da manhã e grande parte da tarde entre relógios derretidos, representando a fluidez da memória, esculturas em que gavetas se abriam por todo o corpo e quadros que mostravam elefantes, tigres e paisagens oníricas, ideias fixas de Dalí. Mas sem dúvida a obra que mais chama a atenção é o quadro em que Gala, sua eterna musa, aparece se olhando no espelho e o próprio Dalí é visto ao fundo, pintando sua esposa. Uma clara referência ao grande mestre da pintura espanhola, Diego Velázquez, e seu famoso quadro metalinguístico *As meninas*.

Ao sairmos, sentamos em uma agradável praça ao lado do museu e comemos um kebab (churrasco grego) com batatas e salada, acompanhado por uma deliciosa cerveja espanhola.

— Ontem nem tive tempo de te contar, mas depois que nos separamos à tarde encontrei com Juan e Agustin, aqueles dois amigos da Cibele.

— Sei, o da namorada bonita e com cara de lerda e o outro que só fala besteira.

— Exatamente! Esplêndida memória — falei brincando. — Ficamos em um bar conversando e perdi a noção do tempo, por isso não te encontrei em frente à Catedral.

— Tudo bem! Pelo menos dessa vez não ficou conversando com homens estranhos e vagando por porões sombrios — disse, olhando-me com uma expressão que não consegui divisar se incrédula ou debochada, ou as duas. Fingi não perceber e falei:

— São rapazes interessantes, cada um à sua maneira. Agustin mais sério e intelectualizado, e Juan mais sarcástico, mas igualmente inteligente.

— Juan é o dos pratinhos chineses, não é? — E sem esperar minha confirmação completou: — Idiota!

Incrível como a M... conseguiu reduzir Juan e tudo o que falou aquela noite ao cara dos pratinhos chineses. O cérebro da mulher tem uma maneira muito particular e peculiar de funcionamento. Juan jamais seria perdoado por ela. Achei aquilo engraçado e a puxei para mim, dando-lhe um beijo, e continuei:

— Mas o caso é que conversamos por muito tempo, e em um dado momento, enquanto Juan expunha mais uma de suas teorias, Agustin escreveu um pequeno texto, descrevendo uma mulher que subia a rua, aliás ele me deixou ficar com ele, quando chegarmos ao hotel te mostro, muito bonito, pelo menos eu achei. Mas a questão é que depois que li aquelas poucos linhas, escritas com tanta sensibilidade e naturalidade, eu senti voltar em mim o desejo de completar meu livro. Na verdade, completar é modo de dizer, pois só tenho alguns esboços e rascunhos.

— Você escreve muito bem, já lhe disse isso. O que você me deixou ler, daquilo que chama de esboços, me agradou muito pela forma, apesar de ainda não ter um conteúdo plenamente definido.

— Eu tenho algumas ideias anotadas para a trama e que nunca te mostrei. Mas o caso não é esse. Ontem, depois que li o texto de Agustin, ao mesmo tempo que me voltou a vontade de escrever, me veio a dúvida se realmente possuo algum talento criativo e se o que tenho para dizer tem alguma importância.

— Meu querido, você está em ótima companhia! Não entendo tanto de literatura quanto você, sou mais uma leitora intuitiva, mas, o que já pude ler sobre alguns escritores, parece que a dúvida é uma companheira constante dos criadores.

— Você não deixa de ter uma certa razão. Muitos escritores viveram atormentados em busca de uma forma perfeita, da palavra justa, outros escreveram vários livros sobre o mesmo tema, procurando expressar cada vez melhor o que tinham para dizer. Mas não sei se é o meu caso, ou melhor, não é o meu caso. Não tenho, com certeza, nada tão importante para dizer que mereça ser dito em vários livros, e também não tenho a verve poética de buscar uma forma perfeita. No entanto, trocaria qualquer coisa por uma boa história para contar e pela inspiração de contá-la bem. E depois ainda tem de se encontrar uma editora que publique o livro e que o promova, para que não mofe nas prateleiras das livrarias.

— Agora você está colocando o carro na frente dos bois, meu querido. Primeiro trate de terminar seu livro e depois se preocupe com editoras e promotores.

— Sim, você está certa. Acho que sou um pouco ansioso.

E continuamos conversando sobre o meu livro, melhor dizendo, sobre o projeto de meu livro, e outros assuntos mais amenos, até que deu a hora de voltarmos para Barcelona.

O dia seguinte estava reservado para andarmos a esmo pelas Ramblas e pelo Bairro Gótico, nos despedindo de Barcelona. À noite embarcaríamos de trem para Sevilha e só voltaríamos três dias depois, de passagem, para pegarmos nossas malas e partirmos para Florença. Estávamos ansiosos para conhecer uma nova cidade espanhola, mas também tristes por deixarmos Barcelona, tão aconchegante e diversa. Uma cidade que nos permite, arquitetonicamente, ir da era medieval à modernidade apenas mudando de bairro. Uma cidade em que a juventude de seus estudantes contrasta com suas ruas seculares. Uma cidade que tem seu próprio dialeto, o catalão, mas onde se ouve no fundo o árabe dos paquistaneses. Foi com todas essas impressões na cabeça que levamos as malas até a casa de Alexandra, prima de Cibele, que se predispôs a tomar conta delas até voltarmos. Achamos melhor levar apenas uma mochila cada um, por questão de mobilidade, já que ficaríamos apenas três dias.

Ao desembarcarmos na estação do bairro de Alexandra, pudemos constatar, até com uma certa satisfação, que periferia é periferia em qualquer parte do mundo. Um lugar que em nada lembrava a exuberância arquitetônica do centro histórico. Uma série de prédios residenciais velhos e sujos, emparelhados lado a lado. Espalhadas pelas ruas, lanchonetes baratas, lojas de ferragens e butiques modestas. Não avistamos nenhuma casa em todo o trajeto que fizemos até o bloco de prédios que era nosso destino.

Ao chegarmos, Alexandra nos recebeu com muita simpatia, recolheu nossas malas e nos convidou para sentar. Depois de alguns minutos em que ela contou como era sua vida em Barcelona e falou da falta que sentia do Brasil, ouvimos um barulho vindo de um dos quartos e logo apareceu um homem de bermuda, cara amarrotada de quem estava dormindo e um cigarro na mão direita. Alexandra nos apresentou a Cláudio, seu companheiro catalão.

Eu e M... trocamos um rápido olhar e acho que pensamos a mesma coisa. Alexandra é uma mulher bonita, alta, morena cor de jambo e dona de um corpo que cada vez acredito mais ser quase exclusividade das brasileiras. Além de ser muito jovem também, provavelmente vinte e seis, vinte e sete anos. Cláudio, por sua vez, é um homem bem mais velho do que ela, aparenta ter uns quarenta e cinco anos, talvez, baixo e totalmente desprovido de qualquer tipo de atrativo físico. Trocamos um outro olhar que dizia: "Isso não quer dizer nada, vamos esperar, talvez seja um cara legal." Como se tivesse entendido nossos olhares, Alexandra logo falou, assim que ele se sentou ao seu lado:

— Cláudio é natural de Barcelona...

— Infelizmente — cortou o catalão.

— Ele trabalha na Secretaria de Justiça, mas há mais de dois anos está de licença — e colocou a mão esquerda carinhosamente em sua perna —, um quadro de depressão profunda. Vocês sabem como é — não, felizmente não sabíamos —, difícil e demorado para tratar. Ele toma remédios fortes, antidepressivos, que lhe dão muito sono. — Com isso justificava de uma só vez a presença dele às quatro horas da tarde em casa e dormindo em uma quarta feira.

— Esses remédios são uma merda! Não resolvem nada. Só me deixam mais deprimido e com sono. E sem memória — completou. — Amanhã provavelmente não vou lembrar de vocês. — E deu um profundo trago no cigarro, apagando-o logo em seguida em um cinzeiro repleto de guimbas sobre a mesa. — O que me ajuda na verdade é isso. — Acende outro cigarro. — Isso, café e Alexandra. — Segura a mão dela sobre sua perna.

— Quer um café? — E para nós: — Vocês também querem um café?

Agradecemos e dissemos para ela não se incomodar, mas se levantou assim mesmo dizendo que ficaria pronto rapidinho e que enquanto isso poderíamos conversar um pouco com Cláudio. Oba! Pensamos. Só para constar, há um tom de profunda ironia nessa "oba"!

— Então, o que vocês vieram fazer nessa merda de cidade? — perguntou ele, assim que Alexandra saiu da sala.

— Amor! Não começa — gritou Alexandra, lá de dentro.

— Ela não gosta quando fico amargo. Diz que faz mal para mim. Deve fazer mesmo. Mas essa cidade é uma droga, o que vieram fazer aqui?

— Gosto de arquitetura! — respondi sem querer me estender.

— Ah, sim. Gaudí e balalá e belelé. Barcelona é uma cidade interessante para os turistas, acredito eu, ainda mais para os que gostam de arquitetura, mas para o catalão é uma droga. A economia do país não vai bem, e Barcelona sempre sofre mais que as outras cidades. O espanhol não gosta do catalão. Apenas o suporta.

— Eu pensei que fosse o contrário — arrisquei falar.

— Também. Detesto os espanhóis e detesto essa cidade e detesto os catalães e odeio ainda mais os malditos paquistaneses.

— Amor! Menos — disse Alexandra, voltando para a sala com a bandeja e os cafezinhos.

— Ele acorda mal-humorado, mas daqui a pouco melhora.

Cláudio tomou de um gole seu café, ainda fervendo, e nos perguntou se aceitaríamos um *drink*.

— Você vai beber agora, amor?

— Só para acompanhar as visitas. Você não disse que eu deveria ser mais social? Então...

Perguntei o que ele ia beber e aceitei acompanhá-lo no *whisky*. M... me olhou feio e disse que não queria nada. Quando Cláudio voltou com as bebidas, começamos a conversar, e com o passar do tempo ele foi ficando mais bem-humorado e chegamos até a dar boas risadas. Ele ficou fascinado com o cigarro que eu fumava, um de palha industrializado, que nunca tinha visto antes. Parecia maconha, falou.

— Em Lisboa fui abordado por um policial em um café — disse eu — e tive de mostrar a embalagem e explicar que era de palha e fumos naturais, muito comum no Brasil.

Nosso trem só sairia às onze e quarenta e cinco da noite e ainda não eram oito horas. Estávamos nos divertindo agora, e Cláudio, surpreendentemente, se mostrou uma pessoa espirituosa, além de inteligente e bom conversador. Em um certo momento, depois de me pedir outro cigarro, ele me perguntou:

— Você trouxe muitas caixinhas desse cigarro? Gostei muito.

— Na verdade não. Fumo pouco. Acho que trouxe umas oito e devem ter sobrado umas três ou quatro para o resto da viagem. Por quê?

— Queria te propor um negócio. Em troca de uma caixinha deles, posso te oferecer uma viagem antes de vocês pegarem o trem.

— Amor, agora não. Eles vão viajar.

— Ainda tem tempo, faltam três horas. E eu manipulo uma dose de no máximo uma hora de viagem. E aí, topa? — perguntou, olhando para mim.

— Mas de que estamos falando, efetivamente.

— Mescalina. Já experimentou?

— Não!

— E então? Manipulo uma dosagem baixa, uma hora de viagem no máximo — repetiu —, e podem ficar tranquilos, eu estou acostumado e posso servir de guia para vocês.

— Guia? — perguntou M...

— Sim — interveio Alexandra —, é uma droga alucinógena e extremamente sensorial e sinestésica. Já experimentei algumas vezes, mas sempre acompanhada pelo Cláudio; pois como é alucinógena, quem não está acostumado pode confundir alucinação com realidade e se machucar ou algo pior. Por exemplo, a primeira vez que usei, achei que estávamos no campo, em um caramanchão, não enxergava meu apartamento, nem suas paredes, de repente tentei passar por cima de uma moita para poder chegar perto de uma árvore alta, bem alta. Quando o Cláudio me segurou, eu já estava com metade do corpo para fora da janela, e moramos no décimo andar. Imagina o estrago. Então ele sentou-se comigo e foi me guiando, mostrando o que era real e o que era fruto da minha fantasia. Assim pude aproveitar a viagem com segurança. E toda vez que uso, experimento sensações indescritíveis, mas sempre acompanhada por ele.

Cláudio me olhou de forma inquiridora.

— Então? Que tal uma viagem por dentro de você mesmo, pelo interior do seu subconsciente? E você? Também quer experimentar? — perguntou para M...

— Não! Obrigada. Sou muito medrosa, até tenho curiosidade, pois deve ser uma experiência sensorial e espiritual muito interessante. Não era essa a droga que aquele escritor mexicano usava? O que escreveu *A erva do Diabo*?

— Exatamente essa. Carlos Castaneda é o nome do escritor. E Aldous Huxley também teve abertas suas portas da percepção pela mescalina — falou Cláudio.

Não sei o que me deu na hora, pois não gosto de drogas. Sou uma pessoa muito ansiosa, e as experiências que tive com maconha e haxixe na minha juventude foram catastróficas. Não conseguia relaxar e aproveitar a tal viagem de que meus amigos falavam. Entrava quase sempre em paranoia e estragava o barato de todo mundo. Mas agora senti uma inexplicável confiança em Cláudio e um desejo intenso de experimentar essa droga que só conhecia da literatura.

— Ok! Mas realmente tem de ser uma dose pequena. Não quero viajar doidão para Sevilha.

— Pode ficar tranquilo, não passará de uma hora. — E levantou-se, desaparecendo no interior do quarto de onde o vimos saindo quando da nossa chegada.

— Amor! Você tem certeza do que vai fazer? — me perguntou M... — Vamos viajar daqui a três horas. Uma viagem de mais de nove horas. E se você passar mal dentro do trem?

— Isso não tem problema — falou Alexandra —, eu garanto. Não há nenhum tipo de reação colateral depois que o efeito passa. A pessoa fica no máximo um pouco agitada devido ao grande acúmulo de sensações experimentadas em um pouco espaço de tempo... Mas o Cláudio disse que iria manipular uma dosagem pequena, então realmente não há com que se preocupar.

Ele então saiu de dentro do quarto com um pequeno vidro em sua mão direita. Sentou-se ao meu lado e pediu que eu estendesse a minha mão. Com uma pequena pazinha, retirou uma quantidade pequena de dentro do frasco e colocou na palma de minha mão, dizendo:

— Lamba, apenas isso. E relaxe. Eu não vou usar, estou te dando uma dosagem pequena, mas suficiente para você fazer um passeio legal.

Olhei para M..., ela estava assustada e fez um sinal de não com a cabeça. Eu lambi o pó e me recostei na poltrona. Cláudio então levantou-se e colocou um CD no aparelho de som. Eu comecei a ouvir a música e ao fundo escutava M... e Alexandra conversando. Identifiquei prontamente a voz de Robert Johnson cantando *I'm a steady rollin' man*. Estava, ao contrário do que imaginava, extremamente calmo e relaxado. Robert Johnson agora cantava *Little queen of spades*. Sua voz arrastada e aquele violão inconfundível me embalavam quando de repente comecei a perder a noção de onde estava e só ouvia a voz de Johnson, que cantava bem perto de mim, como se estivesse ali, ao meu lado. Ouvi claramente ele sussurrar ao meu ouvido: "Early this mornin'/when you knocked upon my door/Early this mornin' ooh/ when you knocked upon my door..."

Quando abri os olhos, não estava mais na sala de Alexandra e não me lembrava de nada que havia se passado nas últimas horas. Minha última recordação era eu e M... saindo do hotel com nossas malas. Posteriormente, quando o efeito da droga passou, também não me recordava de nada que vou contar a seguir. Somente durante o dia e principalmente na noite seguinte é que minha memória da "viagem" foi restabelecida. Imediatamente anotei tudo o que conseguia lembrar. São essas anotações que serviram de base para o que vou narrar nas próximas linhas, e que para mim foi tão real quanto este momento que estou vivendo agora, escrevendo essas palavras. A única e suficiente evidência de que tudo foi uma alucinação é o fato de M... ter me falado que eu fiquei o tempo todo dentro da sala e o mais longe que me afastei foi até a parede dos fundos, e sempre acompanhado por Cláudio.

Quando abri os olhos, estava em um cômodo escuro, iluminado por duas janelas altas, uma em frente à outra, por onde entrava uma luz baça e amarelada. Em um dos cantos podia ver um cabideiro e, dependurado nele, uma capa marrom grossa e uma bengala. No chão, caído, um chapéu da mesma cor da capa. Não escutava mais a música, mas podia perceber alguém ou alguma coisa se mexendo no canto oposto ao do cabideiro. Levantei-me e fui até o centro da sala. Nesse momento notei uma presença ao meu lado, e cheguei mesmo a sentir que tocavam meu braço, mas estava só, parado no meio do cômodo. No fundo, à minha frente, havia uma poltrona e alguém sentado nela. Pude ver seu vulto e as pernas cruzadas.

— Quem está aí? — perguntei.

Como já disse, não me encontrava em plena consciência e em momento nenhum me interroguei onde poderia estar M... e os outros. Era como um sonho, onde alguns padrões lógicos do mundo real simplesmente são deixados de lado. Fiz novamente a pergunta e ameacei caminhar em direção ao vulto, quando este então se mexeu. Parei e fiquei esperando mais alguma reação sua. Ficamos o que para mim pareceu um ou dois minutos parados e em silêncio, quando de repente ele se levantou e deu dois passos em minha direção.

Como ele veio do fundo da sala, recebendo diretamente sobre o rosto a fraca luz de uma das janelas, pude vê-lo perfeitamente. Era um jovem bem alto e magro, de cabelos pretos que caíam delicadamente sobre a testa. Uma figura esguia e totalmente imberbe, aparentava pouco mais de vinte anos de idade. Vestia um terno azul marinho, uma gravata preta com listras da mesma cor do terno e um lenço que contrastava com a gravata, de um vermelho berrante. Os sapatos brilhavam como se tivessem acabado de ser lustrados. Nos encaramos durante alguns segundos, quando de repente ele abriu um sorriso radiante e extremamente terno e me perguntou:

— Gosta de piano?

E, sem esperar uma resposta, encaminhou-se para um piano que até então eu não havia notado e que estava encostado na parede à minha esquerda. Sentou-se e começou a tocar uma peça que imediatamente reconheci como sendo a Ária inicial das *Variações Goldberg*, de Bach. Suas mãos, que só então pude notar eram descomunalmente grandes, deslizavam com facilidade sobre o teclado preto e branco. O som tomou conta de todo o ambiente, como se não estivesse saindo daquele pequeno piano. Por vezes cheguei até a perceber uma falta de sincronia entre a música e as mãos do pianista. Olhei em torno e não havia nenhum equipamento de som na sala e seria um absurdo achar que poderia estar vindo de outro lugar a não ser do piano. Por um momento senti uma tonteira e achei que fosse cair, mas alguma coisa me sustentou e tive a impressão de que estava sendo conduzido para uma poltrona atrás de mim. Sentei-me, fechei novamente os olhos e me deixei embalar por aquela canção.

Não sou um músico de formação, mas venho de uma família de músicos: meu avô paterno foi um exímio pianista autodidata e meus dois tios são pianistas profissionais. Meu pai também tem um talento nato para a música e toca vários instrumentos. Então, apesar de não ter passado do amadorismo no piano e no violão, cresci em uma casa onde respirávamos música erudita. Meu pai até hoje possui uma coleção com centenas de *long plays* de peças clássicas interpretadas por pianistas de várias épocas. E não era só a música que eu conhecia, a maneira de tocar também. Tinha certeza de que já havia escutado aquela interpretação antes.

As *Variações Goldberg* são um conjunto de peças criadas por Bach para serem executadas no cravo, instrumento de sua época. Após a invenção do piano e com o desuso do cravo, diversos pianistas adaptaram as partituras das músicas de Bach compostas para cravo para que pudessem ser executadas ao piano. Isso fez com que a mesma música fosse tocada de maneiras extremamente diversas, dependendo do seu "tradutor". Enquanto pensava nisso, me deixava envolver pela canção de ninar composta por Bach. Perdi a noção do tempo, mas acho que ele deve ter tocado todas as trinta variações.

Quando abri novamente os olhos, o ambiente havia se modificado totalmente. Agora nos encontrávamos em uma sala clara, onde quase todos os móveis eram brancos e a luz não vinha mais das janelas, que haviam desaparecido, mas de reentrâncias no teto. Essa luz artificial era muito branca e leitosa, o que fazia que os objetos da sala tivessem uma aparência opaca. Olhei para o pianista – sua roupa era a mesma, o que achei normal, e estranhamente não me espantei com a mudança da sala –, e ele executava os últimos acordes da Ária da Capo, que encerra as *Variações*... Quando terminou ficou alguns segundos de cabeça baixa, encurvado sobre o teclado. Finalmente levantou-se e veio em minha direção.

— Gostou?

— Sim, muitíssimo. Você é um ótimo pianista. Enquanto tocava, tive certeza de que já havia escutado essa interpretação antes.

— Impossível. Eu mesmo a desenvolvi.

— Verdade? Se está dizendo, acredito. De qualquer forma é uma bela música, e a sua interpretação foi primorosa! Celestial!

— Obrigado, mas não creio que o termo celestial se aplique aqui. — E, aparentemente mudando de assunto, continuou: — O senhor e eu temos um amigo em comum.

— Mesmo? Quem?

— Arimã.

— Acho que está enganado, não conheço ninguém com esse nome.

E realmente não me lembrava, naquele estado de transe em que me encontrava, quem diabos era Arimã.

— Mas ele o conhece muito bem — falou.

Nesse momento me lembro de novamente ter ficado tonto e ser conduzido para um sofá colocado junto à parede. Porém, o jovem imberbe de mãos gigantescas continuava parado no mesmo lugar e me olhava fixamente com um leve sorriso no rosto.

— O nosso amigo em comum...

— Já disse que não conheço essa pessoa que você citou — interrompi-o.

— Como lhe dizia — continuou inabalado —, o nosso amigo em comum lhe mandou um recado e gostaria que escutasse, em silêncio e quieto.

Nesse momento senti um peso na cabeça e uma sensação de imobilidade e letargia. Meus olhos ficaram pesados, mas ainda o enxergava. Quando ele começou a falar, reconheci imediatamente a voz. Era a voz do velho que eu havia encontrado em Lisboa. E agora também me lembrava de seu nome: Arimã.

— Me ouça com atenção! O homem necessita do vício tanto quanto da virtude. O pecado é necessário para a evolução do homem e da humanidade. Os sete pecados capitais são os principais vícios do ser humano, mas também suas principais virtudes.

— Não entendo o que quer dizer com isso — balbuciei.

— Disse para ficar em silêncio! Comecemos pela vaidade. Não haveria as grandes obras de Picasso, Michelangelo, Mozart, Dante, Proust e outros se esses homens não se rendessem à vaidade, à necessidade de serem admirados por outros homens. De serem cultuados e considerados gênios por seus pares. A vaidade do intelecto, do talento, a vaidade daquilo que lhe é inato e que ele aprimorou. Vaidade das vaidades, tudo é vaidade! Como se gritassem: Deus me escolheu! Respeitem-me! Curvem-se perante minha obra! *Parla!* Não foi isso que Michelangelo ordenou à sua estátua de Moisés assim que a concluiu e se maravilhou com a própria obra? *Parla!* Gritou ele. Criei vida, pois sou um Deus! Foi o que ele quis dizer.

"E o que podemos falar da soberba, então? O orgulho é mais uma virtude do que um pecado. Se o homem não fosse soberbo, não se orgulhasse de si e de suas obras, não procuraria cada vez mais se aprimorar e se superar e a seu semelhante. É a soberba, o orgulho, que permite ao homem alcançar a superação. A vitória vem sempre acompanhada da arrogância. Vencer é ser o melhor! É superar o outro! É se orgulhar de si mesmo e de sua conquista. O mundo sempre precisou do homem soberbo para evoluir.

"E a inveja? Essa virtude permite ao homem ser ambicioso, desejar aquilo que não possui e lutar para consegui-lo. A inveja é um dos principais motores da evolução humana. Imagine você se todos se contentassem apenas com aquilo que um pretenso destino lhes reservara? É a inveja da casa maior do vizinho, do terno elegante do irmão bem-sucedido e do carro esporte do amigo que move a humanidade, que impulsiona o crescimento individual e consequentemente o crescimento econômico de uma nação. Isso sem falar da inveja intelectual, que motiva o homem a procurar cada vez mais conhecimento para superar seus pares. E quem ganha com isso? A humanidade! O que seria de Einstein sem Niels Bohr e vice-versa? Da Física Quântica sem a Teoria da Relatividade e vice-versa? São contraditórias, mas seus criadores se esforçavam cada vez mais no desenvolvimento de seus postulados para superar um ao outro. A inveja! A vaidade! A soberba! Todas juntas! Unificadas! Não a teoria unificada, mas os vícios unificados! Vícios que na verdade são virtudes, unificados em prol do desenvolvimento da humanidade.

"E agora a luxúria! O que seria do homem sem o prazer carnal? Sem o desejo? Sem a busca incessante pelo prazer? A capacidade e a possibilidade do prazer carnal vitalizam o homem, lhe dão energia e motivação. Os animais buscam o sexo apenas para a reprodução e preservação da raça. O homem por sua vez busca o sexo prioritariamente para alimentar o seu corpo, sedento de prazer. Sexo é vida! Mais do que fato gerador de nova vida, para o ser humano o sexo insufla a sua própria vida.

"A gula! Os prazeres da boa mesa! Dar-se o direito aos excessos é algo que sempre acalentou o homem, que sempre lhe deu forças. Nada como uma lauta refeição antes de uma batalha para inflar o ânimo e um banquete orgíaco depois, como recompensa. O homem é um ser afeito a excessos! Gosta de empanturrar-se! Empanturrar-se de vida! De tudo! Mais e mais. Um eterno insatisfeito. A comida é apenas uma das manifestações de sua gula voraz. A gula o impulsiona, o coloca em movimento, é uma manifestação da eterna insatisfação do homem. E é essa insatisfação que o motiva a se superar sempre, a ultrapassar seus limites. A ter gula pela vida!

"A avareza! O capitalismo apenas vicejou e superou seus oponentes por causa da avareza. O mundo contemporâneo só atingiu o nível de conforto e progresso que possui hoje por causa da avareza das sociedades capitalistas. Hoje o homem possui melhores meios de transporte, melhores tratamentos de saúde, casas mais confortáveis, ou seja, mora melhor, se locomove mais rápido e vive mais e melhor por causa da avareza. Imagine se no século XV, no momento do surgimento do mercantilismo, embrião do capitalismo, este fosse rechaçado e o período de acúmulo de bens fosse suprimido de nossa história. Estaríamos ainda hoje na economia de escambo. As sociedades apenas se desenvolveram economicamente porque houve acúmulo, porque o homem foi avarento! Ah, você deve estar pensando, pois todo capitalista é um socialista no mundo das ideias, mas somente alguns poucos se beneficiam desse acúmulo. Não! Não são poucos, são milhões! Não são todos, claro, pois caso contrário não seria acúmulo de riquezas, mas distribuição da mediocridade. E como diz um famoso personagem de sua literatura: 'Ao vencedor, as batatas!' É exatamente para isso que a avareza existe. Não há batatas para todos, só para os mais fortes. E Deus disse: Lutem!

"E ainda temos a ira. Ora, ser um cordeirinho, um pacifista, um covarde, não levaria o homem a lugar algum. Foram as guerras que propiciaram as grandes descobertas, as expansões dos reinos, o crescimento das nações e consequentemente o desenvolvimento de grandes e poderosas culturas, foram todas elas baseadas no ódio pelo semelhante. Ou você acha que a filosofia grega teria se desenvolvido em um reino fraco, subjugado, pacífico, estagnado? Não! Claro que não! O ódio é um dos principais motores do desenvolvimento das ciências e das artes. Estas sempre precisaram de uma *avant-garde* para lhes dar as condições necessárias para vicejar. O ódio sempre moveu o ser humano, sempre esteve enraizado em seu íntimo, como algo que retira o homem de seu imobilismo e o faz destruir. Destruir para reconstruir. Reconstruir algo melhor e mais duradouro. O ódio fortalece! 'E o amor?', você deve estar pensando. O amor, meu caro, o amor enfraquece! Só o ódio constrói.

"E, por fim, a mais improvável das virtudes capitais: a preguiça. Pois veja bem, se até Deus descansou, se rendeu à preguiça, por que o homem não pode ter os seus momentos de desleixo, de lassidão, de vadiagem? O ócio é o prêmio do trabalho duro. Newton teve o *insight* de sua teoria da gravidade em um momento de preguiça. Os principais cientistas e gênios das artes desenvolveram suas principais teorias, ideias e obras-primas em momentos de lassidão mental, de preguiça. E viva o ócio criador! Segundo Nietzsche, o trabalho, para aqueles cuja vida se resume nisso, ou seja, no próprio trabalho, é fuga. Um desejo de se esquecer de si mesmo. A preguiça, ao contrário, é o momento em que o homem está mais interiorizado, esquecido de seus deveres e entregue ao ócio. Não ser obrigado a nada fazer e a nada pensar dá ao homem liberdade. Coçar o saco até brotar sangue da pele! Essa é a divina liberdade do homem. E há virtude maior do que essa?"

Como já disse, não me lembrava de nada disso até o dia seguinte, quando tudo veio, como em um filme, na minha cabeça, com todos os detalhes. Nesse momento, acho que o efeito da droga estava passando e devo ter me inquietado um pouco no sofá, pois ele veio em minha direção e, chegando bem perto de onde eu estava, tanto que posso me lembrar de sentir o seu hálito em meu rosto:

— Vejo que não vamos ficar juntos por muito mais tempo, mas antes de nos separarmos gostaria de lhe declamar um poema, para que no futuro o senhor não pense que isso foi apenas um delírio ou um sonho. Amanhã o senhor se lembrará de cada verso, de cada palavra.

Dizendo isso, afastou-se. Acho que fechei os olhos em algum momento de seu discurso, pois, quando o vi novamente, estava no meio da sala, mas esta não era mais branca como minutos antes. Na verdade, não estávamos mais em uma sala e sim em uma espécie de calabouço ou porão, pois as paredes antes brancas agora eram de pedra e iluminadas por tochas. Eu estava sentado em uma pedra maior e sentia muito, muito frio. Não havia mais nenhum móvel no ambiente, apenas uma porta de madeira ao fundo. Mas o que mais me intrigou quando consegui me lembrar de tudo, pois na hora não me recordo de ter nenhuma surpresa, foi a aparência de meu interlocutor. Ele não vestia mais o seu elegante terno azul-marinho, mas uma espécie de capa vermelha, longa e acinturada, sapatos pretos e polainas brancas.

A calça também era vermelha e bem justa. Compunham a vestimenta uma camisa branca cujos babados do punho cobriam quase metade das mãos e um colete cinza claro, bordado. No pescoço, um lenço branco também bordado e de babados. Ou seja, vestia-se como um cavalheiro de dois séculos atrás. De repente começou a declamar e a andar de forma teatral pelo recinto. Sua voz ribombava nas paredes de pedra, pelo menos é essa a memória da impressão que tive. Entretanto, o mais incrível de todas as coisas que contei até agora foi o poema que ele recitou.

Tudo o que eu acabei de narrar não me deixou assustado no dia seguinte, pois poderia ser facilmente creditado a uma alucinação; efeito da mescalina, como ainda quero acreditar que foi. Mas e os versos? Nunca, em toda minha vida, havia lido aquele poema. E no dia seguinte, quando anotei minhas recordações que agora transcrevo aqui, me lembrava de cada estrofe, de cada verso, de cada palavra. E durante o tempo que durou a declamação do poema, o ambiente que me envolvia ia se transformando nas imagens narradas por ele. Depois me lembrei perfeitamente, com um tremor, das sensações horríveis que tive. É como se estivesse em uma sala de cinema 3D de trezentos e sessenta graus. As imagens iam surgindo de acordo com o seu recitar. Gritos! Fogo! Frio! Homens agoniados! Eu estava desesperado. Minha cabeça doía, mas não conseguia fechar os olhos. Via tudo. Ajoelhei-me e comecei a rezar em um gesto de puro desespero. Chorava intensamente e rezava. Eis o poema:

I had a dream, which was not all a dream.
The bright sun was extinguish'd, and the stars
Did wander darkling in the eternal space,
Rayless, and pathless, and the icy earth
Swung blind and blackening in the moonless air;
Morn came and went--and came, and brought no day,
And men forgot their passions in the dread
Of this their desolation; and all hearts
Were chill'd into a selfish prayer for light:
And they did live by watchfires--and the thrones,
The palaces of crowned kings--the huts,
The habitations of all things which dwell,

Were burnt for beacons; cities were consum'd,
And men were gather'd round their blazing homes
To look once more into each other's face;
Happy were those who dwelt within the eye
Of the volcanos, and their mountain-torch:
A fearful hope was all the world contain'd;
Forests were set on fire--but hour by hour
They fell and faded--and the crackling trunks
Extinguish'd with a crash--and all was black.
The brows of men by the despairing light
Wore an unearthly aspect, as by fits
The flashes fell upon them; some lay down
And hid their eyes and wept; and some did rest
Their chins upon their clenched hands, and smil'd;
And others hurried to and fro, and fed
Their funeral piles with fuel, and look'd up
With mad disquietude on the dull sky,
The pall of a past world; and then again
With curses cast them down upon the dust,
And gnash'd their teeth and howl'd: the wild birds shriek'd
And, terrified, did flutter on the ground,
And flap their useless wings; the wildest brutes
Came tame and tremulous; and vipers crawl'd
And twin'd themselves among the multitude,
Hissing, but stingless--they were slain for food.
And War, which for a moment was no more,
Did glut himself again: a meal was bought
With blood, and each sate sullenly apart
Gorging himself in gloom: no love was left;
All earth was but one thought--and that was death
Immediate and inglorious; and the pang
Of famine fed upon all entrails--men
Died, and their bones were tombless as their flesh;
The meagre by the meagre were devour'd,
Even dogs assail'd their masters, all save one,
And he was faithful to a corse, and kept
The birds and beasts and famish'd men at bay,

Till hunger clung them, or the dropping dead
Lur'd their lank jaws; himself sought out no food,
But with a piteous and perpetual moan,
And a quick desolate cry, licking the hand
Which answer'd not with a caress--he died.
The crowd was famish'd by degrees; but two
Of an enormous city did survive,
And they were enemies: they met beside
The dying embers of an altar-place
Where had been heap'd a mass of holy things
For an unholy usage; they rak'd up,
And shivering scrap'd with their cold skeleton hands
The feeble ashes, and their feeble breath
Blew for a little life, and made a flame
Which was a mockery; then they lifted up
Their eyes as it grew lighter, and beheld
Each other's aspects--saw, and shriek'd, and died--
Even of their mutual hideousness they died,
Unknowing who he was upon whose brow
Famine had written Fiend. The world was void,
The populous and the powerful was a lump,
Seasonless, herbless, treeless, manless, lifeless--
A lump of death--a chaos of hard clay.
The rivers, lakes and ocean all stood still,
And nothing stirr'd within their silent depths;
Ships sailorless lay rotting on the sea,
And their masts fell down piecemeal: as they dropp'd
They slept on the abyss without a surge--
The waves were dead; the tides were in their grave,
The moon, their mistress, had expir'd before;
The winds were wither'd in the stagnant air,
And the clouds perish'd; Darkness had no need
Of aid from them--She was the Universe.

No dia seguinte me lembrava de cada verso, mas não reconhecia o poema, como já disse. Somente tempos depois fui pesquisar e descobri que se chama *Darkness* e foi composto por Lord Byron.

Também encontrei uma tradução de Castro Alves, que acredito retratar bem a atmosfera criada pelo original. Em seguida transcrevo-a também.

Tive um sonho que em tudo não foi sonho!
O sol brilhante se apagava: e os astros,
Do eterno espaço na penumbra escura,
Sem raios, e sem trilhos, vagueavam.
A terra fria balouçava cega
E tétrica no espaço ermo de lua.
A manhã ia, vinha... e regressava...
Mas não trazia o dia! Os homens pasmos
Esqueciam no horror dessas ruínas
Suas paixões: E as almas condensadas
Gelavam-se num grito de egoísmo
Que demandava luz. Junto às fogueiras
Abrigavam-se... e os tronos e os palácios,
Os palácios dos reis, o albergue e a choça
Ardiam por fanais. Tinham nas chamas
As cidades morrido. Em torno às brasas
Dos seus lares os homens se agrupavam,
P´ra à vez extrema se fitarem juntos.
Feliz de quem vivia junto às lavas
Dos vulcões sob a tacha alcantilada!
Hórrida esperança acalentava o mundo!
As florestas ardiam!... de hora em hora
Caindo se apagavam; creditando,
Lascado o tronco desabava em cinzas.
E tudo... tudo as trevas envolviam.
As frontes ao clarão da luz doente
Tinham do inferno o aspecto... quando às vezes
As faíscas das chamas borrifavam-nas.
Uns, de bruços no chão, tapando os olhos
Choravam. Sobre as mãos cruzadas – outros –
Firmando a barba, desvairados riam.
Outros correndo à toa procuravam
O ardente pasto p'ra funéreas piras.

Inquietos, no esgar dos desvarios,
Os olhos levantavam-se p'ra o céu torvo,
Vasto sudário do universo – espectro –
E após em terra se atirando em raivas,
Rangendo os dentes, blasfemos, uivavam!
Lúgubre grito os pássaros selvagens
Soltavam, revoando espavoridos
Num voo tonto com as inúteis asas!
As feras estavam mansas e medrosas!
As víboras rojando se enroscavam
Pelos membros dos homens, sibilantes,
Mas sem veneno... a fome lhes matava!
E a guerra, que um momento se extinguira,
De novo se fartava. Só com sangue
Comprava-se o alimento, e após à parte
Cada um se sentava taciturno,
Para fartar-se nas trevas infinitas!
Já não havia amor!... O mundo inteiro
Era um só pensamento, e o pensamento
Era a morte sem glória e sem detença!
O estertor da fome apascenta-se
Nas entranhas... Ossada ou carne pútrida
Ressupino, insepulto era o cadáver.
Mordiam-se entre si os moribundos:
Mesmo os cães se atiravam sobre os donos,
Todos exceto um só... que defendia
O cadáver do seu, contra os ataques
Dos pássaros, das feras e dos homens,
Até que a fome os extinguisse, ou fossem
Os dentes frouxos saciar algures!
Ele mesmo alimento não buscava...
Mas, gemendo num uivo longo e triste,
Morreu lambendo a mão, que inanimada
Já não podia lhe pagar o afeto.
Faminta a multidão morrera aos poucos
Escaparam dois homens tão somente
De uma grande cidade. E se odiavam...

Foi junto dos tições quase apagados
De um altar, sobre o qual se amontoaram
Sacros objetos p'ra um profano uso,
Que encontraram-se os dois... e, as cinzas mornas
Reunindo nas mãos frias de espectros,
De seus sopros exaustos ao bafejo
Uma chama irrisória produziram!...
Ao clarão que tremia sobre as cinzas
Olharam-se e morreram dando um grito.
Mesmo da própria hediondez morreram,
Desconhecendo aquele cuja fronte
Traçara a fome o nome de Duende!
O mundo fez-se um vácuo. A terra esplêndida,
Populosa tornou-se numa massa
Sem estações, sem árvores, se, erva.
Sem verdura, sem homens e sem vida,
Caos de morte, inanimada argila!
Calaram-se o Oceano, o rio, os lagos!
Nada turbava a solidão profunda!
Os navios no mar apodreciam
Sem marujos! Os mastros desabando
Dormiam sobre o abismo, sem que ao menos
Uma vaga na queda alevantassem,
Tinham morrido as vagas! E jaziam
As marés no seu túmulo... antes dela
A lua que as guiava era já morta!
No estagnado céu murchara o vento;
Esvaíram-se as nuvens. E nas trevas
Era só trevas o universo inteiro.

Quando ele terminou de declamar, fez-se um profundo silêncio. Eu ainda rezava baixinho e estava com medo de abrir os olhos. De repente senti duas mãos me levantando do chão. Meu corpo estremeceu e tive medo. Escutei meu nome. Parecia a voz de M...

— Você está me escutando? Olha para mim!

Devagar e ainda com medo comecei a abrir os olhos. O cenário mais uma vez havia se modificado. Estava novamente na sala de estar do apartamento de Alexandra e Cláudio. Estavam os três ao meu lado e me olhavam com curiosidade.

— E aí, meu amigo, tudo bem? Você nos reconhece? Sabe onde está? — me perguntava Cláudio.

— Sim! Barcelona... em um apartamento... de Cláudio... Alexandra... — balbuciei.

— Muito bem! — E se dirigindo para M...: — Ele voltou. Agora é só esperar alguns minutos, daqui a pouco ele vai estar plenamente restabelecido. Alexandra, traga um pouco de café para nós.

Depois de tomar uns goles, fui recobrando a consciência e via seus olhares interrogativos em minha direção.

— O que foi que aconteceu? — perguntei. — Eu desmaiei?

— Não — M... me respondeu —, você não desmaiou, mas estava muito estranho. Como se não estivesse aqui na sala com a gente. Você falava coisas incompreensíveis. Parece que falava com alguém. E andava pela sala. Teve uma hora que foi em direção à janela e achei que ia pular, mas o Cláudio te segurou e te levou para o centro da sala novamente. Agora, um pouco antes de voltar ao normal, você se ajoelhou e começou a rezar e chorava muito. Fiquei preocupada com você, meu amor. — E me abraçou ternamente.

— É, meu caro! Você teve uma viagem daquelas. Cheguei a ficar com inveja. Você parecia estar em outro mundo — disse Cláudio, rindo. — Agora você não vai lembrar de nada; mas amanhã, depois de uma boa noite de sono, tudo vai voltar, claramente, como um sonho bem real. Depois me liga contando. Há tempos que não vejo alguém ficar tão doido quanto você. — E riu de novo, me dando uns tapinhas no ombro.

Conversamos mais um pouco e nos despedimos, pois tínhamos de pegar o trem para Sevilha. No caminho para a estação, M... foi me contando em detalhes as minhas reações e como Cláudio ficou ao meu lado todo o tempo, me guiando. Até aquele momento eu não me lembrava de absolutamente nada, era como se eu tivesse apagado. Só durante o dia seguinte, e mais precisamente à noite, que as coisas foram ficando claras e me lembrei de tudo, em detalhes, como acabei de contar. Como um sonho, que em tudo não foi um sonho. E pensei em Goethe, que escreveu certa vez que não devemos permanecer por muito tempo em um estado de plena consciência. Temos de buscar constantemente o apoio do inconsciente, pois é lá que está uma coisa que não temos como classificar, que é a nossa essência, que somos nós mesmos.

Antes de irmos para a estação, M... combinou que encontraríamos com Cibele para nos despedirmos, pois quando voltássemos de Sevilha não teríamos tempo para tal. O encontro seria na Plaça d'Espanya, e chegamos exatamente quando começava o balé das águas. Antes de alcançarmos a praça propriamente dita, passamos por um portal e seguimos um corredor de aproximadamente cem metros de comprimento com umas trinta fontes de cada lado. Esse corredor na verdade é uma avenida, chamada Rainha Maria Cristina.

Ao chegarmos à praça, vimos uma fonte com uns quarenta metros de diâmetro, tendo ao fundo o Palau Nacional. Ao som de Mozart, Strauss, Wagner e diversas canções contemporâneas que saíam de dezenas de caixas de som espalhadas por toda a praça, as águas, iluminadas por holofotes de luzes coloridas, bailavam, ritmadas. Um espetáculo de tirar o fôlego. Passamos mais de quarenta minutos admirando a dança das águas. Ficamos tão hipnotizados que esquecemos completamente de procurar Cibele. Atrasados para tomarmos o nosso trem, saímos correndo, antes mesmo do final do show. Pegamos um táxi e em poucos minutos estávamos na estação.

CAPÍTULO III

Sevilha e Granada

Assim que embarcamos, procuramos nossas cabines e marcamos de nos encontrar vinte minutos depois no vagão-restaurante para comermos alguma coisa. A viagem de Barcelona para Sevilha dura aproximadamente nove horas, e o trem disponibiliza três tipos de passagem: a mais barata, em poltronas; a mais cara, em cabines duplas; e uma de valor intermediário, em cabines de quatro pessoas, divididas em cabines masculinas e femininas. Eu e M... optamos por viajar nas cabines coletivas, que custam metade do preço das cabines duplas. Quando nos encontramos no vagão-restaurante, M... estava tensa e disse:

— Estou com medo de dormir sozinha naquela cabine.

— Mas você não vai dormir sozinha, haverá outras pessoas com você.

— Pior ainda! Tinha uma mulher mal-encarada quando fui deixar minha mochila...

— Mas sua mochila está aqui!

— Exatamente! Porque tinha uma mulher mal-encarada na minha cabine, você ouviu o que eu disse?

— Ouvi, mas o que isso tem a ver com a sua mochila estar aqui e não lá?

— Ah, não se faça de tonto! É claro que eu não ia deixar minha mochila lá sozinha com uma estranha. E, por falar nisso, cadê a sua?

— Deixei na cabine. Havia um estranho lá. Pedi para ele tomar conta para mim.

— Engraçadinho. Vai confiando, tá? Quando chegar lá não tem mais estranho nem mochila. E se eu ficar com muito medo de dormir naquela cabine com gente que eu não conheço, saio e faço o resto da viagem na poltrona.

Depois de jantarmos uma salada leve, M... disse que iria para a sua cabine antes que suas colegas de viagem apagassem a luz e fossem dormir. Curiosamente eu não estava com sono, muito pelo contrário. A mescalina havia me revigorado o ânimo e estava extremamente bem-disposto e desperto. Para todos os efeitos, tinha apenas dado uma cochilada de quase duas horas no apartamento de Cláudio e Alexandra. Todas as intensas sensações que senti e narrei anteriormente só começariam a vir à minha memória no dia seguinte.

Quando voltei para a cabine, encontrei dois ocupantes: um jovem, moreno claro e muito falante, que se apresentou como Emílio e se dizia mexicano; e um homem de aproximadamente sessenta anos ou um pouco menos. Era forte, quase gordo, pele e olhos claros e totalmente careca. As sobrancelhas eram loiras e bastas, o que contrastava com o restante do rosto, sem um pelo. Ao contrário do mexicano, que falava pelos cotovelos me perguntando há quantos dias eu viajava, onde já havia estado e para onde iria depois de Sevilha – por um momento os receios da M... me vieram à mente –, o outro homem encontrava-se recostado na parte de baixo do beliche em frente ao meu, lendo em silêncio.

Depois de alguns minutos conversando com o mexicano, deitei na outra cama de baixo e também abri meu livro. O mexicano estava sentado na cama de cima e parecia irrequieto. Uns cinco minutos depois, bateram na porta e dois outros homens apareceram chamando Emílio, dizendo que havia espaço na cabine deles. O jovem falante se despediu e ficamos somente eu e o homem calado na cabine.

Passamos alguns minutos em silêncio lendo até que ele se levantou, foi até o lavatório, escovou os dentes, lavou o rosto e quando voltou, antes de deitar-se novamente em sua cama, lançou um olhar em minha direção, na verdade para o livro que eu estava lendo. Ficou alguns segundos em silêncio e senti como se me avaliasse. Devolvi o olhar e lhe perguntei, em inglês, se conhecia Guimarães Rosa.

— Você é brasileiro? — me perguntou em um português bem claro, mas com um nítido sotaque alemão.

— Sim — respondi surpreso.

— Eu falo sua língua. — E se aproximando tomou delicadamente o livro de minhas mãos. — Posso? — Deu uma rápida folheada. — É uma primeira edição — afirmou.

— Sim. Estou relendo. Na verdade, estou quase no fim.

— Um grande livro.

— Sim. Um primor da língua portuguesa.

— Não apenas da sua literatura ou da sua língua. É uma grande obra da literatura universal. Já tive a oportunidade de ler essa obra algumas vezes. Na minha língua, na primorosa tradução de Curt Meyer-Clason, e na sua.

Ouvindo isso sentei-me na cama, interessado. Aquele homem parecia saber do que estava falando. Me apresentei e perguntei o seu nome e como conhecia tão bem o meu idioma.

— Meu nome é Georg e fui professor de literatura alemã no Brasil durante muitos anos. E foi com a leitura de *Grande sertão: veredas* que toda a minha história com o seu país começou. Era estudante de literatura em Frankfurt e me apaixonei pelo livro. Aprendi um pouco da língua, o suficiente para ler algumas obras de referência sobre o romance e seu autor, e desenvolvi minha dissertação de mestrado tendo o *Grande sertão* como tema. Depois fui para o Brasil para aprimorar meus estudos, me casei com uma brasileira e comecei a lecionar em uma faculdade pública. Na verdade, nunca deixei de estudar esse livro. Aliás, não deveria viajar com uma edição tão rara.

Estava surpreso com a enorme coincidência. Disse a ele que éramos da mesma área de estudos e que o livro não era meu.

— Peguei emprestado da biblioteca de um amigo em Lisboa e vou devolvê-lo assim que terminar — falei, sem entrar em mais detalhes.

Ele sentou-se e manteve o livro nas mãos. Olhava-o ternamente. Depois de alguns segundos, voltou-se para mim e disse, como que fazendo troça:

— É um livro dos Diabos! Como dizem lá em Minas, terra do nosso querido Doutor Rosa. — E ficou revirando o livro entre as mãos.

Eu então, querendo ser espirituoso, falei:

— "Nonada. O Diabo não há!... Existe é homem humano..."

Ele sorriu e depois me olhou seriamente, dizendo:

— Guimarães Rosa disse certa vez, em uma entrevista, que "apenas na solidão pode-se descobrir que o Diabo não existe". Penso que Rosa pretendia nos dizer que a verdade... Deus, enfim, vamos dar nome aos bois, habita solitariamente em nosso íntimo, e não como querem os maniqueístas junto e em contraposição com o Diabo. O Diabo, ou o mal, está fora, na sujeira em que a sociedade moderna se transformou. E não podemos nos deixar contaminar. Sendo assim, somente na solidão, quando estamos a sós com nós mesmos, me desculpe a redundância, podemos perceber a forte presença de Deus e a inexistência, em contraposição, do Diabo.

— Mas a existência de um não implica necessariamente a existência do outro? — resolvi provocá-lo, me lembrando da conversa que tive com Arimã. De repente o nome do homem que conheci em Lisboa me veio à mente e tive a estranha sensação de ter estado com ele há pouco tempo. Como se sua voz ainda reverberasse em meus ouvidos. E completei: — Não seria melhor falar em uma derrota do Diabo que existe em cada um de nós, em vez de falar em inexistência?

— Não! O Diabo não existe, meu jovem. O que existe são pessoas que encarnam o mal. Pessoas infelizes. E parodiando Guimarães Rosa: "Se olhares nos olhos deles verás muito da maldade do mundo", mas não verá o Diabo. Novamente citando-o: "O Diabo pode ser vencido simplesmente porque existe o homem." E eu complemento: o homem puro, não corrompido pelos valores anacrônicos das sociedades modernas.

— Se ele pode ser vencido é porque então ele existe!

— Não! Repito. Para Guimarães Rosa ele era apenas uma projeção da maldade. Essa, sim, sempre existiu, existe e existirá.

— Mas se o mal é um fenômeno social, como você mesmo afirmou, e a sociedade é construída e composta por homens, então o mal nasce do homem.

— Não necessariamente — falou. — O mal nasce das interações humanas. Não é algo endêmico. O bem, sim. O homem nasce bom, são as interações sociais que o tornam perverso, que criam o mal. E o mal é projetado na figura do Diabo, criado para representá-lo. Você entende o que quero dizer? — Sem esperar uma resposta, levantou-se e foi até o pequeno armário da cabina, tirou uma garrafa de *whisky* e serviu dois copos que pegou em cima de uma pequena mesa embaixo da janela. Sem perguntar me passou um dos copos e continuou: — Há uma cena em *Grande sertão...* que os jagunços estão reunidos e começam a falar do Diabo, nomeando-o: "...o que não fala, o que não ri, o muito sério, o cão extremo..." Diadorim interrompe, dizendo: "O inimigo é o Hermógenes." — E me olhando fixamente: — Sim, meu caro, o inimigo é o homem, o homem como ser social.

— Você está querendo dizer que a sociedade é perversa em sua essência? Não acredito nisso. As sociedades contemporâneas são o resultado natural de um processo evolutivo do homem. O ser humano em busca de seu aprimoramento e de uma verdade universal desenvolveu sociedades complexas capazes de suportar seu processo frenético de desenvolvimento material e intelectual.

— Na verdade não estou criticando o processo de evolução das sociedades. De maneira alguma acredito que o homem deva voltar à idade das cavernas e se reunir em pequenas tribos de sobrevivência. O que contesto é a maneira como as sociedades contemporâneas vêm se estruturando e a tábua de valores em que se apoiam. — Tomou um grande gole do seu *whisky* e esperou um momento, me olhando, até que entendi que ele estava aguardando que eu também desse um gole em meu copo. Não me fiz de rogado. — O ser humano sempre buscou a verdade — continuou. — Mas que verdade é essa? E quem disse que existe uma verdade universal e muito menos que essa verdade irá redimi-lo ou salvá-lo? O homem é um ser insatisfeito por natureza e definição, sua função precípua é a busca, uma busca que ele sabe infrutífera. E não será essa a sina do homem? Buscar, apenas buscar. Por que o caminho não pode ser o objetivo em si? E talvez não haja uma verdade única, universal e atemporal. Acho que o ser humano sofre mais por tudo o que perdeu do que por aquilo que almeja em vão conquistar. Picasso disse certa vez que a morte não é a maior perda da vida: a maior perda da vida é aquilo que morre dentro de nós enquanto vivemos. Talvez possamos levar esse pensamento para a experiência humana como um todo. A grande perda do homem, como espécie, é aquilo que se perdeu em sua trajetória.

Quando terminou de falar, me encarou como se esperasse uma objeção de minha parte ou uma concordância, sei lá. Na verdade, estava cotejando o que acabava de ouvir com o que escutei dias antes da boca de Arimã, sem necessariamente tirar uma conclusão.

— O senhor está com sono?

— Ainda não — respondi.

— Aceitaria um convite para ir até o vagão-restaurante e tomar mais um *drink*? O meu *whisky* acabou e também não estou com sono.

— Claro! Mais um *drink* não faria mal. — E de um gole acabei com o resto do líquido que ainda havia em meu copo.

Quando chegamos ao vagão-restaurante, que estava praticamente vazio, sentamos em uma mesa e pedimos dois *whiskies*. Ficamos em silêncio durante algum tempo, até que eu disse:

— É engraçado, a primeira vez que li o *Grande sertão...*, e isso já faz uns vinte anos, o que mais me chamou a atenção foi a questão formal: a maneira como Guimarães Rosa construiu suas frases e sentenças, seus neologismos e o ritmo criado por sua sintaxe. Era como se estivesse lendo em um outro idioma que nem eu mesmo sabia que conhecia. Já desta vez o que mais me chamou a atenção foi a história em si e seus vários desdobramentos significativos, principalmente em relação ao pacto fáustico.

Interrompi minha fala para dar um gole em meu *whisky*, e no silêncio que se fez pude ouvir, bem baixinho, mas envolvendo todo o vagão, os acordes de *Stone Flower*, de Tom Jobim.

— As duas leituras estão erradas, se me permite uma opinião — disse, interrompendo minha rápida viagem nas notas do piano de Jobim. — *Grande sertão: veredas*, e não só ele quando tratamos da obra de Guimarães Rosa, mas principalmente esse livro, que é o motivo de nossa conversa, deve ser lido como um todo inseparável, onde forma e conteúdo trabalham juntas, em perfeita harmonia, como em poucas vezes na história da literatura. E, nas vezes que isso aconteceu, surgiram os clássicos da literatura universal.

Olhei para ele em silêncio e percebi que queria, precisava falar sobre aquele livro que lhe era tão caro. Recostei-me e aguardei. Ele fechou os olhos por um momento e então começou uma das explanações mais apaixonadas que já tive a oportunidade de ouvir sobre uma obra literária. Ele falava, bebia e às vezes fechava os olhos e recitava trechos inteiros do livro, de memória. Acho que ele mal percebeu quando depois de alguns minutos tirei do bolso minha caderneta e fui anotando muito do que ele dizia. No dia seguinte procurei os trechos citados e os transcrevi também. O resto do que lerão em seguida preenchi com minha memória e, por que não dizer, com um pouco da minha imaginação.

— Em *Grande sertão: veredas*, um dos temas abordado por Guimarães Rosa é o drama existencial. Riobaldo é uma espécie de Hamlet sertanejo. Ele carrega consigo algumas das principais dúvidas e questionamentos que vêm acompanhando o homem há milhares de anos e que teve no personagem de Shakespeare um de seus representantes mais angustiados. O romance de Rosa inicia-se com Riobaldo, já envelhecido e aposentado de sua vida de jagunço, contando sua história para um senhor que o narrador faz questão de deixar bem claro, em várias passagens, ser um homem culto, da cidade, que o escuta pacientemente. Diz o velho Riobaldo logo no início da narrativa: "Inveja minha pura é de uns conforme o senhor, com toda leitura e suma Doutoração." Durante toda a narrativa, Riobaldo se questiona e questiona seu interlocutor sobre a existência ou não do Diabo: "Olhe: o que devia de haver, era de se reunirem-se os sábios, políticos, constituições gradas, fecharem o definitivo a noção – proclamar por uma vez, artes assembleias, que não tem Diabo nenhum, não existe, não pode. Valor de lei! Só assim davam tranquilidade à gente, por que o governo não cuida?!" Com o desenvolvimento do romance, a presença do Diabo é evocada várias vezes e personificada em alguns casos, como quando Riobaldo, ao saber da morte de Joca Ramiro, identifica o Diabo com Hermógenes, e este e Ricardão com Judas, figura que no imaginário cristão se confunde diversas vezes com a do próprio Diabo. — Sempre que citava, ele propositadamente se calava durante uns três ou quatro segundos e depois, mudando a entonação, recitava o trecho desejado, que ilustrava o que acabava de dizer. — "O Hermógenes – ele dava a pena, dava medo. Mas, ora vez, eu pressentia: que do Demônio não se pode ter pena, nenhuma, e a razão está aí. O Demônio esbarra manso mansinho, se fazendo de apeado, tanto tristonho, e, o senhor para próximo — aí então ele desanda em pulos e prazeres de dança, falando grosso, querendo abraçar e grossas caretas – boca alargada. Porque ele é – é doido sem cura. Todo perigo."

Parou de falar por um momento e, ao levar o copo aos lábios, percebeu que sua bebida tinha acabado e pediu mais uma dose ao garçom. Olhou para o meu copo, viu que ainda estava pela metade. Continuou:

— Riobaldo é um personagem extremamente complexo em sua introspecção, apesar de suas origens simples e da ignorância de um conhecimento formal. A questão da existência ou não do Diabo ocupa uma posição relevante em sua vida, pois ele sabe, ou intui, que a existência de Deus está diretamente ligada à existência do "outro". — E, ao dizer "outro", fez uma pausa dramática, dando bastante ênfase à palavra para não haver dúvida para mim sobre quem seria o "outro". — Para Riobaldo, um não existe sem o seu contrário. Para ele o Diabo é ruim, sua presença é temida, mas sua existência é necessária para se crer no próprio Deus, que como antagonista do Diabo significa o bem, o justo, enquanto o Demônio personifica o mal, a traição. — Pegou o copo que o garçom acabara de trazer, deu um gole e olhou durante alguns segundos para um ponto fixo acima de mim.

Eu o escutava atentamente e nesse momento já tinha pegado minha caderneta e tomava notas do que ele dizia.

— Há um ditado em latim que diz: "*Sine Diabolo nullus Dominus*", ou seja: "Sem o Diabo não há Deus". Segundo R. L. Thompson, em seu livro, *The devil*: "Pelo menos na superfície nossos corpos são bipolares, pois temos nossos lados direito e esquerdo, e nossos certo e errado, e se vivemos em um mundo de calor e frio, e de noite e dia, nele também há o bem e o mal, assim como existem Deus e o Diabo."

— Mas então o senhor está contradizendo o que disse anteriormente.

— O que precisamente?

— Que para Guimarães Rosa o Diabo não existe em nosso íntimo e que ele está fora, como uma representação do mal criado pelas interações sociais.

— De maneira alguma estou me contradizendo. Acredito que era este o pensamento de Rosa e que é isso que podemos perceber por trás de seu romance, mas essa não é a concepção de seu personagem, Riobaldo. O que Riobaldo nos fala e o que Rosa quer nos mostrar são coisas sutilmente diferentes, e que podem ser percebidas no sofrimento e nas dúvidas que assolam o personagem durante toda sua vida. Ele não quer acreditar no Diabo, mas, ao mesmo tempo, dentro da concepção filosófica e religiosa em que foi criado, negar um é negar o outro. Rosa soluciona a questão mantendo Deus no interior do homem – e ele pode sentir isso em sua solidão – e o Diabo fora, nas interações sociais. Mas ele não apazigua a alma de seu personagem dando-lhe essa solução. Riobaldo sofre para nossa redenção. Sem querer ser dramático demais. — E pela primeira vez o vi sorrir.

— Mas voltando ao meu raciocínio sobre a concepção maniqueísta de Riobaldo. A todo momento o bem e o mal são contrapostos no romance. Se Joca Ramiro representa o bem e a justiça, Hermógenes e Ricardão, os "irmãos Judas", simbolizam o mal e a traição. E a ambiguidade desses valores o atormenta por toda a vida, fazendo-o duvidar da existência do Diabo e consequentemente de Deus, mesmo que essa última dúvida seja velada. Simultânea e complementarmente a essas dúvidas teológicas, surge o questionamento sobre os conceitos de certo e errado. — E, novamente fechando os olhos por alguns segundos e assumindo aquela postura já descrita anteriormente e o mesmo tom de voz, começou a citar: — "Aquele lugar, o ar. Primeiro, fiquei sabendo que gostava de Diadorim – de amor mesmo amor, mal encoberto em amizade. Me a mim, foi de repente, que aquilo esclareceu: falei comigo. Não tive assombro, não achei ruim, não me reprovei – na hora (...) Se é o que é – eu pensei – eu estou meio perdido. Acertei minha ideia. Eu não podia, por lei de rei, admitir..." Riobaldo se atormentava: é errado? Ou não? Ou em outro mundo, de sonho, ideal, esse amor poderia ser certo? — Ele abaixou-se e pegou o copo, tomou mais um gole e olhou para mim, mas na verdade não queria uma resposta, apenas disse aquilo para servir de pretexto para continuar citando outro trecho do romance: — "O nome de Diadorim, que eu tinha falado, permaneceu em mim. Me abracei com ele. Mel se sente é todo lambente – 'Diadorim, meu amor...' Como era que eu podia dizer aquilo? Explico ao senhor: como se fosse para eu não ter vergonha maior, o pensamento dele que em mim escorreu figurava diferente, um Diadorim assim meio singular, por fantasma, apartado completo do viver comum, desmisturado de todos, de todas as outras pessoas – como quando a chuva entre-onde-os-campos. Um Diadorim só pra mim. Tudo tem seus mistérios. Eu não sabia. Mas, com minha mente, eu abraçava com meu corpo aquele Diadorim – que não era de verdade. Não era? A ver que a gente não pode explicar essas coisas."

— O senhor possui uma memória privilegiada — falei, interrompendo-o. — Lembrar-se de trechos tão longos e de um livro com uma sintaxe tão difícil e ainda mais em uma língua que não é a sua de origem é sem dúvida admirável. — Apesar de falar isso — e realmente a memória do homem era algo espantoso, como constatei ainda mais no decorrer da nossa conversa, melhor dizendo, de sua explanação —, pude notar que, ao citar, ele cometia alguns erros, principalmente nos neologismos de Rosa e em outras inversões sintáticas, mas que reproduzidas aqui estão corrigidas e fiéis ao texto original do escritor mineiro.

— Como já lhe disse, debrucei-me várias vezes, centenas ou mais, sobre essa obra. E realmente alguns trechos busquei decorar, mas outros simplesmente vêm à minha mente como que por mágica. — E após tomar mais um gole de sua bebida e esperar que eu fizesse o mesmo, continuou: — A figura de Joãozinho Bem Bem é outro exemplo. Em um determinado momento do livro, esse personagem faz com que Riobaldo se questione sobre a ambiguidade do bem e do mal, do certo e do errado. Por que caçar e matar Joãozinho Bem Bem? Jagunço justo, homem honrado, que só calhou estar do outro lado nessas guerras sem sentido e que se sucedem na vida de um jagunço. Este guerreia sem saber bem por que ou para quem ou por qual ideologia. É seu destino, é sua natureza. Sô Candelário chega a sugerir, no julgamento de Joãozinho Bem Bem, que o soltem para que ele reúna novo exército e a guerra continue.

— É a maneira deles de viver — arrisquei.

— Sim, exatamente!

— E chego a pensar agora — continuei, mais confiante — se nossos projetos de vida são mais válidos do que os de um jagunço sertanejo. Se algo vale realmente a pena para que possamos lutar em seu nome e em seu favor: um amor, uma ideologia, uma crença. Alguma luta se justifica? Ou é mais válida que as lutas dos jagunços de *Grande sertão*...? Que mudam de lado sem que isso altere em nada seu afinco, seu ardor em lutar e, até quem sabe, sua disposição em morrer defendendo algo que eles nem mesmo sabem o que é. Acho que nós, homens que atingimos um grau de civilidade maior do que aquele de um jagunço analfabeto, não somos muito diferentes deles nesse sentido. Ou, por que não dizer, nessa falta de sentido. O senhor não concorda?

— Na verdade, a vida dos homens de carne e osso, seus dramas, amores, desesperos, nunca me interessou muito. Nem mesmo a minha vida me é interessante. Apenas os seres feitos de papel e tinta me impressionam. Os dramas dos homens reais são medíocres e sem imaginação. A dor da humanidade inteira não vale um monólogo de Hamlet.

E me olhou fixamente. Sabia que ele esperava de mim uma de duas atitudes possíveis nesse caso. E as duas lhe dariam grande prazer. A primeira: que eu o contestasse, como cada molécula em mim queria fazer, o que nos levaria a uma discussão extremamente interessante e conflituosa madrugada adentro. E a segunda: que eu me calasse, permitindo que ele continuasse sua imersão maniqueísta no universo de *Grande sertão: veredas*. Meu silêncio deixou claro que havia escolhido a segunda opção. E então ele continuou, não sem antes pedir ao garçom mais dois *whiskies*, o que me obrigou a dar uma grande golada para acabar com o que ainda restava em meu copo.

— Para Riobaldo, a questão da existência ou não do Diabo é de fundamental importância para o seu entendimento da vida. A presença do Diabo em *Grande Sertão...* é sintomática e reflete, além do drama existencial do personagem, as tentações sofridas por ele, principalmente seu desejo proibido pelo amigo Reinaldo/Diadorim. Aqui o Diabo representa a carne; e Deus, a alma. Riobaldo nega seu desejo e invoca o Diabo, assim como os cristãos, quando foram perseguidos pelos romanos e outros povos, centenas de anos atrás, invocaram o Diabo como personificação de seus inimigos. Um vilão à altura do herói que viria salvá-los e redimi-los. Riobaldo conclama o Demônio à procura de Deus, mas a culpa o atormenta. A força do Diabo/carne é quase irresistível, e por isso ele busca negá-lo, ao mesmo tempo que credita a este as desgraças do mundo, inclusive as tentações. A solução, que o jagunço Riobaldo não consegue vislumbrar, para superar essa ambiguidade é unificá-los: Deus e o Diabo, dois lados de uma mesma moeda, o bem e o mal juntos e inseparáveis.

"Riobaldo nega a possibilidade de ser chefe do bando desde as primeiras páginas do romance, quando Medeiro Vaz morre e os companheiros, encabeçados por Diadorim, tentam convencê-lo a aceitar a chefia. Riobaldo nega o privilégio essa primeira vez e vai demonstrar nas páginas seguintes seu desagrado em ser chefe, usando a justificativa de que não foi talhado para assumir chefia. Após a derrota para Hermógenes e a fuga a pé pelo sertão, o bando de Zé

Bebelo encontra um pouso para descansar e tratar os feridos na batalha. Riobaldo então tem tempo para refletir e tomar uma decisão: pactuar com 'o coisa má', com 'o que não ri', 'o muito sério', 'o que não fala', assim como fez o Hermógenes. Riobaldo na verdade ainda não acredita totalmente na existência do Diabo, mas quer acreditar, pois somente a existência de um poder maligno e todo poderoso pode justificar as maldades deste mundo e a sorte atribuída a Hermógenes: 'Na verdade real do Arrenegado, a célebre aparição, eu não cria. Nem. E, agora, com isto, que falei, já está ciente o senhor? Aquilo, o resto... aquilo – era eu ir à meia-noite, na encruzilhada, esperar o Maligno – fechar o trato, fazer o pacto!'"

— Mas Riobaldo não acredita realmente na existência do Diabo ou ele apenas o teme, como seria mais coerente a um homem sertanejo e simplório como ele? — perguntei eu, mais para demonstrar ao meu interlocutor o meu interesse no assunto do que por real dúvida, pois na verdade eu entendia perfeitamente sua linha de raciocínio e de certa forma concordava com ela.

Ele tomou mais um grande gole de seu *whisky*, e, durante esse breve intervalo, pude notar que haviam mudado radicalmente a trilha sonora. Agora podia ouvir ao fundo o vozeirão meloso de Dean Martin – mais conhecido pela minha geração como o parceiro certinho e bonitão de Jerry Lewis nos filmes a que assistíamos na Sessão da Tarde – cantando *Innamorata*.

— Riobaldo é um personagem de ficção e, apesar de sertanejo e simplório como o senhor acabou de afirmar, suas dúvidas e angústias não têm nada de simples. Assim quis seu criador, e não estou falando de Deus, mas sim do escritor que o criou. Acredito que a questão seja um pouco mais complexa. Mesmo sem crer totalmente no Diabo, Riobaldo vai a uma encruzilhada e à meia-noite invoca "o sempre sério, "o pai da mentira", "o bode preto", "o morcegão", "o xu". Ele quer algo que nem mesmo ele sabe o que é: "E o que era que eu queria? Ah, acho que não queria mesmo nada, de tanto que eu queria só tudo". Riobaldo desejava na verdade transcender, ser mais do que ele mesmo. Queria, sim, firmar um pacto, seja com Deus seja com o Diabo, ou com os dois: "O que eu agora queria! Ah, acho que o que era meu, mas que o desconhecido era, duvidável. Eu queria ser mais do que eu. Ah, eu queria, eu podia. Carecia. 'Deus ou o Demo' –

sofri um velho pensar." Tomada essa decisão, Riobaldo invoca então a presença do Diabo, mas só tem em resposta o silêncio. — E me olhando, melhor dizendo, olhando através de mim, citou como se me perguntasse, como se eu fosse o interlocutor de Riobaldo: — "O senhor sabe o que o silêncio é? É a gente mesmo, demais."

Antes que eu pudesse mesmo assimilar pergunta tão desconcertante, e resposta ainda mais, continuou:

— O Demônio não aparece, mas algo muda no íntimo de Riobaldo: "Ele não existe, e não apareceu nem respondeu – que é um falso imaginado. Mas eu supri que tinha me ouvido, me ouviu, a conforme a ciência da noite e o envir de espaços, que medeia (...) Ao que eu recebi de volta um adejo, um gozo de agarro, daí umas tranquilidades – de pancada." Ele volta para o seu bando transformado, renovado. — E continuou recitando, como se estivesse em estado de transe: — "E, o que eu fazia, era que eu pensava sem querer, o pensar de novidades. Tudo agora reluzia com clareza, ocupando minhas ideias, e de tantas coisas passadas diversas eu inventava lembrança, de fatos esquecidos em muito remoto, neles eu topava outra razão; sem nem que fosse pela minha própria vontade." E o seu poder perante o bando cresce e sua autoridade ganha vulto. O até então tímido Riobaldo passa a questionar as decisões de Zé Bebelo e não mais admite ser contradito: "Daqui veio que Diadorim mesmo estranhou aqueles meus modos. A entender meu deu, e eu reminiquei, com soltura de palavras: como é que ia tolerar conselho ou contradição?" O anticlímax de sua ascensão à chefia do bando é quando Riobaldo com o grito de "Belzebu!" faz amansar os cavalos que se eriçaram à sua presença, como percebessem algo que fugisse à percepção humana. E finalmente quando o cavalo do recém-chegado, Seu Habão, cedeu ao comando de "Belzebu!" gritado por Riobaldo e se amansou como "onça fêmea no cio do amor". Em sinal de respeito, o fazendeiro presenteia Riobaldo com o belo animal. É a marca simbólica de sua ascensão. Durante a madrugada, com a chegada de João Guanhã, Riobaldo dá um passo à frente em plena confraternização dos jagunços que já estavam lá e dos recém-chegados e fala mansamente: "Ah, agora quem é aqui que é o chefe?". E sem luta, sem contestação por parte do bando – com exceção de dois irmãos que se rebelaram e foram mortos por Riobaldo –, ele é alçado ao posto de novo chefe.

Algo havia se modificado em sua alma. Agora pensava ter o Diabo dentro de si, mas não era verdade. Riobaldo aproximava-se cada vez mais de Diadorim, de seu amor verdadeiro e proibido. O Diabo, que ele pensava agora estar em si, não passava de seu lado escuro, aquele que todos nós possuímos, e na verdade é uma dádiva, e não uma maldição. É esse seu lado obscuro que se confundia com o coisa-ruim, com o Demônio. Este, na verdade, estava fora, na figura de Hermógenes e Ricardão. Esses representavam o mal em si. Riobaldo apenas experimentava o conflito que todos vivemos a todo momento em nossa própria essência, entre aquilo que achamos certo e aquilo que nossa consciência – baseada em todas as nossas experiências e no conhecimento que temos de vida – considera errado. E chamamos isso, simplória e equivocadamente, de luta entre o bem o mal, travada em nosso íntimo.

Dizendo isso, levantou seu copo e observou, por alguns segundos, o líquido amarelo baço. Seu olhar era vazio e a boca entreaberta deixava a impressão de que algo ficou por ser dito ou algo deveria ser dito, mas ele talvez não soubesse como ou simplesmente havia dado fim a conversa. Então me veio à mente o trecho de um livro que havia lido recentemente e que me deixou uma impressão muito forte, tão forte que o reli mais duas vezes no curto espaço de seis meses, e falei, ou melhor, citei:

— "Ah! Às vezes Deus nos chama com voz tão carinhosa e tão doce! Mas quando, de repente, Deus se afasta, o uivo que se eleva da carne decepcionada deve assustar o inferno."

Pareceu-me então que havia conseguido sua atenção. Ele voltou-se para mim com um olhar interrogativo.

— É Bernanos, um trecho de *Sob o sol de Satã* — falei.

— Conheço o livro, mas por que o citou?

— Bernanos nesse trecho, que é seguido pelo suicídio da atormentada Mouchette, pretende, penso eu, nos mostrar que o Demônio está dentro de nós, assim como Deus. Não fora, mas dentro, em nosso íntimo, e cabe a nós invocar a presença de Deus e sufocar a manifestação do mal, o Demônio.

— Bernanos era um escritor medíocre. Um escritor a serviço da causa cristã e por isso alienado. Ele mesmo ia considerar heresia o fato de ser comparado com Guimarães Rosa. Seu maniqueísmo simplista não deve ser comparado, nem mesmo para seu demérito, com a complexidade da questão teológica presente no *Grande sertão...* O Padre Donissan é um completo imbecil, quase um idiota, como aquele retratado por Dostoiévski. Uma figura patética, sem a mínima capacidade de uma autorreflexão minimamente interessante. O mais profundo que consegue atingir é uma sofrível comparação de si mesmo como confessor com um muro pichado... pichado por aqueles que confessam a ele seus pecados. Ora, isso é risível.

— A aparição que atormenta Donissan na estrada, e que Bernanos nos deixa entender que seja o Diabo, se transmuta em um ser igual a ele, como em um espelho, onde o padre podre enxergar, através da graça concedida a ele de ver o íntimo dos seres, seu próprio íntimo. — E então, me utilizando, de uma maneira não de toda desprovida de vaidade, do mesmo artifício do meu erudito companheiro de cabine, comecei a citar um trecho do livro que sabia de cor: — "Que o vigário de Campagne viu subitamente diante de si seu duplo, uma semelhança tão perfeita, tão sutil, que se poderia comparar não à imagem refletida num espelho, mas ao singular, único e profundo pensamento que cada um alimenta de si mesmo. 'Ó senhor, somos assim transparentes ao inimigo que nos espreita? Somos entregues tão desarmados ao seu calculado ódio?' Clama o padre e grita! 'Retira-te, Lúcifer!'"

Ouvindo essa derradeira frase, o homem com quem eu então conversava de maneira cordata e civilizada se levanta como se atingido por alguma ira e, com o dedo apontado em riste para mim e com o copo levantado sobre a cabeça, começa a falar em um tom exaltado:

— Como ousa trazer para uma discussão onde a existência de Deus e do Diabo é tratada de maneira tão sutil, brilhante e atormentada, como em *Grande sertão...*, esse escritor panfletário de um cristianismo caduco e anacrônico e seu missal mais conhecido, que me recuso a chamar de literatura?

E dizendo isso me fitou de maneira acusadora e beligerante. Por um momento fiquei intimidado, mas sem me levantar, apenas esticando o pescoço e empinando o queixo, me defendi e defendi o escritor francês da aparente fúria germânica:

— Bernanos é um grande escritor, independentemente de sua crença. Se pudermos deixar de lado, ou melhor, separar, e acho que para um leitor experiente como o senhor isso não seja difícil, o que existe de reflexivo e teológico em sua obra, de seu cristianismo panfletário, para usar os termos que o senhor utilizou para difamá-lo como autor, acho que podemos tirar muito proveito de sua obra, inclusive nessa discussão, como assim também o senhor denominou.

E continuei, sem lhe dar tempo de falar:

— Me recordo agora que em sua última lamentação, em uma atitude de desespero e de confusão, quem sabe até de delírio, o padre Donissan troca as identidades de Deus e do Diabo, afirmando que aquele que o acompanhou por toda a vida, que lhe concedeu a graça de ler a alma humana e para quem dedicou toda sua existência foi Satanás, e não Deus. O Diabo se travestiu de Deus para enganá-lo e manipulou sua alma durante toda sua desgraçada existência. — E assumindo uma postura idêntica ao meu agora menos irado companheiro, me recostei na poltrona, fechei os olhos e recitei mais um trecho de *Sob o sol de Satã*: — "Ele veio logo, súbito, sem debate algum, espantosamente calmo e seguro. Por mais que arremede o Senhor, nenhuma alegria pode proceder dele, mas, bem superior à volúpia que revolve as entranhas, sua obra-prima é uma paz muda, solitária, gelada, comparável ao deleite do nada. Quando esse dom a alguém é concedido e aceito, o anjo que nos vela vira-nos o rosto, decepcionado."

Nitidamente mais calmo, o professor Georg, após me olhar por alguns segundos, pedir mais dois *whiskies* ao garçom e sentar-se em sua poltrona, disse:

— Devo-lhe desculpas pela minha exaltação, não quis ofendê-lo. Vejo que tem um grande apreço por Bernanos, já que teve o trabalho de decorar trechos de sua obra.

— Tenho boa memória, duas leituras foram suficientes para tanto — disse, interrompendo-o.

— Admirável! E certamente o senhor não deixa de ter razão. Se conseguirmos ler Bernanos separando o tom de missal de alguns trechos e analisarmos aquilo que sua obra tem de discussão teológica e maniqueísta, podemos sem dúvida tirar muito proveito de seus escritos. Peço-lhe desculpas novamente por minha exaltação.

— Não há o que desculpar. Não me ofendi. Esqueçamos isso. E eu gostaria muito que o senhor continuasse do ponto que lhe interrompi.

— Sim. Concordo com o senhor, vamos continuar nossa conversa, mas não lembro onde parei.

— O senhor dizia que o mal que atormentava Riobaldo estava fora e era representado por Hermógenes e Ricardão, e que ele, Riobaldo, apenas experimentava aquele conflito que todos nós vivenciamos em nossa própria essência, entre aquilo que achamos certo e aquilo que nossa consciência considera errado. E chamamos isso de luta entre o bem o mal, travada em nosso íntimo.

— Ah, sim. E foi nesse ponto que o senhor sentiu a deixa para citar Bernanos. — Olhei sério para ele e não respondi, até que, entendendo meu silêncio, continuou um pouco constrangido pela provocação desnecessária: — Nos dias que então se seguem, Riobaldo busca fortalecer sua posição de chefe, mas trava uma luta inglória dentro de si. Diadorim então lhe diz: "A bem é que falo, Riobaldo, não se agaste mais... e o que está demudando, em você, é o compito da alma – não é razão de autoridade de chefias." O jagunço, agora chefe de bando, se atormenta com essa luta interna. De um lado essa gana de matar gente inocente, para assim demonstrar seu poder de chefe, seu poder de comando que ninguém deve ousar contestar, como Nhô Constâncio Alves e o "homenzinho-na-égua", infelizes que cruzam o seu caminho. Na verdade, segundo seu pensamento, que cruzam o caminho do Diabo: "Daí, de repente, quem mandava em mim já eram os meus avessos (...) aquele homem merecia punições de morte, eu vislumbrei adivinhado. Com o poder de quê: Luz de Lúcifer? E era, somente sei. A porque, sem prazo, se esquentou em mim o doido afã de matar aquele homem, tresmatado." Porém, de outro lado, sussurrando em seu outro ouvido, apoiado em seu ombro... — E mudando de tom me disse sorrindo: — Me desculpe, mas eu adoro esse clichê dos desenhos animados em que temos o anjinho em um ombro e o diabinho em outro, tentando o atormentado Pato Donald. Mas voltando, sussurra em seu ouvido uma outra voz antagônica aos seus desejos primários e demoníacos: "Ah, mas, então, do sobre dentro de minhas ideias – do que nem certo sei se seja meu uma minha voz, vozinha forte demais, de tão fraca, suministrou um cochicho. Foi. Em tão curta ocasião que teve, essa vozinha me deu aviso. Ah, um recanto tem miúdos remansos, aonde o Demônio não consegue espaço de entrar, então, em meus grandes palácios (...) – 'tento, cautela, toma tento, Riobaldo: que o Diabo fincou pé de governar tua decisão.'"

"Neste trecho podemos perceber que Riobaldo em seu conflito acredita e desacredita no Diabo e está confuso sobre a sua forma de se manifestar: 'O Demo então era eu mesmo?' — Pensei em Bernanos quando ele citou esse trecho, mas fiquei calado. — As imagens profundas e sagradas misturam no inconsciente de nosso Fausto/Hamlet/jagunço: 'Vi que acabava tendo de matar, e era o que eu mesmo queria. Como que tivessem espalhado, ombro com ombro, pelos inteiros cabíveis do chapadão, os diabinhos, mil a mil, tocando lindas violas – para acabar como que eu mesmo me falasse, e de mim quisesse por valia me entender, contra o que o Demônio mestre tinha determinado.' E mais a frente invoca a presença de Deus na figura de Nossa Senhora como sua salvadora: 'Pois em instantâneo eu achei a doçura de Deus: eu clamei pela Virgem (...) agarrei tudo em escuros – mas sabendo de minha Nossa Senhora! O perfume do nome da virgem perdura muito; às vezes dá saldos para uma vida inteira.'"

Nesse momento olhei discretamente o relógio e já passava das duas horas da manhã. Então um cansaço secular bateu à minha porta, cobrando toda a energia gasta durante as horas passadas na casa de Alexandra e Cláudio. Se o professor percebeu, fingiu que não viu, mas notei que ele acelerou um pouco seu discurso como se aproximando de uma conclusão.

— Riobaldo tenta lograr o Diabo e consegue uma, duas, três, quatro vezes! Poupando assim a vida de Nhô Constâncio, do "homem-da-égua", do seu cachorrinho e por fim de sua égua; pois cada um vai assumindo o lugar do outro como alvo de seu afã demoníaco de matar. Até que finalmente libera todos. Mas ele, Riobaldo, percebe que algo mudou em sua alma, como lhe disse Diadorim, que assume então a figura de seu anjo da guarda. O amigo lhe surge de repente ao lado da árvore em que se escondia o leproso que Riobaldo iria executar friamente e o faz refletir. — E mais uma vez assumindo a postura que antes eu havia tentado imitar, se recosta no sofá e com os olhos semicerrados declama mais um trecho do romance: — "Mas Diadorim, conforme diante de mim estava parado, reluzia no rosto, com uma beleza ainda maior, fora de todo comum. Os olhos – vislumbre meu – que cresciam sem beira, dum verde dos outros verdes, como o de nenhum pasto. E tudo meio se sombreava, mas só de boa doçura. Sobre o que juro ao senhor: Diadorim nas asas do instante, na pessoa dele vi foi a imagem tão formosa de minha Nossa Senhora da Abadia! A santa." Riobaldo agora vivia às voltas com seu desespero pessoal, suas contradições e dúvidas: Vendeu a alma? Era o Diabo que se manifestava através dele? Ou se vendeu mesmo a alma, mas a um comprador inexistente? Que sendo assim então não poderia lhe dar nada em troca, em pagamento: "Vendi minha alma algum? Vendi minha alma a quem não existe? Não será pior? (...) O demo, tive raiva dele? Pensei nele? Em vezes." O Demônio não levara paz à alma do atormentado jagunço.

Apesar do cansaço e sono, ainda tive, em um derradeiro esforço, ânimo para fazer uma intervenção, que pelo visto o agradou.

— Mas era isso que Riobaldo queria em troca, no seu pacto, que o Demônio lhe apaziguasse a alma? Se era, nosso herói faustiano pecou pela ingenuidade, pois não é coisa do Diabo tranquilizar almas e sim roubá-las; melhor dizendo, negociá-las, tomá-las em acordos escusos. Ou ele pediu um corpo fechado, uma capacidade sobre-humana de guerrear e chefiar o seu bando que o habilitava a vencer Hermógenes?

— Sim, sem dúvida! O senhor está certo, certíssimo, era exatamente isso o que o jovem Riobaldo desejava: força, coragem, energia e um corpo fechado, como o senhor disse, para vencer seu inimigo e vingar a morte de Joca Ramiro. E mais, oferecer essa vingança, como prova de amor, a Diadorim. O velho Riobaldo, que conta suas desventuras para o Doutor, esse tem outros desejos. Esse sim deseja paz para sua alma atormentada por um amor do passado, não realizado. Mas voltemos ao jovem Riobaldo. Este, por sua vez, queria então enganar o Diabo, romper o trato agora que chefiava o bando e que partia para o grande desfecho de sua aventura. E falava de si para si: "Tu vigia, Riobaldo, não deixa o Diabo te pôr sela (...) Aí eu queria fazer um projeto: como havia de escapulir dele, do Temba, que eu tinha mal chamado. Ele rondava por me governar? Mas, então governar pudesse, eu não era o Urutu-Branco, não vinha a ser chefe de nada, coisa nenhuma! Ah, eu carecia dum jeito, dum esperto socorro, para tentear com o sujo em suas próprias portas e mediante me pôr livre de fim fatal. De que modo?"

Quando terminou essa citação, meu companheiro de cabine levantou-se, foi até uma das janelas do vagão, arredou a cortina e, olhando para fora bebeu um grande gole de seu *whisky*. Sentindo o sacolejar malemolente do trem, disse:

— Nunca fui a Sevilha. — E voltando-se para mim: — Não gosto desses trens modernos em que não sentimos o seu movimento, como os trens-bala japoneses ou os *trains à grande vitesse* franceses. É como se não nos movêssemos. É como se o destino viesse a nós, e não o contrário. Ora, somos nós que devemos ir em direção ao nosso destino e não ele a nós. O senhor não acha? — Mas sua pergunta foi retórica, pois logo emendou: — Mas voltando ao nosso herói, Riobaldo queria mudar e moldar seu destino e, segundo suas próprias palavras, seu "espírito era uma coceira enorme" e ele não era do Demo e nem de Deus. Riobaldo sofria, órfão. Seu amigo Reinaldo tinha um segredo para lhe contar quando tudo acabasse e a vingança contra Hermógenes fosse cumprida. Em uma das cenas finais, na derradeira batalha, Riobaldo vence a guerra contra Hermógenes. O Diabo fez sua parte. Riobaldo sai vencedor do confronto e Hermógenes morre pelas mãos de Diadorim. Mas o Diabo cobra imediatamente. O Dito não leva a alma de Riobaldo, mas a dilacera, matando seu grande amor. A notícia da morte de Diadorim e a da vitória de seu bando na batalha são dadas praticamente ao mesmo tempo, com a distância de uma linha no livro. E quando Riobaldo vê o corpo nu de Diadorim, ele se encontra com o seu destino. Algo que podia ter sido e não foi. O amor possível sempre esteve ao seu lado, desde criança. Possível, possível, mais do que possível, e não impossível como ele sempre acreditou. A pergunta que o leitor se faz nesse momento é a seguinte: O Diabo saiu vencedor dessa peleja? Zé Bebelo, a quem Riobaldo procura nas páginas finais do livro, pede que ele procure uma pessoa; uma figura que acompanha toda a narrativa, sem nunca aparecer, sempre citado por Riobaldo. Uma figura que representa o bem em seu estado mais puro, revertido de uma simplória sabedoria: "Riobaldo, eu sei a amizade de que agora tu precisa. Vai lá (...) Ele é diverso de todo mundo", diz-lhe Zé Bebelo. E Riobaldo o descreve para o seu interlocutor: "O senhor vai ver pessoa de tal rareza, como perto dele todo o mundo para sossegado, e sorridente, bondoso..." Essa pessoa é o compadre Quelemém, a quem ele faz a pergunta que tanto o atormentava: "O senhor acha que a minha alma eu vendi, pactário?". E o outro responde, sorrindo: "Tem cisma não. Pensa para diante. Comprar ou vender, às vezes, são as ações que são quase iguais..."

E ainda de pé diante da janela, liquida com um último gole o que ainda restava de sua bebida e diz, sem se furtar a um tom trágico de *grand finale* para sua explanação:

— Viver é negócio muito perigoso, se carece de muita coragem, meu jovem. E esse negócio de pactos, não se esqueça, tem sempre dois lados. — E se aproximando de mim, após colocar seu copo vazio sobre a mesa e a mão esquerda sobre meu ombro, diz: — Mas vejo que está cansado e que já terminou seu *whisky*. Vamos para a cabine, e não se preocupe com as despesas da bebida, faço questão de pagar em agradecimento pelo senhor ter me feito companhia e ter dado ouvidos a esse velho falastrão.

Contestei imediatamente, dizendo que gostaria de dividir a conta e que havia sido um grande prazer conversar com ele sobre um romance que me é tão caro. Mas meu companheiro se mostrou irredutível. Ao voltarmos à cabine, assustei-me com as horas e não demorei muito para pegar no sono, mal dando boa noite ao professor.

No dia seguinte, quando acordei despertado pelo funcionário da rede ferroviária que batendo violentamente na porta avisava que faltavam quarenta e cinco minutos para chegarmos ao nosso destino, me surpreendi de não encontrar meu companheiro na cabine. Sua cama estava arrumada e suas malas haviam desaparecido. Em um gesto instantâneo do qual depois me envergonhei, vasculhei os bolsos da minha calça, pendurada, em busca de meu passaporte e minha carteira, que obviamente estavam intocadas no mesmo lugar em que as havia deixado na noite anterior. Levantei-me, lavei o rosto, troquei de roupa e, enquanto arrumava a mochila, comecei a me lembrar da "viagem" na casa de Alexandra. E durante todo o dia, aos poucos, me lembraria de tudo, com uma riqueza de detalhes assustadora. Ainda surpreso com as coisas que gradativamente me vinham à mente, fui até o vagão restaurante encontrar-me com M... E lá estava ela à minha espera, acenando efusivamente.

— Bom dia! — disse eu.

— Bom dia! Dormiu bem? Tomara que sim, porque eu tive uma noite péssima. Passei o tempo quase toda acordada com medo de ser assaltada ou de alguém entrar na cabine. Quase dei um grito quando uma mulher abriu a porta mais cedo avisando que estávamos chegando.

— Eu dormi bem e por incrível que pareça estou extremamente bem-disposto.

— Por que "por incrível que pareça"?

— Ora! Aquela experiência na casa da Alexandra, e ontem fiquei até bem tarde conversando com o meu colega de cabine. Você não vai acreditar na coincidência. Ele é alemão, mas fala fluentemente o português e dá aulas, ou deu, agora não me lembro, de literatura no Brasil durante muitos anos. Um especialista em Guimarães Rosa, e quando me viu com o livro puxou assunto e fez uma verdadeira palestra sobre o mito faustiano em *Grande sertão*...

— De novo esse assunto? Fausto, pacto, demônios. Parece uma ideia fixa. Deus me livre!

E começou a contar sobre seus medos e suas estranhas companheiras de cabine. Enquanto tomávamos café e conversávamos, fiquei observando para ver se meu companheiro de cabine aparecia, mas nada. Onde ele poderia estar? Não havia outro vagão restaurante no trem. Assim que acabamos de tomar nosso café, o trem chegou em Sevilha. Descemos rapidamente e na plataforma pude ver o professor embarcando em um táxi. Tentei acenar para me despedir, mas ele não se virou. Uma pena, pois não trocamos telefones ou e-mails, e seria uma pessoa com quem eu gostaria de manter contato no Brasil. Na própria estação conseguimos reservar um *hostel* no centro da cidade. Por volta das dez horas da manhã já andávamos por Sevilha. Também na própria estação reservamos o hotel em Granada, para onde seguiríamos após Sevilha e onde passaríamos uma noite.

A primeira coisa que avistamos no centro de Sevilha foi a torre La Giralda. É uma adornada construção mourisca de aproximadamente setenta metros de altura que os cristãos mantiveram ao destruir a mesquita da qual fazia parte. No lugar do templo islâmico e sobre suas ruínas foi construída uma igreja gótica. A torre chamou ainda mais nossa atenção ao sabermos que foi construída no século XII como o campanário de uma mesquita. É fascinante observar essa vitória da arte sobre a intolerância religiosa, pois os construtores da igreja, os cristãos, mesmo nutrindo um ódio visceral em relação aos mouros, que ocuparam a Europa por tantos séculos e que praticamente aboliram o cristianismo nesse período, tiveram a sensibilidade de manter de pé a bela construção mourisca. Tudo bem que ela sofrera algumas modificações para se parecer menos com uma construção muçulmana, mas nada que engane um segundo olhar. Após ficarmos alguns minutos com as cabeças erguidas, admirando a torre, resolvemos entrar na igreja. Alexandra já havia nos avisado da beleza da Catedral e de suas dimensões generosas. Ela nos disse que se emocionou e chegou até a chorar quando entrou na igreja. Creditei esse pequeno exagero à sua religiosidade, pois não sei se comentei, sua casa mais parecia um santuário, com imagens e crucifixos espalhados pelas paredes e nas cômodas.

Estávamos parados em frente à Catedral, encantados com seu portal, mas decididamente ele não nos preparava para o impacto que teríamos minutos depois. Ao entrarmos na igreja, um choque. Ela é imensa! Depois procurei me informar e descobri que é a terceira maior igreja católica do mundo e na época de sua construção e por muitos anos foi o maior templo cristão do planeta. O seu nome oficial é Catedral de Santa Maria da Sede. Seu interior, repleto de capelas ricamente adornadas em ouro, é escuro e nebuloso, suas paredes são cinzas com pequenos vitrais no alto, que mal deixam passar a pouca luz que ilumina os ambientes. Até mesmo a luz artificial utilizada é baça, pois é sugada pelo mobiliário de madeira escura: bancos, oratórios e o coro. Este ocupa um lugar de destaque no centro da construção. O órgão da Catedral é um assunto à parte. Da altura de um prédio de três andares, ele paira sobranceiro em um lugar de destaque no interior da monumental construção católica. Seus tubulões prateados contrastam com a madeira talhada que compõe seu balcão e seus suportes. Com dez minutos dentro da igreja compreendemos o motivo do choro de Alexandra, pois nós também nos emocionamos. Nunca antes havia deparado com um templo religioso que cumprisse tão bem sua principal função, ou seja, transmitir de forma intensa a presença divina. Chegamos por alguns instantes a nos alienar completamente, e esquecemos de nos perguntar de onde provinha todo aquele ouro e como foi parar ali. Também não nos questionamos sobre quanta miséria teve de ser espalhada por décadas para que aquele templo de adoração fosse construído. Não. Simplesmente nos sentimos embevecidos e tomados por uma grande paz.

Fechei os olhos por um momento, encostado no gradil de uma das capelas, e pude ouvir uma música, de tal forma integrada à atmosfera da Catedral, que parecia emergir de nosso próprio íntimo ou fazer parte da própria Catedral, como se brotasse de suas paredes. Com extremo deleite pude perceber as notas de um violoncelo, ou o que seria mais adequado, uma viola de gamba, que tocava as notas de *Concert a deux violes*, de um compositor barroco a mim apresentado na adolescência por meu pai, quando este ainda nutria alguma esperança de me tornar um músico. O compositor chama-se Sainte Colombe. Me deixei levar pelo embalo daquelas notas até que M... tocou levemente no meu rosto e sorrindo me tomou pelas mãos, me levando para próximo de um outro Colombo, o Cristóvão.

Aos poucos me distanciando daquele estado de êxtase e, por que não dizer, de extrema religiosidade em que me encontrava, deparei com o túmulo de Cristóvão Colombo, que, apesar de genovês, escolheu, ou escolheram para ele, Sevilha e sua Catedral como última morada. Ao sairmos da igreja mais de duas horas depois, resolvemos subir as trinta e seis rampas de La Giralda. Dez minutos depois, no topo, percebemos, como quase sempre acontece nesses casos, que o sacrifício valeu a pena. Fomos brindados com uma visão privilegiada da bela e histórica cidade de Sevilha.

Saindo da Giralda, fomos até o Real Alcázar, uma série de palácios reais entremeados por dezenas de jardins e espelhos d'água, construídos pelos mouros na época da ocupação muçulmana na região. Apesar da beleza do Real Alcázar, ele tornou-se quase dispensável quando dois dias depois visitamos o Alhambra. Este sim, definitivamente uma das construções mais deslumbrantes feitas pelo homem. Porém, o mais interessante e instigante no passeio da tarde aconteceu na saída do Real Alcázar, quando nos embrenhamos pelas centenas de ruelas do bairro de Santa Cruz, com suas construções caiadas de branco e seus nomes poéticos, como a *Calle de los Besos*. Deixamos nos perder por esse aprazível bairro, admirando sua arquitetura. Depois de uma pequena série de ruelas e becos, quase sempre deparávamos com praças sombreadas por grandes árvores e com pequenos restaurantes e bares que distribuíam suas mesas pelas calçadas.

Em uma dessas, demos com uma figura insólita e totalmente descaracterizada em relação ao ambiente. Um homem, no centro da praça, em cima de um pequeno banco de madeira, vestido com um impecável terno branco, tendo na mão direita uma espécie de corno de animal e apoiando a mão esquerda em uma grande bengala que ia do chão até acima de sua cintura, fixava um ponto acima de nossas cabeças. Atravessamos a praça e fomos até uma espécie de mirante, de onde tínhamos uma bela visão de Sevilha. M... estava maravilhada com a paisagem e disparava sua máquina fotográfica sofregamente. Eu não conseguia desviar a atenção do estranho homem, que, vestido como um dândi, agora olhava em nossa direção, mas ainda em silêncio. Após alguns minutos nos dirigimos para o lado leste da praça para continuarmos nossa descida, o que nos obrigava a novamente passar junto ao homem, que, por alguns segundos imaginei ser algum tipo de estátua viva. Assim que cruzamos à sua frente, ele começou falar. As pessoas que estavam espalhadas pela praça, muitas delas turistas como nós, que provavelmente também estavam sem entender a estranha figura, voltavam sua atenção para ele, porém não se aproximavam.

Eu me detive, mas M... quis prosseguir, com medo do homem, que agora nos encarava diretamente, a ambos, ora um ora outro, e falava em uma língua que parecia latim, mas que eu não conseguia compreender, a não ser uma ou outra palavra, que assim soltas ficavam sem sentido para mim. Seguimos então adiante e seu tom de voz aumentou, como se fizesse questão que escutássemos o que dizia. Antes de tomarmos uma rua e continuarmos a descida, olhei para trás e vi que ninguém na praça prestava mais atenção a suas estranhas palavras e que ele nos fitava, com um olhar perdido, desiludido. Ao sairmos de seu campo de visão e tomarmos a rua desejada, M... me perguntou se eu havia entendido alguma coisa do que o homem havia dito, e eu afirmei que não. Então, logo atrás de nós, uma senhora de sotaque português que também descia a rua falou:

— Não vale muito a pena.

— O quê? — perguntei eu.

— Eu disse que não vale muito a pena dar atenção para o discurso do Senhor Fato Branco. — E sorriu. — Na verdade, esse não é o nome dele, é uma alcunha que eu lhe dei. Todo bairro tem o seu louco. Ele é o louco de Santa Cruz, e na verdade nem é morador do bairro, só o vemos aqui nessa e em outras praças no final da tarde e depois desaparece. Ninguém sabe seu nome ou onde mora. — Mudando de tom: — Vocês são brasileiros?

— Sim — respondi. — Estamos de passagem, viemos de Barcelona e vamos ficar três dias na região, dois em Sevilha e um em Granada.

E agora ao nosso lado, descendo a rua, a senhora portuguesa continuava falando:

— Mas três dias é muito pouco. Sevilha é maravilhosa e Granada também. No mínimo uma semana em cada. Eu e meu marido viemos morar aqui após a aposentadoria dele. Meus sogros eram de Sevilha.

— Infelizmente não temos mais tempo, pois ainda vamos a Florença e Roma — explicou M..., que também contou à senhora que havíamos passado por Lisboa, o que não a contentou, pois não visitamos sua cidade, Porto.

Ao chegarmos ao fim da rua, íamos continuar nossa descida enquanto ela tomaria a rua da direita, porém antes ela perguntou:

— Vocês querem saber o que o homem do fato branco disse?

— A senhora sabe? — perguntei.

— Sim. Uma vez um padre nosso amigo estava na praça enquanto ele falava e satisfez minha curiosidade, me traduzindo a peroração do infeliz. Segundo o padre, que já o conhecia, o discurso é sempre o mesmo. Não sei lhe dizer palavra por palavra, mas é mais ou menos o seguinte, pelo que me lembro: Um artista pode pintar um vaso de porcelana dando-lhe grande beleza, transformando-o em uma bela obra de arte, mas não pode suprimir sua fragilidade. Devemos ser o artista de nossa vida/vaso, dando-lhe beleza e arte, mas não podemos impedir que seja frágil. Nada no mundo é permanente, é eterno, e seríamos ingênuos e tolos se desejássemos que alguma coisa perdurasse infinitamente, e mais tolos ainda se não a aproveitássemos enquanto a possuímos. Acho que é isso. Ou mais ou menos isso.

— Interessante — respondi.

Despedimo-nos e continuamos a descida.

— É uma sábia analogia — disse M...

— Mas não original.

— Você já conhecia?

— Não com essas palavras, mas não passa de filosofia oriental barata.

— Eu gostei da mensagem — disse ela, contrariada.

— Não estou dizendo que a mensagem não seja interessante; mas assim, solta, não é muito útil. Tanto é que um maluco pendurado em um banco segurando um cajado a repete todos os dias no mesmo horário.

— Para você a filosofia só tem valor se for institucionalizada. Se estiver em um livro ou se sair da boca de um intelectual.

— De onde você acha que aquele homem tirou isso?

— De suas experiências de vida.

— Acho muito difícil. De suas leituras de filosofia oriental barata, provavelmente Confúcio, Buda etc.

— Você está chamando Confúcio e Buda de filósofos baratos? Eu entendi bem?

— Não. Não entendeu. Confúcio e Buda foram grandes pensadores, mas descontextualizados e citados em forma de aforismos, pelo homem do "fato branco", perdem todo o valor.

— Sabedoria é sabedoria. Venha de um livro de Nietzsche ou de um maluco do bairro de Santa Cruz em Sevilha. O que importa é a ideia passada, e não o currículo de quem a disse ou o meio que utilizou para isso.

Não quis polemizar com M..., pois lembrei-me de uma espirituosa frase do meu novo amigo catalão, Juan, que diz que as mulheres sempre têm razão, mas nunca estão certas. Embrenhamo-nos por mais algumas ruelas até depararmos com outra praça e com mais um mirante. A tarde já chegava ao fim, e então paramos para observar o belo pôr do sol em Sevilha. Uma grande bola alaranjada se escondia no horizonte por detrás do campanário da Catedral. La Giralda dividia o sol em dois, e o cenário lembrava o de um filme com paisagens árabes.

Assim que a noite caiu, vimos um delicioso restaurante aberto no lado esquerdo da praça em que nos encontrávamos. Sentamos em uma das mesas colocadas estrategicamente do lado de fora e, sob um luar outonal e uma brisa fresca quase fria, nos deliciamos com uma tradicional *paella* sevilhana servida em uma grande panela de ferro que exalava um aroma inebriante de todos aqueles frutos do mar que fervilhavam à nossa frente e imploravam para ser devorados. Ao terminarmos a refeição, satisfeitos e cansados, continuamos a descer até a região central, onde ficava nosso hotel.

Renovados e descansados, tomamos o café da manhã em nosso segundo dia em Sevilha no pequeno café que havia ao lado de nosso hotel e rumamos direto para a Plaza de Toros de Sevilha, a mais antiga da Espanha, no bairro de El Arenal. No caminho fomos margeando o rio Guadalquivir, nome originado do árabe *Al-wãdial-kabir*, que em tradução livre quer dizer "o grande rio". Já sabíamos de antemão que a temporada de touros havia se encerrado poucas semanas atrás, para nossa tristeza, pois queríamos muito ver esse espetáculo que, apesar de muito criticado por alguns, faz parte da tradição andaluza e de grande parte da Espanha. Contudo, a Plaza estava liberada para visitação e praticamente deserta, pois chegamos minutos depois de sua abertura. Um guia ficou totalmente à nossa disposição durante uns quarenta minutos, até que chegou um grupo maior de turistas.

Visitamos salas repletas de objetos ligados à história das touradas na Espanha e mais especificamente em Sevilha. Espadas, capas, *banderillas*, roupas que pertenceram a grandes toureiros do passado e do presente e uma enorme cabeça de vaca, que, segundo a guia, pertencia à mãe do touro que matou Manolete, uma lenda das touradas nas décadas de trinta e quarenta. Enquanto caminhávamos pelos salões, convertidos hoje em museu, com suas paredes cruas e seu pé direito de mais de seis metros, escutávamos uma música flamenga mais chorada do que cantada. Um cantor soltava estridentes gritos e cantava de forma lamuriosa, acompanhado apenas por um violão e algumas palmas esporádicas. Uma música extremamente triste, em perfeita harmonia com aquele ambiente que exalava o cheiro da morte e do passado, que também é uma forma da morte se manifestar em nossa vida. Fiquei um pouco para trás enquanto a guia se encaminhava para uma outra sala, acompanhada por M..., e prestei atenção nas palavras que passavam estranguladas pela garganta do cantor: "A dar gritos me ponía en la tumba de mi madre/a dar gritos me ponía y escuché un eco del viento:/no la llames, me decía/ que no responden los muertos."

Quando o grupo maior chegou, eu e M... deixamos as salas reservadas ao museu e, passando por um largo corredor externo que circunda toda a arena, entramos por um túnel. Ao sairmos dele, na outra ponta, a Plaza se abria imponente ao nosso olhar. Não resisti à tentação e virei minha boina preta para trás, tirei meu casaco, joguei-o sobre o ombro direito, cobrindo apenas um lado do meu corpo, e adentrei a arena sob os aplausos da multidão sedenta de sangue e espetáculo. Multidão essa que no caso se resumia a M..., que não estava nada sedenta por sangue e não se interessou muito por minha performance de toureiro.

A Plaza é dividida em duas áreas: a sombreada, de estilo clássico, onde a arquibancada é coberta por um teto sustentado por dezenas de colunas que com este formam arcos, e uma parte maior da arquibancada, não sombreada. A construção passa uma sensação de grandiosidade, apesar de não ser maior do que um estádio de futebol médio e mais baixo. Talvez por sua representação simbólica de ser uma arena, onde uma batalha é travada e uma das partes é necessariamente morta e ali deixa seu último suspiro. De onde entramos vivos e saímos mortos. Como nas antigas arenas romanas. Como na arena de nossa existência. Ainda passamos pelas cavalariças dos picadores para que M... matasse um pouco da saudade de sua égua e sentisse um pouco do cheiro de bosta de cavalo. Tem gosto para tudo nesse mundo.

Passamos o resto do dia perambulando pela cidade e à noite fomos a um show de flamenco, mas não um daqueles oferecidos aos turistas. Usei uma técnica que sempre citava e que tinha lido em um livro ou em uma entrevista, não me lembro de quem, mas que nunca havia colocado em prática, talvez por falta de oportunidade. Antes de deixarmos o hotel pela manhã, perguntei ao porteiro se ele gostava de música flamenca, e ele prontamente me respondeu que, como bom andaluz que era, natural de uma cidadezinha vizinha a Sevilha, adorava música flamenca. Então perguntei a ele aonde costumava ir quando queria ver um show de flamenco. Ele imediatamente estendeu o braço e pegou um folheto em cima do balcão me estendendo com um largo sorriso. Li o folheto: "El espectáculo Flamenco más grande y mejor de toda Sevilla", ou algo que o valha. O folheto trazia também uma foto na qual se podiam ver dezenas de lindas bailarinas ricamente trajadas com os tradicionais vestidos das dançarinas de flamenco.

— Não — disse eu. — Não é isso que desejo. Quero saber aonde você vai com sua esposa ou namorada quando quer ouvir uma boa música flamenca.

Ele me olhou surpreso e disse que costumava ir, às vezes, a uma tradicional, mas pequena, casa de shows de flamenco no bairro de Santa Cruz. Porém era um show muito intimista e o lugar praticamente não era frequentado por turistas. Disse que era exatamente isso o que queríamos e perguntei se ele poderia fazer uma reserva para dois por telefone para aquela noite mesmo.

O lugar ficava perto de nosso hotel, a menos de vinte minutos a pé. No caminho passamos por uma grande avenida e pela casa de shows do folheto. O espetáculo já havia começado e perguntei ao porteiro se podíamos dar uma olhada da porta, para ver se iríamos querer ficar ou não. Um verdadeiro *Moulin Rouge* flamenco, não o antigo, o tradicional *Moulin Rouge*, mas aquele em que ele se transformou hoje - uma casa de shows estereotipada para satisfazer o imaginário do turista, ansioso por ver as dançarinas de cancan, ou no caso de Sevilha as dançarinas de flamenco, realizando coreografias sincronizadas em cima de um grande tablado encerado. Agradecemos ao porteiro e seguimos nosso caminho.

Chegamos ao nosso destino com quinze minutos de antecedência e ficamos observando e ouvindo as conversas dos frequentadores que chegavam aos poucos. Não foi difícil perceber que éramos, aparentemente, os únicos turistas na casa de show. O público era, praticamente todo ele, formado de espanhóis e amantes da música e da dança flamenca, e durante o show pudemos perceber o porquê. Todo o espetáculo se resumiu a três artistas: um cantor, um guitarrista - assim é chamado o violonista flamenco - e uma dançarina. Enquanto o cantor soltava a voz com trinados roucos e lamentosos, de rara beleza estética, o guitarrista o acompanhava dedilhando de maneira espantosa e singular sua guitarra. Enquanto isso a dançarina realizava volteios e sapateados sobre o palco, que era um tablado oco de madeira, o que permitia que o som do repicar de seus saltos reverberasse alto e forte por todo o ambiente. Por vezes os três pareciam possuídos, tamanho o envolvimento de cada um separadamente com a canção executada. Seus corpos, semblantes e membros estavam em perfeita harmonia.

Em algumas músicas, ainda mais lentas e melancólicas, se isso é possível, a dançarina sentava-se em uma cadeira ao lado dos dois – que passaram todo o show sentados – e acompanhava a melodia com palmas ritmadas. Olhávamos as feições dos ouvintes e comentávamos, cochichando, como eles estavam embevecidos e totalmente imersos naquela música tão triste mas ao mesmo tempo tão envolvente e comovedora. As letras, sem exceção, falavam de morte, de amores interrompidos, de separação, de dor, de agonia, de perdas, de fracassos e por aí vai. A voz do cantor tinha, obrigatoriamente, de passar aquela atmosfera melancólica das letras e da melodia das canções. Saímos satisfeitos, porém um tanto deprimidos do show, apesar de toda sua intensidade, mas não nos arrependemos um só minuto de nossa opção por assistirmos a uma autêntica apresentação de música flamenca.

No dia seguinte fizemos um rápido passeio de despedida por Sevilha, retornamos ao hotel, pegamos nossas mochilas e tomamos o caminho da rodoviária. Chegamos a Granada às três horas e fomos para o hotel. Deixamos nossas coisas e rumamos direto para o Alhambra, pois tínhamos apenas vinte e quatro horas na cidade e estávamos ansiosos para conhecer essa que é considerada uma das maravilhas do mundo moderno.

O Alhambra fica no alto de uma colina chamada La Sabika e é, na verdade, um conjunto de palácios construídos durante a dinastia Násrida, que durou do século XIII até o final do século XV, quando os cruzados conquistaram a cidade e dominaram uma das últimas cidadelas mouras na Europa. A construção sofreu várias modificações e acréscimos ao longo dos séculos por parte dos reis cristãos. Nas últimas décadas o complexo foi restaurado, recuperando suas arquiteturas originais, já que não podemos falar apenas de uma, a mourisca, porque também há elementos renascentistas, fruto dos reinados cristãos. Mas o projeto inicial e grande parte dos diversos palácios são claramente de origem muçulmana. Os jardins do Generalife, palácio de descanso dos sultões Násridas, são dignos dos contos das *Mil e uma noites*, com seu labirinto de ciprestes baixos.

Os jardins na verdade são um espetáculo à parte nos palácios. São dezenas, assim como os pátios e espelhos d'água. Os muçulmanos levaram para a Europa a arquitetura típica de sua região desértica no oriente, onde a escassez de água e o clima seco geraram a solução de construções em volta de pátios com espelhos d'água, que tinham a função de umidificar os ambientes internos. Entrávamos e saíamos de salas e sempre deparávamos com mais pátios e suas águas. Há um sistema hidráulico, desenvolvido pelos muçulmanos quando da construção do Alhambra, que espanta os engenheiros até os dias de hoje. Sentei-me em uma bancada e deixei minha mente viajar um pouco por aquele ambiente de atmosfera mágica.

De repente, como se uma gaveta de minha memória tivesse sido aberta, recordei-me de um livro lido há muitos anos, e mais, de um trecho quase inteiro dele. O livro, que depois encontrei à venda em várias línguas na loja de *souvenirs* do complexo, é *Cuentos de La Alhambra*, de um americano chamado Washington Irving, que chegou a viver no Alhambra durante um tempo na primeira metade do século XIX. O trecho – que eu lembrava, entrecortado, mas que aqui vai reproduzido na íntegra, pois adquiri a edição em espanhol quando terminamos a visita – é este e ilustra a surpresa de um viajante, como eu, ao ver pela primeira vez o Alhambra: *"Para el viajero imbuído de sentimiento por lo histórico y lo poético, tan inseparablemente unidos em los anales de la romántica España, es la Alhambra objeto de devoción como lo es La Caaba para todos los creyentes musulmanes. Cuantas leyendas y tradiciones ciertas o fabulosas; cuantas canciones y baladas árabes y españolas, de amor, de guerra y de lides caballerescas, van unidas a este palacio oriental."*

Dessa vez, ao contrário do que normalmente ocorre, eu me encantei pelos jardins e pátios e M... pelas salas e salões dos palácios. Estes são decorados com arabescos em azulejos – que descobri ser uma palavra de origem árabe que quer dizer "pedra pequena e lisa" – e madeira. Os tetos, em sua maioria, possuem desenhos em gesso. As janelas e portas têm aquela forma de buraco de fechadura, tão característica da arquitetura árabe. Os arcos estão presentes para todo lado que se olha: nos jardins, nas varandas, nos balcões e corredores. Os aposentos e salas foram construídos objetivando a valorização da luz natural. Essa, além de entrar pelas janelas e frinchas, também era refletida pelas águas, repousada em seus espelhos.

Sentamos em um dos diversos bancos colocados nos corredores circundantes que antecedem as entradas dos salões e aposentos e nos deleitamos com uma luz de fim de tarde que vazava pelas frestas das paredes e refletia no espelho d'água à nossa frente, cobrindo todo o pátio de uma cor avermelhada, que, em contraste com o cobre e acre das paredes e muros, nos transportava, sem dificuldade, a um outro tempo e espaço, em que caravanas de tuaregues e um deserto sem fim ou começo faziam parte integrante da paisagem. Já começava a anoitecer quando decidimos deixar aquele lugar mágico.

O dia seguinte, o último na região da Andaluzia, seria todo dedicado ao bairro do Albaicín. Esse bairro, assim como o de Santa Cruz em Sevilha, fica em uma encosta. Pegamos um ônibus e fomos até o seu ponto mais alto, o Miradouro de San Nicolás. E, como fizemos em Santa Cruz, descemos lentamente por seus labirintos de ruelas, casas caiadas de branco e largos. O Albaicín é considerado o berço da música flamenca na região. No passado os ciganos viviam em cavernas espalhadas pela encosta, e à noite a cidade podia ouvir a música e os gritos que vinham do alto da colina. Nessas festas, regada a muito vinho, as moças dançavam com suas saias rodadas e coloridas, enquanto os cantores, acompanhados pelos guitarristas, soltavam seus lamentos. Paramos uma ou duas vezes para descansar e comer alguma coisa, até que finalmente, horas depois de iniciado nosso périplo, chegamos ao sopé do Alhambra.

Sentamos em um agradável restaurante e nos refrescamos com algumas cervejas e sangrias, enquanto admirávamos o complexo de palácios em toda sua majestade. Já deviam ser umas três horas da tarde e nosso ônibus sairia às cinco e meia. Tínhamos ainda algum tempo para chegar ao hotel e com calma arrumar nossas mochilas. Pelo caminho ainda paramos em uma feira de livros na rua, onde comprei uma linda edição de *Dom Quixote*, ricamente ilustrada. Não foi barata, mas o charme de comprar um *Dom Quixote* de um alfarrabista de rua em Granada, no coração da Andaluzia, falou mais forte do que minha prudência financeira. Na dúvida se comprava ou não o livro, lancei um olhar inquiridor para M..., que me respondeu com um olhar que dizia mais ou menos o seguinte: "O dinheiro é seu e pelo que me lembro você já tem cinco edições do *Dom Quixote*, duas em Espanhol, mas se quer mais uma..." Como puderam notar, foi um olhar bem significativo.

Enquanto o ônibus se afastava de Granada, no final da tarde daquele dia, olhava pela janela e via a cidade desaparecer, com seus reflexos luminosos vindo em nossa direção. Uma certa intuição, podemos chamar assim por falta de melhor definição, me levou a folhear o exemplar do livro de Washington Irving que havia comprado na saída do Alhambra. Abri-o aleatoriamente no último capítulo, intitulado

El autor se despide de Granada, e li um trecho em que eu e W. Irving nos aproximamos. Mais do que isso, nos encontramos sentados lado a lado, apesar de mais de cento e cinquenta anos nos separarem. Víamos o mesmo cenário, compartilhávamos do mesmo sentimento. E por razões óbvias vou deixar que ele descreva a cena: "Al caer la tarde llegué al sítio en que el camiño serpentea entre montañas, y allí me detuve para dirigir una última mirada sobre Granada. La colina en que me encontraba domina un maravilloso panorama de la ciudad, la vega y los montes que la rodean (...) Como de costumbre, los rayos del sol poniente derramaban un melancólico fulgor sobre las rojizas torres de la Alhambra. Apenas podía distinguir la ventana de la torre de Comares. Los numerosos bosques y jardines en torno de la ciudad aparecían ricamente dorados por el sol, y la purpúrea bruma de la tardecer estival se cernia sobre La veja. Todo era ameno y deleitoso, pero también tierno y triste a mi mirada de despedida. 'Me alejaré – pensé – antes que el sol se ponga. Me llevaré su image revestida de toda su belleza.' Luego de este pensamiento, proseguí mi ruta entre montañas. Um poco más, y Granada, la vega y la Alhambra desaparecieron de mi vista." Alhambra, em árabe, significa "A vermelha".

A viagem de trem de volta foi tranquila e dessa vez não encontrei nenhum companheiro de cabine com quem pudesse conversar até tarde da noite sobre literatura. Na verdade, não tive nem mesmo um companheiro de cabine, pois o trem estava relativamente vazio, e viajei sozinho em uma cabine para quatro. Mas a nota interessante fica para antes do embarque. Chegamos com quase uma hora de antecedência, rendendo-me à ansiedade de M... Fomos até a plataforma de embarque para saber de onde partiríamos, e, como ainda faltavam mais de cinquenta minutos para o trem sair, propus que fôssemos passear pelas lojas do saguão principal. Faltando meia hora para o embarque, M... começou a sugerir que descêssemos para a área de embarque. Eu argumentava que tínhamos lugares marcados e que já sabíamos onde embarcaríamos. Nossa plataforma ficava a menos de cinco minutos de onde estávamos. Ela continuou insistindo de cinco em cinco minutos, até que, faltando dez minutos para o trem partir e quando M... já estava à beira de uma síncope, resolvi descer, mas lentamente, seguro de que nenhum imprevisto poderia acontecer.

Estávamos com nossas passagens no bolso e nossas mochilas nas costas. Quando chegamos à plataforma de embarque, ainda faltavam longos sete minutos para o trem partir. Tiramos as passagens e sorridentes entregamos ao fiscal. Ele olhou e nos devolveu, falando em um espanhol claro e sonoro, mas que demorei a entender, que as passagens eram para o dia anterior. Olhamos as passagens estarrecidos e conferimos a data. Realmente eram para o dia anterior. Nos entreolhamos sem saber o que fazer. Perguntei ao fiscal se podíamos comprar as passagens dentro do trem, e ele disse que não, apenas no guichê, no saguão principal, mas que o trem estava vazio e por isso ainda havia passagens à venda. Olhei o relógio, faltavam cinco minutos. Eu e M... nos entreolhamos novamente e sem dizer palavra demos meia volta e começamos a subir as escadas correndo e empurrando as pessoas.

Durante nossa corrida desenfreada, eu pensava nas consequências de perdermos o trem. Caso não conseguíssemos comprar as novas passagens, só embarcaríamos no dia seguinte para Barcelona, sendo assim perderíamos o voo para Florença, marcado para o início da tarde do dia seguinte. Teríamos um prejuízo enorme, tendo de comprar mais duas passagens, além de termos de ficar mais uma noite em Granada. Enquanto pensava nisso, corria em direção ao guichê, e M... nas minhas costas gritava: "Eu te disse, eu te disse, mas você não me escuta, acha que é o sabe tudo". Depois de um olhar de ira que lancei para ela, ainda correndo, parou de falar.

Para nossa sorte, o guichê estava vazio, e, para nosso azar, o vendedor se recusava a nos vender as passagens, dizendo que faltavam apenas três minutos para a partida do trem. E não preciso frisar que os trens na maioria dos países europeus são, quase sempre, rigorosamente pontuais. Insistimos, dizendo que a responsabilidade era toda nossa. Ele apontou para o relógio, menos de três minutos. E então começou a tirar os bilhetes. Gastou menos de dois minutos, mas que pareceram vinte.

Pagamos, pegamos o bilhete e corremos como alucinados pelo saguão. M... mandava eu ir na frente, mas havia muita gente no caminho e chegamos praticamente juntos na plataforma. O trem já começava a andar quando entregamos as passagens e fomos liberados. Mais uma vez corremos, M... me puxava pelo braço e eu gritava para ela que tínhamos de pular. Ela gritava apavorada que não. Foi quando eu puxei a mochila dela, peguei a minha e joguei as duas pela porta do trem. Ela me olhou espantada; estiquei a mão para ela e juntos pulamos atrás das mochilas, já com o trem em movimento.

Uma vez lá dentro M... começou a chorar de nervosismo, e eu, pelo mesmo motivo, tive uma crise de riso. Fomos para o vagão-restaurante, tomamos uns cinco chopes cada um e mais calmos rimos da situação. Não sem antes M... soltar mais um "mas eu te disse". Dessa vez não houve olhar de reprimenda, dei-lhe um beijo e encerramos a questão. Estávamos cansados e fomos cedo para nossas cabines. Eu com menos de vinte minutos já estava dormindo e só acordaria no dia seguinte, chegando em Barcelona.

Tomamos nosso café da manhã ainda no trem e imediatamente fomos pegar nossas coisas na casa de Alexandra. Despedimo-nos dela, mas não vimos Cláudio, que, segundo ela, ainda estava dormindo. Efeito dos antidepressivos que tomava. Partimos para o aeroporto ansiosos para chegar em Florença.

CAPÍTULO IV

Florença

O voo foi tranquilo, e poucas horas depois já estávamos dentro de um táxi em direção ao nosso hotel, no centro histórico da cidade. Antes de chegarmos ao destino, quando o táxi saiu de uma avenida e entrou em um emaranhado de pequenas ruas, tive, pela primeira vez, uma visão que nos próximos sete dias me encantaria cada vez mais: a Catedral de Santa Maria Del Fiore, também conhecida apenas como o Duomo, e sua monumental cúpula. Ela apareceu do nada na nossa frente, e eu a olhava boquiaberto, e pensava: "Como algo tão grande aparece assim, de repente, de forma tão majestosa, como que pairando sobre nós".

Acho que soltei algum tipo de exclamação, porque o motorista me olhou espantado e me perguntou o que estava acontecendo. M..., que tem um italiano bem melhor do que o meu, explicou que eu estava encantado com a visão do Duomo. Ele gentilmente parou o táxi alguns minutos para que admirássemos, mesmo de dentro do carro, a Catedral. E olhando para mim, sorrindo, disse, em um italiano que até eu entendi, que também ficaria admirado em ver a praia de Copacabana e o Rio de Janeiro no Carnaval. Depois, falando com M..., disse que era nascido e criado em Florença, sendo assim, o Duomo para ele já fazia parte da paisagem e era apenas uma igreja grande e cheia de turistas.

Arrancou o carro, andou mais uns três quarteirões e parou ao lado de uma velha construção renascentista. Nosso hotel dividia a construção com apartamentos de moradores. Pela direita, subia-se aos apartamentos e pela esquerda outro conjunto de escadas levava para o terceiro andar do prédio, onde ficava o hotel propriamente dito. Depois de tentar me comunicar em inglês com o gerente, M... mais uma vez me salvou com seu fluente italiano, e assim pudemos fazer o *check-in*. Uma vez no quarto, fechamos as portas e abrimos as janelas, e tive mais uma crise de riso na viagem, pois quando fico muito nervoso começo a rir. Em nossa frente, a uns cento e cinquenta metros mais ou menos, sobranceira, imponente e flutuante, a cúpula do Duomo nos dava as boas-vindas, de novo.

Já era tarde, e o máximo que conseguimos fazer foi tomar uma garrafa de vinho e comer um burrito cada um em um bar mexicano ao lado do hotel, que seria nos próximos dias nosso porto seguro, como o foi o bar do Felipe em Lisboa, na rua das Portas de Santo Antão. Voltamos então para o hotel tentando conter a ansiedade para começarmos a conhecer a cidade no dia seguinte. Lembro-me de que minutos antes de pegar no sono escutei o dobrar dos sinos do campanário da Catedral nos desejando boa noite.

Após um frugal café da manhã, com um delicioso pão recheado com frutas, saímos para as ruas de Florença e em poucos minutos já estávamos defronte ao Duomo, obviamente o primeiro ponto na cidade a ser visitado por nós. Mesmo depois de passearmos pelo interior da igreja e admirarmos toda sua suntuosidade renascentista, não conseguia tirar os olhos da cúpula. Se bela e gigantesca vista por fora, por dentro ela cumpre sua função de acolher e passar uma sensação de proteção aos fiéis e também, por que não, aos infiéis que a visitam apenas por sua beleza e importância histórica.

Vimos então uma placa que indicava o caminho para o alto da cúpula, mas que alertava sobre o número de degraus para se chegar ao topo - quatrocentos e setenta e seis - e desaconselhava a empreitada a pessoas claustrofóbicas, pois a subida é realizada por dentro da estrutura, entre a cúpula exterior e a cúpula interior. M... desistiu na hora, por mais que eu tentasse convencê-la do contrário. Disse que ficaria na igreja e depois daria uma volta pelos arredores. Combinamos então de nos encontrar duas horas depois, em frente à entrada principal da Catedral.

A primeira parte da subida é ainda dentro da igreja, por uma escada que nos leva até a base da cúpula, onde podemos admirar bem de perto, a ponto de poder tocar, os afrescos de Vasari retratando o Juízo Final. Uma pequena porta nos leva a um corredor escuro onde começa a subida pelo interior da cúpula. O caminho é íngreme e a escada estreita, tão estreita que em alguns pontos o bom senso tem de prevalecer e um dos grupos, o que sobe ou o que desce, tem de parar enquanto o outro passa, e assim ir revezando quando o movimento é muito grande.

Como ainda era cedo, só precisei parar uma vez para dar passagem a uma família que já havia completado sua visita ao topo e descia. As paredes úmidas, o contato físico com o revestimento interno e o silêncio, cortado por uma ou outra voz distante e que chegava em forma de eco aos meus ouvidos – pois subi sozinho e só depois de um certo tempo um grupo me alcançou –, me transmitiam uma sensação estranha. Não conseguia parar de pensar que estava caminhando pelo interior de uma cúpula construída há mais de quinhentos anos.

Ao chegar mais perto do topo, a subida se torna quase uma escalada e a sensação de claustrofobia aumenta. Quando alcancei a parte de acesso para a lanterna, penetrei em becos com escadarias ainda mais estreitas e que de novo, em vários trechos, só davam passagem a uma pessoa por vez. Finalmente cheguei ao topo e minha primeira visão foi a do campanário, quase da mesma altura da cúpula com a lanterna, talvez uns dez ou quinze metros mais baixa, se tanto. Comecei lentamente a contornar a lanterna e admirar Florença lá em baixo. Não há nenhum outro prédio mais alto na cidade e, creio eu, em toda a Toscana. A sensação, e isso iria se confirmar logo depois, era de estar em um grande balão que sobrevoava a cidade.

Debrucei-me sobre a amurada e fiquei durante longos minutos admirando a plana e horizontalizada cidade de Florença e ao longe, além da área urbana, um belo horizonte de campos verdes. Estava absorto em meus pensamentos e acho que sorria, quando percebi ao meu lado uma simpática senhora que me olhava e correspondia ao meu sorriso, só que com os olhos. Devia ter mais de setenta anos, talvez uns oitenta, mas era rija e vigorosa (nem poderia ser de outra forma, para conseguir chegar ali no topo). Era muito pequena, não mais de um metro e cinquenta de altura, e tinha cabelos brancos, tão brancos que se tornavam prateados. Elegante e sobriamente vestida, estava apoiada charmosamente em uma bengala de cabo de madrepérola. Depois de alguns segundos me encarando, falou primeiro em italiano e, como percebesse que eu não a compreendia, depois em inglês. Sua voz, apesar de curta e aguda, era extremamente firme e bem articulada.

— Desculpe incomodá-lo, mas estava reparando no senhor. — E fez uma pausa reflexiva. — Ao contrário da maioria das pessoas aqui em cima, não está tirando fotografias, e seu olhar era de um homem apaixonado, apaixonado pela visão ao seu redor. É um apreciador ou estudioso da arquitetura?

— Não — disse-lhe, sorrindo ainda mais —, sou apenas um turista brasileiro que desejava, desde muito jovem, conhecer Florença e mais ainda o Duomo, e por isso essa minha cara de bobo. E em relação às fotografias, simplesmente esqueci minha máquina com minha noiva, caso contrário estaria tirando todas as fotos possíveis. Mas acho que vou ter de fazer uso apenas da memória ou subir novamente antes de ir embora.

— Subir novamente é sempre uma ótima escolha. Já estive aqui em cima muitas vezes e não me canso de voar sobre Fireze, mas se for só para fotografar não precisa, há centenas de cartões postais à venda com vistas da cidade registradas aqui de cima. Mas, me desculpe, atrapalhei sua contemplação.

— De forma nenhuma — respondi. — A senhora disse que já veio aqui várias vezes? Mora em Florença?

— Não. Sou americana, vivo em Phoenix, Arizona. Mas morei muitos anos aqui em Florença, logo depois de completar meus estudos em Roma, onde também vivi por muito tempo. Meu nome é Charlotte Nelson — disse, me estendendo sua pequena mão.

Também me apresentei e demos algumas risadas juntos pela coincidência. Ela então me olhou detidamente por longos segundos, e para quebrar o silêncio falei:

— É uma sensação fantástica estar em cima da cúpula de Brunelleschi, não é mesmo? Um monumento tão cultuado, construído há tantos séculos.

— O senhor disse que não era arquiteto, mas com certeza é um amante das artes e deve conhecer a fantástica história da construção dessa cúpula.

— Realmente não sou arquiteto e em termos de arte não passo de um diletante. Sobre a cúpula só sei que foi construída por Brunelleschi, um artista brilhante do século XV, e que é um marco fundador para a história do Renascimento.

— Brunelleschi — começou a falar a senhora Nelson — era antes de tudo um humanista que buscava representar a cultura e a história através da arquitetura. Ele foi obrigado, por questões práticas, a criar uma nova técnica de engenharia e arquitetura. Para o meu querido mestre Giulio Carlo Argan, Brunelleschi é o criador da tecnologia moderna. Para ele, toda uma tradição científica surge através da concepção de espaço desenvolvida por Brunelleschi. Argan chegava a afirmar, peremptoriamente, em sala de aula, que a maneira de pensar o espaço, desenvolvida por homens como Cristóvão Colombo e Albert Einstein, são devedoras do gênio de Florença.

— Einstein e Brunelleschi! — exclamei espantado. — Não sou um especialista na Teoria da Relatividade e nem em arquitetura — continuei sorrindo —, mas sinceramente...

— Não vê ligação — ela disse, interrompendo-me.

— Não, não vejo — disse.

— A ligação está na maneira de pensar o espaço. Brunelleschi modificou o projeto original da cúpula, pertencente ao mesmo projetista da Catedral, Arnolfo di Cambio. Este havia concebido a cúpula como uma estrutura semicircular. Já Fillipo a concebeu em forma de ogiva, onde arcos simétricos convergem para um ponto de equilíbrio. A construção da cúpula dispensou o uso de estruturas de sustentação, como andaimes e cimbres. Ela se autossustentava em seu processo de soerguimento. Como o próprio Argan gostava de dizer, com seus olhinhos brilhando — e engrossou um pouco a voz, fazendo um sotaque italiano: — "Fillipo Brunelleschi queria que a cúpula não se apoiasse, e sim levitasse". — E voltando ao seu tom normal:

Brunelleschi dá um novo sentido à perspectiva, e isso pode muito bem ser notado em sua famosa Formella, que retrata o sacrifício de Isaac. O senhor já a viu?

— Ainda não — respondi.

— As originais, a dele e a de Lorenzo Ghiberti, assim como as placas dos portões leste e norte, também esculpidas por Ghiberti, estão no Museo dell'Opera del Duomo. Nos portões foram colocadas réplicas, por motivo de segurança. Mas voltando, Brunelleschi deu então novo sentido à perspectiva. A partir dele, ela deixou de ser apenas uma questão de ótica. Até então, a perspectiva possuía uma visão central ou longitudinal, mas Brunelleschi a via como uma estruturação reveladora do espaço. É nesse sentido que suas concepções espaciais influenciaram todos os que vieram depois dele, inclusive as teorias einsteinianas do espaço-tempo. Brunelleschi superou a bidimensionalidade com sua visão de perspectiva, Einstein, por sua vez, extrapolou o conceito tridimensional. Compreende o que estou dizendo?

Na verdade, compreendia muito pouco. A ideia me era clara, mas os conceitos arquitetônicos, geométricos e espaciais me fugiam. Mas respondi:

— Sim, em parte. A questão da concepção espacial baseada em uma nova noção de perspectiva e sua ligação com o conceito de espaço–tempo de Einstein eu creio que compreendi, apesar de não achar uma ligação direta que faça Einstein devedor de Brunelleschi. Mas algumas questões arquitetônicas, como a da cúpula flutuante, me deixaram confuso.

— Primeiro, não é uma questão de dívida direta. Nem mesmo sei e tampouco acredito que o mestre Argan soubesse se Einstein teve contato com as concepções de Brunelleschi diretamente. O que ele, Argan, afirmava é que a maneira como Brunelleschi pensou o espaço mudou a forma dos homens que vieram depois dele de o fazerem, ou seja, mudando assim indiretamente a forma como o próprio Einstein e Colombo, para citar apenas dois exemplos extremos, concebiam o espaço. — E, sorrindo de um jeito extremamente jovial, citou, mas interrogando: — Nada se cria, tudo se transforma? Não concordo, às vezes, com Lavoisier. Em alguns momentos, algo se cria e depois se transforma. Há momentos em que o homem dá um salto e cria coisas que modificam o mundo, coisas que depois se transformam em outras. Voltando à cúpula: na verdade são duas, por isso estamos aqui.

— Passamos entre as duas — falei.

— Exato. Uma concebida para ser a externa, a que vemos por fora. Outra para ser a interna, e é essa que vemos por dentro e onde estão pintados os afrescos de Vasari e Zuccari. E a função das duas cúpulas não é apenas propiciar uma melhor condição para a dilatação dos materiais utilizados. O mestre Argan fazia questão de nos dizer, sempre, que a cúpula era mais um monumento espacial do que arquitetônico. Entendida sua contextualização histórica, fica mais fácil compreender o que Argan dizia ser o objetivo de Brunelleschi. No início do século XV, período da construção da cúpula, Florença passa a assumir o *status* de cidade-estado, tornando-se então capital da região da Toscana.

"Nesse momento também a família Médici dá os primeiros passos para o que seria conhecido nos séculos seguintes como Dinastia Médici. Não podemos esquecer que essa família, sozinha, deu quatro papas à Igreja Católica. A Catedral de Santa Maria del Fiore assume assim um significado maior, e a sua cúpula, então em construção, deve fazer jus a essa nova abrangência política e econômica de Florença, agora cidade-estado. Tudo isso resultou na frase do grande tratadista da estética arquitetônica, Leon Battista Alberti. Para ele a cúpula deveria sim, ser 'ampla para encobrir com sua sombra todos os povos da Toscana'. Argan, não sei se motivado pelos movimentos teóricos da intelectualidade europeia no final da década de sessenta e início da década de setenta, quando foi meu professor, costumava dizer que a cúpula de Brunelleschi era uma obra estruturalista. Porque, segundo ele, mais do que um monumento ou um objeto arquitetônico, a cúpula de Filippo Brunelleschi era uma estrutura, ou seja, um sistema de elementos autônomos que obedecem a leis internas desse sistema. Temos então um simulacro da realidade, que decompõe essa mesma realidade para recompô-la, porém agora com a inserção de elementos próprios, criando assim significação, que nada mais é do que a união de sentido e forma."

— Parece que não foi apenas o seu mestre que sofreu a influência do estruturalismo — falei em tom de brincadeira.

— Eu também, claro, em minha juventude. Como poderia ser diferente? Estávamos na Europa naquele momento, e as ideias de Foucault, Lacan, Barthes, Althusser, Lévi-Strauss e outros dominavam o cenário intelectual e, principalmente, os jovens estudantes, categoria em que eu me incluía. — E de novo me sorriu daquela maneira jovial. — Mas continuando, se não o estiver aborrecendo, claro, com minha falação.

— Mas de forma alguma — me adiantei em dizer —, muito pelo contrário, pois estou tendo uma aula gratuita sobre uma das obras de arte que mais admiro. Talvez não esteja conseguindo compreender tudo o que me diz, em sua amplitude, mas estou me encantando com cada palavra.

— O senhor é muito gentil em dizer isso e mais ainda em escutar uma velha intrometida como eu, que veio privá-lo da solidão sem lhe fazer companhia. — E dessa vez soltou uma gargalhada contida. — Ou seja, a definição clássica de um chato.

— A senhora não é chata, de forma alguma, e já vi que é movida a elogios — falei sorrindo. — Já lhe disse que estou gostando muito de conversar com a senhora e aprendendo muito sobre esse fantástico monumento sobre o qual estamos apoiados agora.

— Se é assim! Onde eu parei? Oh, claro! A cúpula é uma estrutura, que além de autossustentada também gera uma força de empuxo, em outras palavras, uma reação para cima. O professor Argan gostava de chamá-la de máquina espacial e afirmava que ela se distinguia do resto da Catedral. A cúpula não é um chapéu que se encaixa perfeitamente na "cabeça" da Catedral, seguindo sua estrutura de maneira harmônica. Para ele, Brunelleschi concebeu a cúpula de forma autônoma à Catedral. E concordo plenamente com essa teoria. Hoje fala-se muito mais da cúpula da Catedral de Santa Maria del Fiori do que da própria Catedral em si. Ela, a cúpula — e fez um gesto amplo com os braços, indicando o entorno —, assumiu uma existência autônoma, separada até mesmo historicamente, já que as duas foram construídas em momentos diferentes, com mais de cem anos de intervalo.

"Mas voltando à sua estrutura. Se o senhor reparar com atenção e observar a cúpula do alto do Campanário ou de algum ponto mais afastado — e me conduziu mais para perto do gradil, de onde podíamos ver os tijolos vermelhos da construção —, se é que ainda não o fez, verá que as estruturas raiadas, essas nervuras brancas — disse apontando para um ponto da cúpula — que convergem para a lanterna e as grandes entradas de luz de formato circular, em sua parte inferior, transmitem para o observador uma impressão de movimento rotatório, como se fosse uma gigantesca espaçonave que paira sobre Florença. Confesso que a imagem da nave espacial é minha, uma amante de ficção científica. Meu mestre Argan preferia aliar essa imagem de uma estrutura, como ele mesmo dizia, inchada da cúpula, com a de um balão. Para ele, a cúpula transmitia a sensação de leveza, e não de peso. Ela não apenas se autossustenta, mas levita.

"Na verdade, para Brunelleschi os dois conceitos estão interligados, sendo que o segundo está implícito no primeiro e se origina dele. E tudo isso, meu caro, culmina nesta lanterna em que estamos. Projetada por Bruenelleschi, sua construção só teve início alguns anos depois da conclusão da cúpula. Ele a concebeu em forma de projeto em 1432 e seria a culminância de sua obra, o ponto de convergência não apenas das nervuras que lhe mostrei, mas de toda a cúpula e sua monumental força de empuxo. Os arcos são projetados para um infinito em perspectiva; sendo assim, a lanterna, que é seu ponto de fuga, também se encontra no infinito. Resumindo, estamos agora em um ponto qualquer do infinito, sobre uma cúpula espacial que levita sobre toda Florença, sobre toda Toscana."

E dizendo isso fechou os olhos por uns segundos, sorrindo. Quando os abriu de novo, me olhava fixamente. Eu lhe agradeci a inesperada aula e disse que precisava descer e que M... já devia estar inquieta me esperando, pois perdi a noção do tempo e estava mais de meia hora atrasado do horário combinado para nos encontrarmos. Ela me estendeu uma das mãos, que apertei levemente. Perguntei se queria companhia na descida, mas ela me respondeu que ainda ficaria mais um pouco. Dizendo isso, piscou-me matreiramente fazendo um leve aceno de cabeça. Virou-se e caminhou para o outro lado da lanterna, onde parou e ficou contemplando os telhados de Florença, como a capitã de uma nave/nau/cúpula que sobrevoava aquela bela cidade, aquela linda Toscana.

A descida foi mais demorada que a subida, pois já estávamos quase no final da manhã e o volume de turistas havia aumentado. Mais ou menos no meio do caminho, em uma das partes mais estreitas e em curva, o grupo que descia e do qual eu me encontrava à frente, teve de parar para a subida do outro grupo. Eu estava de cabeça baixa e de repente senti um arrepio. Tive a impressão de que a pessoa que passou do meu lado havia me sussurrado algo. Quando me virei, ainda consegui ver um homem de casaco e chapéu, mas não consegui identificá-lo e nem tinha como voltar e segui-lo. Fiquei intrigado apenas por alguns segundos e logo esqueci o episódio.

Quando cheguei à entrada principal da Catedral, não tendo visto M..., imaginei que ela havia cansado de me esperar e ido embora. Aguardei por alguns minutos e já estava pensando em voltar ao hotel para tentar encontrá-la quando a vi no meio da praça, cheia de sacolas e com um sorriso de quem fez coisa errada. E, antes que eu pudesse abrir a boca, ela começou a falar:

— Amor, desculpa o atraso, encontrei uma loja fantástica e nem vi o tempo passar. Me perdoa! Olha, comprei um presente para você. — E mexendo em uma das sacolas me perguntou: — Tem muito tempo que você está me esperando? Desculpa de novo.

— Muito tempo? Muito tempo? Mais de quarenta minutos. Cheguei aqui na hora combinada. Puxa vida! — falei de maneira levemente irritada e tentando disfarçar o sarcasmo.

— Olha, toma! Comprei para você. — E me estendeu um embrulho brilhante.

Peguei o embrulho, ainda com o ar levemente irritado, e disse:

— Tudo bem, dessa vez passa, mas presta mais atenção daqui para frente, porque isso é muito chato. — Ganhei um longo abraço, um beijo e uma camisa de seda. Resolvi então perdoar o atraso.

Faltava ainda conhecer o Batistério. Dirigimo-nos para lá e no caminho contei a M... sobre a simpática senhora que encontrei no alto da cúpula e sobre como passamos um longo tempo conversando. Ou melhor, ela falando e eu escutando a interessante história da construção da cúpula.

Rapidamente alcançamos o Batistério e o rodeamos para poder apreciar seus gigantescos portões de bronze. Paramos rapidamente em frente ao portão sul e pudemos observar as formellas criadas por Andrea Pisano com cenas da vida de São João Batista. Mas não era este o portão que me interessava e rapidamente demos a volta para vermos os portões norte e o leste, com as formellas do grande rival de Brunelleschi, Ghiberti. O portão norte é belíssimo e tem passagens do Novo Testamento. Ghiberti trabalhou nesse portão por mais de vinte anos, até completar suas vinte e oito placas. Contudo, o portão leste superou todas as minhas expectativas em beleza e suntuosidade, mesmo sabendo, segundo me disse a senhora Nelson, que aquelas placas não eram as originais, que estas se achavam no Museo dell'Opera del Duomo.

Esse portão leste, que teve suas formellas compostas pelo mesmo Ghiberti, em meados do século XV, foi chamado por Michelangelo de "Portão do Paraíso". São dez placas douradas que representam cenas do Velho Testamento, na seguinte ordem, como fiquei sabendo dias depois ao visitar o Museo dell'Opera del Duomo: criação de Adão e Eva e o pecado original; Caim mata seu irmão Abel; a embriaguez de Noé e seu sacrifício; Abraão e o sacrifício de Isaac; Esaú e Jacó; José vendido como escravo; Moisés recebe os dez mandamentos; a queda de Jericó; a batalha contra os filisteus; e finalmente Salomão e a Rainha de Sabá. As portas são imensas, tendo seguramente mais de cinco metros de altura. O interior não é o que mais chama atenção, para dizer a verdade ficamos menos de cinco minutos lá dentro e voltamos para o lado de fora, para admirarmos por mais tempo os portões.

Ao deixarmos o Batistério, disse a M... que deveríamos aproveitar e visitar a Galleria dell'Accademia di Belle Arti, ali bem próximo. No caminho fui fazendo para ela um breve resumo de sua história. A Galleria foi construída no primeiro quarto do século XVI e foi a primeira escola de artes da Europa. Dentre uma infinidade de obras de artistas renascentistas, como Rafael, Donatello, Giotto e, claro, Michelangelo, uma assumia a posição de destaque e justificava a espera de mais de uma hora na fila. Ao entrarmos, passamos por algumas salas, não vou mentir, de forma apressada e até um tanto afobada. De repente viramos à direita e deparamos com um corredor comprido, de quase cinquenta metros, tendo ao fundo, por baixo de uma abóbada de vidro, ela: a estátua! Ou seria melhor dizer, ele: o *David* de Michelangelo!

Nos aproximamos devagar e como que hipnotizados por aquela figura gigantesca, de mais de cinco metros de altura. É incrível como o artista conseguiu aliar vigor, virilidade e força com delicadeza, ingenuidade e fragilidade. A obra de Michelangelo apresenta um David forte mas delicado. Ao mesmo tempo que segura sua funda com o cenho franzido, paradoxalmente apresenta um semblante sereno. Ele matará Golias dentro de alguns instantes. É uma sensação difícil de descrever, essa de ver de perto, a centímetros do toque, uma obra tão grandiosa.

Ao lado da estátua há uma central multimídia que nos permite vê-la de todos os ângulos e um longo texto que conta sua história. Podemos ver, inclusive, a estátua de cima, onde percebemos que uma parte do mármore está intocada. É como se Michelangelo quisesse deixar uma parte da pedra, obra de Deus, virgem, sem ser trabalhada por ele. Alguns críticos afirmam que Michelangelo deixou essa parte intocada por sua mão para ser um ponto de ligação entre sua obra e a natureza, sua obra e a criação divina. Todo ele foi moldado em um único bloco de mármore. Missão que muitos outros artistas não aceitaram por achar quase impossível sua execução. O bloco de mármore Carrara ficou anos parado, esperando alguém que aceitasse o desafio.

Enquanto M... tirava fotos da estátua, escondida, pois é proibido fotografar, e passeava pelo resto da Galleria, eu não conseguia tirar os olhos do *David* e passei quase meia hora entretido com a central multimídia, lendo sobre sua história e principalmente sobre a saga que foi seu transporte da Piazza della Signoria até o lugar em que ela se encontra hoje.

O *David* foi esculpido por Michelangelo entre os anos de 1501 e 1504. A estátua foi toda ela esculpida nas dependências da Opera del Duomo, instituição que adquiriu o bloco de mármore e encomendou a escultura a Michelangelo. Assim que a peça ficou pronta, algumas paredes externas da Opera tiveram de ser demolidas para dar passagem ao colosso, que foi transportado por dezenas de homens durante quatro dias até a Piazza della Signoria, onde foi instalado em frente ao Palazzo Vecchio. E lá ele ficou por trezentos e sessenta e nove anos, só saindo em 1873 para o local onde se encontra hoje. Autoridades e especialistas acharam melhor retirar a estátua da Piazza, pois o tempo havia deixado marcas e castigado o *David*, que necessitava passar por uma minuciosa restauração.

Foi decidido então que seria construído um anexo, depois do transporte da obra, na Accademia di Belle Arti. A operação envolveu uma logística ainda mais complexa do que o transporte de 1504. Durante meses aproximadamente mil metros de trilhos foram montados da Piazza della Signoria até a Galleria dell'Accademia, e o transporte, ao todo, durou sete dias. O *David* foi içado e colocado sobre um vagão e lentamente levado para a sua nova casa. Só depois de devidamente instalado é que a construção do anexo teve início e foi colocada a abóbada de vidro que hoje o protege das intempéries. Na Piazza della Signoria, em 1910, foi colocada uma cópia do *David*, esculpida em mármore pelo artista Luigi Arrighetti, que pode ser vista até hoje no mesmo lugar onde ficava a original, e que muitos turistas mais apressados admiram como se fosse o verdadeiro, de Michelangelo.

M... teve de me retirar, quase à força, da Opera, mais de três horas depois que entramos. Eu então a convenci de irmos até a Piazza della Signoria, ponto de convergência da cidade, que ainda não havíamos visitado. Mal sabia ela que uma vez lá veríamos mais *David*. E a praça é realmente um museu a céu aberto. Há várias estátuas, desde a cópia de Arrighetti até obras-primas originais, algumas delas concebidas exatamente para aquele espaço, como o *Perseu* de Benvenuto Cellini; *O Rapto das Sabinas*, de Giambologna; *Netuno*, de Bartolomeo Ammannati; e *Hércules e Caco*, de Baccio Bandinelli.

Assim que saímos da Piazza, ainda andamos por outras praças ao redor até chegarmos à Ponte Vecchio, que cruza o rio Arno; rio este que por sua vez divide a cidade. A ponte é um dos principais cartões-postais da cidade. Ela é coberta e possui várias joalherias, algumas delas de grife, instaladas em lojas com portas de madeira sanfonadas (obviamente por trás deve haver portas mais modernas e sofisticados sistemas de segurança). Muitas dessas lojas, que hoje abrigam finas joalherias, na idade média eram ocupadas por açougueiros e reles mercadores, e a ponte estava longe de ser o lugar sofisticado e bem frequentado que é hoje.

Ainda tivemos tempo, saindo da ponte, de ir até a estação de trem e comprar os bilhetes para Veneza e Roma, nossa última parada antes de retornamos ao Brasil. Depois, cansados, para variar, comemos alguma coisa em um dos restaurantes da estação e fomos para o hotel descansar. Antes de dormir, porém, ainda com a memória fresca, anotei tudo aquilo que pude lembrar da conversa que tive com a Senhora Nelson no alto do Duomo.

Na manhã seguinte, acordamos animados, pois passaríamos parte do dia em um dos mais importantes museus do mundo: o Uffizi. A excitação de ambos, junto com a felicidade de estarmos ali, extrapolou para o ato físico do amor. M... se jogou nos meus braços com ardor nos olhos e no corpo, algo que não sentia e via nela há muito tempo. Tiramos nossas roupas sofregamente, mas, antes de penetrá-la, me levantei, fui até a janela e a escancarei de par em par. Voltei para a cama, coloquei M... de quatro com a cabeça voltada para a janela e depois de alguns minutos gozamos intensamente, com todos os sentidos. Ela, com a cabeça baixa, enfiada entre os lençóis; e eu com cabeça em riste mirava ora o grande traseiro branco de M..., ora a imensa e brilhante, naquela hora da manhã, cúpula do Duomo.

Chegamos cedo ao museu, antes de abrirem, e por isso não havia muita gente na fila. Esperamos trinta minutos e entramos. A Galleria degli Uffizi possui o maior acervo de arte renascentista do planeta. O projeto arquitetônico do prédio é de Giorgio Vasari, grande mestre da arquitetura renascentista, e a construção demorou aproximadamente vinte anos para ser concluída. Na verdade, são dois prédios de quatro andares e aproximadamente cem metros de comprimento, ligados apenas pela fachada, que serve de ponte entre os dois. Em seus corredores e salas, deparamos com dezenas de obras de Michelangelo, Da Vinci, Botticelli, Rafael, Ticiano, Donatello, Filippo Lippi, Masaccio e vários outros grandes mestres do Renascimento. Sem dúvida é a maior concentração do mundo de "Madonas com bambinos". São literalmente dezenas de quadros que retratam esse tema. Praticamente todos os grandes mestres renascentistas pintaram a sua versão.

É difícil fazer uma lista com as principais obras, pois o museu é imenso, e a quantidade de pinturas importantes é muito grande, mas sem dúvida gastamos um tempo maior admirando algumas obras de renome, como *O nascimento de Vênus*, de Botticelli; *A Vênus de Urbino*, de Ticiano; *Anunciação*, de Da Vinci; *Os duques de Urbino*, de Piero della Francesca; *Alegoria da primavera*, de Botticelli; *Baco* de Caravaggio; e algumas outras de igual ou quase igual relevância, mas que, se citadas aqui, tornariam a lista muito extensa e cansativa.

No final da manhã, depois de quase três horas rodando pelas principais salas do museu, M... sentiu-se cansada e me chamou para ir embora. Eu disse a ela que gostaria de ficar mais tempo, pois não retornaríamos ao museu e ainda não tinha visto nem metade das salas. Decidimos então que passaríamos a tarde separados. Ela sairia para almoçar e depois faria seu roteiro, enquanto eu comeria alguma coisa ali mesmo na lanchonete e passaria parte da tarde vagando entre as salas que ainda não havia visitado e voltando a outras que me chamaram mais a atenção.

Durante algumas horas entrei e saí de várias salas, até chegar a uma onde não havia nenhum visitante. Ao fundo uma corrente isolava uma outra sala mal iluminada. Ao lado, encostada na parede, uma cadeira, igual a tantas outras que servem de repouso para os vigias, porém essa estava vazia. Provavelmente era o horário de troca deles ou o responsável teve algum tipo de emergência que o obrigou a se afastar de lá por alguns minutos. Os quadros expostos na parede não me chamaram a atenção, mas o outro ambiente por trás da corrente sim. Olhei para os lados me certificando de que não havia ninguém e passei por cima da corrente.

Era uma ala de restauração. Havia algumas obras em cima de uma grande mesa de madeira, cercadas por espátulas, pincéis e outros instrumentos. A mesa, porém, era inatingível, pois ficava dentro de uma espécie de bolha de vidro, que isolava os restauradores do público, que eventualmente poderia apreciar o processo. Contornei vagarosamente a bolha e avistei uma escada ao fundo. No restante da sala havia outros quadros pendurados na parede e protegidos por vidros. Subi a escada e atingi uma espécie de mezanino com paredes de madeira e alguns sofás e cadeiras distribuídos aleatoriamente. Nas paredes e em cima de uma mesa encostada ao canto, mais quadros, já restaurados ou aguardando restauração. A decoração da sala me pareceu curiosa, apesar de estar em um museu. Tudo ali exalava uma estranha atmosfera que não sei explicar, mas que se diferenciava do restante do museu e fazia lembrar um outro momento no tempo, como se eu tivesse cruzado algum portal. Me sentia como se estivesse em uma sala de uma antiga residência do final do século XIX. Fiquei mais alguns minutos naquele ambiente me deixando envolver por sua estranha atmosfera.

Quando me decidi descer e continuar meu passeio pelo museu foi que aconteceu um fato no mínimo curioso. Existe um fenômeno, acho que já li sobre isso ou vi em algum filme, que só ocorre aos saudosistas ou aos futuristas; àqueles que têm a sensação de que deveriam ter nascido em uma época diferente da sua, no passado – os kardecistas explicam isso de uma forma bastante simples e direta, usando a teoria das reencarnações –, ou àqueles que se consideram além de seu tempo. Em um dado instante, que não supera poucos segundos, duas pessoas, de momentos temporais diferentes, se cruzam em uma espécie de desvão do binômio espaço-tempo. Esse fenômeno, contudo, necessita de uma contraposição daquele que por sua vez se acha à frente de seu tempo, um ser deslocado no seu presente – passado para nós –, ansioso pelo porvir.

Voltei sobre os meus passos e, quando comecei a descer as escadas, cruzei com um homem elegantemente vestido, de chapéu e bengala, mas com um ar e vestimenta, em seus detalhes, um tanto anacrônicos. Diria um típico cavalheiro do século XIX ou início do século XX. Nos olhamos de forma estranha e curiosa. Ele também se mostrou surpreso, menos com a minha presença do que com a minha própria pessoa, com certeza demonstrando também um ar e roupas anacrônicas para ele. É como se eu tivesse entrado em uma via temporal paralela; e ele também. É como se apenas naquele átimo de instante, e naquele lugar, não existisse mais tempo ou espaço como conhecemos, como se nós dois tivéssemos entrado em uma curva errada e por segundos – nesse nível de vínculo paralelo, onde tempo e espaço se confundem – nossas vidas se cruzassem. Um cochilo de Kronos.

Quando cheguei ao meio da escada, olhei para trás, mas ele já havia saído do meu campo de visão. Pensei em voltar, mas nesse momento ouvi um barulho na sala de baixo e logo em seguida um segurança apareceu e me falou alguma coisa em italiano que não compreendi, mas pelo tom não estava sendo gentil. Me pegou pelo braço e me conduziu para fora da sala de restauração, ainda vociferando.

Continuei minha visita pelo museu, mas ainda me sentindo um pouco confuso com o que acabara de me ocorrer e com a sensação estranha que experimentei. Acabara de entrar em uma grande sala que ainda não havia visitado e me pus a observar um quadro que chamou minha atenção e desviou meu pensamento do recém-acontecido. Uma Madonna segurando um menino Jesus, de Giotto. A pintura estava emoldurada em uma forma de pentágono. Maria sentada em uma espécie de altar abobadado é observada por um grupo formado por anjos e homens. Aos seus pés, ajoelhados e adorando-a, dois outros anjos. Para a época em que foi pintado, primeira década do século XIV, o quadro nos mostra uma interessante perspectiva. Estava assim, perdido em devaneios acerca da obra de Giotto, quando senti uma presença atrás de mim. Assim que me virei, mal pude conter um grito de surpresa. A menos de um metro de distância, Arimã me encarava com um simpático sorriso em um rosto que parecia ter sido escanhoado minutos antes.

Podia até sentir um leve cheiro de lavanda emanando dele. Durante alguns segundos, fiquei estático e não pude deixar de recordar a estranha experiência pela qual passei na casa de Cláudio e Alexandra. As imagens voltavam à minha mente: o jovem pianista que me dizia ter um recado de um amigo comum, Arimã, e depois o discurso sobre os pecados capitais, para finalmente encerrar com o tétrico poema de Byron. Ele me olhava fixamente, como se pudesse ler meus pensamentos e esperasse que eu me recompusesse da surpresa. E de repente falou:

— Eu tinha certeza de que nos encontraríamos novamente. Quando disse que passaria por Florença, pensei com os meus botões: "Aquela cidade é tão pequena e nossos interesses tão comuns... Tenho certeza de que nos encontraremos lá". E aqui está o senhor, hipnotizado perante um belo quadro de Giotto. — E ao acabar de dizer isso, dirigiu-se a mim e me estendeu a mão, mantendo o mesmo sorriso de quem sinceramente estava feliz por me ver.

Eu ainda estava perplexo, pois, apesar de pensar nele constantemente nos últimos dias, não imaginava que o encontraria novamente, mesmo lembrando que ele havia me dito que estaria em Florença no mesmo período que nós. Mas, vencido o espanto, disse:

— Que prazer em vê-lo novamente. Como tem passado?

— Muitíssimo bem! E o senhor, gostando da cidade?

— Sim, certamente. Estou encantado com Florença. Tudo aqui respira arte. Para ser mais preciso, arte renascentista.

— Sem dúvida! Sem dúvida! Estamos no museu que possui o maior acervo renascentista do mundo. E acho que já ouvi dizer que aproximadamente um quinto de toda a obra renascentista do planeta encontra-se em Florença: em seus museus, igrejas e até nas ruas, como já pôde ter notado.

— Sim, a cidade é um museu a céu aberto. Ontem passamos um longo tempo admirando as obras da Piazza della Signoria.

— É apenas uma das *piazza*, a mais famosa, com certeza, mas há outras...

Enquanto ele falava de outras praças de Florença e outros pontos interessantes da cidade, eu prestava bastante atenção em seu rosto. Já o tinha visto outras vezes bem de perto e durante muito tempo, mas agora pela primeira vez os detalhes me chamavam a atenção: tinha olhos fundos e verdes, extremamente verdes, suas sobrancelhas eram espessas e grisalhas. Sua pele era sulcada, como a de um sobrevivente de varíola, mas estranhamente não possuía rugas. As olheiras negras abaixo dos olhos não atrapalhavam, melhor dizendo realçavam seu olhar vivaz, direcionado e cortante. As duas orelhas, grandes e moles, compunham um conjunto desarmonioso, mas contraditoriamente coerente e diria até agradável, com o nariz adunco e a queixada dura e quadrada. Ousaria dizer que teria sido um homem bonito em sua juventude, e até os sulcos no rosto lhe davam um ar de rudeza que não seria de todo desinteressante às mulheres.

— ... e uma vida é pouco para conhecer todos os segredos dessa encantadora cidade — concluiu.

Como não tinha prestado muita atenção no que falava, apenas para dizer alguma coisa, comentei despretensiosamente:

— Uma vida é pouco para conhecer até a si mesmo.

Com um sorriso que insistia em não deixar o seu rosto e já começava a me incomodar, ele disse:

— Certamente. Concordo com o senhor. O homem é uma eterna incógnita para si mesmo. E por isso não deveríamos nos espantar tanto com os horrores e os heroísmos de que é capaz em dados momentos. O homem é capaz de realizar o que existe de melhor e pior no mundo. O ser humano é capaz de coisas inimagináveis para atingir seus objetivos.

Algumas pessoas entraram na sala e pararam atrás de nós para admirar a Madonna de Giotto. Percebendo que estávamos exatamente defronte ao quadro, Arimã me pegou gentilmente pelo braço e nos afastamos um pouco para o meio do grande salão. Assim que percebeu que não atrapalhávamos mais ninguém, continuou:

— Mas então veja só, se o homem não é capaz de se conhecer a si mesmo, o que dirá conhecer o outro, ou vice-versa, se ele se esconde de si próprio. Mas vamos supor que acreditemos que o homem possa realmente ter esse autoconhecimento. Os outros jamais nos veem da maneira como nós realmente somos, ou melhor, da maneira que acreditamos ser, pois mesmo sendo no fundo um desconhecido para nós mesmos, nos enganamos e criamos uma imagem nossa para uso próprio. Digo que seria um eu para uso pessoal. Um autoengano, uma eterna luta entre o id, o ego e o superego que dá ao homem um eu socialmente aceitável e compreensível para si mesmo, mas nem de longe um eu total e pleno, um verdadeiro eu.

"Mas como dizia: os outros não nos veem da maneira como nós acreditamos ser. O nosso exterior é uma interface que impede o acesso ao nosso íntimo, e, além disso, nunca mostramos esse ego inteiramente. Ou seja, nos sabotamos internamente não nos mostrando verdadeiramente para nós mesmos, e aquele eu que criamos para conviver conosco, um ego harmonioso, um equilíbrio entre o id e o superego, também não o mostramos inteiramente ao outro. Fazemos uso de uma espécie de filtro e deixamos transparecer, quase que inconscientemente, apenas uma parte de nossa pseudo-essência. Quando olhamos para o outro também nunca o vemos em sua plenitude essencial. Há sempre elementos externos determinando nosso julgamento: um olhar, um gesto, um sorriso, uma frase."

Um grupo maior de turistas entrou, seguindo seu guia e sua indefectível bandeirinha pendurada no alto de uma vara. Enquanto falava, Arimã me guiava gentilmente para uma outra sala contígua, mais vazia.

— As relações interpessoais são, assim, a interação de duas incompletudes, de duas essências autossabotadas para a percepção do outro, isso sem falar da subjetividade de nossa própria percepção do outro.

Enquanto ele falava, eu o escutava, surpreso e feliz, e nesse ponto o interrompi, dizendo:

— E paradoxalmente o jovem tem uma necessidade maior de procurar mostrar mais de sua essência, ou pseudo-essência, como o senhor disse. Devido a isso, seu exterior é tão afirmativo. O jovem tem a necessidade de demonstrar, através de sua maneira de se vestir, de seus gestuais, do vocabulário que usa, dos livros que lê, das músicas que escuta, dos filmes a que assiste e até de sua maneira de andar, quem ele realmente é, ou pensa que é. Com o tempo descobre que isso é impossível, desnecessário e até perigoso, e passa, com a maturidade, a ser mais reservado. Aprende a conviver melhor consigo mesmo, com aquele eu para uso próprio, como o senhor disse, que ele mesmo permitiu se mostrar. — Me calei e aguardei que dissesse alguma coisa.

Ele me olhou, sempre com aquele sorriso no canto da boca, e falou:

— Mas o senhor tirou as palavras da minha boca. Era mais ou menos isso que eu iria dizer para completar meu raciocínio. Que incrível!

— Na verdade, quando o senhor começou a falar, eu rapidamente identifiquei uma espécie de teoria minha. Teoria essa que cheguei até a começar a desenvolver em um esboço de romance em que venho trabalhando há algum tempo. O personagem principal é um ser atormentado pela sua profunda autoconsciência e plena noção de seus limites, qualidades e deficiências. É como se ele pudesse ver e conversar com os seus anjos e demônios interiores, e pudesse perceber, desnudada, a essência que o outro é incapaz de mostrar inclusive para si mesmo.

— Mas isso é realmente muito interessante! Ora, vejam só que comunhão de ideias! Não é mesmo, meu caro? Então o seu personagem deve viver o tormento e a angústia daquele que pode mergulhar nos abismos interiores do outro e de si mesmo. Ele está assim acima do bem e do mal, pois ultrapassou aquele ponto em que o homem se protege por trás de seu subjetivismo. Imagina o desespero de seu personagem ao poder ver o outro da forma mais crua possível, da forma que o outro esconde até de si mesmo. Mas, vencido o desespero, vem o profundo deleite.

— De fato não cheguei a desenvolver o enredo a essa profundidade. Na verdade, a ele, ao personagem principal, são colocadas a todo o momento situações de decisão entre o bem e o mal, até que os próprios conceitos se confundem em sua cabeça e em suas atitudes. Ele busca atingir um conhecimento que o permita discernir o bem do mal, mas não sei se conseguirá. Aliás, estou quase certo de que não. É apenas um esboço ainda, mas há um outro personagem que me inspira muito.

— E eu posso saber qual é?

— O padre Donissan, de Bernanos. — Nesse momento me lembrei da irritação do professor que encontrei no trem para Sevilha quando citei Bernanos e Donissan.

Arimã ficou calado, então continuei:

— O maior desespero de Donissan era o dom que Deus, ou o Diabo, havia lhe dado, de poder devassar o interior do homem. Enxergar sua essência. E pelo estado em que o padre fica no final de sua vida, ele certamente viu muito mais coisas horríveis do que aprazíveis. É como se o que existisse de mais abjeto na alma humana aderisse à sua, corroendo-a. Por isso ele duvida que esse dom lhe tivesse sido dado por Deus.

— Conheço o personagem Donissan, é um mal-agradecido. Independentemente de quem tenha lhe dado sua faculdade, ele deveria lhe ser eternamente grato. Mas me fale mais de seu romance.

— Na verdade não posso chamar de romance ainda. Eu tenho a ideia central, um enredo relativamente bem desenvolvido e algumas partes escritas, mas ainda não passa de um esboço.

— Gostaria de conversar melhor com o senhor sobre esse seu projeto literário. Me interessei pelo seu personagem. Acho que deveria deixar o velho Bernanos de lado e seguir um caminho menos cristão. Seu personagem não precisa ser salvo ou beatificado no final, pois na verdade os homens não o são. Mas falaremos disso depois, em um outro encontro. Tenho uma proposta a lhe fazer, que acredito, vai interessar a nós dois.

E, dizendo isso, me levou para o corredor. Passamos por algumas portas até que ele me fez entrar em outra sala. Já havia visitado essa sala com M... horas antes. Caminhamos lentamente e paramos a uma certa distância do famoso quadro de Sandro Botticelli, *Primavera*, um pouco em diagonal em relação a este, para que pudéssemos admirá-lo longamente sem atrapalhar os outros visitantes que gostavam de ficar bem em frente a ele. Depois de alguns minutos observando a obra em silêncio, ele disse:

— Admiro muito mais as obras dos homens do que as obras de Deus. Deus pode fazer o que quiser. — E completou em um tom bem-humorado: — Se o Diabo deixar. Para Ele é muito fácil, pois é onipotente, mas para o homem é bem mais difícil o processo de criação, e por isso mais louvável. Parafraseando Don Rigoberto, o simpático personagem de Mario Vargas Llosa: Eu faria de tudo para salvar as árvores desse quadro ou de qualquer outra grande obra de arte, mas não moveria uma palha para salvar uma floresta.

— Para Schopenhauer o ser humano é aprisionado por suas vontades — comecei a falar —, um escravo de seu corpo e de seus desejos por sexo, alimento, conforto e segurança. Vivemos para realizar as vontades do nosso corpo...

— O senhor e seus teóricos — disse, em tom bem-humorado. — O homem deveria ser escravo de seu intelecto, de sua mente, e não de seu corpo. Das duas formas seria igualmente manipulado, mas pelo menos na segunda teria efeitos mais mediatos e não apenas um prazer efêmero.

— Mas o senhor não me deixou concluir. Schopenhauer também dizia que a arte e o conhecimento são a única fuga para o nosso intelecto. Ao contemplar uma obra de arte, ler um poema ou ouvir um concerto, a mente se liberta da escravidão do corpo e se sente livre e autônoma. A arte e o conhecimento libertam. A arte se faz necessária e imprescindível para nós porque nossa existência, efêmera e sedenta por satisfazer nossos desejos físicos, é insuficiente para nos dar a satisfação de que a nossa alma precisa.

— Eu sei o que Schopenhauer queria dizer, e ele estava errado. A arte e o conhecimento aprisionam tanto quanto os desejos físicos. Mas como eu falava, é melhor ser aprisionado pela alma do que pelo corpo, pois a primeira, como diria o Doutor Munthe, necessita de mais espaço e nos dá uma falsa sensação de liberdade. Já leu *O livro de San Michele*?

— Não conheço.

— Mas não vem ao caso agora. O homem, meu caro, vive entre a arte, a ciência e a religião, três invenções suas para compreender a si mesmo, apesar dessa relação ser paradoxal. O senhor já parou para tentar definir uma das três? A arte, no caso, já que estamos em um museu; se estivéssemos em uma igreja... mas enfim, não estamos.

— Eu creio que arte não se define de uma maneira ampla, como o senhor está me perguntando. Podemos definir as características de uma escola, de um movimento, de um período estético, mas a arte como um todo... creio que não pode, nem deve ser definida.

Ele mais uma vez me pegou gentilmente pelo braço e me levou para um dos vários bancos colocados no meio da sala. Sentamo-nos, e ele então disse:

— O senhor está parcialmente certo. Realmente não podemos definir arte de uma forma geral. Mas é obrigação do homem buscar essa definição a todo momento, como um exercício para aprimorar a visão e o conceito que temos de arte. Um crítico de arte contemporânea escreveu certa vez que um amigo seu possuía uma definição muito interessante de arte. Esse amigo dizia para ele: você abre a porta da sua casa em um domingo de manhã para pegar o jornal e a "coisa" está lá, parada na soleira de sua porta. Se você colocar a "coisa" para dentro de casa, é arte, se você jogar no lixo, não é. Esta definição, claro, é uma brincadeira do crítico, mas podemos ler o ato de uma outra maneira: arte é aquilo que, de alguma forma, transforma o indivíduo que entra em contato com ela. Ninguém passa ileso por um quadro de Van Gogh ou por uma sonata de Mozart.

Duas simpáticas e sorridentes senhoras nos interromperam para perguntar, em inglês, em que sala se encontrava a *Mona Lisa*. Eu já ia responder quando ele tomou a minha frente e disse:

— No andar de cima, na sala treze, mas ela infelizmente não está lá. — As senhoras fizeram uma cara de espanto, e ele explicou: — Na verdade ela foi roubada algum tempo atrás.

— *Oh my God, this is terrible!* — exclamaram as duas quase em uníssono.

— Pois, é! Algo terrível! — continuou ele. — Mas a polícia italiana já tem um suspeito, um tal de Pablo Picasso. Creio que em breve a obra será resgatada e o bandido colocado atrás das grades. Mas em Paris, no museu do Louvre, há uma bela cópia.

As senhoras agradeceram a informação, mas disseram que não iriam a Paris. Despediram-se e saíram comentando o acontecido com um tom de profunda indignação. Como se aquele fato inusitado não tivesse ocorrido e sem prestar muita atenção à minha cara de perplexidade, ele continuou de onde havia parado:

— Quando digo que ninguém passa ileso, não estou querendo dizer que saia voando ou que cresça um sexto dedo na mão esquerda, mas algo acontece em seu espírito. Isso, é óbvio, se houver uma predisposição a deixar se invadir, pois não se deve penetrar em uma obra de arte, e sim o contrário, é ela que deve invadir o observador, ou o ouvinte se for o caso. Essa transformação — e deu ênfase ao termo como se colocasse a palavra entre aspas — é sutil, quase imperceptível. Se nos pusermos a observar algumas dessas pessoas à nossa volta, não notaremos nenhuma transformação aparente. Mas sem dúvida o homem de espírito elevado, sensível à arte, que sai de um museu, não é o mesmo que entrou. É óbvio que não estou falando daquelas duas simpáticas senhoras que procuravam a *Mona Lisa* e para quem um museu, um *cabaret* ou um *shopping center* não possuem a mínima diferença entre si, contanto que estejam listados em seu guia de viagem.

— O senhor foi muito cruel com as coitadas — disse, em tom de fingida censura.

— Mas de forma alguma, meu caro! Como lhe disse, para elas não faz diferença alguma estar dentro de um maravilhoso museu como este, repleto de milagres feitos por homens, e não por santos, ou em um shopping, de frente a uma bela vitrine de alguma marca famosa. São seres medíocres. E devemos, na verdade temos a obrigação de nos divertir às custas desses infelizes... ou felizes, dependendo do ponto de vista.

Escutei calado, mas pelo meu semblante ele deve ter percebido que não gostei do comentário e falou:

— Não me julgue mal, nem pelo meu comentário e muito menos pelo meu ato, foi apenas uma brincadeira inocente. E, como disse, os medíocres, em sua maioria, são muito mais felizes do que aqueles de pensamentos profundos e elevados. O senhor, que parece ser um apreciador de aforismos, deve conhecer a frase de Gide: "A maior inteligência é a que mais sofre com seus limites".

— Acho que já li em algum lugar — disse, demonstrando uma certa contrariedade.

— Tenho certeza de que sim. Mas voltemos ao tema de nossa conversa, que estava tão agradável: arte!

— O senhor disse anteriormente que admira mais a obra do homem que a obra de Deus.

— Sim, disse.

— O senhor não percebe que, ao falar isso, de alguma maneira está sacralizando a própria arte, colocando sobre ela uma aura divina?

— As obras de arte realmente possuem uma aura, mas com certeza ela não tem nada de divina. Diria até que seria mais propício chamar essa aura, como o senhor a denominou, de demoníaca, na maioria das vezes.

— Olhe em volta — falei calmamente —, o senhor realmente acredita que essas obras que evocam a presença de Deus em cada um de seus detalhes podem ser chamadas de demoníacas?

— Mas não foi isso o que eu disse. Falei sobre a questão da aura, essa sim pode assumir várias formas e significados, sagrados ou não.

Diante de minha expressão de interrogação, ele continuou:

— Para que o senhor possa entender o que quero dizer, vamos dissecar esse conceito tão erroneamente sacralizado quando aplicado a algo tão secular e muitas vezes dessacralizado quanto a arte. Quando falamos de arte, surge sempre a questão da aura que envolve a obra e a canoniza. Olha aí mais uma vez um termo sacro para tratar de algo tão mundano. Repare bem, mundano em contraposição ao divino, ao sagrado. Mas voltando, esse assunto sempre gera calorosas discussões conceituais e controvérsias: O que é aura? Onde ela se encontra? A aura é eterna? Ela é fixa ou se movimenta?

"O pensador alemão Walter Benjamin, que o senhor deve conhecer, possui alguns textos que tratam do assunto, e há um especificamente chamado 'A obra de arte na era de sua reprodutibilidade técnica', no qual ele não distingue o objeto artístico da obra de arte. Seu discurso nos leva a acreditar que ele vinculava sua noção de aura ao objeto como estrutura física, e não à obra em sua existência conceitual. Ele imaginava a aura como um invólucro que recobre o objeto e, ao reproduzi-lo, estaríamos retirando-o desse invólucro e consequentemente *desauratizando-o*. Ou seja, é em sua existência única, em sua autenticidade, que a obra, ou o objeto artístico, no caso, exerce um testemunho que corresponde não só às transformações sofridas por essa em sua estrutura física, através dos anos, mas também à sua relação de propriedade, de ser, como ele mesmo dizia, uma 'quintessência de tudo o que foi transmitido pela tradição desde sua origem'. Para ele, a tal da reprodutibilidade técnica atrofia a aura, porque essa até então encontra-se no objeto. A partir do momento em que este sofre os efeitos da tecnologia, se reproduzindo e originando cópias, a aura é abalada."

— O senhor está querendo dizer que o cinema e a fotografia levaram, gradativamente, ao desaparecimento da aura?

— Eu não! Walter Benjamin sim.

— Me desculpe, mas nunca li esse texto de Benjamin, conheço-o por citações, mas nunca tive a oportunidade de lê-lo na íntegra.

Ele então levantou-se, me tomou pelo braço e nos encaminhamos para a saída da sala. Em segundos estávamos no corredor, e ele disse:

— Vamos caminhar um pouco e sentir a atmosfera das outras salas. — E assim nos pusemos a andar de braços dados pelo Uffizi.

— Mas deixe que eu complete meu raciocínio, pois estava falando do desaparecimento da aura no objeto artístico. Ora, o tempo nos mostrou que a aura persiste, envolvendo as obras de artes cinematográficas. Por quê? Eu lhe respondo, meu jovem, porque a aura, nesses casos, ao contrário do que o nosso querido pensador alemão achava, não está vinculada ao objeto artístico, mas à obra artística.

— E qual a diferença — perguntei eu, um tanto confuso.

— A diferença é enorme, gigantesca. Em manifestações artísticas como o cinema e a fotografia, a aura não deve ser procurada no objeto, mas na obra. O cinema, como o próprio Benjamin nos mostra, é uma manifestação artística criada visando à reprodução. Não interessa ao espectador assistir ao rolo original, pois esse é totalmente *desauratizado*. Atitude diferente assume o observador das artes plásticas, este procura o original, com todo o seu testemunho histórico.

Estacionamos diante de uma das janelas do corredor que nos oferecia uma linda vista da Ponte Vecchio. Ficamos algum tempo em silêncio, observando a construção. De repente ele volta a falar como se não tivesse interrompido em momento algum sua explanação. Mas por sorte o assunto me interessava, e eu achava estar acompanhando sua linha de raciocínio.

— O desenvolvimento tecnológico, levando a um processo de produção que no momento de sua criação já visa reprodução, nasce com a fotografia e o cinema. É uma condição nova para aquele momento histórico.

— Mas a própria literatura é uma manifestação artística que, a partir da invenção da imprensa, é criada objetivando sua reprodução.

— Concordo com o senhor plenamente, mas a literatura é um caso à parte. O livro possui toda uma magia ou, por que não usar o próprio termo, toda uma aura própria. Caso contrário não haveria um mercado bilionário de livros raros, de primeiras edições em que os compradores visam mais o objeto do que o texto. Enfim, é um caso à parte que mereceria uma atenção própria e uma outra linha de raciocínio. Mas entendo sua objeção. O próprio Walter Benjamin foge dela em seu texto, dedicando-lhe apenas algumas linhas e chamando-a de caso especial.

E dizendo isso abriu um largo sorriso e ficou alguns segundo olhando pela janela em silêncio. Depois continuou:

— Os grandes intelectuais também são grandes covardes, fogem daquilo que não conseguem explicar. Benjamim no caso fugiu da literatura, como os cristãos fogem do Diabo. É normal temer e evitar aquilo que não se compreende ou que não se adequa ao seu padrão lógico. Mas continuando, a partir desse momento, ou seja, do advento do cinema e da fotografia, a obra com toda sua imaterialidade sobrepuja o objeto. A aura não mais se encontra no objeto, ela simplesmente, e me perdoe o uso livre do termo, se deslocou para a obra e continuou envolvendo a criação artística com seu halo, mas agora se torna mais difícil apreendê-la, pois ela não se encontra mais sobre um objeto físico, e sim sobre uma criação intelectual e artística. O mesmo filme pode ser exibido em vários cinemas, em várias cidades do mundo e em um mesmo momento; a aura estará em todas as projeções, porque então ela se encontra na obra e não no objeto. Compreende o que estou dizendo?

— Creio que sim. Acho que nunca tinha parado para pensar sobre a questão, e muito menos por esse prisma. Mas, pensando agora, parece ser até um tanto óbvio.

Ele soltou mais uma de suas grotescas gargalhadas e falou, com um largo sorriso no rosto:

— Todos os problemas se tornam simples depois de solucionados, meu caro Watson, como diria um grande detetive conhecido nosso. Mas a coisa não para por aí. A aura na verdade nunca se encontrou vinculada ao objeto, da mesma forma que hoje ela não se encontra vinculada nem à obra e nem ao autor. O que acontece de fato é uma mudança da percepção humana, devido a condicionamentos históricos. Vejo pelo seu semblante que o senhor não está me entendendo.

— Por um motivo muito simples, creio eu. O senhor está se contradizendo.

— De forma nenhuma, e, mesmo que estivesse, as melhores teorias são aquelas que carregam em si suas próprias contradições. Disse isso uma vez para um velho amigo. Mas retomando, a aura pode continuar sua existência sem a presença do objeto artístico. Veja bem, mais cedo passamos agradáveis minutos admirando a *Primavera* de Botticelli, não é verdade? Agora imagine que essa obra desapareça, vitimada por um incêndio, por exemplo. Seu significado histórico também desapareceria? Suas inovações técnicas e estilísticas perderiam sua importância histórica?

E eu lhe respondo, meu caro amigo, que não. A *Primavera* é uma obra de arte que tem sua materialização física original em um quadro que se encontra neste museu. Porém, a obra extrapola esse invólucro material que a aprisiona. O senhor deve estar se perguntando então: mas antes do cinema e da fotografia a aura não se encontrava no objeto?

— O senhor já está perguntando por mim, não vou me dar a este trabalho. Mas, já que tocou no assunto, aí está sua contradição.

— Não! Pelo menos não da forma como o senhor imagina. Lembre-se de que lhe disse que a modificação ocorre na percepção humana, historicamente condicionada. Mesmo com o desaparecimento da *Primavera*, como objeto físico, a obra continuará a existir, pois há registros históricos de sua existência através de imagens e palavras. Temos então uma espécie de aura fantasma, que, por não possuir mais seu objeto original, paira de forma etérea.

— O senhor está querendo dizer que, com a profusão de imagens e registros propiciados pelas novas técnicas de reprodução, se instaurou uma espécie de memória coletiva fixada pela imagem? Sendo assim, nos dias de hoje o desaparecimento do original de uma obra como a *Primavera* não possui força psicológica suficiente para apagar da memória coletiva da sociedade a imagem e o significado histórico de uma obra de arte?

— Brilhante, meu caro! *Exactement*! Como diriam os franceses. Vê agora como não há a contradição que o senhor mencionou? Tudo depende de fatores históricos que condicionam a percepção humana.

— Então podemos trocar um original por uma ótima cópia? Exemplo: caso o original do *David* de Michelangelo, que se encontra em repouso há décadas na Galleria dell'Accademia, fosse destruído por uma bomba, poderia ser substituído, sem perdas, pela competente cópia que vemos na Piazza della Signoria?

— De maneira alguma. E, para lhe explicar o porquê disso, farei uso de alguns termos utilizados pelo nosso querido Benjamin em seu famigerado texto. Essa substituição não pode acontecer a contento porque a cópia carece de autenticidade e testemunho histórico e consequentemente de autoridade para ocupar o lugar do original. Esses são pré-requisitos essenciais para o processo de *auratização* de um objeto artístico anterior à era da reprodutibilidade técnica. Mas repare bem, agora já estamos tratando da obra; esta manterá sua aura, já a do objeto desaparecerá junto com ele. A obra *David* sempre será admirada em livros, textos e filmes, mas nunca mais será admirada *in loco*, pois não existe mais. Levando em consideração o trágico exemplo que o senhor propôs. — E sorriu zombeteiro. — Como diria o grande pintor catalão muitos anos depois de pintar suas *Demoiselles*: "No futuro ninguém verá mais o quadro, verão a lenda criada pelo quadro, e não faz diferença se o quadro dura ou não dura. Um quadro vive por causa de sua própria lenda e nada mais".

— Sua teoria é interessante. Realmente muito interessante, mas não sei se dá conta de toda a arte. Por exemplo, a arte de vanguarda e a arte pós-moderna.

— Sem dúvida, meu caro, mas ainda não terminei. Se o senhor me der mais alguns minutos de sua atenção, posso concluir meu raciocínio.

Olhei para o relógio. Eram mais de três horas da tarde e eu estava cansado e com fome. Como se tivesse lido meus pensamentos, Arimã propôs:

— O que acha da ideia de sairmos daqui? Acho que já vimos bastante coisa, e o senhor parece que chegou bem mais cedo do que eu. Podemos ir até um restaurante, tomar alguma coisa e comer algo. O que acha?

— Realmente estou um pouco cansado e com fome, acho que seria uma boa ideia. E enquanto comemos o senhor pode acabar de expor sua interessante teoria. Só não posso me demorar muito, pois M... está sozinha desde o horário do almoço e, pelo que conheço dela, não vai demorar a voltar para o hotel e ficar lá me esperando de mau humor.

— Não demoraremos, fique tranquilo. Conheço um agradável restaurante aqui perto com mesas na calçada e uma bela vista para a praça.

Saímos do museu e nos dirigimos para a Piazza della Signoria. Passamos em frente ao Palazzo Vecchio e cruzamos toda a extensão da Piazza. Entramos em uma estreita rua e logo à direita deparamos com algumas mesas na calçada. Sentamos e imediatamente corri os olhos pelo cardápio. Pedi um calzone enquanto meu companheiro apenas me observava, sorrindo.

— Não vai comer nada? — perguntei.

— Não. Na verdade, não tenho fome. Vou pedir uma bebida. O senhor aceita alguma coisa para beber?

— Uma taça de vinho tinto.

— Garçom — chamou ele delicadamente, dirigindo-se ao homem que aguardava nosso pedido a uns três metros de distância. — Uma taça de vinho para o meu amigo e um *vermouth* para mim, por favor.

Aguardamos em silêncio até as bebidas chegarem, o que não demorou mais do que dois minutos. E então ele voltou a falar:

— Onde se encontra a aura em uma reprodução de *La Gioconda*, de bigode e cavanhaque? Estou me referindo, claramente, a *L.H.O.O.Q*, a controvertida obra de Marcel Duchamp. — Dessa vez, ao contrário das outras, ele esperou minha resposta.

— Não sei. Na reprodução que ele usou para pintar o bigode e o cavanhaque?

— No objeto? Não, porque esse é uma reprodução do original. Na obra? Não, porque essa foi subvertida e refuncionalizada e, assim como o arlequim da Commedia dell'Arte, serve agora a dois amos. Marcel Duchamp e posteriormente a arte pop, passando pelo Dadaísmo, criaram a obra de arte *desaurática*? A princípio tudo indicava que sim. Na primeira metade do século XX, Duchamp iniciou o processo de dessacralização da arte, que iria resultar na negação crítica levada à saturação pelos artistas da Pop Arte. Duchamp afirmava que "a arte é um conjunto de produtos manufaturados" e cria seus *ready-mades*, que nada mais são do que objetos manufaturados retrabalhados ou não pela mão do artista.

"Em 1917 expõe, em uma galeria de Nova York, um mictório puro e simples, colocado na horizontal e assinado R. Mutt. O artista declara que aquilo é arte. A instituição, no caso a galeria de arte, confirma, expondo a obra. Nesse caso, onde se encontra a aura? É difícil falar em *auratização* nas obras de Duchamp e dos artistas da Pop Arte, pois estes objetivavam exatamente a dessacralização e consequentemente a *desauratização* da obra de arte. Duchamp e os artistas Pop achavam que realmente haviam aniquilado com a aura. Os *ready-mades* de Duchamp podiam, teoricamente, ser substituídos por outra peça manufaturada, já que em algumas das obras não havia alteração da peça por parte do artista.

"Por exemplo, se o mictório, que Duchamp intitulou de *A fonte*, se quebrasse por algum motivo, ele poderia ir até a loja da esquina, comprar um modelo idêntico e substituí-lo. Sua arte não valorizava a autenticidade do objeto. A arte em Duchamp e nos artistas Pop se encontra no estranhamento. O que faz *A fonte* de Duchamp ser uma obra de arte é o deslocamento de seu ambiente natural, nesse caso específico, um banheiro masculino. Se não podemos encontrar a aura no objeto artístico, tampouco a encontraremos na obra, pensavam eles. O objeto se torna uma obra de arte porque assim o declarou o artista."

— E nesse momento — me arrisquei a intervir — há o rompimento entre a oposição de arte e não arte. O espectador perde os referenciais que o ajudam a decidir se um objeto é ou não uma obra de arte. Por não ser *aurático*, cabe ao artista e às instituições de arte definir o caráter artístico de um objeto ou de uma obra.

— Mais uma vez o senhor está certíssimo. É exatamente isso o que aconteceu, ou melhor, o que esses artistas imaginavam que estivesse acontecendo. Mas a realidade foi um pouco diferente. Esses artistas procuraram criar uma arte absolutamente *desaurática*, eliminando os limites que separavam a arte da não arte, como o senhor muito bem observou. Mas será que com seus *ready-mades* e simulacros eles conseguiram aniquilar a aura?

Ele interrompeu seu discurso no momento em que estava mais empolgado, pois havia chegado meu calzone. Então começou a rir alto e escandalosamente, como já o havia visto rir em outras ocasiões. O motivo: minha cara de espanto perante o prato que me foi servido. Uma bola de massa de mais de vinte centímetros de altura, borbulhante e derramando queijo derretido que quase me tampava a visão do outro lado da mesa.

— Não sabia que era tão grande. Não posso comer isso sozinho — disse eu, entre brincalhão e desconcertado.

Ele então pegou o garfo que estava ao meu lado e furou a bola. Imediatamente o prato foi reduzido a uma simples massa que ocupava apenas o espaço de meu prato e tendo sobre si uma crosta de queijo. Diante de minha surpresa, ele riu mais ainda e disse:

— Coma, agora está com um aspecto menos assustador. Acho que o calzone faz isso para se defender, para não ser comido. Aumenta sua área para espantar seus devoradores. — E sua risada era agora mais alta e escandalosa, a ponto de chamar a atenção das mesas vizinhas, o que me pareceu, não o incomodava sobremaneira. Depois de se divertir bastante às minhas custas, desculpou-se.

— Me perdoe. Não sou dado muito ao humor escandaloso, mas a sua cara foi muito engraçada. Então, enquanto o senhor se delicia com seu prato, permita-me concluir o que eu dizia.

Tomando mais um gole de seu *vermouth*, continuou:

— O objeto artístico produzido por Duchamp e pela Pop Arte é sem dúvida desprovido de aura, pois são reproduções ou objetos manufaturados que não possuem as características de autenticidade e originalidade exigidos para sua *auratização*. Mas será que a obra também seria *desauratizada*? Ou o que altera é mais uma vez a forma de ver a arte, ou seja, a maneira de percebê-la?

— Isso me faz lembrar outra frase de Picasso — interrompi. — "Pode se escrever e pintar qualquer coisa, pois sempre haverá alguém para compreendê-la".

— A ideia é mais ou menos essa. O que determina a partir de então o que é arte e o que não é arte nada mais é do que a percepção do observador e sua postura perante a obra. Mas o que ocorre de verdadeiramente original com a dessacralização da arte por parte de Duchamp e de alguns movimentos de vanguarda como o dadaísmo e a Pop Arte é a fetichização do artista.

Nesse momento, eu o interrompi:

— Posso deduzir?

— Claro. Faça as honras. Veremos se é realmente o aluno valoroso que imagino.

— A percepção humana — comecei dizendo —, que em um primeiro momento, anterior à era da reprodutibilidade técnica, vinculava a aura ao objeto, passa, a partir das novas técnicas de reprodução, a enxergar, podemos tomar emprestado este termo, a aura na obra de arte, prescindindo do original. Em uma terceira fase, antecipada por Duchamp e amadurecida pela Pop Arte, podemos especular que o lugar da aura passa a ser o próprio artista.

Ele passou alguns segundos me olhando seriamente e então abriu um largo sorriso e falou:

— O senhor realmente prestou muita atenção em tudo o que lhe disse. E nem mesmo o seu temível calzone o distraiu. É exatamente isso o que ocorreu, apenas com uma correção: não é especulação. Em um dado momento, podemos afirmar que a aura realmente migrou da obra para o artista, em um verdadeiro processo de fetichização.

— Então, se a aura se encontra realmente no artista, a obra em si estaria perdendo seu espaço? O artista seria um fim em si mesmo, aurático e estéril?

— Não. O artista na verdade, e me permita aqui o uso das aspas, "empresta" sua aura ao objeto que ele qualifica como arte. Porém, uma repetição exagerada da materialização de uma ideia original leva à gradativa *desauratização* dos novos objetos artísticos. Andy Warhol, por exemplo, tomou uma reprodução fotográfica de *La Gioconda* e a multiplicou algumas vezes, fixando as cópias em uma tela, em fileiras. A aura dessa obra está na criativa e original ideia do artista que é emprestada ao objeto, pois esse não possui uma aura em si mesmo, caso contrário todo mictório seria uma obra de arte, o que não é verdade. Só aquele para o qual Duchamp emprestou sua aura qualificando-o como arte pode reivindicar o *status* de obra de arte.

"A aura está em Warhol, que, ao decretar que aquilo é uma obra de arte, e aqui novamente farei uso das aspas, "transfere" parte de sua aura para a obra criada por ele. Se Warhol resolvesse fazer isso com dezenas de pinturas clássicas, ou Duchamp com todas as peças do banheiro, começaríamos a perceber um processo gradativo de *desauratização* a cada novo simulacro criado. A aura, que se encontrava na ideia, vamos chamar assim, do artista, vai perdendo sua força a partir do momento em que essa mesma ideia vai perdendo sua originalidade devido à repetição exaustiva. Concluindo: é no rompimento da tradição que a percepção humana desloca a aura para o artista."

Olhei para ele por alguns segundos, realmente impressionado com tudo o que dissera, não sem um pouco de perplexidade ante uma teoria tão heterodoxa e fascinante. E ousei completar:

— "Na medida em que o passado é transmitido como tradição, converte-se em autoridade; na medida em que a autoridade se apresenta historicamente, converte-se em tradição." E a arte pós-moderna? Sua teoria se aplica a ela também?

— Antes de mais nada, sua citação de Hannah Arendt foi extremamente apropriada. E em relação à arte contemporânea, não me interessa. A evolução terminou com Warhol e Pollock. Tudo o que se fez depois é bobagem ou retrocesso, ou no máximo espasmos de vida de um moribundo que se recusa a morrer. Os artistas contemporâneos se recusam a fazer o pacto, a sacrificar suas almas. São prostitutos sem originalidade. Se vendem a troco de nada.

— A arte se esgotou com a geração de Warhol e Pollock?

— Não! A arte não se esgota! É a única coisa que o ser humano possui para atingir Deus. Ela morreu. Morreu porque a única forma de alcançar Deus, de compreendê-lo, de compreender sua maior obra, o homem, é através da arte. E o único que pode fazer a ligação entre a arte e Deus é o Demônio, e o artista contemporâneo, como já disse, não disponibiliza sua alma para a troca, não realiza o pacto. Por isso sua arte é medíocre e efêmera.

"Cite um artista do jaez de Picasso, de Michelangelo ou mesmo de Pollock hoje. Cite! — Estava quase gritando. — Não existe! Porque são covardes! Querem manter suas almas? Querem manter sua razão? Querem manter seu autocontrole? Então tudo bem, mas serão artistas medíocres. Não será aberta para eles a porta. As portas da percepção, que o pobre Huxley imaginava que poderiam ser abertas com mescalina e LSD. Pobre infeliz, foi aberta para ele somente uma fresta. Apenas o Diabo, através de um justo acordo, onde ambas as partes sairão ganhando, pode abrir essas portas e permitir que o artista veja Deus em todo seu esplendor."

Ele de repente parou de falar e me fitou por alguns segundos. Eu estava realmente chocado com suas palavras, que não eram totalmente novas para mim, pois já havia tido a oportunidade de ouvir de sua boca discurso semelhante de apologia ao Demônio, mas não de forma tão contundente. Reparando nisso, voltou a falar, mas agora em um tom mais brando.

— O Diabo, meu caro, é uma espécie de guia e porteiro. Somente ele sabe o caminho para o paraíso na terra e tem as chaves de seus portões. Tudo nessa vida tem um preço, e ele cobra o seu. Simples assim.

— De nada adiantará ao homem ganhar o mundo se ele perder sua alma — retruquei.

— Sim, evangelho segundo Marcos. Bem lembrado, mas equivocado. Não é o mundo que o Diabo oferece. O mundo, a fama e a fortuna são apenas bônus, ele oferece mais, ele oferece abrir as portas da percepção de um outro mundo: o sublime!

— Em troca de uma eternidade nas trevas.

— Mas o que está dizendo? Isso são modos de um intelectual falar? Eternidade nas trevas? — E riu alto, me dando nos nervos. — Parece uma velha carola falando ou um sacristão, rato de igreja. Se o Diabo, como dizem, não é tão feio quanto pintam, o inferno também não deve ser tão tenebroso quanto descrevem os autores. A não ser, claro, que acredite que o inferno de Dante é uma fiel reprodução.

Ouvindo isso, imediatamente lembrei-me de um aforismo de Marguerite Yourcenar, que considerei se encaixar perfeitamente na ocasião, e falei um tanto pomposamente:

— "Há um momento da vida em que o homem se entrega ao seu Demônio ou ao seu gênio; ou se destrói ou se supera."

Ele mais uma vez me fitou em silêncio, como já havia feito outras vezes, e depois de alguns segundos falou:

— Meu jovem! O senhor mais cedo comentou comigo sobre um romance em que estava trabalhando. Não é verdade?

— Sim.

— Pois é, e eu lhe digo que, se quiser realmente ser um escritor, deixe as citações de lado, a literatura adquirida, e volte para o seu interior, para combater seus próprios Demônios. A verdadeira literatura é expressionista, e não impressionista. — E falando em um tom meio melodramático, continuou: — Meu jovem aprendiz de erudito, salve-se enquanto há tempo, ou perca-se, o que também é uma forma de salvação, mas fuja da mediocridade. Se quiser realmente ser um escritor, abandone o estudo das letras e não cite mais nada que não seja criação sua.

"Não procure outra ciência, a não ser aquela que está dentro de si mesmo e que não se chama ciência, e sim a expressão de seus tormentos. Dedique o resto de sua vida a viajar, a buscar experiências empíricas, a conhecer outras culturas. Reflita sobre tudo o que lhe for apresentado de fato e realmente e procure tirar algum proveito próprio disso. Você vai encontrar muito mais verdade em absorver experiências reais do que dentro de gabinetes e bibliotecas emboloradas."

Olhei para ele de forma interrogativa, principalmente pela contradição de seu discurso, pois não era dele, e sim produto da própria erudição que ele estava criticando.

— Eu não sou Fausto — retorqui. — Não estou procurando trocar minha alma por anos de experiências físicas e espirituais. E o que o senhor acabou de me dizer foi retirado, com outras palavras, das páginas iniciais do *Discurso do Método*, de Descartes. O que é uma contradição em termos, já que o que acabou de me aconselhar, ou seja, abandonar meus estudos eruditos, é fruto de sua erudição de gabinete.

Ele então me olhou com um discreto sorriso no canto dos lábios e disse:

— Eu já não tenho salvação, pois sou um velho rato de biblioteca, mas você ainda é jovem e pode se tornar um escritor, um grande escritor. Para isso basta se dedicar a ouvir os rugidos de seus fantasmas e externá-los em forma de literatura. E eu posso ajudá-lo, se o senhor me permitir, claro.

— Me ajudar? Como? — perguntei, sem conseguir esconder minha curiosidade.

— Meu caro, eu vejo em você a ambição de um Fausto, o desejo de um Fausto, apesar de ter, precipitadamente, negado isso. E o senhor está com sorte, muita sorte diria eu, pois não existe nada pior do que um Fausto sem o seu Mefistófeles.

— E o senhor é Mefistófeles?

Ouvindo minha pergunta, soltou mais uma de suas sonoras gargalhadas e falou:

— Não literalmente, claro. Mas posso fazer as vezes dele. — Dizendo isso, retirou um cartão do bolso do paletó e me passou. — Como já lhe disse em nosso primeiro encontro, se não me engano, sou uma espécie de mecenas das artes. Tenho grande influência no meio, conheço praticamente todos os principais *marchands*, donos de galerias, diretores de museus e editores da Europa. Posso apresentar seus originais para as melhores editoras do continente e conseguir maravilhosos contratos de venda e divulgação.

— Mas o senhor nem viu o que escrevi. Tenho apenas alguns esboços soltos.

— Sem dúvida! O senhor está certo e teremos de resolver isso. Permita-me oferecer meus serviços de agente literário e humilde crítico. Marcamos um próximo encontro e o senhor me apresenta o que tem, ou fazemos melhor, o senhor tem esses esboços consigo aqui? Trouxe-os na viagem? Um verdadeiro escritor jamais se separa de seu texto.

— Na verdade tenho um *pen-drive* com o material que já escrevi, mas não há uma unidade, são capítulos inacabados, trechos soltos.

— É o suficiente. Em meu cartão tem o meu *e-mail*, mande-me hoje ou amanhã, eu leio e nos encontramos dentro de dois dias. Assim podemos conversar e eu lhe falo se o texto tem futuro ou não. E, se aceitar minha ajuda, posso lhe dar alguns conselhos de estruturação, divisão de capítulos e outros detalhes, baseado em minha experiência.

— Mas por que está fazendo isso por mim? Como já lhe disse, são apenas esboços, e o senhor mal me conhece. O que vai ganhar com isso?

— Assim o senhor me ofende. Já lhe disse que sou do ramo. E sobre os esboços, me envie e eu decido se são bons ou não, mas acredito que não vou me decepcionar. O senhor possui todos os elementos para ser um escritor, só precisa de uma boa história e de um guia que o oriente pelo reino trevoso do mercado editorial. E meus honorários discutiremos na devida hora. Mas garanto que o senhor não terá de me dar nada antecipadamente. Apenas depois de atingir seu objetivo, de ter seu livro publicado, lido e aclamado pela crítica, cobrarei o que me é devido. Mas lhe garanto que também não tenho pressa. Não sou ganancioso, cobro um preço justo. Um contrato transparente. — E sorriu.

Olhei para ele entre desconfiado e seduzido pela oferta. Então disse:

— O senhor me desculpe, não quis ofendê-lo. Vou pensar no assunto e, se for o caso, lhe envio o arquivo amanhã, na parte da manhã.

Vi as horas e falei que já era tarde, tinha de voltar para o meu hotel e me encontrar com M...

— Sem problemas, mas pense com carinho. Aguardarei ansioso amanhã para poder ler seus escritos.

Fiz um gesto para chamar o garçom, mas ele se ofereceu para pagar a conta, dizendo que iria ficar mais um pouco. Tentei recusar, mas ele foi inflexível. Agradeci e saí em direção ao hotel. Desci o caminho devagar e pensativo, ouvindo um artista de rua que cantava *Lulu's back in town*, de Fats Waller.

Ao chegar à esquina, olhei para trás e ele não estava mais sentado na mesa que ocupávamos. Parei e o procurei em torno, não o vi e achei estranho, pois ele havia me dito que iria ficar mais tempo no restaurante. Mas não dei tanta importância e segui para o hotel, pois, das coisas estranhas que cercavam aquele homem, esse sumiço era o de menos.

Andei por uns quinze minutos atravessando o centro de Florença e pensando na estranha mas tentadora proposta de Arimã. Ser escritor sempre foi um desejo, mas realmente nunca acreditei que tivesse algum talento, até começar, alguns meses atrás, os rascunhos do que hoje chamo meu romance. Me pego sempre envolvido com ele, fazendo correções, inserindo ou retirando trechos, e, sempre que leio o que escrevi, com alguma distância temporal, gosto. A ideia da história é boa, os trechos já escritos são bons, os personagens são interessantes e se precipitam pelo caminho que escolhi para eles, mas me falta um fio condutor, algo que possa dar liga à história.

Talvez Arimã com sua experiência como agente literário, como ele diz, possa me ajudar. Nunca me senti suficientemente confiante ou achei que já tivesse algo palpável para entregar a alguns de meus colegas da área de literatura para que pudessem ler e me ajudar. Na verdade, sempre tive medo de uma crítica mais contundente que abalasse minha confiança de escritor, já tão claudicante. Mas essa poderia ser a minha oportunidade. Se não tiver mesmo talento, que eu saiba de uma vez e não perca mais meu tempo.

Quando dei por mim, já estava subindo as escadas do hotel e abrindo a porta do quarto. M... estava deitada na cama e fazia algumas anotações. Quando me viu, parou e disse:

— Como você demorou! Estou aqui há mais de duas horas te esperando. — E completou entre irônica e sorridente: — Se perdeu por túneis secretos de novo, na companhia de algum estranho?

Não sabia como dizer a ela e nem se iria acreditar em mim, pois não deixava de ser uma grande e estranha coincidência.

— Na verdade fiquei quase todo o tempo no museu — pensei em falar da experiência psíquica na sala atemporal, porém deixei para outra ocasião —, mas grande parte dele acompanhado.

— É mesmo? Por quem? Alguma italiana de axilas cabeludas?

— Não. Por Arimã.

— Quem?

— O homem que encontrei em Lisboa. — E contei para ela sobre nosso encontro no museu, a conversa no restaurante e a sua proposta.

— Amor, estou começando a achar isso muito estranho. Se não fosse você me contando, eu não acreditaria. É como se esse homem estivesse te perseguindo.

— Ele me disse em Lisboa que viria para Florença. Foi uma coincidência nosso encontro, não há por que pensar diferente.

— E o que vai fazer? Vai mostrar o que já tem escrito para ele?

— Ainda não decidi. Mas não quero falar sobre isso agora. Estou cansado. Vamos descer, comer alguma coisa e dormir. Amanhã conheceremos Veneza.

Todas as principais cidades turísticas do mundo se proclamam únicas, e na verdade toda cidade não deixa de sê-lo, de alguma maneira; mas acredito que Veneza é a que mais tem esse direito. Seguimos para lá de trem, logo pela manhã. A viagem não é longa, um pouco mais de duas horas, com uma pequena parada em Pádua. Um pouco antes de chegarmos, os alto-falantes avisaram que, devido ao atraso de meia hora na saída de Florença, metade do valor da passagem seria devolvido na estação final.

Assim que descemos do trem, me encaminhei para o guichê e enfrentei – mas sem reclamar e com um profundo respeito pela companhia de trens italiano – uma fila de mais ou menos trinta minutos. Recebi a devolução e fui procurar M..., que me aguardava sentada em um banco. A passagem pelo subúrbio pobre e sujo que atravessamos uns quinze minutos antes de chegarmos à estação diminuiu muito minhas expectativas em relação à cidade. Do lado direito do saguão, vimos uma grande porta de vidro fumê do lado oposto ao da chegada do trem. Nos dirigimos despretensiosamente para a porta, que, devido ao esfumaçado do vidro, não nos permitia uma visão clara do exterior. Quando cruzamos a porta, ainda conversando sobre a devolução da metade do valor da passagem, nos calamos imediatamente e nos olhamos mutuamente, perplexos.

Diante de nós, o grande canal e dezenas de construções deslumbrantes, em ambas as margens da milenar cidade. Barcos de diversos tamanhos e gôndolas, muitas, muitas gôndolas, tinham como pano de fundo abóbadas e torres que contrastavam com o sol intenso refletido nas águas. Ficamos alguns segundo extasiados diante daquela visão de tirar o fôlego, até que felizes e sorridentes pegamos um *vaporetto* em direção à Piazza San Marco, que fica na ilha principal, se é que podemos chamar assim, da cidade. No caminho pude prestar atenção e entender um pouco da logística do transporte urbano de Veneza.

Os *vaporettos* são uma espécie de ônibus que possui linhas e horários. Há alguns imóveis que só possuem entrada pelos canais, o que exige que o morador tenha no mínimo um barco e um pequeno ancoradouro na porta de casa. Não há carros na cidade, e os únicos meios de transportes são as bicicletas e os barcos. No meio do dia vimos uma cena interessante: em uma de nossas viagens de *vaporetto*, entre uma ilha e outra, deparamos com dezenas de pessoas muito bem-vestidas, os homens de terno e as mulheres de longo, e entre eles uma noiva de branco e um noivo de fraque. Com certeza todos eles, pelo que a animação indicava, voltando da cerimônia de casamento.

Passamos o dia caminhando pela cidade. Apesar do grande número de turistas, ela ainda possui diversos nichos desertos, que te remetem a alguns séculos atrás. É comum você virar uma rua, deparar com um canal e ter de voltar sobre seus passos. Por estarmos no outono, o cheiro dos canais não estava insuportável, como dizem que fica no verão, e só vimos uma ratazana. Tudo bem que foi a maior que já vi em minha vida, quase do tamanho de um gato, mas estávamos a uma segura distância dela.

Dessa vez resolvi acompanhar M... todo o tempo, inclusive nas compras. Fomos a Murano, compramos enfeites de cristal e máscaras venezianas, e eu achei, quando mais precisava, no meio da Piazza San Marco, já no começo da noite, um par de luvas que havia caído de um dos carrinhos de *souvenirs*. Como não sabíamos de qual, fiquei com elas. E como já disse, vieram em boa hora, pois a temperatura caía vertiginosamente, chegando a dois graus positivos. Mas nem o frio nem uma irritação que me dominava aos poucos, desde o início do dia, nos impediu de sentarmos em um restaurante, na parte lateral externa, onde havia um *deck* sobre um dos canais.

Pedimos um vinho e M... fazia de tudo para criar um clima romântico, o que para dizer a verdade não era muito difícil, pois estávamos em Veneza, tomando vinho sobre um canal – gôndolas com turistas enamorados passavam ao nosso lado e podíamos ouvir as tarantelas que saíam das caixas de som acopladas debaixo dos assentos, pois obviamente hoje os gondoleiros se modernizaram e não fazem mais serenatas —, mas, por um motivo que não sabia explicar, estava irritadiço e até, por que não dizer, um pouco grosseiro com ela, respondendo-lhe por monossílabos, isso quando não usava de ironia para rebater algum comentário seu.

— O que há com você?

— Nada, por que pergunta?

— Está estranho, sem paciência comigo.

— Impressão sua.

— Impressão nada. Tenho notado isso durante todo o dia. Fiz alguma coisa para te chatear?

— Não. Você não fez nada. Já disse que está tudo bem, quer que eu escreva ou desenhe para você entender?

— Está vendo? Você nunca falou comigo assim. Estamos em Veneza, tendo um dia maravilhoso, e você passou o tempo todo mal-humorado c irritado.

— Me desculpe, não sei o que está acontecendo comigo hoje. Você está certa. Estou nervoso e sem paciência, mas não tem nada a ver com você. Juro. Vamos tomar nosso vinho e planejar o nosso dia de amanhã.

Passamos mais um tempo no restaurante, acabamos nosso vinho, comemos alguma coisa e tomamos um *vaporetto* para a estação. Já eram quase oito horas da noite e ainda tínhamos de enfrentar mais de duas horas de trem para casa.

No caminho não conseguia parar de pensar na proposta de Arimã. Não conseguia chegar a uma decisão. Não sabia se podia confiar naquele homem e não conseguia me convencer dos motivos que ele me apresentou para me ajudar. Mas, por outro lado, poderia ser a chance e a motivação que eu esperava para concluir meu livro. E o que eu teria a perder? Por mais que refletisse e tentasse encontrar razões para não mandar o material para ele, menos eu encontrava motivos para virar as costas àquela oportunidade. Eu precisava pensar mais sobre o assunto, chegar a uma conclusão e tomar uma atitude. Eu sabia que toda ação que prescinde da reflexão é precipitada, mas, por outro lado, toda reflexão que não é traduzida em ação é improfícua.

M... dormiu durante toda a viagem, mas eu não conseguia relaxar, apesar do cansaço. Chegamos a Florença por volta das dez horas da noite e fomos direto para o hotel. Também lá não consegui ter o nível de abstração necessário para pegar no sono. Relembrei os encontros com Arimã e os detalhes de nossa última conversa. Sua proposta: "Mas garanto que o senhor não terá de me dar nada antecipadamente. Apenas depois de atingir seu objetivo, de ter seu livro publicado, lido e aclamado pela crítica cobrarei o que me é devido. Mas lhe garanto que também não tenho pressa. Não sou ganancioso, cobro um preço justo. Um contrato transparente."

Não me lembro por quanto tempo ainda fiquei acordado, mas no dia seguinte, como se durante a noite meu cérebro tivesse trabalhado e chegado a uma conclusão, acordei firmemente decidido a mandar para o e-mail de Arimã o material que eu já tinha pronto. Depois que percebi isso, fiquei mais tranquilo, como se tivesse retirado um peso dos ombros. Decidido por um caminho em uma encruzilhada. Na verdade, agir é bem mais fácil que pensar ou teorizar; pois, quando você realiza uma ação, reduz todas as possibilidades a apenas uma. Quando você pensa ou teoriza, existem várias possibilidades (não mandar o texto simplesmente, escrever e me desculpar, escrever dizendo que vou pensar melhor, mandar o texto, mandar parte do texto, escrever dizendo que vou fazer algumas revisões e mandarei dentro de algumas semanas, buscar informações sobre Arimã, marcar um novo encontro e agradecer a proposta, mas recusá-la etc.), o que torna o ato de refletir sobre o assunto bem mais complexo.

É como em um jogo de xadrez: antes de realizar um movimento, o jogador analisa as diversas possibilidades existentes, de forma angustiante; quando finalmente se decide e mexe sua peça, todas as outras possibilidades se reduzem a apenas uma, a que foi efetivada e transformada em ação. Isso traz um grande alívio ao jogador. Mesmo que a escolha não se mostre, em um futuro próximo, a mais acertada, chega um momento, um limite, em que o pensar tem que se realizar em um fazer.

No café contei minha resolução para M... E ela me disse:

— As coisas nascem como mistério, transformam-se em problemas e acabam evoluindo para soluções.

—O que você quer dizer com isso? — falei de forma um tanto ríspida.

— Nada de mais. Apenas quis dizer que nada como uma boa noite de sono para você chegar a uma conclusão.

— E desde quando você é filósofa e afeita a aforismos ridículos? E, para sua informação, não tive uma boa noite de sono.

— Por que ficou nervoso? Não disse nada de mais. Grosso! — E levantou-se da mesa sem terminar o café.

Quando terminei, encontrei-a sentada na recepção com cara de choro.

— Vai começar com chororô agora?

— Você está muito grosseiro comigo, desde ontem. Eu não sei o que fiz para você ficar assim. Não falei nada de mais lá dentro.

— Para de choramingar e vamos de uma vez, quero chegar ao Bargello antes de ele abrir.

— Não vou à droga de museu nenhum. Vai você sozinho.

— Você é quem sabe. — Virei as costas e saí, deixando-a sentada onde estava.

Quando cheguei em frente ao Bargello minha irritação aumentou: o museu estava fechado, pois era o dia da semana reservado para a manutenção. Resolvi então seguir para o Oltrarno, do outro lado do rio Arno, uma região que ainda não havíamos visitado. Assim que atravessei a ponte, tomei a Via Maggio, repleta de restaurantes e lojas. Perambulei um pouco pelo bairro e depois rumei para o Palazzo Pitti. No caminho avistei uma *lan house*, coloquei a mão no bolso e apalpei o *pen-drive*. Fiquei alguns segundos imóvel e finalmente entrei. Bastaram-me menos de cinco minutos para enviar o arquivo com meus rascunhos para o e-mail de Arimã. Saí da loja e em direção ao Palazzo pensei de uma forma um tanto piegas e dramática: *"Alea jacta est"*.

Demorei apenas alguns minutos para chegar ao meu destino. O Palazzo é imenso! Em seu interior há diversos museus, além do magnífico jardim, porém não entrei. Ou pelo menos não completamente. Os ingressos são vendidos separadamente para cada parte. Estava mal-humorado por causa da discussão com M... e sem a mínima disposição para entrar nos museus. Fui andando aleatoriamente e quando percebi já estava na parte interna do Pallazo, quando uma fiscal me barrou. Eu apontei para um grupo de turistas que acompanhavam um guia, bem perto de mim, e falei qualquer coisa em português. Ela me deixou seguir e juntei-me ao grupo.

Eles então entraram em um dos prédios para o qual se necessitava de ingresso e eu fiquei andando pelos corredores e pelo pátio interno do Pallazo. De repente me vi cruzando um portal e chegando aos jardins. A entrada de turistas era do lado oposto, mas uma vez dentro do pátio principal consegui acessar os jardins por uma parte desguarnecida. Os jardins são deslumbrantes e sem dúvida uma atração à parte do complexo Pitti. Passei um bom tempo vagando entre monumentos, arbustos, árvores, fontes, grutas e outras maravilhas. Para quem não queria ir a museus, acabei em um, a céu aberto. Na verdade, em Florença, as praças, as ruas e as igrejas são verdadeiros museus.

Quando cheguei ao corredor de Vasari, uma espécie de passagem que liga os Palazzo Pitti e Vecchio, me sentei em um banco e tentei puxar da memória o que sabia daquela construção fascinante. O Palazzo Pitti teve sua construção iniciada na metade do século XV, a pedido de Luca Pitti, um banqueiro florentino cuja fortuna e ambição rivalizavam com as da família Médici. Na guerra política e econômica travada pelas duas famílias, os Médici saíram vencedores. Pelo que dizem os historiadores, a construção do Palazzo foi a ruína dos Pitti, que não conseguiram arcar com os elevados custos da obra. A humilhante saída para a família foi vendê-lo para os rivais.

A partir de então, o palácio – que sempre manteve o nome, talvez por desejo dos próprios Médici para mostrarem seu poder e o que acontecia com aqueles que ousassem desafiá-los, seja econômica ou politicamente – tornou-se a residência oficial de gerações dessa família que dominou Florença. As obras em exposição nesse jardim e nos diversos museus do complexo do Palazzo pertenciam a eles. O próprio jardim de Boboli foi construído a pedido dos Médici, e não dos Pitti.

As horas passaram voando enquanto eu divagava pelos jardins, até que me assustei com a proximidade do horário do almoço. Mais uma vez só havia tomado o café da manhã e estava com fome. Saí do Pallazo e cruzei o Arno novamente. Então me lembrei de um restaurante de pastas semiprontas que eu e M... havíamos descoberto no dia anterior. Quando cheguei lá, logo da entrada a divisei, sentada em canto com um prato de ravióli e uma carinha de dar dó. Quando me viu, abriu um largo sorriso e abaixou os olhos. Nos abraçamos e fizemos as pazes, sem tocar mais no assunto da discussão. Depois que comemos, decidimos então ir até Pisa, que fica a menos de cem quilômetros de Florença.

A cidade de Pisa não possui outros grandes atrativos a não ser o Campo dei Miracoli, onde se encontra a famosa torre, que nada mais é do que o campanário de uma bela igreja e seu batistério, todos mais ou menos da mesma idade, ou seja, foram construídos entre os séculos XI e XIV. Quando a avistamos, ainda de longe, pois o complexo fica no meio de um descampado, a impressão é marcante, pois ela é muito, muito inclinada. Segundo os folhetos informativos distribuídos em sua entrada, são 5,4 metros de inclinação.

Subimos até o topo e lá em cima sentimos ainda mais a inclinação. M... historicamente recusa-se a entender meu senso de humor e ameaçou fazer um escândalo quando debrucei metade do corpo para fora da torre. Segurando em uma mão minha carteira e em outra um pequeno pedregulho que achei no chão, ameacei comprovar o experimento de Galileu e testar empiricamente qual atingiria o chão primeiro.

— Sai daí pelo amor de Deus, senão quem vai esborrachar no chão é você, seu maluco! Se jogar essa carteira, você nunca mais vai vê-la.

— Minha querida, é apenas um experimento. Tudo pelo nome da ciência.

— Olha, sabe de uma coisa, fica você aqui em cima sozinho com o seu experimento, eu vou descer. Detesto essas brincadeiras sem graça.

E então descemos juntos, sem eu poder comprovar a teoria de Galileu sobre a queda dos corpos e a resistência do ar.

Uma vez embaixo, M... resolveu comprar alguns *souvenirs* nas dezenas de barracas que circundam o campo. Enquanto isso, fiquei na base da torre admirando as estruturas de sustentação construídas para evitar que ela continue se inclinando. Depois de uns vinte minutos resolvi procurar M... e segui em direção às barracas. Uma, porém, me chamou a atenção, pois, no meio de dezenas de barracas que vendiam comida *fast food* e miniaturas da torre de Pisa, havia um pequeno sebo, repleto de livros usados. Meus olhos brilharam, mesmo não sabendo ler muito bem em italiano.

Havia centenas de livros, alguns muito velhos, outros nem tanto, mas um pequeno exemplar, nem poderia chamar de livro, estava mais para um folheto encadernado in-octavo, de formato pequeno, com não mais de vinte páginas e letras grandes, me chamou a atenção. Apesar de não ser versado na língua de Michelangelo, consegui traduzir o título que me deixou muito curioso acerca de seu conteúdo: *La donna che ha mentito per dimostrare l'esistenza di Dio.* Fiquei alguns minutos folheando o livreto quando o homem que deveria ser o proprietário da barraca, um velhinho de barba e cabelos brancos, meio encurvado e de idade indefinida, me perguntou:

— *Ti è piaciuto il libro?*

— *Mi dispiace, non parlo italiano.*

— *Do you like the book?*

— *Oh! Yes! How much?*

O velho então, estreitando os olhos como quem quer enxergar algo bem distante, me disse em um inglês carregado de sotaque que o livro custava vinte euros. Protestei, dizendo que o valor era muito alto. Mas ele contra-argumentou dizendo que era um livro antigo, texto muito raro, de autor desconhecido e que fazia parte do folclore toscano. Após regatearmos um pouco, comprei o exemplar por quinze euros. Depois que paguei, ele me sorriu e disse que havia feito um bom negócio. E eu respondi em tom de brincadeira:

— *Io o tu?*

Ele então me olhou seriamente e citou em inglês um pensamento que eu conhecia em português, mas não tinha certeza a quem pertencia. Benjamin, talvez:

— *The property is the deeper relationship you can have with an object.*

Achei curioso o comentário, mas no fundo concordei com ele, mesmo achando quinze euros um pouco caro pelo livrinho. Pouco tempo depois, voltando para Florença, mudaria de opinião acerca do valor do livro. Assim que saí da barraca, encontrei M..., como sempre sorridente e carregada de sacolas. Fizemos uma refeição leve em um restaurante próximo e tomamos o ônibus de volta para Florença. No caminho lhe mostrei o livro e pedi que ela lesse a história para mim. Ela então leu traduzindo simultaneamente. Abaixo eu reproduzo uma tradução mais cuidadosa que ela posteriormente fez do texto, atendendo a um pedido meu.

Ela nunca havia mentido, e todos da família e os poucos amigos que lhe restaram na vida sabiam desta sua, vamos dizer, peculiaridade. Mas pagou um preço caro por isso: perdeu amigos, marido, empregos, foi humilhada, ofendida, desprezada e tachada como louca ou simplesmente uma grosseirona sem educação. Tudo isso por não mentir. Nos últimos anos tornou-se mais reclusa e até um tanto ranzinza. Não buscava a verdade acima de todas as coisas e nem se metia em assuntos alheios, mas se questionada falava a verdade, ou pelo menos a sua verdade. Tornou-se uma lenda na pequena cidade em que morava; alguns tinham medo dela, como tinham medo da verdade. Um dia a filha a procurou desesperada, o filho mais jovem, de doze anos, demonstrava um comportamento estranho já há algum tempo, se mostrando arredio e deprimido. Quando buscou saber o porquê, descobriu: um professor do garoto, um livre pensador, segundo ela, e que todos os alunos admiravam muito, colocou uma questão em sala de aula: "Foi Deus quem criou o homem ou foi o homem quem criou Deus?". E deu a entender que a segunda alternativa era a mais provável, citando como exemplo as guerras, genocídios, pestes, miséria e outras mazelas da humanidade que segundo ele eram um forte indicativo da existência de um mundo sem Deus. A mãe então ficou revoltada, reclamou na escola e conseguiu o apoio de outros pais, até que finalmente o professor foi afastado por tempo indeterminado das aulas. Mas, segundo ela, o mal já estava feito. Foi colocada na cabeça do menino a maldita dúvida, que o fará se atormentar por toda vida. Dizendo isso a mulher chorava no colo da mãe. A velha então pediu para a filha mandar o menino visitá-la no dia seguinte, ao cair da tarde. Quando o menino chegou, ela o chamou e disse:

— Vou lhe contar uma coisa que nunca contei a ninguém e também ninguém nunca me perguntou, por isso nunca pude dizer a verdade.

— O que é, vovó? — perguntou o garoto, curioso e já conhecedor da fama da avó de nunca mentir.

— Deus existe! Quando tinha quinze anos ele apareceu para mim. Não vi o seu rosto mas divisei suas formas. Me pegou pelas mãos e me fez ver através dos tempos: vi meus pais jovens, antes de se casarem, meus avós e bisavós que eu só conhecia por fotos, meus filhos que ainda não haviam nascido, meus netos, você, seus filhos e os filhos de seus filhos. Vi tudo isso em alguns segundos. Então ele se foi, mas me deixou a paz e a certeza de sua existência.

O olho do neto brilhava de felicidade. E então perguntou:

— E o que ele disse?

— Não disse nada, apenas se mostrou e se fez sentir. E foi bom, tão bom que até hoje tenho a vívida sensação daquele momento. Mas preste atenção, isso é um segredo nosso, apenas nosso, e para sempre.

— Puxa vida, vó, que bom ouvir isso! Obrigado. Será o nosso segredo, eu prometo.

Então levantou-se, beijou ternamente a avó e saiu. A velha o viu partir e sorriu. Um sorriso travesso, o único que deu na vida.

A história em si era somente isso, o resto do livro era composto por dois textos que tentam dar conta da origem misteriosa dessa história, mas apenas através de especulações. Chegamos a Florença no início da noite. Apesar de cansados ainda procuramos um lugar para jantar e depois fomos para o hotel dormir. Na manhã seguinte finalmente conseguimos ir ao museu Bargello.

O acervo do museu foi sendo construído gradativamente desde sua fundação em meados do século XIX. Parte dele pertencia à família Médici, sendo transferidas do Uffizi para lá basicamente as esculturas. Depois outras coleções foram sendo agregadas, como a de Louis Carrand, um conhecido colecionador de antiguidades francês do final do século XIX. O prédio, bem mais antigo do que o museu, já foi utilizado como prefeitura e posteriormente prisão. O museu é dividido em várias salas temáticas, por artista, período ou coleção, como: Sala de Michelangelo e das esculturas do *cinquecento*; Sala de Donatello e das esculturas do *quattrocento*; Sala das esculturas do *trecento*; Sala da coleção Carrand; dentre várias outras.

Eu e M... estávamos ansiosos para conhecer o museu e o fizemos de forma lenta e prazerosa, apreciando cada uma das salas. Por ser menor do que o Uffizi, sua visita torna-se menos cansativa e mais detalhista. As peças que mais me chamaram a atenção são exatamente as estrelas do museu, e com todo o merecimento: O *Baco* de Michelangelo, com seu ar borracho, e as esculturas de Donatello, principalmente seu *Marzocco,* um fabuloso leão feito de pedra com sua pata direita apoiada sobre um escudo. Essa obra anteriormente, como o *David* de Michelangelo, ficava na Piazza della Signoria, mas por uma questão de segurança foi transferida para o museu. Na Piazza podemos ver também uma cópia para os turistas mais desavisados.

E por falar em *David*, o de Donatello é outra das obras de destaque do Bargello. Um *David* de bronze e de formas efeminadas, que posa de capacete, espada e com seu pé sobre a cabeça de Golias. Donatello consegue passar, de uma maneira diversa daquela de Michelangelo, a virilidade e força da personagem bíblica, em harmonia com sua fragilidade e doçura. Aqui isso é passado através de toda a cena, ou seja, o David com o pé sobre a cabeça de Golias, ao contrário de Michelangelo, em que essa harmonia é passada pelo próprio corpo da personagem. Segundo alguns historiadores da arte renascentista, o *David* de Donatello é a primeira escultura de um nu do Renascimento. Nem precisa dizer que a moda pegou, é só repararmos nas milhares de esculturas renascentistas espalhadas em museus de todo o mundo.

Mas as obras que mais me emocionaram ficam discretamente fixadas em uma parede lateral de uma das salas: são as formellas originais de Brunelleschi e Ghiberti, consideradas as obras fundadoras do Renascimento e que datam de 1.401. Eles, além de outros artistas da época, participaram de um concurso promovido pela Opera del Duomo, instituição responsável pela administração da construção do complexo de Santa Maria del Fiore. O vencedor seria o responsável pela confecção das formellas que decorariam o portão norte. Essas são na verdade placas de bronze em alto-relevo. As duas que estavam na minha frente naquele momento representavam o sacrifício de Isaac e revolucionaram a história das artes, pois nelas temos pela primeira vez a inserção da perspectiva em uma obra de arte bidimensional. Ghiberti ganhou o concurso e foi contratado para fazer os portões norte e futuramente o leste; Brunelleschi se deprimiu com a derrota, mas a história foi benevolente com ele e o reservou para uma obra maior, ou seja, o próprio *duomo* da Catedral. Ver aquelas duas peças emblemáticas ali na minha frente foi uma experiência única, que valeria por si a visita ao museu.

Não sei quanto tempo fiquei parado na frente das formellas, mas quando olhei para os lados não vi M... Saí da sala em que estava e passei para a próxima, mas lá também ela não estava. Só a encontrei aproximadamente duas horas depois, já na saída do museu. Ela disse que me viu tão concentrado observando as obras que não quis me incomodar, foi para a sala de esculturas barrocas e também perdeu a noção do tempo.

Ficamos no museu por mais tempo do que tínhamos previsto. Quando saímos, a tarde já estava pela metade e nós cansados e com fome. Lembramos de um bar mexicano no caminho do hotel, chamado Ebys, e fomos para lá. Aproveitamos o resto do dia para interagirmos etilicamente com a cidade, bebemos cerveja entremeada com doses de tequila, limão e sal, acompanhados de alguns burritos.

Saímos do bar um tanto alegres, e, enquanto M... se dirigia para o hotel, parei em uma *lan house* para consultar meus e-mails. Assim que abri minha caixa, deparei com a resposta de Arimã; ele me convidava para um encontro, dizendo que havia lido o material que lhe mandara e gostaria de conversar comigo sobre o assunto. O e-mail tinha sido enviado naquela manhã, e o convite feito para aquela mesma noite. Olhei o relógio, eram sete e meia, e ele dizia no e-mail que me esperaria às oito horas em um *pub* situado não muito longe da Piazza della Signoria. Anotei o endereço e mostrei ao gerente da *lan house*, que me disse que realmente o bar não ficava muito longe dali. Não adiantava responder ao e-mail àquela hora, e imaginei se ele iria ao *pub* mesmo sem minha confirmação. Decidi então arriscar e ir ao seu encontro, esperaria até umas oito e meia e, se ele não aparecesse, iria embora. Corri para o hotel e falei com M..., dizendo que gostaria que ela fosse para conhecer Arimã. Ela disse que estava exausta e não iria e que eu também não deveria ir.

— Por que não manda um e-mail para ele e remarca para amanhã à noite?

— Pensei nisso, mas não custa nada darmos um pulo lá. Se ele não aparecer até oito e meia, nove horas, nós viemos embora.

— "Nós" é muita gente, cara-pálida, não vou sair do hotel agora para conhecer um maluco que demonstra por você um interesse muito estranho.

— Por que estranho? Ele não pode ter lido e gostado do que escrevi e mandei para ele?

— Não estou dizendo isso, querido, apenas acho estranha a forma como ele se aproximou de você e como se mostrou tão prestativo e entusiasmado antes mesmo de ler seu texto. E sinceramente acho que você não deveria ir. Já é tarde, escreve para ele e marca um almoço amanhã.

— Não é tarde, são dez para as oito. E, se você não quiser me fazer companhia, vou sozinho.

— Já estou até de camisola...

— Pode deixar, obrigado assim mesmo.

— Puxa vida! Mas para que esse dramalhão, só estou dizendo que estou cansada e que não estou disposta a ir a um encontro incerto. Você nem respondeu ao e-mail dele. Ele pensa que você não vai.

— Mas eu vou. E agora sou eu quem não quer que você vá.

— Mas por que tanta irritação? Só estou diz...

— Olha, se não quer ir, não vá. Ou melhor, vá à merda!

Dizendo isso, virei as costas e saí batendo a porta. Ainda escutei M... gritando o meu nome, mas não voltei. Desci as escadas e ganhei a rua em direção ao *pub*.

Não foi difícil encontrá-lo, é uma construção recuada à qual temos acesso descendo uma pequena escada. Entrei no bar e imediatamente senti a atmosfera opressora. Um balcão ocupa toda a extensão da parede lateral, e, ao fundo, há um pequeno palco, onde um saxofonista e um pianista tocavam jazz. No meio do bar diversas mesas ocupadas e outras tantas vazias. Na parede contrária à do balcão havia mais mesas, essas um pouco afastadas do palco. Demorei a me acostumar com a luz baça do *pub*; e meus pulmões, com o ar enfumaçado. Parecia que todas as pessoas lá dentro fumavam.

Dei alguns passos em direção ao centro do bar, olhando para os lados à procura de Arimã. Comecei a achar que não tinha sido uma boa ideia ir até lá e que a probabilidade de encontrá-lo aquela noite fosse mínima. Além disso, estava arrependido por ter brigado com M... Já estava desistindo de ficar no bar quando, olhando para uma das mesas encostadas na parede lateral, vi Arimã me fitando e sorrindo. Imediatamente então levantou-se e fez sinal para que me aproximasse.

— Achei que não viria. Não respondeu a meu e-mail — disse ele.

— Só tive a oportunidade de lê-lo uma hora atrás. Também vim sem a esperança de encontrá-lo aqui.

— Então sente-se, por favor. Que bom ter seguido seus instintos e vindo mesmo assim. O que vai beber?

— O que o senhor está bebendo?

— Vinho, me acompanha? Acabei de chegar, pedi uma garrafa de tinto ao garçom, que já deve estar trazendo.

— Vinho? Estava tomando cerveja e tequila. Acho que não devo misturar.

— Um pouco não vai lhe fazer mal, e além de tudo é a bebida dos deuses.

— Lhe faço companhia então em uma ou duas taças.

— Que ótimo! E, por falar nele, aí está nosso garçom.

Um homem que em nada parecia um garçom, alto, corpulento, cabelos desgrenhados e vestido com um guarda-pó preto, deixou em cima da mesa, com maus modos, duas taças médias e uma garrafa de vinho com o rótulo amarelado.

— Não se deixe enganar pela aparência e os maus modos do jovem Simon, é um bom rapaz. Também não se engane com a aparência da garrafa, ele sempre me serve o melhor da casa, aquelas garrafas que ficam guardadas lá no fundo da adega, esquecidas pelos anos e aguardando para serem consumidas com deleite e gozo.

Falando isso, encheu minha taça e a dele. Assim que colocou a garrafa de volta na mesa, levantou seu copo em direção a mim e disse:

— Ao seu brilhante futuro como escritor!

Ao ouvir isso meus olhos brilharam, e lhe perguntei prontamente o que havia achado dos meus rascunhos.

— Confesso que gostei muito, muito mesmo. Como o senhor mesmo disse, são rascunhos, mas já pode se perceber o tema central e uma unidade de ideias. A velha questão do maniqueísmo sempre me fascinou e acho que está longe de ser esgotada, mesmo que autores como Goethe ou Thomas Mann já a tenham abordado de forma tão brilhante. O homem sempre se viu colocado em situações de escolha, em que o bem e o mal, ou pelo menos a ideia que se tem sobre o bem e o mal, são opções dicotômicas. E o homem sempre se viu tentado a optar por uma ou por outra.

Fiz uma expressão de interrogação, e ele percebeu imediatamente o que tinha causado meu pequeno assombro.

— Sim senhor! O homem é tentado por ambos os lados. Deus é um tentador tal como o Diabo. — Calou-se como se esperasse uma refutação de minha parte, mas fiquei calado, curioso para ver aonde ele queria chegar com esse argumento. — O conhecimento, meu jovem, sempre seduziu o homem. O mito de Fausto é o mais conhecido, mas esse fascínio tem origens mais antigas, no próprio *Gênesis*, o livro da criação. Ali o Diabo tenta Adão e Eva a buscar o fruto proibido, aquele que se encontra na árvore do conhecimento, única vetada por Deus em todo o paraíso.

— Como o senhor mesmo disse, o Diabo é quem tenta Adão e Eva.

— Ledo engano, meu caro, há maior tentação do que dizer para alguém que ele pode fazer tudo o que quiser menos uma coisa específica? Essa pessoa obviamente, com o passar do tempo, vai se sentir tentada a fazer aquilo que lhe foi vetado. Deus tentou Adão e Eva, muito mais do que o próprio Diabo, ao dizer que eles poderiam provar do fruto de todas as árvores, menos de uma, a que continha o fruto proibido. Não é à toa que o dito popular reza que o fruto proibido é o mais gostoso. Na verdade, o maior prazer não está em seu gosto propriamente dito, uma simbologia, mas na transgressão. No ato de transgredir, de fazer aquilo que lhe foi proibido. É característico do ser humano ser rebelde, transgressor. E não podemos esquecer também que a serpente aqui, que representa o Diabo, é um enviado do próprio Todo Poderoso. Sendo assim, Deus aqui é o único tentador.

— O *Gênesis* — disse eu —, e isso a própria igreja católica já admite, é um texto mítico e metafórico, que tem como objetivo apenas mostrar que Deus é o responsável pela criação do homem, do universo e de suas leis. O mito de Adão e Eva tem como objetivo ensinar ao homem que ele deve obedecer a Deus e colocar o seu destino em suas mãos, e não buscar o discernimento entre o bem e o mal.

— E o senhor concorda com isso?

— Não. Como já lhe disse anteriormente, essa busca do discernimento entre o bem e o mal é algo que me instiga e é o fio condutor do livro que estou tentando escrever, mas entendo a mensagem do *Gênesis* e a acho importante dentro da doutrina cristã.

— Entender não é concordar, nem mesmo ser conivente. O homem não pode ser privado do conhecimento, e o que o *Gênesis* preconiza é exatamente isso. — Levantou seu copo, tomou um grande gole do vinho e me instou com os olhos a fazer o mesmo. Então também dei um grande gole dessa vez.

— Então, gostou do vinho?

— É muito bom. Não sou um especialista, mas é muito gostoso realmente.

Colocando seu copo sobre a mesa e sem retirar os olhos de mim, continuou:

— Por que Deus vetou ao homem exatamente o conhecimento? Isto que o move e que lhe propiciou sua evolução, seu desenvolvimento material e espiritual? Lembre-se do argumento da serpente, vulgo Diabo, em relação a essa proibição estapafúrdia.

Antes que ele começasse a citar, me antecipei:

— "De modo nenhum vocês morrerão. Mas Deus sabe que, no dia em que vocês comerem o fruto, os olhos de vocês vão se abrir e vocês se tornarão como deuses, conhecedores do bem e do mal."

— Muito bem, meu jovem! Vejo que conhece bem o texto bíblico.

— Algumas partes me são mais atrativas do que outras — me limitei a dizer.

— Então o senhor saberia me dizer por que foi vetado ao homem o conhecimento, tanto do bem quanto do mal?

—Para protegê-lo. Pelo menos é isso que o texto bíblico nos deixa entender.

— Mas protegê-lo de quê?

— De si mesmo, talvez.

— De si mesmo? Isso não faz o menor sentido.

— Na verdade, senhor Arimã, não estou disposto a travar com o senhor um debate exegeta. Aonde o senhor quer chegar?

— Mas nem tampouco eu. Tenho um objetivo com toda essa minha peroração e tem a ver com seu livro.

— Pois bem, continue então.

— Ora, meu caro, o mal existe, assim como o bem, e o homem tem o direito de conhecê-los e também direito à escolha. Muitos escolhem o mal e este muitas vezes lhes proporciona desenvolvimento pessoal. Aliás, por que não dizer que o mal contribuiu definitivamente para o desenvolvimento da própria humanidade e da espécie humana? Quantos imperadores, reis e líderes sacrificaram a vida de milhares de seres humanos, cometeram maldades e covardias em troca de benefícios futuros e maiores? O mal é um motor para o desenvolvimento humano, individual e coletivo, tão ou mais eficaz do que o bem.

"Para se alcançar grandes objetivos pessoais e universais é preciso, às vezes, flertar com o mal – e me deu uma discreta piscadela, tocando levemente em meu braço que estava apoiado sobre a mesa –, fazer alianças, conchavos, pactos, acordos, pois o homem não conseguiu todas as suas conquistas e avanços como raça e civilização sendo apenas bom. O mal faz parte do universo e da natureza humana, e como já dizia o poeta: 'Tudo vale a pena, se a alma não é pequena', ou se há objetivos maiores em jogo. Os fins justificam os meios."

— Primeiro, o senhor está desvirtuando as palavras de Fernando Pessoa; segundo, eu não acredito que os fins realmente justifiquem os meios.

— Mas não se furta a gozar de todos os avanços científicos, civilizatórios e humanísticos que o mal e seus representantes deixaram de legado.

— Que legado é esse?

— Pois veja bem, meu caro, homens como Pilatos, Nero, César, Napoleão, Hitler e Alexandre contribuíram sobremaneira para o desenvolvimento do mundo e do próprio homem através de suas conquistas e genocídios. Isso só citando os de maior relevância histórica, deixando de lado aqueles milhões de anônimos que, através de atitudes mesquinhas, egoístas, torpes e injustas, propiciaram direta ou indiretamente o bem da humanidade. E o que dizer do próprio capitalismo e seus capitães, que vêm há mais de dois séculos espoliando uma parte da humanidade para enriquecer a outra? Se a mais valia é uma criação do Diabo, o homem a aceitou muito bem e vem usufruindo de suas conquistas e acumulações sem culpa. — E falando isso deu uma alta gargalhada. — E não creio que o senhor abdique das benesses do mundo moderno.

Confesso que fiquei um pouco confuso com a argumentação de Arimã. Quis refutá-la, mas no fundo concordava com ele; mas até então não sabia disso, ou pelo menos nunca tinha visto as coisas sob esse ângulo cruel para a nossa própria raça. Não podia aceitar a importância para a humanidade dos homens que ele citou e muito menos que as atitudes egoístas, mesquinhas e injustas – ou seja, o mal em parte de sua essência – de outros milhares, milhões de homens em nossa história também pudessem nos trazer benefícios diretos e indiretos. Comecei a falar, mas não acreditava no que dizia:

— O senhor está invertendo os valores. Está dando ao mal e a seus representantes um *status* e importância na história da humanidade que eles não possuem.

— Não há nenhuma inversão. Não estou retirando do bem e daqueles que o praticam a devida importância que têm na história do homem e da civilização. Só estou dizendo que o mal é injustiçado.

— Por mais paradoxal que essa frase possa parecer — disse eu.

— Foi proposital — ele falou, sorrindo.

Tomando mais um gole de seu vinho, pegou a garrafa e completou a minha taça. Ainda não havia prestado atenção na música, mas agora, enquanto ele enchia meu copo, reparei em uma mocinha, vestida de saia preta e blusa branca, que não aparentava ter mais de vinte anos e, apesar da distância e da pouca luz, me parecia extremamente atraente. Em cima do palco, ela cantava *Moonglow*, em uma interpretação que remetia imediatamente ao tom melancólico e inebriante de Ethel Waters. Seu corpo balançava levemente ao ritmo da melodia. Arimã, percebendo minha atenção desviada para o palco, perguntou:

— Está gostando?

— Sim — disse eu. — Não havia reparado ainda na cantora, tem uma bela voz. Lembra as velhas divas do jazz. E parece ser tão jovem.

— Não apenas parece, ela é. E muito mais jovem do que imagina. — E olhando furtivamente para trás, em direção ao palco, completou: — Uma linda jovem e uma ótima cantora, sem dúvida. Se desejar, posso apresentá-los mais tarde. Fui eu quem a indiquei para o velho Joseph, proprietário deste *pub*.

— Como quiser, será um prazer.

— Tenho certeza de que sim. Mas, se me permite, gostaria de voltar ao nosso assunto principal. — Sem dar importância para sua primeira observação, aquiesci com um discreto movimento de cabeça. — Não entendo, e estou lhe sendo totalmente sincero, com a total falta de reconhecimento da importância do mal na história da evolução da humanidade. Posso entender que o homem não deseje praticar o mal, por opção, mas não que o despreze e vire as costas para todos os benefícios que ele trouxe para o próprio através dos tempos. — Ele se calou por alguns segundos enquanto eu tomava mais um gole de minha taça, talvez imaginando que eu iria tecer algum comentário ou refutá-lo. Como permaneci calado, ele continuou: — Principalmente se identificarmos o mal com o conhecimento, como a própria Bíblia se encarregou de fazer, como estávamos falando há pouco.

Tomou mais um gole de sua taça e a encheu novamente, completando meu copo antes que eu pudesse fazer qualquer gesto de negativa. Nesse momento, a moça em cima do palco começou a cantar *Georgia on my mind* de uma maneira tão envolvente que me distraí completamente de Arimã e me deixei embalar por aquela atmosfera *vintage*. Por alguns segundos, acreditei que a moça olhava diretamente em meus olhos e cantava somente para mim. Durante o solo do saxofonista, ela se mexia mole e delicadamente com o microfone nas mãos, olhando fixamente em direção a nossa mesa.

— O Diabo!

Acordei de meu torpor e olhei para Arimã.

— O que disse?

— Estava dizendo que o Diabo, durante toda a Idade Média e até meados do século XVII, com o advento do Iluminismo, esteve ligado ao conhecimento.

— Me desculpe — disse. — Me distraí por alguns segundos. Gosto muito dessa música.

— Não tem problema, eu entendo perfeitamente. Helena provoca isso nas pessoas, esse total alheamento. — Então, com *Georgia on my mind* como pano de fundo, voltei a prestar atenção em Arimã. Helena, era esse o nome dela então. — Mas estava dizendo que o Diabo então estava ligado ao conhecimento, e o conhecimento foi tachado como algo proibido. As bibliotecas medievais representavam templos proibidos ao homem comum: soturnas, lúgubres e misteriosas, apenas os monges, membros do alto clero e alguns poucos leigos tinham acesso às suas dependências e aos seus textos. Inclusive um Diabo chegou a habitar a biblioteca de um dos principais intelectuais de sua chamada inconfidência mineira.

— O senhor está se referindo claramente ao livro de Eduardo Frieiro, *O Diabo na livraria do cônego* — disse, surpreso por ele conhecer aquele pequeno livro. — Mas o Diabo ali é apenas uma figura simbólica.

— O Diabo nunca é apenas simbólico, apesar da literatura quase sempre o retratar dessa maneira. Mas voltando, o conhecimento então era vetado ao homem comum, era subversivo. Assim, o Diabo, aquele criado pelo homem e mais precisamente pela igreja católica, surge como símbolo do saber; mas de um saber proibido. Nesse momento da história da humanidade, o conhecimento está ligado à não aceitação das regras vigentes, à subversão da ordem dominante e suas instituições: a igreja e o estado de direito. Saber é poder! A subversão por sua vez é atrelada ao Diabo, que consequentemente passa a ser associado ao conhecimento.

— Entendo o que quer dizer e não discordo do senhor. Realmente a igreja católica vinculou o Diabo ao conhecimento durante um certo período, com o objetivo de afastar o homem dele, ou seja, do conhecimento. A própria queima de livros pela inquisição e pelo *Index Librorum Prohibitorum* foi uma prática comum durante muito tempo na Idade Média, e uma solução encontrada pela Igreja para justificar seus atos foi associar os textos desses livros e consequentemente o conhecimento contido neles ao Diabo. Mas, como o senhor mesmo disse, esse é um Diabo simbólico, criado pela igreja católica.

— Sim! Mas o mal existe, e o Diabo também. E quando a igreja começou a perder a sua força e o saber não mais foi visto como algo pernicioso, mas sim benéfico - até um certo ponto, claro, pois até hoje há conhecimentos que o próprio homem acha que lhe devem ser vetados -, a partir desse momento, o conhecimento passou a ser desvinculado do mal e consequentemente do Diabo. O coitado apenas serviu para os interesses da igreja, para enganar o próprio homem. E é aí que seu livro entra, meu caro.

— Não estou entendendo.

— Você, através de sua literatura, vai dar ao Diabo a importância que ele merece. Em sua obra ele será o herói, e não o vilão.

— O senhor só pode estar brincando comigo.

— Mas claro que não. O cerne já está lá, pronto. O embate do bem contra o mal. A única coisa que lhe peço é que, como criador, senhor de seus personagens, de suas vidas, permita que o Diabo vença, que o mal triunfe sobre o bem.

Tomei um gole de vinho e olhei para ele sorrindo, tentando entender o jogo que ele fazia comigo. Mas ele me olhava sério, e então percebi que não era brincadeira.

— Isso é impossível!

— Não! É totalmente possível. Você tem em suas mãos uma trama faustiana, fundamentada, mas ainda incompleta. A única coisa que te peço é que o Diabo tenha um final feliz, por mais estranho e contraditório que isso possa parecer — disse ele, com um discreto sorriso no canto da boca.

Fitamo-nos por alguns segundos em silêncio. Eu procurando entender aonde ele queria chegar com aquela história, mas cada vez mais convicto de que ele realmente falava sério; e ele esperando uma resposta minha. Como me mantive calado, ele continuou:

— O senhor mesmo me disse que ainda não tem um final para sua história, faça o que lhe peço e em troca lhe darei a garantia de que ela será publicada por grandes editoras em vários países do mundo, e de ser lançada simultaneamente em várias línguas. E o principal, de ter uma campanha promocional que o coloque em destaque nos meios de comunicação. Peço-lhe muito pouco, apenas mais um tijolo no grande muro que estou construindo há muitos, muitos anos. Você estará em boa companhia, outros já fizeram e fazem a mesma coisa, em troca de fama, dinheiro, poder, reconhecimento. Como já lhe disse, sou uma espécie de mecenas muito bem relacionado no meio artístico e cultural.

Eu o olhava fixamente, confuso, atordoado, mas curioso.

— Não estou brincando, meu jovem. Estou lhe dando a oportunidade de sua vida. O senhor não deseja ser um escritor? Pois o será! E mais, será um escritor mundialmente famoso. Para isso basta voltar para casa e completar sua obra, encher os espaços vazios, dar consistência aos personagens, ou seja, dar volume ao que já está esboçado. E, principalmente, que o seu herói apodreça no inferno e que o mal triunfe e seja redimido.

— Estou confuso. Não entendo o que deseja de mim. Meu livro é apenas um esboço, e não sei se tem essa vocação faustiana.

— É claro que tem. Na verdade, em seu livro Deus e o Diabo digladiam-se dentro do ser humano, onde realmente ocorrem as principais batalhas. É lá, no íntimo do ser, que o bem e o mal se enfrentam. Seu personagem é totalmente faustiano. O homem é faustiano em sua essência. Só lhe peço que não traia o mal, como outros escritores o fizeram, e que permita ao Diabo o triunfo.

— Existem várias histórias em que o mal vence o bem — disse-lhe eu. — Muitas das tragédias teatrais, por exemplo.

— Não! — disse ele vociferando, quase gritando e batendo o punho cerrado sobre a mesa. — As tragédias não contam, nelas não é o mal que triunfa, e sim o homem que cumpre sua sina de forma catártica, mas sempre com o triunfo moral do herói, mesmo se para isso for preciso que ele perca a vida. Não é isso que desejo do senhor e de sua obra. Rogo-lhe que permita ao Diabo a vitória, a posse da alma de seu Fausto, que o acordo seja cumprido.

— Mas em meu livro não há acordo.

— Faça que exista um. Está tudo lá, eu li. A tentação, o mal, o bem, as figuras representativas de Fausto e Mefistófeles, basta ao senhor dar a forma que sua história exige e merece.

Fiquei calado e tomei mais um gole de vinho. Olhei por sobre seu ombro e a garota cantava uma canção que não reconheci, mas agora tinha certeza de que olhava diretamente para mim. Nossos olhares se cruzaram. Fui despertado de meu alheamento pela voz de Arimã.

— O homem busca o Demônio para rivalizar com Deus, visando atingir uma experiência plena e um conhecimento sobre-humano, e é sempre punido. Há coisas que são vedadas ao homem? Há coisas que o homem não deve conhecer? Fausto almejou a plenitude e pereceu, mas Deus foi misericordioso com ele e lhe deu a salvação eterna, mesmo ele perdendo a aposta com o Diabo: "Que esse momento se eternize". Deus, em benefício de Fausto, que representa o homem, não paga sua aposta, rompe com sua palavra, ludibria o Diabo e salva o homem.

— Mas em Marlowe, Fausto é carregado para o inferno pelos diabos na cena final.

— Marlowe, Marlowe! Quem hoje conhece Marlowe e seu Fausto? Uma dúzia de literatos ranzinzas e malcheirosos. Goethe! É o Fausto de Goethe que ficou para a posteridade. É nele que vemos o Diabo ser ludibriado por Deus. O que lhe peço, meu jovem amigo, é muito pouco, na verdade quase nada. Não lhe peço que modifique um final que ainda nem existe em seu livro, mas apenas que crie um desfecho em que o mal triunfe e que o Diabo não seja privado de sua vitória.

— Mas por que deseja isso?

— O Demônio é o ser mais enganado e solapado da história da humanidade. Ele não é o pai da mentira, como diz a voz popular, pelo contrário, ele sempre foi trapaceado por mentirosos. Lembre-se das palavras finais de Mefistófeles no *Fausto* de Goethe: "Fui roubado de um ganho custoso e sem par, a alma elevada, prometida em penhor solene, foi ardilosamente subtraída de meu domínio". Repare bem, "ardilosamente subtraída" a alma que lhe pertencia por direito sagrado de aposta.

— Fausto é um poema ficcional criado por Goethe, tendo como base uma figura quase mitológica — disse eu.

— Sim, exato! E é por isso que é importante que o Diabo vença, que o mal triunfe em seu romance. O Diabo merece sua redenção literária. E seu romance tem todos os elementos para fazer isso.

— Está me dizendo que minha obra vai rivalizar com o *Fausto* de Goethe? — falei sorrindo, em tom de deboche.

— Meu jovem, com certeza o senhor não tem, e espero que não se ofenda com minhas palavras, a mesma verve literária de um dos maiores escritores de todos os tempos, mas estamos em outra época, e, com minha ajuda e influência no mundo das artes, seu romance será publicado e traduzido em várias línguas, como já lhe disse, além de centenas de notas e textos em revistas literárias em todo o mundo. Em pouco tempo roteiristas estarão fazendo propostas para comprar os direitos de filmagem. Um belo jovem e promissor ator interpretará Mefistófeles, conquistando os corações das mocinhas; uma banda de rock famosa fará a trilha sonora, e em breve o seu Mefistófeles se tornará uma espécie de *pop star*. Não despreze o poder da mídia moderna. Eu só preciso do objeto para orquestrar o início da redenção do Diabo.

Recostou-se na cadeira, cruzou os braços e me fitou, dessa vez sem sorrir, e me perguntou:

— E então, temos um acordo?

— Eu não creio no triunfo do mal sobre o bem. Não posso escrever sobre algo em que não acredito; isto seria um crime, uma violação a mim mesmo e a meus princípios.

Arimã então descruzou os braços, projetou seu tronco para frente, colocou os dois cotovelos sobre a mesa, cruzou os dedos na altura dos lábios e falou pausadamente:

— Como diria Nietzsche: "O mais alto a que um homem pode aspirar, ele tem de obtê-lo por meio de um crime". Assim nascem os grandes homens e suas obras. Corrompa-se! Por sua arte.

— Mesmo que meu romance seguisse por um caminho faustiano, é Fausto o herói, é a ele que Deus salva a alma. O Diabo representa a tentação, o mal, e o leitor não deseja a vitória do mal.

— Deixe que eu decida o que o leitor quer. A mídia determina o que o público deseja, e já disse que seu livro terá a campanha promocional que o fará brilhar sob os holofotes nas vitrines de livrarias do mundo inteiro.

Mais uma vez fiquei em silêncio, sem saber o que dizer, confuso com a proposta que ele me fazia, mas ao mesmo tempo excitado, tentado.

— E, aliás, à guisa de esclarecimento, caso não cumpra um objetivo mais nobre que seria o de convencê-lo a aceitar minha proposta, tenho a lhe dizer algo sobre o Mefistófeles de Goethe. Em toda a peça, Mefistófeles é certamente o personagem mais crente, mais temente a Deus. Fausto, na sua busca pela plenitude espiritual, carnal e intelectual, rivaliza-se com Deus e usa Mefistófeles para atingir seu objetivo, usa-o para atingir o *status* de Deus, mostrando assim uma total descrença na magnitude e superioridade divina. Mefistófeles, por outro lado, como já disse, é um temente a Deus, que, mesmo desafiando-o em uma aposta, submete-se à vontade deste, aceitando sua derrota e desistindo da alma de Fausto, embora tendo direito a ela pela aposta feita entre os dois no prólogo da peça. Fausto desafia um Deus em que no fundo não acredita ou no mínimo que não respeita como autoridade máxima, celestial e inatingível, enquanto Mefistófeles demonstra respeito e subserviência à magnitude divina. Sendo assim, meu jovem, o que lhe peço é que faça justiça ao Diabo, deixe-o sentir o gosto da vitória, permita que o leitor o conheça como um vencedor, e não como o perdedor humilhado e banido de sempre. Dê-lhe apenas uma chance.

Nos encaramos por alguns segundos quando percebi que a música havia parado. Meus olhos então vagaram pelo salão, em busca da moça que cantava, mas não a vi.

— Procurando por Helena?

— Não. Apenas senti falta da música.

— Simon! — gritou ele em direção ao balcão, fazendo um sinal ao garçom, que veio prontamente.

— Chame Helena, por favor. Diga a ela que quero lhe apresentar uma pessoa.

O garçom saiu e pouco tempo depois a moça chegou com um discreto sorriso nos lábios e um encantador ar de timidez. Arimã fez as apresentações e Helena sentou-se conosco. Assim de perto sua beleza era ainda mais radiante e angelical. O rosto era pequeno e delicado, a boca vermelha e desenhada contrastava com a pele alva, os cabelos eram loiros, levemente cacheados, e ela me fitava com dois olhos verdes que cintilavam a cada vez que baixava as pálpebras. Uma outra garrafa de vinho e mais uma taça foram trazidas por Simon sem que ninguém houvesse pedido, mas também sem nenhum gesto de recusa.

Começamos a conversar os três – em inglês, pois Helena não sabia falar português – sobre jazz, e aos poucos Helena foi se tornando mais falante, assim como eu. Depois de algum tempo, a conversa polarizou-se em nós dois, e, quando olhei para Arimã, ele nos observava com um discreto mas marcante sorriso, como quem observa duas crianças brincando. Quando percebeu que paramos de conversar por nos sentirmos observados, ele se inclinou para frente, pegou o copo e o levou lentamente aos lábios e, sem parar de nos fitar, falou:

Vejo que se deram bem. Parece que têm muita coisa em comum. — E olhando agora diretamente para mim: — Como deve ter percebido, Helena não possui apenas uma bela voz, mas também é uma apaixonada pelas histórias, tantas histórias, que cercam o jazz.

— Sim — sorri para Helena —, pude perceber. — Ela abaixou os olhos e tive a impressão de que corou ligeiramente.

— E você é tão jovem! Há quantos anos canta profissionalmente? — perguntei para ela.

Ela levantou os olhos, me fitou ligeiramente de lado, mas não respondeu. Pegou a taça e deu um grande gole em seu vinho.

— Não é um assunto muito adequado para o momento e lugar, não é, minha cara? — disse Arimã, sorrindo em direção a Helena, que lhe devolveu o sorriso.

— Desculpe a indiscrição — falei, olhando para ela.

— Não é uma questão de indiscrição, mas sim de legalidade — falou Arimã.

Diante de meu olhar perplexo, completou:

— Helena tem apenas dezessete anos e, em princípio, nem poderia estar aqui bebendo conosco, muito menos cantar à noite em bares. Não é mesmo, minha querida e linda rouxinol?

Falando isso, ele passou as mãos pelos cabelos de Helena e seus dedos ossudos e descarnados desceram pelo delicado rosto da moça. Me senti incomodado com aquele gesto, algo parecido com uma sensação de ciúmes se apossou de mim e olhei furioso para Arimã. Ele me devolveu o olhar sorrindo e retirou as mãos de Helena, que permanecia impassível. Olhei para ela e perguntei:

— É verdade?

— O que é verdade?

— Sua idade. A idade que Arimã falou.

— Não! Claro que não. Você acha que pareço ser tão nova?

— Não sei, realmente você não parece ter mais de vinte anos, te olhando assim de perto. Se te visse em um outro ambiente, acreditaria se me falasse que tem dezessete, dezesseis, quinze.

— E isso importa? Importa para você?

— Para mim não. Claro que não. Por que importaria? — disse, visivelmente incomodado. O seu tom não me era estranho em uma mulher. Era um tom de sedução.

Houve um momento de tensão, em que ela me olhava fixamente com um sorriso travesso no canto dos lábios. Eu me sentia deslocado e intimidado, e Arimã parecia se deleitar com a situação. Para quebrar aquele clima, pedi licença e fui ao banheiro. Não estava me sentindo muito bem, passei um pouco de água no rosto e me fitei no espelho. Meus olhos estavam vermelhos e minha cabeça começava a girar. Joguei mais água no rosto e mais uma vez me fitei no espelho. Então me lembrei das palavras de Agustin no Ovelha Negra, em Barcelona. É como se estivesse vislumbrando um outro eu no fundo de mim, a que agora tinha acesso através da janela de meus olhos, e me assustei com o que vi e senti.

Percebi ambição e sabia que estava propenso a aceitar o acordo proposto por Arimã; sentia orgulho por minha obra que ainda não existia; sentia inveja e desprezo pelos escritores medíocres que alcançavam sucesso e reconhecimento com livros estúpidos e, principalmente, sentia desejo por Helena. Desejo pelo seu corpo juvenil, desejo por sua pele macia e virginal. Transtornado e assustado, desviei os olhos do espelho e pela terceira vez molhei o rosto e os cabelos, dessa vez evitando me fitar e deparar com aquele que estava à espreita, no fundo de mim. Depois de vários minutos voltei ao bar. Quando procurei pela nossa mesa, não a encontrei a princípio e demorei a perceber que Arimã e Helena tinham se juntado com quatro jovens que estavam sentados em uma mesa ao lado da nossa.

— Estamos aqui, venha! Guardei seu lugar — gritou Helena, me apontado uma cadeira ao lado da dela.

Arimã conversava animadamente com os quatro rapazes, que pareciam estar excessivamente alegres, o que poderia ser comprovado pela quantidade de garrafas de vinho sobre a mesa.

— Venha! Sente-se conosco — disse um dos rapazes, em inglês. — Eu e meus amigos estávamos observando vocês e eu afirmei que eram estrangeiros. Como esse bar não é muito frequentado por turistas, resolvemos perguntar ao seu amigo aqui. — Colocou a mão no ombro de Arimã. — E ele nos disse que você é um escritor sul-americano e que sua namorada é grega — falou um segundo rapaz, piscando rudemente para Helena.

— Você é mesmo um escritor? — perguntou o primeiro.

— Se você escreve, mas nunca publicou nada, pode ser chamado de escritor? — perguntei.

— Claro que pode — falou um terceiro rapaz. — Eu sou um ilusionista, mas nunca fiz uma mágica.

— Cale a boca, Brand — falou o que ainda não tinha se manifestado.

— E você, meu velho — disse o primeiro, colocando a mão novamente no ombro de Arimã —, não nos disse de onde é.

Fez-se um silêncio e todos olhamos para Arimã, principalmente eu, que até então ainda não sabia a nacionalidade de meu futuro mecenas. Arimã olhou fixamente para o rapaz e desceu os olhos lentamente para sua mão que ainda se encontrava pousada sobre seu ombro. O rapaz se sentiu incomodado e a retirou, mas refez a pergunta.

— E aí? De onde você é? Não tem jeito de grego e muito menos de sul-americano. Parece um personagem de Dickens. Ebenezer Scrooge! É isso, é assim que vamos te chamar.

E todos os quatro caíram na gargalhada. Arimã sorriu sem responder à pergunta, voltou-se para os quatro e começou a falar:

— É muito prazerosa a companhia de jovens tão alegres. Vejo que para vocês a vida é uma festa, e, mesmo que uns não achem graça das pilhérias, sempre há aqueles que aplaudem. E, antes que venha a ressaca e a conta, todos devemos aproveitar.

Os quatro rapazes ficaram um tanto perplexos, mas deram um hurra e começaram a rir, como se tivessem ouvido apenas as últimas palavras de Arimã.

— Os tolos que riem na terra chorarão no inferno. — E, antes que os rapazes assimilassem suas palavras, continuou: — Para alguns, o Diabo nunca é pressentido, mesmo que lhes puxe a barba. — Dizendo isso, deu um leve puxão na barbicha do rapaz loiro que havia colocado a mão em seu ombro. O jovem riu e disse brincalhão:

— Senhor Scrooge, o senhor não se parece com o Diabo, se parece com o senhor Scrooge. Eu não me lembro muito bem do livro, acho que não o li, mas me lembro do musical... cante alguma coisa para nós, senhor Scrooge!

— Isso mesmo, cante, senhor Scrooge — pediram em coro os outros.

— Vontade não me falta, mas a voz sim — disse Arimã. — Na verdade, queria beber mais uma taça, mas Simon me avisou que tomamos a última garrafa do vinho de que eu gosto.

— Beba do nosso! Vamos brindar à liberdade e ao bom vinho!

— Olhando para as garrafas em sua mesa, acho que só devemos brindar à liberdade — falou Arimã, com aquele discreto sorriso sarcástico no canto dos lábios.

— O que quer dizer com isso? — perguntou o quarto rapaz. — Não te agrada o nosso vinho?

— Na verdade não, são vinhos horríveis e intragáveis.

— Mas, pelo que o senhor disse, a sua reserva especial acabou, então terá de brindar com o nosso. — Dizendo isso, puxou o copo de Arimã e o encheu até a metade, empurrando depois em sua direção de maneira intimidadora.

Os outros três ficaram em silêncio, mas sem tirar os olhos do meu companheiro.

— Se o proprietário do estabelecimento permitisse, brindaria com vocês com vinhos da mais alta qualidade, da minha própria adega, que sempre carrego comigo.

— Estão aqui agora? Com você? — perguntou novamente o quarto rapaz, e aparentemente o mais irascível dos quatro.

— Sim, certamente — respondeu Arimã.

Todos olhamos para ele, tentando descobrir onde ele esconderia garrafas de vinho. Eu comecei a ficar apreensivo e olhei para Helena, que parecia se deliciar com toda a cena. Então o segundo rapaz falou:

— Não há problema. O dono do bar é meu amigo, eu me responsabilizo por qualquer coisa. Dê-nos seu vinho de tão boa cepa, mas que não seja coisa pouca, apenas um aperitivo. Já que daremos prejuízo ao estabelecimento, quero me fartar de seu bom vinho.

Arimã então levantou um dos braços e imediatamente Simon apareceu ao seu lado.

— Meu prestimoso Simon, poderia me emprestar por alguns instantes o seu velho saca rolhas, que sei que carrega no bolso direito de seu avental? — E, em uma fração de segundos, o objeto surgiu nas mãos de Simon, como se ele já esperasse esse pedido.

Arimã o tomou e agradeceu com um gesto de cabeça, e, assim como surgiu, Simon desapareceu de nossas vistas. Voltando-se para o primeiro rapaz que estava ao seu lado, o mesmo que havia intimamente colocado a mão em seu obro, perguntou:

— Aqui está o furador, e você agora escolha um vinho de sua preferência. — Enquanto falava, pegou quatro rolhas das garrafas vazias que se encontravam sobre a mesa.

— E o que irá fazer com esse saca-rolhas se não vejo nenhuma garrafa com vinho sobre a mesa?

— Repito a pergunta, qual o vinho de sua preferência?

— Então tem mais de um a seu dispor? Acho que o senhor é um grande falastrão e vai ter de cumprir a sua promessa, de um jeito ou de outro — disse, em um tom que oscilava entre troça e ameaça —, mas, já que insiste, iria muito bem agora um bom vinho do Reno.

Antes mesmo que acabasse de falar, Arimã com um gesto rápido enfiou o saca-rolhas com a mão esquerda na lateral da mesa de madeira em frente ao rapaz e com a direita tapou com uma das rolhas o buraco hábil e rapidamente feito.

— E senhor? — perguntou para o segundo rapaz, que se encontrava à sua direita.

— Que tipo de brincadeira é essa?

— Só lhe peço que me diga qual o vinho de sua preferência.

— Tudo bem, vamos ver no que vai dar isso. Eu prefiro Champagne, bem espumante e legítima.

Mais uma vez Arimã fez o mesmo gesto hábil e preciso, dessa vez apenas trocando as mãos. Usando o saca-rolhas com a mão direita e enfiando a rolha com a mão esquerda.

— E o senhor? — perguntou para o terceiro rapaz.

Esse olhou para os outros dois com um largo sorriso e disse:

— Para mim um vinho branco, bem doce. Deixo a uva à sua escolha.

— Acho então que um Tocai lhe cairá bem.

Arimã então se levantou e fez a mesma coisa na mesa, em frente ao terceiro rapaz. Lentamente então se dirigiu ao quarto e mais intimidador deles, que observava tudo com o semblante sério e calado. Colocando-se às suas costas, perguntou:

— E o senhor?

— O senhor nos quer como plateia para algum truque de mágico amador, não é mesmo?

— Jamais tripudiaria de cavaleiros tão nobres. Me fale agora, qual o vinho?

— Tanto faz. Surpreenda-me.

Arimã então repetiu o gesto. Quando terminou, voltou ao seu lugar e disse:

— Por favor, senhores. Perceberam que na frente de cada um há uma rolha incrustada na lateral da mesa? Após eu declamar alguns versos mágicos, pediria a cada um que retirasse a sua rolha e se servisse. — E sem esperar resposta emendou:

As uvas vêm dos vinhedos
Bodes têm chifres bem sei
Bebam o vinho então jovens mancebos
Nessa mesa de madeira de lei.
Vejam o esplendor da natureza
É um milagre rapazes!
Tirem todos de uma vez as rolhas
E bebam essa beleza.

Então todos ao mesmo tempo, como se impelidos por uma vontade maior, retiraram as rolhas. O que se deu então a partir daí foi uma sucessão de acontecimentos que tiveram seu ápice minutos depois, na minha mais total abjeção. Imediata e inexplicavelmente começou a brotar vinho dos quatro buracos, como uma nascente. Os rapazes então tomaram de suas taças e beberam. E cada qual exclamava de suas cadeiras:

— É o melhor Tocai que já bebi em toda minha vida!

— Esse Reno é simplesmente esplêndido!

— O Champagne está espumante e delicioso!

— Mas que grata surpresa! Açoitem-me se isso não for um legítimo Pinot Noir da Borgonha.

E quanto mais bebiam, mais brotava vinho das mesas. Os rapazes estavam encantados e enchiam taças após taças. O espetáculo não passou despercebido aos outros fregueses do bar, que começaram a rodear nossa mesa para acompanhá-lo de perto. Mas a sede dos rapazes não era suficiente para o volume de bebida, e então Arimã, que havia se levantado e sentado ao meu lado, cochichou ao meu ouvido:

— Veja como estão felizes e a se esbaldar!

Olhei o relógio e vi que já era muito tarde. Então disse, demonstrando um pouco de ansiedade na minha voz:

— Está tarde, preciso ir.

— Calma — falou Arimã —, espere a bestialidade humana aflorar, dentro de instantes.

Outros fregueses começaram a trazer suas taças e a enchê-las quando o vinho que brotava da fonte do terceiro rapaz começou a derramar no chão e de repente uma labareda de fogo se formou ao lado da mesa. E, quanto mais vinho caía sobre as chamas, mais essas aumentavam. Arimã então se reclinou em sua cadeira e gritou, em direção às chamas:

— Calma, meu terno elemento!

As outras fontes também passaram a derramar vinho no chão e outras labaredas surgiram. Os clientes do *pub* notaram o que estava acontecendo e logo se formou uma grande agitação. Todos se levantaram da mesa em que estávamos, somente Arimã permaneceu sentado enquanto as chamas o cercavam. Um dos rapazes gritou:

— O que é isso? Algum tipo de brincadeira de mau gosto? Que truque é esse? Não acredito em mágica! Quem são vocês? Não interessa, verão quem somos nós, vamos espancar os três.

— Segundo um conhecido escritor inglês, a mágica é a arte de empregar meios invisíveis para conseguir efeitos visíveis.

Mal Arimã acabou de falar, o rapaz levantou-se e caminhou em direção a ele, acompanhado de mais um dos companheiros, os outros dois vieram na minha direção e na de Helena. Um deles pegou Helena pelo braço e eu imediatamente lhe dei um soco que pegou em cheio no seu rosto. Ele se voltou e pulou em cima de mim. Rolamos no chão e eu me preocupava com o outro rapaz que viera em nossa direção, mas em um relance pude notar que Simon o havia segurado pelo pescoço e o mantinha imobilizado.

Enquanto lutava com meu adversário, escutei gritos e olhei rapidamente em direção a Arimã, que continuava sentado no meio das chamas, enquanto os dois outros rapazes gritavam desesperadamente, com suas roupas tomadas pelo fogo. Ao me distrair, levei um soco forte na boca e outro na lateral da cabeça. Fiz um movimento rápido ficando por cima dele e desferi dois fortes socos direto em seu rosto. Quando o segurei pela camisa para dar mais um golpe, senti seu corpo inerte. Ele havia desmaiado. Olhei em torno procurando Helena e a vi parada, olhando fixamente para Arimã. Esse somente então se levantou da cadeira, contornou as chamas e veio em nossa direção. As pessoas gritavam e tentavam ajudar os dois jovens em chamas.

—Vamos embora daqui, agora! — disse Arimã.

Eu imediatamente segurei a mão de Helena e já ia me dirigindo para a porta da frente quando ele gritou:

— Por aí não, pelos fundos, sigam-me.

Em poucos segundos, estávamos em um beco na parte de trás do estabelecimento. Arimã gritou para sairmos logo dali, antes que alguém viesse atrás de nós. Começamos então a correr por uma série de ruelas escuras, repletas de latas de lixo. Minha boca doía e sangrava, minha orelha também estava cortada e o sangue descia pelo meu pescoço. Enquanto corríamos, gritei para Arimã, ainda extremamente excitado com toda a situação:

— O que significou aquilo?

Ele me olhou de soslaio com aquele riso irritante que eu já conhecia, mas não falou nada. Então perguntei de novo:

— Que Diabos aconteceu lá dentro, Arimã? Nós vivenciamos, até nos detalhes e falas, uma cena de *Fausto*, de Goethe. O que significou aquilo? Foi algo ensaiado por você?

Mas, antes mesmo de terminar a pergunta, me arrependi. É claro que não foi nada ensaiado. Tudo aconteceu de forma natural, e minha orelha cortada e os dois jovens em chamas eram prova da realidade do que se passara. Viramos mais uma rua e paramos em outro beco deserto. Exausto, encostei-me em uma parede e coloquei as mãos nos joelhos. Olhei para Arimã e ele estava junto à outra parede, tranquilamente recostado, com uma perna esticada e a outra dobrada, apoiada, sem demonstrar nenhum tipo de cansaço, como se não tivesse corrido nem quinze metros. Ao meu lado Helena, de pé, olhava para o alto, ofegante, e o rosto iluminado pelo brilho da lua. Ouvi a voz de Arimã, que me encarava:

— Imagina o que é possuir esse corpo — e aponta para Helena —, esse corpo puro, virgem, inviolado, infantil, com um odor de flores frescas e molhadas. O ápice que um homem pode atingir. O pecado total e salvador. O prazer acima e sobranceiro a tudo. Me lembro dos versos do velho Goethe:

> "Prazeres supraterrestres!
> Deitar-se nos cumes da montanha, no orvalho da escuridão,
> Abraçando em êxtase a terra e o céu,
> Inflar-se como um deus,
> Sondar a terra em urgente insinuação,
> Sentir unido o coração a todos os seis dias da criação,
> Gozando quem sabe o que, em grande arrogância,
> E, não sendo um mortal preso a terra,
> Fundir-se em extrema felicidade com o todo,
> E então deixar que a grandiosa intuição,
> (e nesse momento interrompe a si mesmo e faz um gesto obsceno, para logo depois concluir)
> Termine de um modo que não posso dizer."

— Vá! — disse, incitando-me. — Não se furte a esse prazer! Você o merece! Você anseia por ele e sabe disso! Cumpra sua sina! Perca-se! Como diria o medíocre Marlowe. — Olhou para Helena.

— Foi essa face que lançou mil navios ao mar e queimou as torres nuas de Ílion! E não estou perguntando, mas afirmando. Doce Helena, faça-o imortal com um beijo.

Quando estiquei o corpo, senti a mão de Helena tocar meu rosto. Ela a deslizou gentilmente pelo meu queixo até chegar ao meu pescoço úmido de sangue, que maculava sua pele branca e angelical. Então se encostou fortemente em mim e uniu seus lábios aos meus, enquanto suas mãos passeavam pelo meu pescoço, rosto e cabelos. Eu não estava mais em mim, não era mais dono de meus atos. Ela então soltou meu cinto e abriu minhas calças, segurando meu sexo com uma das mãos enquanto alisava meu peito com a outra.

Segurei-a bruscamente e inverti nossas posições, colocando-a de encontro a parede. Enquanto a beijava, eu alisava seus peitos rijos e soltos. Abri suas pernas usando meu joelho direito, arranquei sua calcinha com uma violência que desconhecia em mim mesmo. Ela gemia e pedia que a penetrasse. Então a levantei, segurando-a pela cintura, e a penetrei de forma rápida e profunda, como se empalasse um Demônio que se contorcia de encontro às paredes a cada estocada de meu membro. Minha orelha não parava de sangrar, a hemorragia aumentava, e nossos corpos estavam banhados em sangue. Mas eu não sentia dor, sentia desejo, um desejo violento que nunca havia sentido antes, e nossos movimentos pélvicos foram aumentando de intensidade e de violência.

Estávamos prestes a atingir o clímax, juntos, e por um momento olhei para o lado e vi Arimã, ainda encostado na parede nos observando, e ele sorria, mas com um sorriso diferente dos que até então divisara em seu rosto. Agora era um sorriso sarcástico, ácido, cínico e – sim, era isso – um sorriso de maldade. Helena então gritou e começou a dizer algumas palavras em uma língua que não consegui distinguir. Ela esticou o braço, roçando-o na parede, e senti um cheiro nauseabundo. Quando abri os olhos e olhei para seu rosto, estava sujo de merda, suas mãos estavam sujas de merda e ela besuntava os seios, o pescoço, enquanto se movia com mais e mais violência contra o meu corpo, até que finalmente gozamos juntos. Um gozo de intensidade e duração que nunca havia experimentado antes.

Eu gritava e esmurrava a parede enquanto Helena socava violentamente meu peito. Gemia de prazer e urrava. Gritei tanto e tão alto, e o prazer que senti foi tão intenso, que comecei a chorar e fui lentamente dobrando os joelhos e segurando Helena. Deitamos os dois no chão ao lado de uma lixeira fétida de onde saía um rastro de água podre. Ficamos ali por não sei quanto tempo, exaustos, sem nenhum átomo de energia. Minhas calças estavam abaixadas e o vestido de Helena levantado. Sua bunda estava em cima do filete de água podre e sua cabeça entre dois sacos de lixo. Depois de alguns minutos, creio eu, pois tenho a impressão de que perdi a consciência, Arimã se aproximou, pegou Helena pelos braços e me disse:

— Componha-se, chamei um táxi para você.

Eu me levantei assustado e abotoei minhas calças. Olhei para a esquerda e havia um táxi parado. Olhei para Helena, que estava com os olhos abaixados e não me encarava.

— Ela vai ficar bem, eu a levo para casa. Agora vá.

Me dirigi para o táxi como um autômato e, quando já ia abrir a porta, escutei Arimã dizer:

Nos veremos em Roma dentro de alguns dias, para acertarmos os últimos detalhes de nosso contrato.

Quando me voltei, ele já estava de costas abraçado a Helena e indo em direção contrária. Ainda gritei para ele:

— É uma menina! Por que permitiu que eu fizesse isso?

Ele parou por um instante e, virando-se em minha direção, falou, sério:

— Lembre-se das palavras de Lutero: "Nada mais fácil do que entregar-se à tentação. O difícil é resistir-lhe". — E completou: — E isso é mérito de cada um. — Dizendo isso, virou-se e continuou andando, abraçado a Helena.

Entrei no carro e dei o endereço do hotel. O táxi não demorou nem cinco minutos para me deixar na porta. Quando desci e dei o dinheiro ao taxista, ele praguejou alguma coisa e saiu cantando os pneus. Foi então que percebi que estava fedendo a merda. Ainda atordoado, me encostei em uma parede ao lado do hotel. Tinha feito sexo no meio da rua, em um beco sujo e com uma menor de idade. E meu estado de êxtase, torpor e alienação era tão grande que nem me importei que um quase desconhecido houvesse observado tudo, em uma típica cena de voyeurismo.

Atônito, me perguntava como acontecera tudo aquilo. Certamente por efeito do álcool. Mas, se eu agora me sentia sóbrio, como poderia há apenas alguns minutos, no máximo uma hora – e olhei o relógio, ainda não eram duas da manhã –, estar tão bêbado que não tivesse consciência dos meus atos? Eu me lembrava de tudo: da cena faustiana no bar, da briga, da corrida alucinada pelos becos de Florença e do toque de Helena em meu rosto, de minha excitação que foi crescendo, crescendo, até sair do meu controle e culminar em um sexo selvagem e alucinante como nunca antes.

E o sangue! Sangue por todo o meu corpo. Coloquei a mão na orelha, doía e ainda sangrava, mas pouco. Meu Deus! Uma menina! Por quê? Como fui me deixar levar. E Arimã? Vendo tudo, impassível? Com aquele sorriso assustador. Um pervertido? Meu Deus! Estava confuso! Precisava descansar. Antes de entrar no hotel, atravessei a rua, fui até uma pequena fonte e me lavei o melhor que pude para diminuir aquele cheiro horrível.

Subi para o meu quarto, não sem antes receber um olhar surpreso do porteiro, pois meu estado era lastimável: sujo, fétido e sangrando. Por sorte M... estava dormindo profundamente. Entrei no banheiro, enchi a banheira e tomei um banho quente e demorado. Lavei minha orelha e fiz um curativo improvisado, pois pelo menos não sangrava mais. Deitei-me e apaguei em alguns segundos.

No dia seguinte, M... me acordou assustada, me perguntando o que havia acontecido, pois tinha visto minhas roupas ensanguentadas no banheiro e o curativo. Ainda sonolento, disse a primeira coisa que veio a minha mente.

— Fui atropelado.

— Como? Atropelado? Onde? Como?

— Saindo do bar, depois que deixei Arimã. Acho que bebi um pouco demais. Saí correndo para pegar um táxi, outro carro veio e me jogou em cima do meio-fio. Mas está tudo bem, só cortei um pouco a orelha e o lábio inferior.

— Te disse para não ir, mas você não me escuta. Deixa eu ver como está isso. — E pegou delicadamente no meu rosto, passando a mão pelos meus lábios. Eu então a puxei de encontro a mim e a abracei com força.

— Me desculpa por ontem, pela forma como falei com você. Perdoe-me! — E a abracei mais forte, apertando-a contra mim.

— Ai, está me machucando, meu amor. Tudo bem, esqueça, nem estou pensando mais nisso. — Mas eu ainda continuava a abraçando, apertando-a.

Ela me empurrou delicadamente e me fitou.

— Você está chorando?

— Não! Quer dizer, sim. Fiquei arrependido por ontem. Muito, não sei o que deu em mim. Nunca agi daquela maneira antes, não sei por que fiz aquilo. Perdoe-me! — repeti. — Por favor! Eu amo você! — E então comecei a chorar copiosamente. Eu sabia do que estava me desculpando, ela não.

— Calma! Fica calmo! Eu acho que você ainda está um pouco bêbado. Já disse que não foi nada. A sua orelha está doendo? Quer ir a um médico?

— Não! Vamos tomar café e sair. Quero espairecer. Vamos àquela cidade que você queria visitar. Como se chama mesmo? — E me levantei agitado, colocando as roupas antes mesmo de lavar o rosto e escovar os dentes.

— É San Gimignano! Mas você está estranho! O que aconteceu realmente ontem à noite? Você se meteu em alguma confusão? Por que está tão agitado assim? Nunca te vi chorar!

— Já te disse o que aconteceu. Fui atropelado, bebi além da conta. Foi isso. Só isso. Fique tranquila. — Tomei-a em meus braços e abracei-a de novo, dessa vez mais delicadamente. — Agora vamos nos trocar para sairmos.

Passamos todo o dia em San Gimignano. Na estação de embarque, ainda em Florença, ficamos na dúvida entre ir para Cortona, Fiesole e San Gimignano, mas o destino inicial acabou vencendo. Mesmo sem conhecer as outras duas cidades, tivemos no final do dia a sensação de que havíamos feito a escolha certa. A cidade na verdade é um pequeno vilarejo medieval na região da Toscana, não muito distante de Florença. Já da estrada podemos divisar as enormes torres anexas a algumas casas. A altura dessas torres, viemos a saber na cidade, simbolizava a riqueza da família moradora. Quanto maior a torre, maior a riqueza da família.

Passear pela cidade, se pudermos abstrair a presença das dezenas de lojinhas de *souvenirs*, é uma viagem no tempo. Seus muros de pedras cinzentas nos arremessam, com tênis e tudo, para a era medieval. A sensação que temos, ao andar em áreas um pouco mais isoladas da cidadela, longe dos outros turistas e das lojas e restaurantes, é que vamos nos deparar com um cavaleiro de armadura a qualquer momento. Paramos no início da tarde para comermos alguma coisa e tomarmos um vinho. Eu tentava me distrair e não pensar no que havia acontecido na noite anterior, mas era impossível.

As imagens vinham à minha mente a todo momento: via o rosto de Helena contorcido de prazer e manchado com o meu sangue, escutava os seus gemidos, via o sorriso enigmático de Arimã nos observando, o beco sujo e a água escorrendo dos sacos de lixo e molhando meu corpo e o de Helena, deitados no chão, exauridos. Olhava para M... ao meu lado me fitando ternamente, alegre, feliz, e me sentia um ser abjeto. Tinha nojo de mim e do que havia feito. Não conseguia entender. Seria um covarde e mentiroso se creditasse a culpa de minhas ações à bebida, pois estava extremamente consciente de tudo, me lembrava de cada palavra, gesto e acontecimentos daquela noite. E as palavras de Arimã citando Lutero não me saíam da cabeça: "Nada mais fácil do que entregar-se à tentação. Difícil é resistir-lhe".

Voltamos para Florença no final do dia e ainda paramos no Eby's, o bar próximo ao hotel que adotamos como nosso porto seguro. No dia seguinte acordamos bem cedo para preparar nossa bagagem, pois no final da manhã embarcaríamos na estação de trem para Roma. Já no trem, por temor de ser roubada, M... não quis separar-se de suas malas e fez quase toda a viagem em pé, no espaço entre os dois vagões, reservados para as malas maiores. Estava me sentindo sem energia, ainda abalado, e não discuti com ela. Achei até melhor viajar sozinho, pois uma viagem de trem é a condição ideal para se colocar as ideias em ordem. Seu balanço e o desfilar da paisagem pela janela nos dão uma sensação de conforto, e, enquanto uma parte do cérebro se ocupa com as impressões visuais, uma outra parte se dedica às digressões.

E foi exatamente isso o que fiz durante todo o tempo da viagem, um pouco mais de duas horas. Passei em revista os acontecimentos dos últimos dias. Meus primeiros encontros com Arimã em Lisboa e depois nosso reencontro em Florença, que agora não me pareciam mais simples coincidências. Nossas conversas sobre arte, sobre o bem e o mal e finalmente sobre meu livro. O que aquele homem queria de mim? Na verdade, ele havia dito em nosso último encontro. Mas por que eu? E como me encontrou? Coincidência novamente? Nelson Rodrigues dizia que Deus estava nas coincidências. Será que o seu contrário também? Ri dos meus pensamentos, Arimã com certeza não era o Diabo.

Olhando pela janela, fui me recordando de outros encontros: a freira na Catedral de Barcelona e novamente na Sagrada Família; o vendedor de tabuleiros de xadrez, no Poble Espanyol; o professor alemão, especialista em Guimarães Rosa, e as conversas que tivemos. Também me lembrava da experiência psíquica que passei na casa de Alexandra e Cláudio. Como se todos esses acontecimentos e pessoas, inclusive aquela figura demoníaca criada em minha imaginação durante a minha "viagem" sob os efeitos de mescalina, quisessem me dizer algo, me alertar sobre algo. Não! Estava ficando paranoico. Aquela loucura de duas noites atrás havia me transtornado.

O truque inexplicável de Arimã, o sexo alucinante com Helena, uma menina, uma criança! Meu Deus, onde eu estava com a cabeça? Não! O truque devia ter alguma explicação razoável, como qualquer mágica. Helena, apesar da idade, se comportou e me seduziu como uma mulher, e Arimã havia me feito a proposta de minha vida. Editar meu livro. Tornar-me um escritor! Em troca, deveria fazer o mal triunfar em meu romance. Mas qual o problema? O mal muitas vezes triunfa de fato na vida real, diria que na maioria das vezes. E o importante não é o desfecho, mas todo o conteúdo, as questões discutidas.

Olhei pela janela e não vi a paisagem, mas sim meu reflexo. Assustei-me com meu rosto. Por um momento não me reconheci. Não reconheci meus olhos, meu olhar. Uma voz no alto falante anunciava a chegada em Roma dentro de quinze minutos. Levantei-me e fui me juntar a M...

CAPÍTULO V

Roma

Chegamos a Roma ambos mal-humorados, M... por ter feito a viagem toda de pé e desconfortável, e eu ainda um tanto transtornado com os últimos acontecimentos. Depois de deixarmos as malas no hotel e trocarmos de roupa, saímos para conhecer a cidade, pois teríamos apenas quatro dias em Roma e não tínhamos tempo a perder. Comparada às outras cidades que havíamos visitado até então na viagem, Roma era muito maior e descentralizada, com um centro histórico mais amplo e de deslocamento mais difícil.

M... recusava-se a pedir informações, mesmo dominando a língua, e teimava em tomar como referência o mapa que tinha pegado na portaria do nosso hotel. Eu perdi logo a paciência com aquilo e comecei a irritá-la, fazendo uso de uma ironia e sarcasmo que não condiziam com a minha personalidade. Coloquei apelidos nela, algo que ela detesta, debochei de seu sotaque quando falava em italiano e respondia a suas perguntas com algum comentário ácido e irônico. Ela então parou de falar comigo, mas mesmo assim conseguimos chegar à Piazza di Spagna, depois de passarmos rapidamente pela Basílica de Santa Maria Maggiore.

Sentamos no alto de sua escadaria e calados ficamos admirando as pessoas e vendedores espalhados por seus degraus. Turistas, estudantes e ambulantes dividiam o espaço. Depois de alguns minutos, quase de comum acordo, nos levantamos e ainda calados descemos as escadas e tomamos a elegante Via Condotti, que começa ou termina, não sei, exatamente em frente às escadarias da Piazza. Caminhamos lentamente pela Via, admirando suas lojas de grifes milionárias e vitrines que chegavam até o terceiro andar.

Seguindo sempre em frente, chegamos a um largo de cujo nome não me lembro, viramos à direita na Via del Corso e fomos direto até a Piazza del Popolo. Quando chegamos já era noite, e a Piazza estava às escuras e um tanto assustadora, pois na verdade o que é chamado de Piazza é um grande largo, do tamanho de um campo de futebol, com suas laterais vazadas, um obelisco ao centro e nas extremidades duas paredes semicirculares, com bancos em sua base e algumas estátuas nas partes de cima. Levei M... até um dos bancos e pedi desculpas pelo meu comportamento. Conversamos por alguns minutos e tudo ficou momentaneamente resolvido.

No dia seguinte acordamos um pouco melhor, um com o outro e com nós mesmos. A saudade de casa, porém, já começava a alterar nosso humor. Sentíamos falta de pessoas queridas e de nossa rotina. A forma como vinha tratando M... já há alguns dias retirou dela uma grande parte do prazer da viagem. E a imagem de Helena, daquele beco imundo, do cheiro de fezes, do olhar de Arimã e de sua proposta me deixavam confuso e amargurado. A viagem passou a ser angustiante, o dia se arrastava e desejávamos, ambos, voltar para casa. Mesmo assim, exauridos e angustiados, partimos para ver o máximo que pudéssemos naquele dia.

Rumamos então diretamente para o Coliseu. É um monumento que todos nós conhecemos de cor, já faz parte do imaginário ocidental. Perdemos as contas de quantas vezes já o vimos em filmes, desenhos, animações, maquetes e chegamos até a pensar nele como se não existisse de fato, como se fosse algo pertencente ao mundo da ficção. Ou então imaginamos que não haverá nenhuma novidade em vê-lo, pois já o conhecemos à exaustão: já vimos corridas de bigas em seu interior, já vimos as lutas dos gladiadores e até o Pernalonga já passou por ali.

Porém, quando nos deparamos com ele, majestoso, gigantesco, milenar, nos quedamos respeitosos pela carga histórica que carrega e que supera, na minha opinião, todas as suas representações na cultura pop moderna. É incrível como um anfiteatro tão antigo podia equacionar uma logística capaz de receber mais de cinquenta mil pessoas, distribuídas e alocadas segundo suas classes sociais. Uma vez lá dentro, percebemos que mesmo em ruínas a construção nos passa uma ideia bastante convincente de sua grandiosidade e de seu funcionamento. Uma série de corredores externos distribuía o público pelas arquibancadas, e a arena central possuía um subterrâneo onde ficavam confinados os gladiadores e os animais, que muitas vezes adentravam a arena por complexos elevadores que os faziam surgir de repente na frente de milhares de espectadores sedentos por sangue e diversão.

Saindo do Coliseu, fomos para o Monte Palatino e o Fórum Romano. Esta é a área mais antiga da cidade e onde se situava a parte mais nobre da Roma antiga, com seus Fóruns e os palácios dos governadores romanos. É bom salientar que aqui a imaginação ocupa um espaço importante na apreciação do lugar, composto quase exclusivamente de ruínas. É saboroso imaginar o local há dois mil anos, repleto de romanos de togas, bigas trafegando nas ruas, soldados e imperadores malucos. No final do Fórum chegamos ao Campidoglio, no alto do Monte Capitolino. M... tinha lido um pouco sobre o lugar na noite anterior e me disse que a praça havia sido construída no século XVI, projetada por Michelangelo.

Todo esse percurso nos tomou grande parte do dia, e já no fim da tarde chegamos à Fontana di Trevi, para minha grande decepção; pois, apesar de sua rara beleza, os milhares de turistas ensandecidos no afã de jogar moedas e fazer seus desejos me impediram de imaginar uma das mais belas cenas da história do cinema. A não ser, claro, que eu visualizasse Anita Ekberg passando pelo meio de vendedores de miniaturas e guias japoneses que berravam informações para seus grupos e chegando até suas águas para se banhar, linda, bêbada e louca.

Quando voltamos para casa, já no início da noite, estávamos calados e irritadiços um com o outro. Roma não nos fazia bem. Fomos dormir praticamente sem trocarmos uma palavra. No dia seguinte, levantamos com o mesmo estado de espírito com que havíamos ido dormir na noite anterior. Depois de uma rápida passagem pela Bocca della Verità – não sem antes enfrentarmos uma fila de mais de quarenta minutos para M... tirar uma foto com a mão em sua boca –, passamos o resto da manhã no Pantheon. Me distraí visitando os túmulos de personalidades romanas, dentre eles o de Rafael, e os belos altares e capelas espalhados pelo grande salão principal, protegidos pela gigantesca cúpula de altura idêntica ao seu raio, mais de quarenta metros, o que nos dá uma agradável sensação de simetria em seu interior.

M... não estava se divertindo e nem mesmo interessada, ficou apenas alguns minutos rodando pelas capelas e depois sentou-se em um dos bancos colocados na lateral do salão. Tinha começado a chover e literalmente chovia dentro do templo de todos os deuses. No alto da cúpula há um buraco, bem no seu centro, que pertence ao projeto original do prédio. Ele não era tampado na antiguidade e não é tampado hoje. Chovia forte bem no centro do salão, mas um sistema de ralos permitia o escoamento instantâneo de toda a água que entrava. A chuva durou poucos minutos, e, assim que parou, um belo raio de sol penetrou pelo grande buraco da cúpula, iluminando o centro do prédio, pois era exatamente meio-dia. Não resisti e me posicionei bem debaixo do raio, como se estivesse sendo iluminado por uma luz divina e lá fiquei por alguns minutos, inerte.

Quando abri os olhos, vi M... sentada a minha frente na mesma posição e de cabeça baixa. Fui até ela e perguntei o que estava acontecendo, por que estava estranha desde o dia anterior, e ela me respondeu de forma evasiva. Então saímos do Pantheon e ficamos vagando sem rumo por Roma até chegarmos a uma feira, em uma espécie de praça. Depois ficamos sabendo que era uma das feiras mais antigas e tradicionais da cidade, centenária, e a praça na verdade chamava-se Campo de' Fiori. Tomamos uma mesa em um dos bares da calçada, pedimos uma cerveja e ficamos observando a movimentação. Já eram quase duas horas da tarde, estávamos com fome e, depois de olharmos o cardápio, resolvemos pedir uma pizza.

A feira ainda estava bem movimentada, mas alguns vendedores já começavam a desmontar suas barracas. Eram dezenas delas, com os mais diversos produtos - frutas, legumes, verduras, especiarias, bebidas - e uma série de artefatos que serviam como complemento e adendo às compras de uma dona de casa, como: cestas de vime, panos de prato bordados e por aí vai.

Enquanto tomávamos nossas cervejas e esperávamos a pizza, nos distraímos observando o fim da movimentação da feira e o início de seu desmontar, o que não deveria ser algo simples, pois ainda havia centenas de pessoas transitando em seu meio, fora os diversos bares nas calçadas que circundam a praça – inclusive estávamos sentados em um deles – e que estavam lotados. Ficamos calados por vários minutos, observando a feira. A pizza chegou, comemos em silêncio, pedimos mais uma cerveja e continuamos em silêncio. M... nem mesmo olhava em minha direção. Depois de quase quarenta minutos nessa situação, explodi:

— Droga! O que está acontecendo com você? — falei em um tom exaltado e alto.

M... tomou um susto, pois não esperava que eu falasse de repente e ainda mais naquele tom.

— Você me assustou. Fale baixo, não faça escândalo, você não está na sua casa, na verdade não está nem no seu país.

— Que diabos deu em você? Passou o dia inteiro mal-humorada, calada, e não trocou mais de meia dúzia de palavras comigo. O que eu te fiz hoje?

— Hoje?! Nada.

— Você ainda está ressentida pela maneira que te tratei no dia em que chegamos nessa maldita cidade? Eu já te pedi desculpas, já resolvemos isso.

— Você acha que é simples assim? Grita comigo, debocha da minha cara, me irrita e depois pede desculpas e pronto, tudo resolvido?

Fiquei em silêncio, olhando para ela e abanando a cabeça negativamente, mostrando desconsolo e contrariedade. Ela sustentou meu olhar e continuou:

— Você está muito estranho. Tem mudado seu comportamento gradativamente durante essa viagem. Eu te conheço há anos e você nunca foi agressivo ou mal-educado comigo, mas nas últimas semanas essas situações de estresse da sua parte têm se repetido. Há alguns dias você chegou ao hotel tarde da noite, bêbado, machucado e de repente se pôs a chorar e me abraçar de uma forma descontrolada. Esse não é você. Você nunca se comportou dessa maneira, sempre foi uma pessoa equilibrada, educada e sempre me tratou com respeito e consideração.

— E para quê? — perguntei, interrompendo-a novamente em um tom exaltado. — Você está tendo consideração por mim agora? Teve alguma consideração por mim hoje? Passando o dia inteiro sem sequer olhar na minha cara mesmo depois de eu ter me desculpado com você? E se eu estiver cansado de ser equilibrado? E se eu estiver cansado de ser educado com todo mundo? O bonzinho! É isso! Estou cansado de ser o cara cordato, o homem de bem e do bem. Posso fazer tudo certo, tudo, mas um pequeno erro, uma pequena falha e tudo desmorona. Olha você! Olha sua atitude comigo! Estou cansado de fazer as coisas da maneira correta! — E nesse momento comecei realmente a gritar. — Cansado, entendeu? E não ganhar nada em troca, a não ser ingratidão e intolerância.

— Fala baixo, você está gritando.

— Falo na altura que eu quiser! — E gritando ainda mais alto: — E se você não estiver gostando, levante-se e suma da minha frente, sua idiota!

Mal acabei a frase e M... levantou-se, me lançou um olhar que demonstrava raiva, mas principalmente mágoa e decepção, atravessou a praça e sumiu das minhas vistas, como eu havia sugerido de forma tão grosseira. Pedi outra cerveja e, ainda com os nervos à flor da pele, fiquei observando a feira ser desmontada. Os minutos foram se passando e se transformaram em horas, mais cervejas desceram e aos poucos fui me acalmando. A feira desaparecia gradativamente na frente dos meus olhos. Primeiro as barracas sendo desmontadas, depois as pequenas caminhonetes recolhendo as ferragens e os caixotes com os produtos. Após todos os feirantes deixaram a praça, funcionários da prefeitura surgiram com pequenos carros de limpeza que faziam as funções de varrer, aspirar e depois lavar o chão. Por volta das 17 horas estava tudo limpo e a praça vazia, até os bares da calçada já começavam a ficar desertos.

Paguei minha conta e fui embora. Andei alguns metros e, vendo uma *lan house*, imediatamente entrei para checar meus e-mails na esperança de encontrar uma mensagem de Arimã. Como eu esperava, havia um recado dele para mim. Ele sabia que eu iria embora dentro de dois dias e pedia para me encontrar com ele no dia seguinte, no Vaticano, à tarde. No e-mail ele dizia o horário e a sala onde devíamos nos encontrar. Tomei nota e fui imediatamente para o hotel, ainda sem saber o que iria acontecer entre mim e M..., pois, apesar de mais tranquilo, ainda estava revoltado e irritado com ela.

Para minha surpresa, M... não estava no quarto quando cheguei e, pelo que pude perceber observando suas coisas, ela havia adiantado bastante a arrumação de suas malas. Resolvi então fazer o mesmo, já que dentro de dois dias embarcaríamos de volta para o Brasil. Depois de alguns minutos estava quase tudo arrumado e então me deitei para tentar ler alguma coisa, mas não consegui. Estava ansioso pelo encontro com Arimã no dia seguinte. Ele tinha marcado às 16 horas nas salas de Rafael. Segundo ele, não seria difícil para mim encontrá-lo em uma delas. Eu deveria chegar mais cedo, visitar todas as salas que quisesse, ir até a Capela Sistina e depois voltar até a ala reservada aos afrescos do pintor renascentista.

Depois de alguns minutos revirando na cama, desci para ver se M... estava no hall do hotel. Nada. Subi e, depois de algum tempo tentando me concentrar na leitura, peguei no sono. E pelo visto devo ter dormido pesado, pois não vi M... chegar. Quando acordei, ela estava deitada ao meu lado de olhos abertos. Levantei-me, calado, fui até o banheiro, lavei meu rosto, escovei meus dentes e voltei para o quarto para me vestir. Olhei no relógio e já eram quase dez horas, havia dormido demais.

— Aonde você foi ontem à noite? — perguntei, sem olhar para ela.

M... continuou calada, com os olhos fixos no teto.

— Eu te perguntei onde você estava ontem à noite, escutou?

— Escutei, não sou surda — falou, ainda sem olhar para mim.

— Não é surda, mas é estúpida! — falei de repente e secamente, sem reconhecer meu próprio tom. E completei: — Encontrou algum rapaz romano para se divertir?

Ela então olhou para mim e sentou-se na cama, falando pausadamente:

— Não me meça por sua régua, rapazinho.

— Deixe de falso puritanismo e me responda o que te perguntei... agora! — gritei.

— O quê? Você está ficando louco? Quem você pensa que é para falar assim comigo? Agora? Faça-me rir. Você não é meu dono, não é meu pai, nem meu marido você é para falar assim comigo. Vai comer um prato de feijão com caroço para virar homem e depois volte para conversarmos.

Pela segunda vez em menos de uma semana, eu me transformei e de repente não era mais senhor de meus atos. Eu via o que estava fazendo como se estivesse fora do meu corpo, ou melhor, como se estivesse escondido dentro de mim mesmo e permitisse, como um passivo espectador, que um eu até então desconhecido tomasse conta de meu corpo e de minhas ações. Quando vi, estava por cima de M..., prensando-a entre mim e a cabeceira da cama. Com a mão direita eu tampava sua boca e com o joelho direito eu pressionava seu estômago. Com minha perna esquerda firme no chão, me coloquei em uma posição de total controle sobre ela, e com minha mão esquerda comecei a esbofeteá-la violentamente.

Depois do primeiro tapa, pude, do meu esconderijo no fundo de mim mesmo, ver seu olhar de espanto, um olhar que era uma mistura de medo, surpresa, ódio, dor, mágoa e tristeza. E, quanto mais ela me olhava daquela forma, mais eu a espancava. Até que soltei a sua boca e comecei a golpeá-la com as duas mãos. Ela então conseguiu desprender-se do meu joelho direito que a imobilizava e se encolheu na posição fetal. Ainda lhe dei uns dois socos nas costas com os punhos fechados, mas então me contive. Afastei-me para um canto do quarto, assustado, apavorado com o que eu acabava de fazer. Então de repente era como se eu estivesse novamente no controle de mim mesmo.

Fui até ela e a abracei. Sentia seu corpo tremer e se convulsionar com os soluços. Ela chorava. Chamei-a pelo nome, uma, duas, três vezes, tentei virar seu rosto à força para que ela me olhasse. Pedia desculpas, gritava desculpas e pedidos de perdão enquanto abraçava aquele corpo encapsulado em si mesmo. Continuava chamando-a pelo nome e tentando virar sua cabeça à força para ver o seu rosto. Ela então soltou um grito gutural, pedindo, exigindo que eu a soltasse e que saísse dali, que a deixasse sozinha. Eu então me levantei, arrumei minha roupa, enxuguei minhas lágrimas, peguei minha carteira e me dirigi para a saída. Quando já estava no corredor, fechando a porta, me voltei e, não sei bem por que ou com qual intuito, chamei-a pelo nome novamente e, sem obter resposta, falei:

— Hoje vou me encontrar novamente com Arimã, no Vaticano, à tarde. Acho que faremos um acordo.

M... não se movia, parece que também havia parado de chorar. Estava quieta. Olhei mais uma vez para ela e fui embora. Desci as escadas completamente atordoado. Ganhei a rua em poucos segundos e comecei a vagar por Roma. Andava completamente sem rumo, sem conseguir acreditar no que tinha acabado de fazer. Pensei em voltar, mas tinha medo das minhas próprias reações, dependendo da maneira de que ela me tratasse. Depois de algumas horas me dei conta de que nem mesmo tinha tomado café e já passava do meio-dia. Então parei em uma cafeteria e fiz um lanche. Não estava com fome, mas tinha de comer alguma coisa.

Assim que terminei, consultei meu mapa e me dirigi ao Vaticano. Não estava muito longe e resolvi ir a pé. Depois de alguns minutos de caminhada, estava distraído, seguindo as orientações do mapa, quando me vi em frente à Ponte Sant'Angelo e suas magníficas estátuas angelicais. Meu pensamento se desprendeu finalmente de M... e dos acontecimentos da manhã. Do outro lado da ponte estava o castelo de mesmo nome, construído pelo imperador Adriano, para lhe servir de mausoléu. Durante os séculos seguintes, o castelo teve outras funções, inclusive de prisão. Dizem que há uma passagem entre ele e a Basílica de São Pedro e que diversos papas já a usaram como rota de fuga em épocas mais agitadas. Hoje o castelo é um museu, mas resolvi não visitá-lo e fui direto para o Vaticano.

Cruzei a Praça de São Pedro e entrei na Basílica. Suas dimensões são assustadoras. Segundo informações, ela tem capacidade para mais de cinquenta mil pessoas. É desnecessário dizer que a própria basílica é um museu, com dezenas e dezenas de obras de tirar o fôlego de qualquer admirador de arte. Do Baldaquino de Bernini, que se encontra sobre o túmulo do Apóstolo Pedro, até uma das três Pietà – sendo essa a mais famosa – de Michelangelo, passando por diversas outras obras de artistas do Renascimento. Aliás, foram alguns desses artistas, como Rafael, Bernini e Michelangelo – este último um dos principais responsáveis pelo projeto da cúpula –, que contribuíram para a construção dessa obra arquitetônica máxima do cristianismo.

Passei vários minutos caminhando pela basílica e me detendo na frente de algumas obras, quando, entrando em um dos salões, deparei com diversos confessionários. Eram grandes, de madeira escura, e pude ver sobre a porta de cada um deles uma placa indicando um idioma. Havia indicações em língua espanhola, germânica, francesa, italiana, inglesa, russa, japonesa, ou seja, dentro de cada confessionário havia um padre que ouvia as confissões do fiel em sua língua de origem. Nunca fui muito religioso a ponto de frequentar igrejas e me confessar, apesar de ser de formação católica e acreditar em Deus, mas naquele momento senti uma necessidade imperiosa de desabafar com alguém, não necessariamente de me confessar, mas de conversar.

Então procurei o confessionário com a placa em português. Havia um, no fundo. Aproximei-me dele, mas me pareceu que não havia ninguém lá dentro, nem fiel, nem padre. Olhei em volta procurando outro confessionário no meu idioma, mas não encontrei, era somente aquele. Abri a porta, coloquei a cabeça em seu interior para conferir, mas realmente estava vazio. Quando já estava desistindo e me afastando da ala dos confessionários, ouvi uma voz atrás de mim falando em português, provavelmente de Portugal, o que deduzi pelo sotaque:

— O senhor gostaria de se confessar?

Quando me voltei, vi um homem vestido com uma batina preta, jovem, de aproximadamente trinta anos, da minha altura, rosto escanhoado, pequenos óculos redondos e com um sorriso franco e aberto no rosto. Fiquei alguns segundos olhando para ele e respondi de forma meio confusa:

— Sim. Não. Quer dizer, agora não, obrigado.

— Eu o vi andando em torno do confessionário, interessado. Eu já estava no outro extremo da sala, indo embora, mas o seu interesse me chamou a atenção, por isso voltei.

— O seu turno acabou por hoje? — perguntei de forma descontraída.

Ele riu e respondeu que há uma espécie de escala, e os confessores se revezam, ficando duas horas por dia em alguns dias da semana. Em breve, outro padre de língua portuguesa chegaria para substituí-lo, aliás, já estava atrasado.

— Não se preocupe, não quero atrasá-lo.

— Mas o senhor não está me atrasando. Na verdade, estava indo embora porque fiquei duas horas apenas me dedicando às minhas orações, pois não apareceu nenhum irmão de língua portuguesa para se confessar comigo hoje. Como dizemos em minha terra, o movimento hoje está fraco. — E riu de forma divertida.

— No Brasil também temos essa expressão, mas obrigado assim mesmo. Não quero me confessar.

Talvez sentindo meu tom titubeante e como se tivesse lido meus pensamentos de minutos antes, ele disse.

— E conversar? O senhor deseja conversar? Poderíamos conversar lá fora no pátio, é mais ventilado e arejado. Estou vendo que o senhor está apreensivo.

— Realmente não quero incomodá-lo...

— Mas não é incômodo algum. — E me puxando delicadamente pelo braço nos encaminhamos para o pátio.

Assim que chegamos na parte de fora, ele me fez algumas perguntas amenas, como de onde eu era, se estava gostando de Roma, que lugares já tinha visitado. Também lhe perguntei de que região de Portugal ele era, há quanto tempo morava em Roma e assim fomos conversando tranquilamente de braços dados e andando pelo pátio. De repente se fez um silêncio entre nós e nos olhamos por alguns segundos, quando disparei quase sem querer a pergunta que me incomodava há muitos dias.

— Padre, o Demônio existe? O senhor acredita nele?

Ele me olhou seriamente e depois abriu aquele sorriso franco com que me recebera minutos atrás.

— Claro que não acredito nele, ele é o pai da mentira! — E riu novamente, de uma forma espontânea.

— O senhor sabe que não é isso que estou perguntando.

E então mais sério começou a falar enquanto voltava a me conduzir pelo pátio.

— Eu tenho uma opinião um tanto quanto não ortodoxa em relação a isso. Tanto em relação à existência do Diabo quanto à existência de sua antítese, ou seja, Deus. — Retirou os óculos com a mão esquerda e começou a balançá-lo entre os dedos enquanto falava. — Deus e o Diabo existem! Isso é um fato incontestável. Agora, se possuem uma existência real, dado aquilo que conhecemos como real, ou se são produto de um processo consciente, fruto de nossos medos e anseios, é uma outra questão, também digna de discussão, mas que não inviabiliza sua existência, sendo real ou virtual. — Vendo minha expressão de interrogação, completou: — Virtual, claro, não no sentido dado pela tecnologia, mas no sentido daquilo que pode existir de forma potencial, que há uma possibilidade viável de sua existência.

— Acho que não estou compreendendo-o muito bem — falei. — O senhor, um padre, que trabalha como confessor dentro do Vaticano, está insinuando que não tem certeza da existência de Deus? Que Deus pode ter uma existência apenas virtual?

— Deus e o Diabo. E não disse que duvido da existência de ambos, pelo contrário, afirmei que creio que tanto um quanto outro existem, isso é um fato.

— Mas insinuou que essa existência pode ser fruto de nosso inconsciente.

— De nosso inconsciente não, de nosso consciente. Deixe-me explicar melhor. — Soltando meu braço recolocou os óculos e me levou até um banco, colocado entre duas pilastras, do lado esquerdo do átrio da Catedral. — Ora, se Deus e o Diabo existem em nosso consciente, eles existem de forma potencial, o que equivale a dizer que suas existências não geram implicações efetivas em nossas vidas. Mas aí vem o mais interessante, porque mesmo se não pudermos provar suas existências reais, nada impede que existam em outro padrão lógico, em um outro nível de vínculo, desconhecido para nós ou simplesmente além de nossa compreensão. Na verdade, eu disse que não há implicações efetivas, mas me permita corrigir-me. O importante para a nossa vida é que, existindo Deus e o Diabo dentro de nossas consciências, podemos optar por um ou por outro.

"Se você opta por ter Deus em sua mente e coração, seus atos irão espelhar tudo aquilo que ele representa: amor, bondade, perdão. Agora, se você opta por ter o Diabo em sua mente e coração, seus atos irão refletir o que o Diabo representa, ou seja, o mal, a ganância, o egoísmo, a inveja etc. Isso acontece porque suas existências em nossas consciências vêm acompanhadas de todas as características morais que os formam e lhes dão identidade. Jung, o discípulo de Freud, corrobora esse meu argumento quando nos diz, ao falar do homem moderno e sua busca por uma alma, que o Diabo é uma estrutura de nossa consciência, assim como Deus, e por isso real em nosso consciente."

— Em outras palavras, o senhor acredita que Deus e por consequência seu oposto, o Diabo, só existem em nosso consciente, são produtos de nossa imaginação.

— Sim.

— Então o senhor não acredita na existência de Deus — afirmei em tom de provocação.

— Acredito. Na verdade, acredito mais na existência dele do que na minha e na do senhor.

Fiz um gesto de irritação e já ia começar a contestá-lo e mostrar sua profunda contradição quando ele novamente tirou os óculos redondos e me fitou.

— É claro que acredito em Deus. — E depois de uma breve pausa: — Quem o senhor acha que criou essa projeção inteligível de si mesmo em nosso subconsciente e que serviu de base para que o nosso consciente concebesse esse ser complexo, contraditório às vezes, mas que dá sentido à nossa existência, à existência de todos nós e do universo?

Após concluir, ele colocou novamente os óculos e me olhou, sorrindo. Então falei:

— Acho que entendo o que disse. Não sei se concordo, pois como o senhor mesmo disse, não é uma visão muito ortodoxa. Mas vamos dizer que o senhor esteja certo e Deus exista dessa maneira, vamos dizer, indireta ou virtual. Mas e o Diabo, onde entra nessa história? Por que Deus o criou em nossas mentes também? Como ele se enquadra nessa sua versão Matrix-teológica.

Me arrependi do comentário antes mesmo de completá-lo e esperei uma reprimenda ou um mal-estar entre nós, mas qual não foi minha surpresa ao vê-lo rir a bandeiras despregadas com o meu comentário. Ele me olhava e não conseguia parar de rir, até que lágrimas começaram a sair de seus olhos. Com muita dificuldade se conteve, pois já estava chamando a atenção de alguns turistas que passavam por perto.

— Brilhante! Na verdade nunca tinha feito essa analogia. O filme que o senhor citou inclusive é baseado em um princípio filosófico. O que acabei de lhe dizer não tem nada a ver com ciência ou filosofia, mas sim, por incrível que pareça, com algo bem mais simples e ao mesmo tempo bem mais complexo. A fé! Pascal já nos dizia que "devemos adquirir uma crença mais fácil, a do hábito, que sem violência, argumento e artifícios nos faz crer nas coisas e predispõe todas as nossas faculdades para essa crença, para que nossa alma mergulhe nela naturalmente. Não basta crer pela força da convicção, quando o autômato está predisposto ao contrário. É preciso fazer com que as nossas duas partes creiam: o espírito, pelas razões que lhe bastará ter visto uma vez na vida; e o autômato, pelo hábito, sem lhe permitir que se incline para o contrário." Eu vejo esse hábito como a fé.

— Mas o senhor não respondeu a minha pergunta. E o Diabo, por que foi criado por Deus em nossas mentes?

— Na verdade, para entender Deus temos de entender o Diabo. Eles são inseparáveis, um é a justificativa do outro, a tese e a antítese. Deus ama o Diabo, pois essa é sua essência, amar todas as coisas; mas o Diabo ama mais ainda a Deus.

Um grupo de turistas japoneses parou bem na nossa frente. A guia gritava palavras ininteligíveis para mim enquanto apontava para cima de nossas cabeças e para as colunas a nossa volta. Joaquim, era esse o nome do padre, Joaquim José Gabriel, olhava o movimento com um discreto sorriso nos cantos dos lábios. Quando a turba se afastou, ele voltou a falar, pausadamente:

— Há um conto de um escritor argentino, não sei se o senhor conhece, Adolfo Bioy Casares. — Fiz que sim, discretamente com a cabeça. — Pois bem, nesse conto, que se não me engano foi traduzido para o português como uma *História prodigiosa*, ou coisa que o valha, o narrador nos conta um episódio da vida de Rolando de Lancker, um intelectual ateu, mas que acreditava e defendia a volta da crença nos deuses pagãos, e como consequência detentor de uma atitude abertamente anticristã: "O cristianismo vai contra a própria; quer estreitá-la, apagar os impulsos. Não despojou o mundo dos deuses antigos, que eram as forças que ajudavam a viver? Olhe, eu não me canso de lamentar a queda do panteão pagão". São palavras do próprio Lancker em um dado ponto do conto. O personagem, esse mesmo Rolando Lancker, hospeda o narrador e expõe para ele suas teorias sobre a volta da crença nos deuses pagãos. A partir de então, surge entre eles uma relação de amizade e rivalidade. Algum tempo após a estadia do narrador na fazenda de Lancker, aquele convida este e sua discípula, Olívia, para uma festa a fantasia. Durante a festa, em um dado momento, junta-se à mesa dos três personagens um quarto, chamado Sileno Couto...

Nesse instante um outro grupo de turistas barulhentos parou na nossa frente e a guia também começou a apontar para cima de nossas cabeças e a falar em alemão. Devíamos estar em uma parte arquitetonicamente importante do átrio. Joaquim então levantou-se e me tomando pelo braço me guiou em direção aos prédios dos museus. Passamos por uma pequena porta lateral, atrás de um dos guardas suntuosamente vestido à maneira renascentista, que cumprimentou Joaquim com um aceno de cabeça. Uma vez no interior da sala, percebi que estávamos em uma ala privada, reservada apenas a funcionários do Vaticano. Ele me levou até o canto da sala e nos sentamos em um banco largo, de madeira escura. As paredes estavam ornadas com espelhos e alguns quadros, mas ao fundo uma mesa com um computador destoava do ambiente e evidenciava o caráter privado e administrativo daquela sala.

— Aqui teremos mais privacidade, não seremos incomodados por esses simpáticos mas afoitos turistas.

— Estamos dentro do museu?

— Sim, entramos por uma porta lateral, essa é uma sala onde é feito o controle de horários e escala da guarda. — Uma jovem então entra na sala e sem nos dar atenção senta-se na mesa ao fundo e começa a utilizar o computador. — O senhor já visitou os museus?

— Ainda não. Estava indo para lá quando nos encontramos na Basílica.

— Ótimo. Quando acabarmos nossa conversa, é só cruzar aquela porta — e apontou para a parede oposta da porta por onde entramos — e estará bem próximo à capela Sistina. Estamos na verdade no final do caminho que os visitantes fazem. O problema é que há um sistema de mão única, e caso o senhor entre por aqui não poderá voltar para ver as outras salas do museu, o que acho uma grande perda, pois há salas maravilhosas, com obras de valor estético, histórico e, por que não dizer, financeiro inestimável. Caso contrário, é só sair por onde entramos e se dirigir até a entrada, comprar os bilhetes e visitar todos os museus.

Ante meu silêncio, que na verdade mostrava minha indecisão, ele continuou de onde havia parado anteriormente no átrio.

— Então, como estava dizendo, junta-se aos três personagens um quarto, de nome Sileno Couto, que se fantasia de Diabo. A propósito, é interessante saber que Lancker estava vestido de Fera, Olívia de Bela e o narrador de anjo. Pouco tempo depois que os quatro se encontravam reunidos, Rolando começa a atacar a religião católica, Deus, Cristo e todo o séquito de anjos e divindades que os acompanham. É nesse momento que o Diabo, ou seja, Sileno Couto, redargui: "Deus não existe? O Diabo não existe? Não há obstáculos para a natural maldade dos homens?". E exige que Rolando se retrate e lhe aperte a mão, dizendo: "Descarte suas brincadeiras e creia-me: há céu, há inferno, e o inferno é tão necessário quanto o céu. Confesse que tudo existe!", brada o Diabo, ou aquele que estava vestido como tal. Mas Rolando responde, em tom duro e ríspido, negando-se a apertar-lhe a mão: "O que não acredito é que o senhor exista".

Mais duas pessoas entraram na sala, um padre, tão jovem quanto Joaquim, e uma outra mulher. Essa nos olhou de forma insistente enquanto andava em direção à mesa em que a primeira mulher havia sentado, mas não disse nada. O padre não deu por nossa presença. Joaquim por sua vez também não pareceu se incomodar com os intrusos que agora confabulavam em voz baixa com a mulher do computador e continuou:

— Ao ouvir isso, o senhor Sileno Couto, disfarçado de Diabo — ou seria mais apropriado dizer o Diabo disfarçado de senhor Sileno Couto? — desafia Rolando para um duelo. Logo em seguida saem oito pessoas da festa em direção a um campo de duelos. — Vendo que eu estava um tanto inquieto e olhando constantemente para as três figuras no fundo da sala, falou: — Já vou concluir a história, e o senhor poderá conhecer os belos museus do Vaticano, apenas queria ilustrar o que falei anteriormente lhe contando essa parábola desse imaginativo escritor argentino.

— Mas não estou com pressa, e sim muito curioso para saber o desfecho da história — falei, prontamente. — Estou apenas preocupado. Não há problema de ficarmos aqui, ou no caso, não há problemas de eu ficar aqui? Aquela mulher que entrou por último já lançou vários olhares em nossa direção.

— Não se preocupe — disse-me ele, em tom suave e com aquele belo sotaque português, que me lembrou os primeiros dias de minha viagem —, ela é inofensiva, apenas um tanto mal-humorada. Não lhe dê atenção. Então deixe-me concluir a história. Como dizia, oito convidados saem da festa em direção a um campo mais afastado e deserto: o Diabo (Sileno Couto), uma fera (Rolando de Lancker), uma bela (Olívia), para compor par com a fera, um anjo (o narrador, o padrinho de Rolando), um asno (o primeiro padrinho do Diabo), um cabrito (o segundo padrinho do Diabo), um dominó (o segundo padrinho de Rolando) e um galo (o médico). O desfecho, como o senhor já deve ter intuído, e o leitor do conto também nesse ponto da história, foi trágico. Rolando, apesar de valente e de ter lutado esplendidamente, não foi páreo para o Diabo, que era um excelente espadachim, e de repente "...a capa do Diabo se inflamou, como duas asas vermelhas, e a espada atacou rápida e mortal, como um raio". — E levantando-se do banco, fez um movimento rápido de estocada, chamando a atenção dos outros três ocupantes do cômodo.

Sem dar atenção aos olhares insistentes do outro padre e das duas mulheres, voltou a sentar-se e continuou sua história:

— O narrador, o médico e o dominó correm em direção ao corpo mortalmente ferido de Rolando (é bom lembrar que este último exigiu que a bela Olívia aguardasse o desfecho do duelo no carro) e, ao se aproximarem do moribundo, sentem um forte cheiro de enxofre. Ato contínuo: o narrador nos diz que, sem que percebessem, o Diabo e seus padrinhos desapareceram e conclui que aquele não era Sileno Couto, fosse esse quem fosse, e sim o próprio Diabo. O "verdadeiro Diabo, chamem-no de Satanás ou do que quiserem. Inútil procurar aquela máscara pela chácara. Inútil procurar os padrinhos. Os três viraram fumaça. Não eram fantasias".

Então parou de falar, no exato momento em que o outro padre e as duas mulheres passaram por nós em direção à porta. Seu olhar caiu placidamente sobre mim, emoldurado por um generoso sorriso. Como me mantive calado, perguntou. Na verdade, não foi uma pergunta, apenas disse:

— Moral da história, Bioy Casares nos mostra que o Diabo também tem sentimentos e é vaidoso, como se essa última característica fosse alguma novidade para nós. Ao negar a existência de Deus, Rolando negou a existência do próprio Diabo; e isso ele, o Diabo, não poderia admitir. Matou Rolando para defender sua honra e consequentemente a honra de Deus, pois são duas faces da mesma moeda. Faces opostas, antagônicas, a tese e a antítese, como já disse. E sabe de uma coisa? Acho que, se a situação fosse inversa, Deus faria a mesma coisa. Talvez não matasse o pobre Rolando, mas certamente lhe daria uma boa surra, pois não esqueça que Deus sabe ser enérgico quando necessário.

Então levantou-se novamente com um enorme sorriso no rosto e colocou a mão em meu ombro.

— Sinceramente não sei se respondi à sua pergunta, mas certamente passei agradáveis momentos em sua companhia e tive o prazer de, contando, relembrar essa maravilhosa parábola de Bioy Casares.

— Na verdade não sei se a minha pergunta possui uma resposta objetiva e direta, mas sem dúvida explicar Deus e o Diabo pela filosofia é tão válido quanto explicá-los pela fé ou pela ciência.

— Sem dúvida, concordo com o senhor. São abordagens diferentes, que somadas nos ajudam a encontrar e compreender Deus. Agora infelizmente tenho de deixá-lo — disse, levantando-se e me estendendo a mão. — Como lhe falei mais cedo, se o senhor quiser entrar pelos museus por aqui, fique à vontade, é só cruzar aquela porta.

Pensei então no inconveniente de estar no fim da ala dos museus e perder a oportunidade de ver as outras salas. Foi então que me lembrei de algo que Arimã escreveu em seu e-mail. Sabendo que eu provavelmente chegaria mais cedo para ver as outras salas dos museus e terminando a visita na Capela Sistina não conseguiria voltar, ele me pediu para procurar um dos seguranças da Capela. Segundo ele, eu não teria dificuldade em reconhecê-lo. Um homem alto, com mais de um metro e noventa, de barba cerrada e ruiva. Ele me levaria de volta às salas de Rafael.

— Acho que vou aceitar sua sugestão e entrar por aqui. — Olhei o relógio, eram duas e cinco da tarde, e o encontro com Arimã estava marcado para as quatro horas. Apertei afetuosamente as mãos do padre Joaquim e saímos por portas opostas. Sabia que jamais veria aquele bom e simpático padre novamente, mas aquela conversa havia acalmado minha alma. Esqueci-me, por alguns instantes, de M... e do que havia feito com ela horas atrás. Agora a culpa e o desespero voltavam. Queria procurá-la, pedir perdão, me ajoelhar a seus pés e implorar que esquecesse tudo o que eu havia feito e dito pela manhã. Mas Arimã me aguardava e algo mais forte me impedia de faltar àquele encontro.

Uma vez no corredor, segui direto para a Capela Sistina. Como esperava, ela estava lotada. Dezenas de pessoas, com os olhos fixos no teto, se acotovelavam e trombavam umas nas outras. Fui até o meio do salão e comecei a esquadrinhar toda a sala com o olhar. Estava embevecido com as cenas do Velho e do Novo Testamento, e imaginava Michelangelo por horas e horas deitado de costas sobre os andaimes pintando aquelas paredes por meses, anos, usando a técnica que havia desenvolvido especialmente para aquele trabalho. Minha atenção se dividia entre o teto, pintado no início século XVI, e a parede ao fundo, que exibia de forma majestosa e aterrorizante as cenas do Juízo Final, pintadas pelo mesmo Michelangelo, mais de trinta anos depois. Os desenhos do teto e da parede se contrastavam e dialogavam entre si. Um diálogo de cores e imagens.

As fotografias não eram permitidas, o que não faz mais sentido nesses lugares, pois as máquinas modernas praticamente não precisam mais de utilizar o *flash*, não danificando assim as obras. Uma ou outra pessoa se esquecia dos avisos afixados na porta e logo eram lembradas pelos vários seguranças espalhados pela sala, com o já conhecido grito a meia voz de "*no photo, please*". Como a capela estava muito cheia, os seguranças ficavam nas extremidades, e eu me encontrava quase no meio da sala, me agachei e, quase sentando no chão, comecei a tirar fotos do teto e da parte mais alta da parede com o Juízo Final, sem que os seguranças pudessem me ver.

Foi quando de repente ouvi gritos enfurecidos ao meu lado. Era uma freira, sentada em uma cadeira de rodas. Não consegui definir a nacionalidade dela, mas apenas escutava seus gritos enfurecidos de "*no photo*", "*no photo*", e sem o acompanhamento do "*please*". Os gritos vinham acompanhados do dedo em riste, quase na altura do meu rosto. Continuei a tirar as fotos, ignorando-a completamente, o que a deixou ainda mais nervosa e enfurecida. Olhei para um crucifixo enorme dependurado em seu pescoço e já via a hora em que ela iria empunhá-lo em minha direção para me exorcizar. Satisfeito com as fotos que já havia tirado, me levantei e comecei a apontar a máquina para a freira e fotografá-la, enquanto ela vociferava ainda mais alto. Com o canto dos olhos vi um segurança se aproximar e então guardei a máquina e saí de onde estava, não sem antes fuzilar a maldita freira com os olhos.

Comecei a procurar o segurança que Arimã havia me indicado, pois já havia ficado tempo suficiente na capela, que deveria ser muito mais agradável vazia e silenciosa. Avistei-o perto da porta de saída. Fui até ele e falei em inglês que era amigo de Arimã. Antes de completar a frase, ele fez um gesto de positivo com a cabeça e me conduziu para fora da sala. Uma vez no corredor, voltou-se para mim e me falou de forma seca que o seguisse. Então, e isso pude perceber pelas placas, começamos a fazer o caminho inverso no primeiro piso, até a entrada. Passamos rapidamente por várias salas belíssimas, como a Chiaramonti, o aposento dos Bórgias, e diversas outras, mas ele não parava para me esperar, mesmo eu pedindo várias vezes. Simplesmente me ignorava e continuava a andar.

Depois de alguns minutos, chegamos próximo à entrada. Ele me indicou as escadas para o segundo andar e me entregou um pequeno mapa dos museus que tirou do bolso do paletó. Antes mesmo que eu pudesse agradecer-lhe, girou sobre os calcanhares e minhas palavras reverberaram em sua nuca e voltaram sem resposta. Sozinho então, subi para o segundo andar e aí sim pude andar com calma pelas salas. Visitei o Museu Etrusco e a estonteante Galeria dos Mapas, que na verdade é um corredor com mais de cinquenta metros com dezenas de mapas antigos desenhados e pregados em suas paredes e o teto abobadado ricamente ornado com dezenas e dezenas de afrescos. Algo de tirar o fôlego a qualquer amante das artes. Eu andava pelas salas sem me esquecer das horas, pois já eram quase quatro quando finalmente cheguei às salas de Rafael.

Na verdade, são quatro salas que compõem os aposentos do Papa Júlio II. Rafael trabalhou nos afrescos desde 1508, mas eles só foram completados pelos seus discípulos após sua morte prematura, em 1520. Foi interessante imaginar Michelangelo e Rafael, nos intervalos para um breve descanso, se encontrando nos jardins do Vaticano e trocando impressões sobre suas obras. Enquanto divagava e errava entre as salas da ala de Rafael, perdi por um momento a noção da hora. Quando olhei para o relógio, já eram 16h10. Arimã dissera que se encontraria comigo na Sala de Rafael, mas elas eram quatro, e eu não sabia em qual ele estaria. Então passei a procurá-lo.

Uma música erudita saía das caixas embutidas espalhadas pelas salas e corredores. Não havia prestado atenção até agora nessa música, ou talvez ela estivesse ficando mais alta à medida que se aproximava o momento de fechamento do museu (como de fato pude comprovar mais tarde). Então, de repente o avistei. Ele estava parado em frente a um dos afrescos, concentrado. Vestia-se como das outras vezes em que o vira, com sobriedade, porém desta vez estava todo de preto, de colete e sem chapéu. Como se tivesse percebido minha presença, virou a cabeça, olhou em minha direção, sorriu e me chamou com um gesto discreto. Quando cheguei ao seu lado, sem me cumprimentar, começou a falar:

— Veja só esse quadro. — Ele estava parado em frente a uma pintura que mostrava um jovem matando um ser horrendo. — É "São Miguel matando o Diabo", um quadro de Rafael que na verdade não pertence ao Vaticano, e sim ao Louvre. Está aqui de passagem, mas isso não importa. Repare bem na figura pura e angelical de São Miguel em contraste com a aberração monstruosa que agoniza no chão e representa o pobre Demônio.

Fiquei alguns segundos em silêncio ao seu lado observando o quadro. Ele olhava a pintura fixamente. De repente se vira para mim e, ainda sem me cumprimentar, continua:

— A evolução iconográfica do Diabo é extremamente simbólica. A igreja católica foi hegemônica no ocidente, do século IV, com Constantino, até por volta dos séculos XII e XIII, quando começa a Baixa Idade Média, a invasão dos muçulmanos e o aparecimento de seitas. É nesse momento que o cristianismo resgata a figura do Diabo, quando seu poder é ameaçado, quando novas religiões e seitas, possuidoras de crenças e doutrinas próprias, começam a ganhar espaço no ocidente. A igreja católica então associa o Diabo com essas novas doutrinas religiosas, ou seja, os inimigos da igreja católica eram imediatamente associados ao Demônio. Sendo assim, surge uma figura do Diabo a partir do século XII que é um plasmar iconográfico de diversos deuses pagãos, deidades e divindades das religiões e seitas que de alguma maneira ameaçavam a hegemonia da igreja católica. Esse artifício tinha como principal objetivo minar a legitimidade religiosa dessas divindades.

— Antes de mais nada, boa tarde — disse, sorrindo de forma simpática.

— Ora, ora, perdoe a minha falta de modos. — E me estendeu a mão de maneira calorosa. — Estava aqui tão entretido observando essa obra e perdido em conjecturas que, quando o senhor chegou, comecei a divagar antes mesmo de cumprimentá-lo. Perdoe-me, sinceramente.

— Não há problema, estava apenas brincando com o senhor. Mas por que esse quadro especificamente prendeu mais a sua atenção do que os outros?

— O que lhe chamou mais a atenção nesse quadro? — me perguntou.

— Ora, além das características que fizeram de Rafael um mestre e que estão presentes em seus principais quadros, como a iluminação da cena, o contraste das luzes e o jogo de sombreado, e claro, a temática religiosa...

— Sim, sim, mas não é disso que estou falando. Olhe o contraste, como eu lhe disse assim que chegou, entre a figura angelical de São Miguel e a deformidade horrenda do Diabo, no chão, sendo alvejado pela lança do arcanjo.

— Sim, mas esse contraste entre o belo e o feio é característico das obras renascentistas e tem como objetivo exatamente simbolizar o bem em oposição ao mal.

— Exatamente, meu caro, mas a questão não é tão simples assim. O Diabo é feio por fora porque a igreja o considera feio por dentro, e entre os deuses pagãos que serviram de, vamos dizer assim, modelos para o tinhoso, adoro esse epíteto, de todos é o que mais gosto, mas como ia dizendo, foi o deus Pã o mais explorado como modelo para a figura que o Diabo assumiu a partir do século XII. Dele vieram os chifres, as características caprinas, como o casco fundido, além de outras. Isso tudo porque o pobre Pã era um deus associado ao sexo, à fertilidade e a outros prazeres mundanos. Meu jovem, a igreja não criou o Diabo, mas criou sua imagem, e o homem a mudou através dos tempos.

— E então qual a verdadeira aparência do Diabo? — perguntei em tom provocativo.

Arimã me encarou por alguns segundos, como se quisesse perscrutar meu íntimo e entender o verdadeiro sentido daquela pergunta.

— Isso vai depender de você.

— De mim, por quê? — indaguei, curioso em ouvir sua resposta.

— Porque não deve procurar o Diabo fora de você mesmo, ao seu redor, no outro. O mal está dentro de cada um, e cabe a você invocá-lo. Assim ele pode se projetar de incontáveis maneiras: em uma linda mulher, como um elegante cavalheiro, na forma de um velho sábio, em formas não humanas, ou mesmo em ações, mas todas são projeções do Diabo que habita em cada um, projeção do mal endêmico ao ser humano. Ora, a sua tão querida literatura já lhe mostrou isso várias vezes: o retrato que atormentava Dorian Gray, o monstruoso Mr. Hyde atemorizando seu duplo, o pacato Dr. Jekyll, e o que não dizer do ímpeto demoníaco que irrompe no peito de Raskólnikov, levando-o ao assassinato e logo depois o abandonando, deixando-o órfão em seu arrependimento e necessidade de expiação.

— Um padre me disse algo parecido mais cedo. O senhor também afirma que o Diabo é uma projeção de nosso consciente, de nossos medos e angústias?

— Eu não disse isso. E, se esse padre lhe falou tal coisa, ele está extremamente equivocado.

— Na verdade não foi bem isso que ele disse. Ele não negou a existência do Diabo, apenas disse que ele é fruto de um processo consciente, o que não descaracteriza sua existência real.

— Como lhe falei, a maneira pela qual ele se manifesta é irrelevante e varia de caso a caso. Mas o que me interessa lhe dizer agora, e voltando ao quadro e à questão iconográfica, é que a igreja criou uma espécie de pedagogia do medo, onde o Diabo servia como espantalho para aterrorizar aqueles que não seguiam à risca os ditames e as doutrinas cristãs. O Diabo, na verdade, serviu à igreja. Pobre Diabo, a igreja o transformou em um servo do cristianismo. Serviu como um instrumento de dominação ideológica, política e social. Aqueles que não seguissem suas doutrinas ou tentassem se rebelar contra as condições sociais e economicamente miseráveis em que viviam seriam mandados para o inferno e seriam torturados na ponta do tridente de Satanás.

Voltou-se então para o quadro e me tomou pelo braço.

— Olhe! Veja a humilhação da pobre criatura agonizante. E por quê? Por ser um rebelde. Ao homem sempre foi negada – por aqueles que dominaram a igreja católica nos últimos séculos – a rebelião, a independência de ideias e o prazer. Esse último, principalmente, sempre intimamente associado ao Diabo, até os dias de hoje. O prazer afasta o homem da igreja e consequentemente de Deus. Na verdade, ela nunca esteve realmente preocupada com o afastamento do homem em relação a Deus, já que nunca esteve tão próxima dele; mas sua real preocupação sempre foi a do afastamento do homem em relação à própria igreja, pois, se o indivíduo se afasta dela para buscar os prazeres mundanos, sua bolsa de moedas o segue.

Ainda me tomando pelo braço, Arimã me conduziu para o corredor, até chegarmos próximo a uma das janelas, e então continuou:

— A partir do século XVI, com o surgimento do pensamento racionalista, do Renascimento, da Reforma e posteriormente com o pensamento iluminista, o Diabo sofre uma radical transformação, transmuta-se de mito religioso para mito literário. Satanás passa a ser Mefistófeles, um Diabo muito mais elegante, inteligente, erudito, sofisticado, ou seja, mais literário. A igreja não precisava mais do Diabo como um ser opressor e aterrorizante, na verdade a sociedade não o engolia mais dessa forma. A igreja então incentivou essa metamorfose e ainda continuou contando com os seus serviços de espantalho, mas agora agindo de maneira mais sutil.

A música que antes ouvíamos de fundo foi se tornando mais alta. E comecei a notar uma movimentação mais acelerada das pessoas à nossa volta. Arimã, percebendo minha inquietação, falou:

— Os museus fecham daqui a pouco, os visitantes já começam a se retirar, mas não se preocupe, sou um frequentador assíduo e tenho amigos entre os seguranças e padres. Daqui a pouco vamos para uma sala mais reservada do museu, onde poderemos conversar mais à vontade e selar o nosso acordo. Creio que já teve tempo de pensar em minha proposta.

— Sim — falei, um pouco titubeante.

— Ótimo! Mas não agora. Gostaria, se o senhor me permitir, de apenas concluir o meu raciocínio.

— Claro, fique à vontade. Só estou preocupado com o horário de fechamento do museu.

— Quanto a isso, já lhe falei que não tem com o que se preocupar. Mas, como eu ia lhe dizendo, o pobre Diabo foi sendo usado à revelia pelas ideologias dominantes do ocidente e mudando de rosto, corpo e simbologia. Com os românticos, por exemplo, o Diabo passou a significar liberdade, progresso e ciência. Em um momento de secularização da sociedade e rompimento com a igreja, nada mais normal que o Diabo assumisse então a função de estandarte da intelectualidade burguesa. De monstro e inimigo, ele passou a ser uma espécie de mascote do romantismo, que simbolizava então o progresso e a vida moderna. Uma antítese à moral e aos valores tradicionais erigidos pela igreja católica. Basta o senhor pegar os escritores românticos desta época: Blake, Byron, Goethe e tantos outros. O Diabo está lá, impávido e colosso, representando o homem e sua rebelião contra a fé católica e os valores da sociedade oligárquica.

"O Diabo a partir do século XVIII é um burguês, meu caro, um respeitável cavalheiro burguês, de bengala, monóculo e ideologia condizente com os novos tempos. O Diabo burguês não é feio e atemorizante como o medieval, e sim um livre pensador e arauto do liberalismo. Assim o recriou a *intelligentsia* burguesa. — E colocou a mão delicadamente em meu ombro. — O homem, meu caro, cria e recria o Diabo, cria e recria Deus, de acordo com os ventos ideológicos e estéticos de seu tempo, mas posso te assegurar que os verdadeiros se divertem bastante com essas mudanças de seus avatares, para usar um termo que está muito na moda. E lhe digo mais, apresentam-se da maneira que o homem quer enxergá-los de acordo com a época, mas uma coisa lhe garanto, meu jovem, que suas essências de bem e mal, juntas e confundidas, em ambos, jamais se alteram. Deus e o Diabo, de uma certa forma irmanados, dominam o universo e os homens desde tempos imemoriais. O homem não passa de um joguete de ambos. Não vê Jó? E Fausto?"

— Isso é literatura — disse eu.

— Isso é literatura? Muito me espanta essa frase vinda do senhor.

— Pois não deveria. *Fausto* e o *Livro de Jó* são mitos.

— Não! — disse ele quase em um grito. — O Deus e o Diabo que vocês criaram é que são. Os verdadeiros riem disso, lado a lado.

— O Diabo hoje não passa de um produto de marketing, um produto publicitário, encontrado em latas de refrigerante, sacos de biscoito, no cinema, nos jogos de vídeo, na literatura infantojuvenil, no Carnaval e até em festas infantis. Ele não assusta mais ninguém. Pelo contrário, o Diabo está na moda. Ele é um ótimo garoto-propaganda.

Senti os olhos de Arimã me cortando ao meio, furiosos, seu semblante estava cerrado, como se a qualquer momento fosse saltar sobre mim. Se ele fosse um desenho animado, estaria saindo fumaça de suas orelhas. Mas de repente suas feições se suavizaram, e o riso irônico voltou ao seu rosto.

— Realmente, meu caro, a imagem do Diabo hoje é só uma pantomima do que foi na Idade Média. Hoje todos tripudiam sobre ele. É um leão velho e desdentado. O homem já pode abrir a jaula e puxar o seu rabo. Está totalmente seguro.

— Sempre esteve — falei.

Então Arimã me fitou com um sorriso ainda mais irônico nos lábios. Seu olhar era fixo e direto. Me encarou de forma tão insistente que comecei a desviar os olhos e ficar desconfortável. Até que pareceu notar meu constrangimento e disse:

— Sim, sempre esteve. O Diabo sempre foi usado como uma metáfora do mal, uma metáfora de grande flexibilidade. Mas cuidado, meu jovem amigo, pois, ao desacreditar o Diabo, também está desacreditando o seu oposto: Deus! Um mundo sem o Diabo é um mundo sem Deus. E o que prefere? A ausência ou a presença deles?

Não pude deixar de me lembrar do discurso do padre Joaquim horas antes, dada a estranha similaridade com o que Arimã acabava de dizer. Mas retorqui:

— Um mundo sem o Diabo não é um mundo sem Deus. O Diabo é apenas uma personificação mutante do mal. O mal existe e é ele que devemos combater, e não um homem/cabra vermelho e chifrudo ou um elegante senhor de bengala, monóculo e cheiro de enxofre. — Então devolvi o olhar fixo de Arimã de forma provocadora.

— Então é simples assim? Deus existe e o Diabo não?

— Não disse que era simples. É muito mais complexo do que imaginamos. Por isso o homem se debruça sobre a questão do bem e do mal, de Deus e do Diabo, desde que se entende como homem.

— E não seria muito mais simples se o homem pudesse crer em Deus e no Diabo e pudesse fazer a sua escolha?

— Não seria uma disputa justa.

— Não seria uma disputa justa?! — falou Arimã, demonstrando uma indignação um tanto quanto teatral. — Por quê?

— Porque o Diabo usaria de artimanhas para enganar o homem. Em outras palavras, trapacearia, pois é essa sua essência.

— Bobagem! Bobagem! O Diabo sempre esteve do lado do homem e contra a tirania de Deus, que condenou a humanidade ao sofrimento e à ignorância. O Diabo e o homem têm um inimigo comum, Deus. Foi a igreja que, para solidificar seu poder e exaltar seu líder, desacreditou o Demônio aos olhos do homem.

— Então é simples assim? — falei em tom provocativo. — O Diabo é amigo do homem e Deus seu inimigo?

Arimã pareceu não notar que eu replicava suas palavras em tom de provocação e continuou falando:

— Não, não é tão simples assim. Então por que não acreditar que Deus na verdade é o Diabo e que enganou o homem esse tempo todo, mantendo o Diabo, ou seja, Deus, prisioneiro e escravo, representando o papel que determinou para ele, de vilão? Isso para vocês cristãos explicaria muitas coisas, não é mesmo? Tudo seria uma mentira, e o Diabo enganou a todos por todo esse tempo, disfarçando-se de Deus.

— É uma tese fascinante, não muito original, creio eu, mas fascinante. Mas se acreditarmos nela, teríamos também de acreditar que a maior astúcia do Diabo, ao contrário do que dizia Baudelaire, não é fazer com que não acreditemos nele, mas sim fazer com acreditemos que ele é Deus e que Deus seja o Diabo.

— Sim, muito astuto, meu jovem. E se no fim chegássemos à conclusão de que os dois são um só?

— Poderíamos, mas continuaríamos no mundo das especulações.

— Mas especular faz tão bem à mente — disse ele, sorrindo e colocando novamente a mão em meu ombro. — É um jogo de xadrez sem peças.

— E sem vencedores — retruquei.

— Cedo-lhe o empate — ele disse, me estendendo a mão.

— Aceito — respondi, apertando-a.

A música erudita que saía dos alto-falantes aumentava gradativamente, e o movimento de pessoas e seguranças também. Eram quase cinco horas da tarde, e os visitantes começavam a ser orientados a deixar as dependências dos museus. Arimã tocou de leve em meu braço e me fez um sinal discreto para segui-lo. Caminhando no sentido contrário ao da maioria das pessoas, ele entrou em uma das alas do museu. Quando chegamos no meio de uma das salas, ele me fez um gesto com a mão, pedindo que aguardasse, e foi até uma das extremidades, onde se encontrava um segurança alto e negro. A conversa durou menos de dez segundos. Ele se voltou e me chamou com outro gesto.

Entramos então por uma porta lateral discreta e rapidamente aberta pelo homem. Reparei que nos encontrávamos em uma sala pequena com uma escada em caracol no fundo. O segurança apontou para ela com a cabeça e fechou a porta. Descemos e saímos em um corredor comprido. Quando chegamos ao final, Arimã abriu uma porta que se achava apenas encostada. Entramos em uma sala ampla, acarpetada e ricamente decorada. Duas janelas enormes davam para o pátio externo, de onde podíamos ver a movimentação de um grande número de pessoas deixando os museus. A música, cada vez mais alta, podia ser ouvida claramente de onde estávamos.

— Aqui podemos ficar mais à vontade. É uma sala de recepção, na ala administrativa, mas meu amigo falou que a essa hora ela não é usada.

Então ouvimos um som estridente que vinha do centro do pátio. Quando procurei sua origem, vi uma mulher que gritava algo que não conseguia entender e parecia desesperada, virando sua cabeça de um lado para o outro. Algumas pessoas se acercaram dela, inclusive dois guardas. Ela chorava e puxava a manga de um deles, que com gestos pedia que se acalmasse. De repente um homem gordo, muito bem-vestido, surgiu no meio da multidão com uma criança de aproximadamente três ou quatro anos no colo. A mulher, ao ver a criança, se soltou dos guardas e foi correndo em direção a ele, tomando-a de seus braços de maneira afoita e afagando-a junto ao seu peito por longos segundos. Sem soltar mais a criança, abraçou o homem, e conversaram por algum tempo. Apesar da distância, dava para ver que ela chorava. Depois de alguns minutos, o homem se despediu e a mulher foi levada por um dos guardas, provavelmente para tomar um copo de água e se acalmar. A cena toda durou menos de cinco minutos, durante os quais eu e Arimã ficamos calados e atentos a cada movimento.

Então ele tocou meu ombro e apontou com o queixo duas poltronas Barcelona, uma de frente para a outra, separadas apenas por não mais de trinta centímetros, na parede oposta à janela.

— Quer sentar-se? — Me propôs ele, e então atravessamos a sala e nos acomodamos. — O que achou da cena que acabamos de ver?

— Como assim?

— Eu perguntei o que achou da cena que acabamos de ver... qual a sua opinião.

— Ora, parece que a mulher perdeu a criança, que foi encontrada por aquele senhor gordo, que, vendo a movimentação e o desespero da mulher, deduziu que a criança fosse seu filho ou parente próximo e a levou até ela.

— E...

— E houve um momento de comoção e agradecimentos efusivos por parte da mulher para com a pessoa que a ajudou de forma desprendida.

— Ótimo! Em suma, uma cena banal, mas jamais, digo jamais, proveniente de um gesto desprendido, como você acaba de afirmar.

— O que quer dizer com isso?

— Preste bem atenção no que vou lhe dizer, pois pode ajudá-lo no projeto e na direção que seu livro deve tomar. O mal é e sempre foi superior ao bem na mente humana e na história da humanidade. O homem vem fazendo o bem mais ou menos da mesma forma há séculos; não há muita variedade nas maneiras de se praticar o bem. Não se criou nenhuma forma nova de bondade nos últimos séculos. Em compensação, a capacidade do homem de praticar o mal e criar novas maneiras de torturas e vilanismo é quase infinita. Desde os tempos mais remotos, passando pela crucificação de Cristo e seguindo pela inquisição e as guerras mundiais, até chegar aos nossos dias. É comum abrirmos os jornais e vermos reportagens que descrevem os homens como monstros capazes das mais horríveis atrocidades, de tal maneira que o próprio homem se choca com a capacidade de sua raça de inovar e criar novas formas de maldade.

"Ao passo que os exemplos de bondade não variam muito. Apesar de serem meritórios, são sempre os mesmos: o perdão, a benevolência, a ajuda ao próximo, como acabamos de presenciar, a generosidade, o voluntarismo, a doação... Mas no fim e ao cabo, só demonstram todo o egoísmo de ser humano. Pois todo ato de bondade é, em última instância, egoísta. Quando um homem ajuda o próximo, como acabamos de presenciar, ele está buscando apaziguar sua consciência e ficar bem consigo mesmo, diminuir a sua culpa, a eterna culpa que o acompanha. O bem causado, como a restituição da criança para os braços da mãe, como acabamos de ver, é apenas uma consequência."

— O senhor realmente acredita nisso que acabou de dizer? Que não existe bondade no mundo?

— Não disse isso. Existe a bondade, mas ela não é altruística, é egoísta. Qualquer ato de bondade, de amor, visa o próprio prazer de quem o cometeu. Até que ponto um homem ama o próximo quando lhe faz o bem? Na verdade, ele ama o prazer que esse outro lhe dá como receptor direto ou indireto do ato de bondade. Basta imaginar a satisfação e felicidade daquele homem agora, depois que restituiu o filho aos braços da mãe. O senhor viu o semblante de satisfação e júbilo no rosto dele.

— E também vi a felicidade contagiante da mãe ao recuperar seu filho.

— Como disse, uma simples consequência de um ato egoísta que buscava, primeiramente, o próprio prazer. — E novamente me fixou aquele olhar perscrutador de meus sentimentos mais recônditos.

— Não posso acreditar nisso. O homem possui uma natureza benévola em sua essência — afirmei com rigor.

— O homem é naturalmente mal. E luta contra isso o tempo todo. Como diria um personagem do atormentado Dostoiévski: "Alguém que se conhece de fato, pode se estimar um mínimo que seja?" — retrucou ele. — Assim como a estética determina o belo, a ética, que dita as diretrizes do bem, também muda seus valores com o passar do tempo. Registros nos mostram que na época da inquisição, os padres, artífices do bem, queimavam os hereges em fogueiras. Ora, no inferno também se queimam pessoas. Então lhe pergunto, existe um bem universal e atemporal para o senhor dizer que o homem é naturalmente bom? — E sem esperar minha reposta continuou a falar: — Eu mesmo lhe respondo. Não! Definitivamente não! Isso quer dizer que Deus também muda seus valores, pois se o homem deve fazer o bem para atingir a Deus e a salvação, e se Deus muda o conceito de bem de tempos em tempos, ele também muda o caminho para chegarmos a ele. E eu lhe pergunto, meu estimado, se aqueles padres que queimavam os hereges em nome de Deus chegaram ao céu, os que praticam o bem hoje, como aquele cavalheiro que acabamos de ver, chegarão ao mesmo céu e conviverão, se é que podemos usar esse termo, harmoniosamente com aqueles piromaníacos de homens?

Dessa vez senti que ele havia dado um intervalo e realmente esperava uma resposta minha, então falei:

— Mas o homem possui o livre arbítrio, parece que o senhor se esqueceu desse detalhe. Um dos principais ditames do cristianismo é "não matarás"! Não foi Deus que mudou os valores, e sim o homem que os perverteu através dos tempos. E se o homem perverteu o conceito de bem, mesmo que em nome de Deus, este não pode ser culpado. Se o homem matou em nome de Deus, ele deve ser acusado e punido, e não Deus.

— Ah! Sempre o livre arbítrio! E os cristãos ainda culpam Pilatos por ter lavado as mãos. Por quê? Se Deus faz a mesma coisa com o livre arbítrio?

— Deus criou um mundo onde o bem e o mal são possíveis. Sendo assim, ele criou a capacidade do homem de ser bom ou mau.

— E já que é o criador, criou também os anjos, suponho.

— Sim, os anjos também, se quiser acreditar neles.

— E também os anjos decaídos.

— Sei aonde o senhor quer chegar. Sim, Deus criou Lúcifer. Não foi Lúcifer que criou o mundo, não foi Lúcifer que criou o mal, não foi Lúcifer que se criou. Havia o mal e a possibilidade do mal antes de haver Lúcifer. Ele se perdeu, como muitos de nós nos perdemos. Ele tinha a possibilidade de escolha.

— E se Lúcifer não teve escolha, e se Deus o outorgou representante do mal? Nesse caso, eximimos o Demônio de toda e qualquer responsabilidade — e, antes que eu pudesse retorquir, ele continuou — e a transferimos exclusivamente para Deus. É a ele que devemos pedir explicações sobre os atos do Demônio e sobre os pecados e as maldades cometidas pelo homem sob o domínio da mão do Diabo. Como o senhor mesmo disse, ele é o princípio, a causa e a consequência de todas as coisas. É dele então a total responsabilidade sobre tudo. E se Deus é o princípio e o fim, por que não subjuga Satã? — E aumentando um pouco o tom de voz: — Por que permite seu controle parcial sobre os homens? Para testá-los? Para testar sua fé? Até quando? E até quando o Diabo terá de penar, como pecador e representante de todo o mal? Ele também é criação de Deus, e isso o senhor afirmou anteriormente, de uma forma um tanto piegas, devo confessar. Ao Diabo foi dada a possibilidade de se rebelar. Então por que Deus não perdoa seu anjo decaído?

— E ele quer ser perdoado? — interrompi-o, e sua resposta foi seca e segura.

— Ele quer. Mais do que tudo no universo. — E se calou por alguns segundos, olhando para um ponto fixo do lado de fora da janela. E então continuou a falar: — Se Deus é amor, como dizem os fiéis, qual o sentimento que ele nutre pelo Diabo? Se o Diabo é ausência do bem, ausência do amor, que chance tem ele de se redimir? — Nesse ponto seu tom de voz quase chegava ao ponto de um grito. — O Diabo não merece o perdão de Deus? Foi lhe dada essa possibilidade? Como já lhe disse uma vez, meu caro — abaixou o tom e pareceu se acalmar —, se não me falha a memória, o Diabo possui fé. O Diabo é o ser mais crédulo do universo, ninguém acredita mais em Deus do que ele. Ninguém precisa mais da salvação de Deus do que ele.

A música soava cada vez mais alta, saindo das caixas de som embutidas por todo o Vaticano. Agora eu ouvia os primeiros acordes de Carmina Burana.

— E então — disse ele, de repente —, temos um acordo? Seu livro será um tijolo no muro da redenção do Diabo.

— Não sei se posso fazer isso.

— Pode... e quer! O que é o mais importante. O senhor sabe que tenho razão. Vejo nos seus olhos, mesmo quando me contesta com argumentos fracos e facilmente refutáveis. Vejo que sua mão coça para escrever um livro maldito, um livro de rebeldia. Na verdade, já começou, só desejo que tome o caminho dos rebeldes, que dê ao Diabo a chance de lutar. É só isso o que lhe peço, lhe dê a chance de lutar, a igualdade de armas. A redenção do mal. E em troca, como lhe disse, toda a parte de logística, publicação, tradução, distribuição, marketing etc.

"E não pense que farei do seu livro um sucesso. O senhor fará isso! O senhor irá escrevê-lo! Eu apenas o tirarei das trevas e o levarei à luz — tive a impressão de que riu cinicamente — e o mostrarei ao mundo. Não adianta escrever um grande livro, uma obra-prima, se não conhecer as pessoas certas, se não conhecer o funcionamento do mercado literário. E então? Não lhe peço muito, pelos rascunhos que o senhor me mostrou, essa tendência já está ali, implícita, mas está. E lembre-se de nossas conversas, poderão ajudá-lo em alguns trechos."

Fiquei calado, olhando para ele. Mas eu sabia, e ele também, que minha decisão já estava tomada, e então falei:

— Não sei se consigo, mas posso tentar.

Ele abriu um largo sorriso e disse:

— Eu tenho certeza de que conseguirá. Nunca me engano em relação a um caráter, a uma alma, a um talento. Então acho que agora devemos formalizar nosso contrato. — E tirou do bolso do paletó algumas folhas amarfanhadas. — Esse contrato é apenas simbólico, mas para mim é o mais importante, o que tem mais valor. O outro, o jurídico, meus advogados o procurarão e lhe passarão os detalhes. Mas esse é o verdadeiro, o que selaremos agora, com sangue.

Olhei para ele e ri nervoso, sem conseguir achar graça na brincadeira. Ele então começou a ler as cláusulas:

— Primeira: Na presença de testemunhas desses quadros — e fez um gesto largo mostrando as paredes — e dessa música — o som de Carmina Burana tomava o ambiente, cada vez mais alto, e fez um gesto de enlevo para o ar —, faremos um acordo, em que lhe concederei meus serviços necessários para a publicação e divulgação de seu livro, que lhe trará sucesso e reconhecimento intelectual, aquilo que mais deseja na vida. — Tentei contestar, mas ele não se interrompeu e continuou falando: — Segunda: Nenhum tipo de influência da igreja cristã.

— Influência? Que tipo de influência? — perguntei, achando graça.

— Isso mesmo. Nenhuma influência — se limitou a dizer. — Terceira: Também é negada a influência de qualquer outra ordem religiosa e, por ter necessidade de lançar a obra pelo mundo, em vários países de diversas religiões, deve deixar fora qualquer símbolo religioso que use comumente em seu corpo ou junto a si. Quarta: Deve obedecer a minhas orientações, pois sou experiente nesta área e o guiarei. Quinta: Não deve guardar para si essa sorte de me encontrar. E deve me apresentar a outros amigos seus de igual talento.

Nesse momento se levantou e se dirigiu a um armário no canto da sala. E qual não foi minha surpresa ao vê-lo voltando com uma garrafa de vinho já aberta, mas cheia, e duas taças.

— Mas como o senhor sabia...

— Sexta: Vamos brindar! Um brinde de batismo. A partir de hoje sou seu novo padrinho. — E servindo o vinho nas duas taças, brindamos e bebemos. — Sétima: Além das assinaturas, colocaremos um pedaço de nossas vestes como símbolo de pacto. O senhor tem um lenço? Serve.

Achando graça naquele ritual e principalmente em seu tom teatral, sorri e lhe entreguei meu lenço. Ele pegou o seu e amarrou os dois, segurando-os em uma das mãos.

— Oitava: Devemos assinar o contrato em uma mesa circular. — Levantou-se novamente, pegou uma pequena mesa redonda que estava próxima e a colocou em nossa frente. — Nona: Seu nome a partir de agora constará em minha agenda de amigos e parceiros diretos. Décima: Periodicamente deve me submeter alguma coisa escrita por você, para minha análise, como quem leva um cordeiro ao sacrifício — disse rindo. — E finalmente a décima primeira cláusula. — E antes de acabar a frase segurou meu pulso em um gesto rápido e com uma força sobre-humana e, antes que me desse conta, parece que com uma de suas unhas longas, que já tinham chamado minha atenção, arranhou meu braço, como se quisesse desenhar alguma coisa. Senti a dor e puxei o braço com violência e gritando, não sem antes ver uma gota de sangue caindo sobre o papel. Me levantei revoltado e gritei:

— Você está louco? Me arranhou! O que pretende? Que tipo de brincadeira é essa?

E então foi a vez dele se levantar e, sorrindo, demonstrando constrangimento, desculpou-se:

— Me perdoe, acho que me entusiasmei. Vi isso em um filme, creio, e meu lado teatral tomou conta de meus atos. Perdoe-me, sinceramente.

Ainda apertando o pulso dolorido e arranhado, disse a ele que não fizesse mais aquilo e que havia passado de todos os limites.

— Já lhe pedi desculpas. Não falemos mais nisso. Tome. — E me ofereceu a taça de vinho. — Vamos nos sentar e continuar nosso pequeno ritual pactário.

— Não estou gostando dessa brincadeira. Acho que já passou dos limites. Devemos deixar o resto do contrato com nossos advogados. O senhor já fez a encenação que queria, e estou aborrecido. Os museus já fecharam, preciso ir embora.

— Ainda não. Por favor, peço mais um pouco da sua paciência. Gostaria de lhe ensinar algumas palavras. Não precisa se preocupar em decorar, estão escritas em sua via do contrato. Sempre que precisar de mim, é só escrevê-las que prontamente lhe atenderei. Vamos dizer que seja uma espécie de invocação. Apesar de que em tempos tão modernos, com e-mails, celulares etc., perderam um pouco de seu sentido, mas não sua poesia.

Começou então a dizer algumas palavras em latim, onde consegui, agora confesso, um pouco apavorado, entender alguns termos:

— *Sinti mihi dei acherontis propitii! Valeat numem triplex Jehovae! Ignis aereis, aquatani terra spiritus, salvete! Orientis princeps Belzebub, inferni ardentis monarcha, et domogorgon, propitiamus vos, ut appareat et surgat Mephistophilis. Quid tu moraris? Per Jehovam, gehenmam et consacratam aquam quam nunc spargo, signumque crucis quod nunc facio, et per vota nostra, ipse nunc surgat nobis dicatus Mephistophilis!* Com a devida licença de Marlowe — disse, soltando mais uma de suas sonoras gargalhadas.

— O que significa todo esse teatro, senhor Arimã? Por acaso pretende me assustar? Já arranhou meu braço, olhe! — E apontei para o papel manchado. — Cheguei a sangrar. Se isso é algum tipo de brincadeira, repito, já passou de todos os limites.

— Isso não é nenhuma brincadeira, meu jovem. — E aproximando seu pulso da mesa, sobre a qual se encontrava o contrato, fez o mesmo gesto com a unha e desenhou uma figura. O sangue começou a pingar sobre o papel. Me afastei alguns passos, agora realmente assustado com a direção que tudo aquilo tomava.

— Fizemos um pacto, assinado com sangue, que a partir de agora deve ser respeitado por ambas as partes. O sangue é vida! É o fluxo da vida. Se o Diabo representa o mal, aquele que atenta contra o bem, a felicidade e a vida, e se em contrapartida Deus é vida e amor, Deus é o bem! O Diabo então representa sua antítese: a morte, o ódio, o mal. Ele exige então que o pactuante pactue com a sua própria vida, simbolizada pelo sangue. Estar no sangue do homem é penetrar em todo o seu ser.

Dizendo isso, se encaminhou em minha direção e me puxou violentamente para si e juntou seu pulso ao meu. Tentei me desvencilhar, mas ele me segurava com força. E então inesperadamente encostou seus lábios aos meus. Me prendeu por alguns intermináveis segundos com sua boca pregada à minha, pude então sentir um cheiro podre proveniente de seu hálito quando ele enfiou sua língua áspera e a fez caminhar por toda a minha boca, até que consegui me soltar, ou melhor dizendo, até que ele permitiu que me soltasse. Olhei para ele atônito, sem saber o que dizer ou fazer. A música agora estava ainda mais alta e preenchia todo o ambiente.

— Você agora está preenchido por mim, pela minha essência. Não se preocupe, você não foi o primeiro a ser beijado e não será o último. Agora eu e você somos um.

— O quê? Nunca! Seu velho louco! Afaste-se de mim, criatura imunda! — E me afastei em direção à porta.

Com dois passos e uma agilidade incrível para um homem de sua idade, ele se postou ao meu lado e me encurralou entre a porta e uma pilastra no canto da sala.

— Criatura imunda?! Mas que lugar-comum! Seu vocabulário está repleto de textos literários baratos. Não me repudie, agora somos um só. E não minta, você queria isso desde o início, desde o primeiro momento você soube quem eu era. E se entregou. Lembra-se de Helena?

— Nunca! Eu ordeno, em nome de Deus! *Vade retro*! — falei quase sem pensar, de forma teatral, e ao ouvir minhas palavras senti o quanto soavam ridículas e anacrônicas.

— *Vade retro*?! Ordena em nome de Deus?! Você por acaso acha que é o padre do exorcista?! — E soltou a maior e mais sonora gargalhada que já havia dado até então em minha presença. Seu riso se confundiu com os acordes da Carmina Burana e reverberou por toda a sala, nos corredores, em todo o Vaticano, em toda Roma, essa foi a minha sensação. Tentei caminhar em direção à porta, mas ele me deteve. — Agora somos somente você e eu. Você está sozinho! Já que gosta tanto de literatura, parafraseando Bernanos: "Você é um presunçoso e nada sabe sobre mim, mas meu ódio é paciente. Tive sua boca na minha boca, sua alma na minha alma, somos um só."

— Você é um louco, um idiota que pensa ser Mefistófeles. Agora tudo faz sentido. Seu maluco! Não acredito em você!

— Acredita sim! E mais, me respeita! E a partir de agora temos um acordo. — Dizendo isso segurou meu queixo e empurrou minha cabeça até encostar na parede. Se tentasse me mexer ele quebraria meu pescoço com apenas um movimento. Sua força era descomunal.

— Por Deus, me solte.

— Por quem? Por Deus? Não! Agora você deve chamar por mim. Eu e ele somos um. Como eu e você agora. Tudo é duplo, tudo tem dois polos; tudo tem o seu oposto, o semelhante e o dessemelhante são uma coisa só; os opostos são idênticos em natureza, mas diferentes em grau, os extremos se tocam, todas as verdades são meias-verdades, todos os paradoxos podem ser reconciliados, como dizia Hermes Trismegisto.

— Socorro! Me ajudem! — gritei com a voz esganiçada, já me faltando o ar, mas sem a esperança de ser ouvido. Pensei em M... e no que havia feito com ela pela manhã. Meu Deus, o que estava acontecendo comigo? O que estava acontecendo? Quem era aquele homem?

— Aceite o pacto! Pois se somente com a morte o ciclo da vida se completa, é somente com a total entrega ao mal que o homem pode conhecer o bem. O homem só pode atingir Deus em sua plenitude se entregando ao seu oposto e complemento.

Ao dizer isso, ele me soltou e deu um passo para trás. Estava arquejante e me dobrei sobre as pernas, buscando o ar. Depois de alguns segundos, senti suas mãos me levantando gentilmente. Olhei para ele apavorado e falei:

— Por favor, pelo amor de Deus! Me deixe em paz, saia daqui! Volte para o lugar de onde veio, deixe-me ir embora.

— O lugar de onde vim? Deve estar, pelo seu tom dramático, se referindo ao inferno. — E solta mais uma de suas sonoras gargalhadas. — Meu caro, acredita realmente que eu sou o Diabo? — Ante meu silêncio e sem esperar uma resposta, continuou: — E que existe um inferno com labaredas de fogo e almas agonizantes? Não creio que seja tão ingênuo. Acho que está apenas apavorado e que a música — Carmina Burana reverberava nos alto-falantes —, o ambiente, pois estamos dentro do Vaticano, um solo sagrado para muitos, e o tom do meu discurso, tudo isso junto lhe passou uma imagem estereotipada e maniqueísta. Não existe esse inferno criado pelo homem!

Ele aproximou seu rosto do meu, me fazendo recuar novamente até a parede, e continuou:

— O inferno é aqui e em todo lugar. Pois como diz Mefistófeles, não o verdadeiro, mas o literário, e dentre tantos o de Marlowe: "Nunca estou fora do inferno, pois alguém ousa pensar que eu, que já vi a face de Deus e já gozei de sua companhia e dos prazeres do céu, não vivo em dez mil infernos por ter sido privado do bem supremo?". Ou, se preferir: "Muitos perguntam onde fica o inferno. Vários poetas e filósofos, e muitos falam por experiência própria, já responderam, mas o homem teima em procurá-lo e imaginá-lo onde nunca esteve e nunca estará. O inferno está aonde o céu não é, ou seja: em todo o lugar onde não há esperança, fé e bondade. O inferno é aqui e agora. O inferno também é o outro. É você! Sou eu! São todos! O inferno não é um lugar. Essa é a grande ilusão do homem. O inferno não é, tampouco o céu. Por isso onde não é um é o outro. E é o homem que os cria e destrói. O inferno está onde o céu não é, ou seja: em todo o lugar onde não há esperança, fé e bondade. O inferno é aqui e agora."

— Você está citando a Bíblia. Cale-se! — Juntei o resto de coragem que tinha e gritei essas palavras em seu rosto.

— Matheus. Provavelmente apócrifo. E por que não posso citar a Bíblia? Não é um mau livro. É mentiroso, mas não é ruim. Peca por ter a pretensão de ser a única verdade. Toda história tem dois lados. Você conhece a outra versão?

— Não! E nem quero! — grito novamente em seu rosto, colado ao meu.

— Idiota! Todos merecem um perdão! Todos merecem o direito de se defender. Todos merecem um advogado de defesa. E é essa minha função como mecenas, amealhar advogados. Advogados do Diabo! — E dessa vez apenas esboça um sorriso e se afasta lentamente de mim.

Afasto-me da parede, onde permaneci paralisado por vários minutos, e aguardo. Meu terror passou, mas o medo não. Não sei quem é esse homem e ainda não entendi o que quer de mim e como nossos caminhos se cruzaram e continuam se cruzando nessa estranha viagem. Balbucio então:

— Não sou o homem que procura. Não posso ajudá-lo!

— É um homem entre homens e tudo pode naquele que te fortalece! Ou seja, eu! Não imagine que desejo te seduzir e te obrigar a fazer o que não tem vontade. Não! Não tenho esse poder. Mas, se quiser seguir minhas orientações e só as minhas, te guiarei. Será um prazer para mim. Te assistirei e serei seu conselheiro e companheiro. Serei seu humilde servo. E não se preocupe com pagamentos e retribuição de favores. Quem sabe um dia, em outra época, em outro lugar, poderá fazer o mesmo por mim?

Ele então vira as costas e vai até a janela.

— Estão soando os últimos acordes da Carmina Burana. Os museus já se esvaziaram, os últimos turistas estão deixando as dependências do Vaticano.

— Vão pedir para sairmos. Vamos embora! — E me encaminho para a porta.

— Pare! — ele grita. — Ninguém nos incomodará. Ainda não terminamos nossa conversa. Temos um acordo. Foi selado da maneira como os grandes acordos devem ser selados. — Voltei a temer que ele surtasse novamente e me aproximei da porta. — Já disse para não se preocupar — falou ele, em um tom firme mas educado, e encaminhou-se em minha direção. Pensei em recuar, mas me lembrei de sua força e agilidade quando me imobilizou da primeira vez e fiquei parado, como ele pediu, ou melhor, ordenou. — O senhor durante esses últimos dias viveu experiências intensas. — E novamente perguntou se eu me lembrava de Helena, e abaixei a cabeça envergonhado. — Não há do que se envergonhar. O senhor experimentou sensações novas! Viveu uma experiência única, dramática, intensa! Acredito que já tenha terminado a releitura do *Grande sertão*...

— Sim, inclusive não quero...

— Então deve se lembrar da recursividade da frase: "Viver é muito perigoso".

— Claro.

— Pois não, saber também o é. O conhecimento também é algo muito perigoso, mas necessário. Ninguém abre mão da vida apenas por ela ser perigosa, a não ser os covardes. Também apenas os covardes viram as costas para o conhecimento. Sua busca é algo natural. O homem não deve e não tem o direito de negar sua natureza.

— E qual vem a ser a natureza do homem na sua opinião? — perguntei, movido por uma mórbida curiosidade.

— O homem só se realiza, só se torna pleno, através do alcance, ou pelo menos da busca, da riqueza material, do poder, da fama, do sexo como sedução, da fé ou do conhecimento. Apenas alcançando, ou como já disse, se dedicando à busca de uma ou mais dessas seis esferas, o homem se sente pleno. O senhor, como já pude notar, não é um homem que se deixa seduzir muito pelo poder, riqueza ou fama, não mais do que seria normal em qualquer ser humano. O sexo, apesar de sua total entrega e júbilo com a jovem Helena — e aumentando o tom de voz, como um pai chamando a atenção do filho —, e pare de abaixar a cabeça toda vez que cito o nome dela, porque sei que no fundo não se arrepende do que fez. Deixe de hipocrisia!

Sustentei seu olhar durante alguns segundos, e ele então continuou:

— Como ia dizendo, o sexo é algo que lhe pode passar ao largo, o senhor mantém um certo controle sobre ele, desde que não seja tentado. E como diria meu querido e saudoso Oscar Wilde, o senhor resiste a tudo, menos às tentações. No que diz respeito à fé, também não é um homem muito dedicado e temente ao poderoso. Mas quando o assunto é conhecimento, o senhor é um glutão, egoísta e vaidoso. Não estou certo?

— Não! — respondo de maneira seca e olho furtivamente para a porta. Ele agora se colocou entre mim e ela.

Arimã me encara e sorri. Então digo:

— O senhor não me conhece tão bem para saber quais são os meus conceitos diante da fé, do sexo, do poder, da fama, da riqueza e do conhecimento, ou de qualquer outra coisa.

— Aí é que o senhor se engana, meu caro. Conheço-o muito bem, mais do que qualquer outra pessoa. Mais do que M... por exemplo, mais do que seus filhos, mais do que seus próprios pais.

Ao ouvir isso, recuei assustado e parei junto da janela, olhando para fora, querendo pedir ajuda. O que estava acontecendo? Quem era aquele maldito homem? Não me lembrava de ter lhe dito o nome de M... e muito menos lhe dissera que tinha filhos.

Ele me olha fixamente com aquele sorriso congelado em seu rosto. Então comecei a me acalmar. Posso ter falado o nome de M... em algum momento e hoje, pelas redes sociais, pode-se saber o básico sobre qualquer um. Então retorqui:

— O senhor gosta de brincar, não é? Desde o início, desde o nosso primeiro encontro, o senhor está brincando de Mefistófeles comigo. No princípio achei que fosse uma série de coincidências, mas agora vejo que não. Percebo que realmente está brincando de Diabo comigo, ou pior, é um louco que pensa que é Mefistófeles.

Então tudo bem, entro na brincadeira, posso fazer seu jogo. Se é um pândego, vamos rir juntos, se é um louco, descobriremos logo. E sempre me resta a alternativa de pular da janela se o senhor se tornar furioso. — Então olho para baixo e vejo que estava blefando, são no mínimo dez metros de altura.

— E se eu for realmente o Diabo?

— Nesse caso sempre me resta a alternativa da fé. Aliás, estamos no Vaticano, não é? No campo de seu inimigo — disse, sorrindo.

— Deus não é meu inimigo, e não afirmei que sou o Diabo. Perguntei-lhe caso eu fosse, o que faria? E só para constar, esse lugar — e fez um largo gesto com as mãos, em semicírculo — é o último onde encontraria Deus. Aliás, o senhor acredita Nele?

— "Quem poderá dizer ou afirmar: Eu acredito! Ou ao contrário, em uma atitude tresloucada gritar: Não acredito! Não foi ele que tudo criou? O universo infinito que a todos ampara: a ti, a mim e a si mesmo? No alto não vemos o céu, sobranceiro e aqui embaixo a terra? E milhares de estrelas a brilhar e a nos observar?" — E me imbuindo de coragem dei dois passos em sua direção e o olhei fixamente nos olhos. — "Assim como o meu olhar se fixa no seu? E penetra fundo em sua alma? Que às vezes se revela e outras se esconde? Preencha seu coração e, quando transbordar de plenitude, pode dar o nome que quiser a isso: amor, felicidade, êxtase, divindade, Deus... Eu por mim prefiro não nomear, mas apenas sentir. O sentimento é pleno, o nome é apenas uma neblina sonora a encobrir o céu nublado."

Ele me ouve calado, esboçando um sorriso cúmplice e/ou debochado, não consigo definir. Teria de se criar uma espécie de glossário para os seus vários tipos de risos, sorrisos e gargalhadas, com seus respectivos significados. Sei que reconheceu os versos que acabei de recitar de *Fausto*. Como ele se manteve calado, falci:

— Se quer brincar de Mefistófeles, eu topo! Posso ser o Fausto, mas não se esqueça de como acaba o poema de Goethe.

Ele então se encaminha em minha direção, dá a volta por mim e se debruça na janela por alguns instantes. Então se volta e fala:

— É apenas um poema. A vida real é bem diferente. E aliás, minha alma nunca se revela, por uma impossibilidade muito simples, por mais que o seu olhar se fixe no meu. — E me encarou daquela forma perscrutadora que já havia feito outras vezes.

Sustentei seu olhar e perguntei:

— Por quê? O senhor por acaso não tem alma? — disse, sorrindo. E ele me respondeu seriamente, retirando por um momento seu sorriso cínico do rosto:

— Tenho. Ela só não me pertence mais.

— Senhor Arimã — digo em tom apaziguador —, por que tudo isso? Por que me procurou? Por que eu? Por que insiste em fazer esse teatro? De interpretar esse personagem mefistofélico? O senhor não é o Diabo, tampouco eu sou Fausto.

— Mas o senhor chegou a acreditar por um momento que eu fosse o Diabo, em carne e osso — disse, agora com um sorriso refletido no próprio olhar.

— Não, não acreditei. O senhor me assustou, me confundiu por um breve espaço de tempo. E esse ambiente, a música, tudo contribuiu para isso.

— Então não acredita que sou o Diabo? Que sou Mefistófeles e que posso lhe dar o que quer?

— Não. Claro que não acredito.

— Mas o senhor está certo, meu jovem, não sou o Diabo, tampouco Mefistófeles. Mas posso sê-lo. Isso depende do senhor. E depende do senhor também ser Fausto e ter tudo aquilo com que sempre sonhou: reconhecimento intelectual e o que mais desejar. Um grande escritor de seu país escreveu certa vez que a maior desgraça é ser Fausto sem Mefistófeles.

— Estou cansado dessa conversa, vou embora. — E segui em direção à porta. Esperei-o gritar alguma coisa ou tentar me impedir, mas ficou parado. Quando tentei abrir a grande porta de madeira, estava trancada. Forcei-a, mas ela não abriu. Provavelmente nos trancaram por fora, pensei.

— Estamos presos — disse.

Ele então saiu de perto da janela e foi em minha direção. Enquanto caminhava, as três grandes janelas da sala se fecharam com grande estrondo, como se um vento forte as tivesse movido. Olhei para fora e o céu estava claro e não havia um mínimo sinal de tempestade ou ventania. Dei dois passos para trás e ele pôde perceber o medo em meu rosto.

— Para quem disse que não acredita no Diabo, o senhor está muito nervoso.

— Não disse que não acredito no Diabo, disse que não acredito que o senhor o seja. Mas acredito no mal. Na capacidade do homem de fazer o mal.

— Como o senhor fez com Helena? Sabia que a menina era virgem? Que o senhor a desvirginou em um beco imundo?

— Cale-se! — gritei.

— O senhor me perguntou: *Por que eu?* Lembra-se? O Diabo é o próprio homem e suas veleidades morais. O Diabo é o espelho da alma humana, ele reflete um estado passageiro ou perene que cada indivíduo tem para o mal. Sendo assim, o Diabo não existe fora do homem, mas é gerado por ele. — E exibiu mais um de seus vários sorrisos. — Ele é a imagem e semelhança do estado de maldade do indivíduo. A terra está entre o céu e o inferno, assim como o homem está entre Deus e o Diabo. Deus vê o homem como um ser naturalmente bom, enquanto o Diabo o vê como um ser inclinado ao mal.

"O senhor também me perguntou por que gosto de brincar de Mefistófeles. Uma obra literária que trata dos anseios humanos, de sua busca pela plenitude de tudo saber, de tudo viver, de tudo sentir, de ser uno a Deus, ou ao Diabo... isso me interessa sobremaneira. Porque muitas vezes o homem, ao tentar se aproximar de Deus, faz exatamente o caminho contrário e pactua com o Diabo. O homem está condenado a ser eternamente insatisfeito e sempre desejar mais e mais... E quando disser: 'sou feliz, pleno e realizado neste momento', não merecerá mais a vida. Vaidade, meu caro, vaidade das vaidades, tudo é vaidade, todos são vaidosos. O Diabo é vaidoso, Deus é vaidoso. O homem não passa de um joguete nas mãos de Deus e do Diabo."

— O senhor quer me assustar novamente? Com essas palavras de efeito? Com esses truques banais? — E apontei para as janelas, mas no fundo com pouca convicção, pois estava realmente com medo. — O senhor é um homem muito culto, vivido, experiente e com um senso de humor muito peculiar. Cita trechos de Goethe de cor, em uma língua que nem mesmo é a sua. Conhece arte a fundo, é intimidador, loquaz, mas nada disso faz do senhor um Mefistófeles.

— O Diabo não é sábio porque é velho, mas porque é o Diabo. — E seus olhos verdes brilhavam.

— Acho que o ditado é o inverso.

— É porque quem o fez não era um sábio e muito menos conhecia o Diabo.

— Por que insiste nessa brincadeira intimidadora comigo? Isso não tem mais graça nenhuma. Na verdade, nunca teve. O senhor é um louco! Pare com essa conversa de Deus, Diabo, céu e inferno, estou farto — falei, olhando para os lados, imaginando como sairia dali. Mas estava preso. As janelas fechadas, a porta trancada e, se tentasse gritar, ele já tinha me dado provas de que tinha força suficiente para me calar em segundos.

— Mas é exatamente isso que estou tentando lhe dizer desde o princípio. Para homens como o senhor, não há nem céu, nem inferno; apenas o conhecimento. E para atingir o conhecimento supremo, o homem deve flertar com o mal; pois o conhecimento supremo inclui o bem e o mal. E o senhor já me deu provas de que está apto a experimentar os dois lados da moeda. E não se esqueça das palavras de Goethe: "Uma moral antes que uma fé, o conhecimento por sobre toda a moral." E continuando a ser literário, meu caro, na verdade goethiano: se acreditar e se entregar a mim, meu amigo, ganhará mais com uma hora de meus serviços e do gozo do meu convívio do que em um ano de sua fútil vida. — E me estendeu a mão, não na posição de me cumprimentar, mas com a palma para cima, como se quisesse me tomar pela mão e me conduzir.

Ele estava parado em minha frente – eu tinha me aproximado de uma das janelas – sorrindo, confiante, como alguém que tivesse vencido uma batalha. Já passava das 18 horas, os museus já haviam fechado, não saía mais música dos alto-falantes e os últimos raios de sol morriam por trás da grande abóbada da Basílica de São Pedro. Estava confuso, na verdade apavorado, sem saber o que fazer. O medo tomava conta de todo o meu ser. De uma maneira que não conseguia explicar, me sentia atraído e dominado por aquele homem, por sua força.

Um filme rápido passou pela minha cabeça: nossos encontros, Helena, suas palavras, o sebo do senhor Ernesto e sua passagem secreta, meu livro, sua proposta, minhas ambições literárias e intelectuais. Estava propenso a aceitar sua mão estendida, apesar de todo o estranhamento desses nossos encontros e principalmente dos fatos ocorridos nas últimas horas - o ferimento em meu pulso, o beijo nojento que ele me deu, sua tentativa de me estrangular, seus truques baratos com a porta e as janelas -, e já sentia minha mão em direção à sua, como se movida por uma força externa a mim.

E foi então que olhei pela janela e a vi. Estava parada no centro do pátio interno para o qual a janela da sala onde estávamos se voltava. Discutia com um guarda e apontava para os museus. E achei que apontava para a janela de onde eu a olhava, apesar de ser impossível, pela distância e pelo fato de a janela estar fechada, que ela pudesse me ver. Era M..., veio atrás de mim, veio me buscar. Então me aproximei de Arimã e comecei a falar, olhando diretamente em seus olhos:

— Mas então e enfim surge a esperança, que aos poucos toma os espaços antes ocupados pelo tormento. Agora compreendo e se torna claro para mim; a esperança é filha do desespero e dele parricida. Enquanto houver esperança, há vida e força para lutar contra o mal. O homem, por sua vez, é a última esperança de Deus para vencer o mal. Sempre fomos o escudo de Deus.

— Escudo de Deus?! O que é isso?! Mais um ataque de pieguice barata? Pensei que já tivéssemos passado por essa fase. O homem sempre foi a cobaia de Deus!

— E não seria essa a nossa sina? Nossa função?

— Proteger um Deus covarde?

— Não! Lutar contra um mal estéril, contra um Diabo falso em sua própria concepção?

— Falso?! — gritou, e pela primeira vez senti que ele perdia sua frieza e autocontrole, tão característicos de sua personalidade. — Nada é mais verdadeiro. Mesmo que exista da maneira que já lhe expliquei. E a ele foi dado o poder, pelo seu próprio Deus, de devassar a alma humana, de perceber os fracos e os fortes; de tentar os indecisos, de perscrutar o interior do homem e saber do que precisa e, mais, oferecer lhes e propor lhes o pacto, o acordo. Ao Diabo foi dada a faculdade de penetrar no fundo escuro das almas atormentadas, como a sua, meu caro, e revolvê-las.

— E o senhor? Não é um atormentado? Um ser que sofre?

E então ele se cala e vejo algo parecido com tristeza em seus olhos. Depois de alguns segundos, diz, para minha surpresa:

— Mais do que toda a humanidade junta!

Olho-o, não sem um pouco de ternura talvez, um sentimento instintivo de pena. Mas seu olhar rapidamente se reacende e se torna novamente vivaz e cínico. Então pergunto a ele, secamente, sem desviar o olhar:

— Quem é o senhor?

— "Eu sou aquilo a que tudo se opõe, sou o negativo absoluto, a encarnação do nada, o que se deseja e não se pode obter, o que se sonha porque não pode existir. Nisso está meu reino nulo e aí o trono que me foi dado." — E seu sorriso escarninho se apresenta sobranceiro.

— O senhor está novamente citando Pessoa — falei, tentando imitar seu sorriso, mas com certeza sem sucesso. — Acabou a brincadeira! Se pode abrir essa porta, faça-o, caso contrário começarei a gritar.

E dei dois passos para trás procurando algum objeto que pudesse usar como arma, mas, antes que completasse meu pensamento, ele falou:

— Meu caro, sou um homem de negócios, lhe propus um acordo, o senhor não o aceitou. Sou um bom perdedor, melhor do que imagina. Talvez nos vejamos novamente, talvez não. Tudo dependerá do senhor.

— Sempre dependeu — eu falei.

Então me acenou delicadamente com a cabeça, girou sobre os calcanhares e foi em direção à porta. Nesse momento esperei que tirasse alguma chave do bolso, mas simplesmente girou a maçaneta, da mesma porta que minutos antes eu tentara sem sucesso abrir, e saiu. Corri até a janela para procurar M... com os olhos, mas não mais a vi... Saí pela porta ainda temendo encontrar Arimã, mas não havia mais sinal dele. Andei a passos largos, quase correndo pelos corredores até encontrar uma escada. Ao descer, perguntei a um segurança onde ficava a saída e ele me questionou o que eu ainda estava fazendo dentro do complexo, que estava fechado há mais de uma hora.

Já ia inventar uma desculpa, dizendo que estava perdido ou que havia ficado preso no banheiro, quando escutei meu nome sendo gritado. Era M..., que vinha acompanhada de um outro segurança, na verdade, de um dos guardas do museu, devidamente paramentado. Corri em direção a ela e a abracei fortemente, quase machucando-a, e, para minha grata surpresa, ou não, pois ela tinha ido atrás de mim, o abraço foi igualmente correspondido. Enquanto isso, o guarda falou alguma coisa com o outro segurança, que se afastou. Ele então educadamente nos levou até uma das portas de saída e nos acompanhou até o portão do pátio principal. M... lhe agradeceu efusivamente e apertando sua mão falou em italiano algo como: "Eu não disse que ele ainda estava lá dentro?"

Caminhamos um tempo em silêncio em direção à Ponte Sant'Angelo. De repente eu parei, me virei para ela e perguntei:

— Como sabia que eu ainda estava lá dentro?

— Na verdade não tinha certeza, claro, mas minha intuição dizia que você estava lá dentro e...

— E...

— E... não sei te explicar, mas senti que você estava correndo algum tipo de perigo. Desde quando saiu do quarto e me disse que iria encontrar com aquele homem que parece estar te perseguindo nessa viagem, fiquei com essa sensação.

Então peguei suas mãos, olhei para ela emocionado e comecei a falar:

— Sobre hoje de manhã...

— Não quero falar sobre isso. Não aconteceu. Não era você. Assunto encerrado. — Então reparei em seu rosto, estava com uma mancha roxa debaixo do olho esquerdo e um pequeno corte no supercílio. Aquilo me mortificou de tal maneira que a abracei e comecei a chorar em seu ombro. Ela me envolveu e ficamos em silêncio durante alguns minutos. Quando levantei a cabeça e a olhei, ela me sorria, com absoluta indulgência transparecendo em todo seu semblante.

Depois de me refazer, procuramos um café e nos sentamos, precisava contar a ela o que tinha acontecido nas últimas horas. Quando acabei minha narrativa, M... me fitou por alguns segundos e de forma calma e suave falou:

— Às vezes, meu querido — ela começou a falar —, vemos as coisas como queremos que elas sejam ou como uma projeção de nossos desejos mais recônditos. Criamos um teatro real onde os outros e nós mesmos interpretamos os personagens que idealizamos.

— O que quer dizer com isso? — falei, entre espantado e um pouco confuso. — Que vi o Diabo naquele homem porque me vejo como um?

— Mas não me olhe assim. Não foi o que quis dizer. Não estou falando que você é o Diabo, na verdade não acredito em Demônios, e, pelo que sei, você muito menos.

— Então o que aconteceu lá dentro hoje — falei, apontando em direção aos prédios do Vaticano — e nos últimos dias? Quem é esse homem?

— Não sei te explicar o que aconteceu lá dentro hoje, não estava lá. Ouvi sua história, contada sob o peso da emoção. Quem é esse homem? Um pândego? Um tipo de ilusionista barato? Um aproveitador? Não sei! O próprio Diabo? Pouco provável, mas que seja, ele foi embora e disse que depende só de você que se vejam novamente. O que quer que tenha acontecido, acabou! E só depende de você para que não se repita.

Já era noite, e no dia seguinte nosso voo de volta era bem cedo. Pagamos a conta e fomos embora. Chegando em nosso quarto, vi que M... tinha arrumado as minhas malas e deixado apenas um pijama e minha escova de dentes para fora. Aquilo de certa forma me reconfortou. Deitamos e M... dormiu imediatamente, mas eu não consegui conciliar meu sono e passei a noite toda praticamente em claro, agitado, pensando em tudo o que tinha acontecido nos últimos dias, em seus mínimos detalhes, até que se transformou em um turbilhão em minha cabeça. Provavelmente pouco antes do raiar do dia, peguei no sono, de estafa mental, e acordei sobressaltado com o toque delicado de M... em meu ombro.

— Calma... acorde... está tudo bem. Vamos voltar para casa.

Posfácio

Sinto-me na obrigação de dividir algo com aquele leitor que teve a paciência de chegar até aqui. Mais ou menos três semanas depois que retornei ao Brasil, ao abrir meu e-mail, deparei com uma mensagem de Arimã. Não havia nenhuma referência pessoal e direta a mim, como cumprimentos, despedidas ou meu nome citado, mas apenas um texto em que estranhamente, e de uma maneira um tanto assustadora, me reconheci em um dos personagens. Com um sorriso nervoso no rosto, li e pude identificar o tom sarcástico de Arimã. O texto – na verdade quase todo ele um diálogo, que tem o Café Nicola em Lisboa como cenário – faz clara referência ao "Prólogo do céu", do *Fausto* de Goethe. A seguir sacio a curiosidade do leitor e o reproduzo *ipsis litteris*; apesar de achar estranho um prólogo terminando uma história, mas, enfim, ei-lo:

Prólogo do Nicola

"O que vou narrar em seguida, na forma de um simples diálogo, aconteceu algumas semanas atrás, mais de um mês e menos de dois. Em uma ensolarada manhã me dirigi ao tradicional Café Nicola, no largo do Rossio, no centro de Lisboa, onde teria mais um dos encontros que sempre me encheram de orgulho e satisfação com um velho, podemos chamar assim, amigo, contra quem me dá extremo prazer travar contendas e profundas discussões, nas quais nunca estamos em acordo. E sem dúvida acredito que para ele também é prazerosa essa nossa velha e camarada rixa; aliás, foi ele mesmo quem me convidou para encontrá-lo nesse dia.

Assim que entrei no Café, o avistei, sentado solitariamente em uma mesa, no fundo, à direita, claro. Me encaminhei até sua mesa e sentei. Ele me cumprimentou com um leve aceno de cabeça e antes de me dirigir a palavra chamou o garçom.

— Miguel! Traga-nos dois cafés, sem açúcar, por favor. — E ainda se dirigindo ao garçom: — Aliás, como ficará o tempo nos próximos dias?

— Ventos! Da terra ao mar e do mar de volta à terra. — Falando isso, nos deu as costas e foi buscar nossos cafés.

Então meu companheiro voltou-se para mim e me olhou, calado, profunda e tristemente, como um pai que observa um filho querido, mas rebelde. Sendo assim coube a mim iniciar a conversa.

— Me chamou, aqui estou! O senhor sempre tem curiosidade sobre o que acontece em minha vida e em meus negócios, não é mesmo? Pois bem, repito, cá estou, humilde e carinhoso. Perdoe-me se os termos que uso não são tão apropriados, ainda não domino plenamente a última flor do Lácio. Aliás, espero que não tenha perdido seu peculiar senso de humor, pois de semântica e sintaxe eu pouco conheço, atormentar os homens é o que me dá mais prazer. Sei que não concordamos nisso também, mas o ser humano é por definição um estúpido, que faz péssimo uso da razão que lhe deram. É um simples animal – nem ao menos é o melhor ou menos violento –, que vive a chafurdar na lama.

— Só tem isso a me dizer hoje? Está sempre reclamando de tudo e de todos.

— Não, senhor! Por hoje é só. Na verdade, esse mundo foi muito mal feito e os seres humanos são a pior parte... E nem vejo mais graça em provocá-los e irritá-los, na verdade, em tentá-los.

Nesse momento ele se vira para a porta e observa um homem que entra e se dirige ao caixa.

— Conhece aquele homem?

— Nunca vi mais gordo — respondi.

— É um ser humano. Nem pior, nem melhor do que qualquer outro. Isso posso te garantir.

— Você o conhece?

— Quem conhece um, conhece todos.

— Sim! Deve ser um crente. Pelo porte e aparência, um intelectual, ou um pseudointelectual crente, que busca o conhecimento universal e os prazeres mundanos, ou seja, um eterno insatisfeito.

— Um dia todos terão a resposta. Todos verão a luz.

— Ou as trevas. Quer apostar que não passa de um vaidoso? Vaidade das vaidades, tudo é vaidade... Enfim, aceita a aposta? Estou autorizado a seduzi-lo?

— Por mim... pouco se me dá. — E deu de ombros. — O homem tem o seu livre-arbítrio para fazer o que desejar de sua existência. Ser ambicioso ou não, errar ou acertar em suas escolhas.

— Obrigado! Agradeço-lhe antecipadamente por esses futuros momentos de deleite pessoal. Prefiro manipular seres vivos a criar personagens ficcionais, que já nascem mortos. Abandono-os como o gato ao rato. Desprezo os escritores.

— Mas venha depois me contar do seu triunfo ou, o mais provável, fracasso. Eu cá para mim sempre acreditei na tendência do homem de sair do caminho às vezes, mas sempre voltar à trilha da virtude.

Nesse momento não pude conter uma gargalhada perante tamanho estapafúrdio e falei:

— Em breve terá notícias minhas e profundas decepções, enquanto canto minha vitória.

— Sinta-se à vontade. Ganhando ou perdendo não terei raiva de ti... — E depois de um intervalo completou: — Como nunca tive.

E voltando-se para Miguel, que chegava com nossos cafés:

— Não és mais tão eficiente quanto antigamente, Miguel. Vou ter de tomar meu café sozinho, pois acho que meu companheiro tem de partir — disse, olhando em direção ao caixa.

Então olhei para trás e te vi saindo com um isqueiro em uma das mãos. Me despedi Dele com um aceno de cabeça, e nossa história começou. Ainda pensei antes de sair do Nicola ao me voltar e olhar meu velho companheiro: 'É sempre um prazer revê-lo. Às vezes penso em nunca mais atender seus chamados, mas seria um erro'. Ao cruzar a rua em seu encalço, ainda tive tempo de pensar que o homem é o verdadeiro campo de batalha entre Deus e o Diabo."

Hoje faz mais de quatro anos dos acontecimentos aqui narrados por mim. Durante todo esse tempo, um pensamento me atormentou, dia após dia, noite após noite, e este livro é uma espécie de expiação. Ou pelo menos assim quero acreditar. O Diabo sempre representou o mal. O homem sempre temeu o Diabo, porque sempre temeu o mal. E por quê? Qual a origem desse temor? Por que o mal e suas vertentes, o ódio, o egoísmo, a vingança, dentre outras, assustam tanto o homem? Seria pelo fato de que todas essas características, ou seja, o próprio mal, habite o íntimo de cada um de nós?

O leitor deve estar se perguntando se Arimã durante todo esse tempo, excetuando aquele intrigante e assustador prólogo que me foi mandado por e-mail, voltou a me procurar, ou eu a ele. Se cedi às suas propostas, se aceitei o pacto e... finalmente, quem venceu a aposta do Café Nicola.

Ora, vocês estão lendo meu livro, não estão?

Agradecimentos

Este livro só conseguiu sair das trevas e vir à luz devido a uma série de pessoas que direta ou indiretamente colaboraram para sua realização. Gostaria de agradecer a toda equipe da Editora Quixote+Do, pessoas que acreditaram no projeto e deram forma a um velho sonho. Agradecer também aos meu primeiros leitores e revisores, que serviram de cobaias e fizeram valorosas críticas e apontamentos: Wellington Pereira Da Silva e a Professora Maria Lina Soares. Aos meus pais e irmão, que sempre me incentivaram e apoiaram. Aos meus três Ms: Márcia, Maria Antônia e Maria Luiza, que me descobriram escritor antes de mim mesmo. Aos amigos que sempre se submeteram às leituras de meus textos literários na adolescência, juventude e hoje, na maturidade. A todas as forças divinas, terrenas e interiores que fizeram brotar do meu íntimo este livro. E finalmente, como não poderia deixar de ser, ao senhor Arimã.

Nelson Ricardo Guedes dos Reis

O autor, nascido em Belo Horizonte, é professor de literatura e Doutor em Literatura Comparada pela UFMG

CONTATOS:

Email: nelsonricardo38@hotmail.com

Blog de crítica literária do autor: www.criticaderodape.com.br

Imagem do filme *Fausto*, de F. W. Murnau. Alemanha, 1926.

CONSELHO EDITORIAL: Alencar Perdigão, Cláudia Masini
EDITORA RESPONSÁVEL: Luciana Tanure
EDITOR: João Camilo de Oliveira Torres
EDITORES ASSISTENTES: Guilherme Coelho, Bruna Fortunata
TECNOLOGIA DA INFORMAÇÃO: Alessandro Guerra
REVISÃO: Guilherme Coelho
CAPA, PROJETO GRÁFICO E DIAGRAMAÇÃO: Conrado Esteves

Nesta edição, respeitou-se o Acordo Ortográfico da Língua Portuguesa de 1990, que entrou em vigor no Brasil em 2009.

Catalogação na publicação
Elaborada por Bibliotecária Janaina Ramos – CRB-8/9166

R375s
Reis, Nelson Ricardo
À sombra de Fausto / Nelson Ricardo Reis. – Belo Horizonte: Quixote+DO, 2024.
320 p.; 15,5 X 23 cm
ISBN 978-85-66256-90-1
1. Romance. 2. Literatura brasileira. I. Reis, Nelson Ricardo. II. Título.
CDD 869.93

Índice para catálogo sistemático
I. Romance : Literatura brasileira

EDITORAS ASSOCIADAS

Rua Alagoas, 1.270 | sala 304 | Savassi
30.130-168 | Belo Horizonte | MG
editoraquixote@gmail.com
(31) 3141-1256
www.quixote-do.com.br
instagram.com/quixote.do
facebook.com/QuixoteDoEditora

#tudocomeçanalivraria
#quixote+do2024
#delivro

[1ª edição 2024]
Esta obra foi composta em Bembo e impressa
em papel Chambril Avena 80g. na Gráfica Formato
para a Quixote+Do Editoras Associadas.